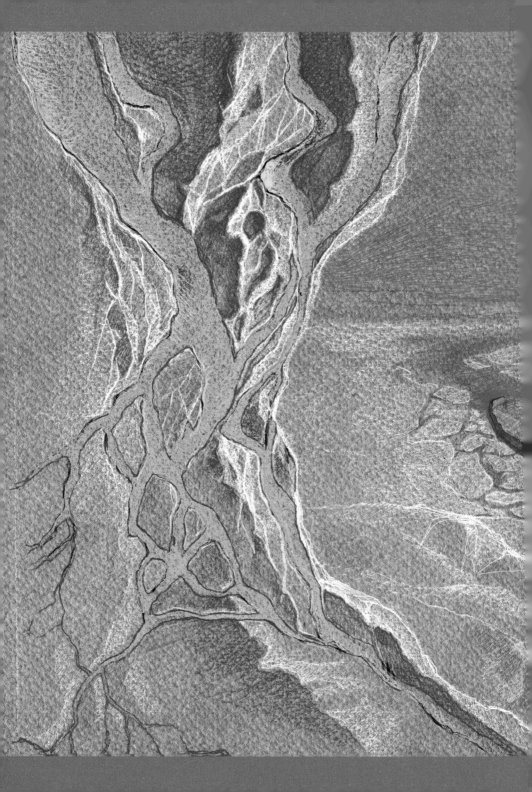

ODYSSEY

오딧세이 3

한율 장편소설

한 율 장편소설
오딧세이 3

발행일
2020년 10월 8일 초판 1쇄

지은이   ● 한율
펴낸이   ● 김종해
펴낸곳   ● 문학세계사
출판등록   ● 1979. 5. 16. 제21-108호

주소   ● 서울시 마포구 신수로 59-1(04087)
대표전화   ● 02-702-1800
팩스   ● 02-702-0084
이메일   ● mail@msp21.co.kr
홈페이지   ● www.msp21.co.kr
페이스북   ● www.facebook.com/munsebooks

ⓒ 한율, 2020
ISBN 978-89-7075-965-4 04810
ISBN 978-89-7075-967-8 04810(세트)
CIP제어번호: CIP2020040279

오딧세이

ODYSSEY

ODYSSEY

ODYSSEY 3

한율 장편소설

문학세계사

명봉에게

언제나 우리에게 다가오는
현실의 이야기

오딧세이 ● 차례

서문序文

1

2

3

일러두기

- 본 소설 안에서, 인명, 지명, 장소명, 기관명, 업체명 등이 실제 명칭이거나 실제를 연상시키는 명칭으로 만들어진 예가 부분적으로 존재합니다. 그러나 그 명칭들을 이용하여 만들어진 플롯과 사건들은 실재(實在)와 관계가 없습니다. 본 소설에 나오는 등장인물들과 배경, 사건들은 작가의 상상력에 의해 창작된 것으로서, 모두 픽션(Fiction)입니다.
- 본 소설 속의 외래어 표기 중에서, 실제 외국어 발음에 가까운 원음식 표기의 필요성이 대두된 경우가 간혹 발생했습니다. 따라서 제목 포함 일부는 국립국어원 외래어표기법과 다름을 알려 드립니다.

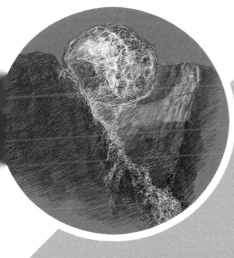

3권 차례

다 카포 알 코다*
Da Capo Al Coda

* 곡曲의 처음으로 돌아가 다시 연주하면서, 악보에서 코다 표시를 만나면,
코다와 코다 사이를 건너뛰어 그다음부터 연주하라는 뜻

24

"유 사장님. 이거 상황 심각해요."

자리를 지키던 서귀포시장이 회의실로 들어오는 헨리 유가 의자에 앉기도 전에 한마디 던지며 걱정 가득한 표정을 지었다. 수혁도 긴급 호출을 받고 서귀포시청 제2청사의 대회의실로 달려온 참이다. (주)제주테마파크가 발족하고 탐모라디자인공작소가 가동한 지 4개월 되는 시점에서 발생한 긴급 상황이었다. 상모리 주민 60여 명이 결국은 제주시에 있는 제주도청 앞에서 대대적인 데모를 벌이고야 말았다. 서귀포시청이 아니고, 제주도 반대편 한라산 너머 제주도청까지 몰려간 것이다. '우린 살든지 죽든지 못 나간다!', '국방부, 제주개발공사, 돈에 눈이 먼 죽일 놈들아!', '제주개발공사, 사기꾼 집단!', '사생결단이 무언지 알게 해주마!', '짜고 치는 고스톱판! 우리가 모를 줄 아느냐!', '(주)제주테마파크에게 뒷돈 받아먹은 제주도지사, 서귀포시장은 물러나라!', '국방부, 선대로부터의 약속을 지켜라!' 등등을 피켓과 플래카드에 써 붙이고 울부짖으며 고함들을 치고 자빠져 버렸다. 주민 하나가 몸에 신나를 끼얹고 분신자살을 시도하려 하는 것을 제주도청 공무원들이 일제히 달려들어 간신히 제지시켰고—시도일 뿐이지 진짜로 몸에 불을 붙이려 했는지는 태도를 봐선 의심스럽다는 말이 있었다— 결국은 다수의 경찰과 중대 규모 전경이 출동했으며, 제주시에 지사를 둔 신문사, 인터넷 매체, 방송국 기자들은 다 모여들었다. 외부적 정세 또한 상모리 주민들의 시위에 대해 꽤나 주목할 만한 여건을 갖추고 있는 바람에, 다른 사항들과 맞물려 돌게 만들어 주목을 받을 수 있지 않을까 하는, 기자들의 직업적인 취재욕을 은근히 부채질하고 있었다. 상황은 최악으로 변하고 말았다. 지금까지의 상황을 아무리 좋게 말해 보려 해도, 입지 예정지인 상모리 주민 설득에 실패한 것이다.

불난 곳에 기름을 끼얹어 활활 불타오르게 할 집단은 바로 언론이었다. 그들이 써 갈길 기사 내용이 주민 민생에 대한 힘 있는 쪽의 박해라는 운을 띄울 것은 누구나 예상할 수 있었다. 테마파크 짓겠다고 농사짓고 사는 힘없고 불쌍한 지역 주민(아파트 재개발 지역 주민하고는 화면에 비치는 느낌부터가 다르다)들을 강제로 내쫓으려 한다는 식으로 기사가 나갈 게 뻔했다. 이미 인터넷엔 기사들이 서서히 뜨고 있는 실정이다. 몇몇 기사가 눈에 뜨일락 말락 아직은 포털 사이트 검색어 순위에 오르지는 않았지만, 조금 지나면 여론을 아주 나쁘게 만들 요건들은 기사 자체로 다 갖추고 있었다. 이 제주테마파크 건은 제주도 뿐만이 아니라, 한국 전체에서도 관심들을 상당히 가지고 있는 프로젝트였다. 중앙 일간지, 인터넷 매체에서도 몇몇 소개 기사가 나갔으니까.

요즘은, 인터넷 매체의 영향력이 워낙 커져서 순식간에 한국 전역을 뒤덮고 마는 실정이다. 민생에 관한 한은 용서가 없는 것이 국민 여론이다. 이렇게 되면 운신의 폭이 극도로 좁아지게 된다. 더하여, 소규모 특정 인터넷 매체들에서 상모리 주민들과 제주4·3을 결부시키는 기사들이 만들어져, 인터넷 한 귀퉁이에 뜨고 있었다. 상모리 농민들은 역사적으로 권력에 의해 계속적인 피해를 당한 집단 운명체이며 지금 또 다른 희생을 요구당하고 있다는 논조가 하나 있었고, 다른 하나는 4·3의 한맺힘이 주민들을 사로잡아 일이 진전되긴 어려울 것이며 막무가내인 주민들도 문제라는 향후 예상이었다. 둘 다, 이번 사태가 주민들의 단순한 반대가 아니라, 역사적인 요인이 관계되어 있는 일이라고 말하고 있었다. 기사라는 것은 온갖 이야기들을 다 써 갈기는 법이지만, 이런 식으로 계속 여러 종류의 기사들이 나가게 된다면, 제주테마파크는 시작부터 여론의 호된 질타 속에 좌초하기가 십상인 악순환에 빠지게 된다. 어찌하든, 기사를 막으려면 상당한 로비가 필요한데, 결국은 약점 잡힌 꼴이 되어 언론 쪽에 질질 끌려 다니게 될 것이 뻔한 상황이었다. 언론은 언론 나름대로 자신들의 조류에 따라 움직이는 집단이다. 시범 케이스에 들어가면 그걸 막을 방법은 사실상 없었다.

선거로 당선되는 제주도지사, 그리고 서귀포시장은 말할 것도 없고 ─제주도는 2006년 7월 제주특별자치도로 출범한 이후, 도지사가 제주시장과 서귀포시장에 대한 임명권을 가지고 있다 ─국방부, 제주개발공사를 포함, 중앙 정부의 입장도 난처해질 것이 당연했다. 제주도는 현 정세에서 야당 쪽이 세를 누리는 지역이었지만, 정치적인 면 외에 경제적인 문제에 있어서는, 이익이란 대원칙 앞에 여권이냐 야권이야 하는 편가름은 의미가 거의 없어진다. 적이냐 동지냐 하는 것도 아니고, 서로 간에 득이 되느냐 실이 되느냐만 있을 따름이다. 오히려 이런 냉정함 때문에 일이 제대로 돌아갈 때는 덕을 보지만, 이런 경우 다들 자신들의 안위만 걱정하게 되어, 어느 누가 나서서 보호막을 쳐 주는 시늉조차도 할 리 만무하고, 일에 대한 협력보단 복지부동伏地不動으로 (주)제주테마파크를 상대할 것이 분명했다. 관료적 복지부동은 주민들에게도 향하게 된다. 법적으로 문제가 없는 개발인데도 주민들 요구 쪽으로만 관공서가 일방적으로 기울어지게 된다면, 향후 일어날지도 모르는 공사 방해에 대한 사업자의 울분에 찬 손해배상 청구 때문에, 담당 공무원들은 각종 감사에 걸리게 되며 '권력 남용'의 이유로 — 주민을 위한다 했다가, 법 적용이 치우쳐 공무원의 사적인 권력 남용으로 평가될 수 있다 — 쉽게 말해 다치게 된다. 공무원이 해야 할 법의 적용이란, 주민들의 권리도 보호하는 동시에, 사업자의 권리도 보호해야 하는 형평성을 가져야 하니까. 관공서 공무원의 입장이란 것도, 따지고 보면 상황이 자신들을 복지부동으로 몰아가는 것을 어찌하지 못하고 가만히 엎드려서 눈치만 보고만 있다가, 땅바닥에 자신이 하나로 눌어붙어 버리는 신토불이身土不二의 경지를 감수해야 하는 서글픔이다. 어쨌든, 이런 일은 시간만 마냥 지연시키며, 아무것도 건설적인 방향으로 해결되지 못하면서, 사업주체들이건 주민들이건 모두에게 난감한 상황으로 흘러가게 되기가 쉽다. 결국은 전부 지쳐 나가떨어지게 되며, 승자도 패자도 없는 쌍방 피해만 산적한 꼴이 되는 지경이다.

종종 뉴스 시간에 터져 나오는, 영업맨 또는 규모 크게 말해 보면 투기 자본이, 지자체와 맺은 양해각서(MOU) 종이 한 장 흔들면서 땅값 부풀리기를 한 후 먹고 튀었다는 둥, 재개발시 조합장과 결탁해서 나눠먹기를 했다는 둥, 또는 건설사 입찰 과정이 이상했다는 식의 볼썽사납고 뒷말 무성한 몇몇 개발 사업들하고, 이 제주테마파크 계획하고는 비교할 수 없는 노릇이었다. 헨리 유나 (주)제주테마파크나 그런 점에서는 투명했다. 이 제주테마파크 사업이, 순진하기도 하고 동시에 선거철만 되면 정치 게임에 휘둘리기 쉬운 지자체 주도의 개발 사업이었다면 차라리 잡음을 키울 요인들이 많았겠지만, 어디까지나 공식적인 사업주체는 민간회사인 (주)제주테마파크였다. 지자체 쪽에선 오히려, 자신들하고 별로 걸리는 부분이 없는 제주테마파크에 눈초리를 번뜩이며, '잘하나, 못하나, 어디 두고 보자!'라는 식으로 관심을 기울였다. 게다가 가장 중요한 땅 문제에 관해, 국방부 소유의 테마파크 부지라는 국가적인 지원을 겸하는 바람에, 제주테마파크는 사방으로부터 시샘 어린 관심과 주목, 그리고 눈독을 들일 만한 표적이 되기에는 쉽지 않을 상대이므로 논외論外로 하자는 투기 자본의 포기를, 스스로 불러일으키고 있었다. 이런 상황이니, 몇몇이 짜고 치면서 삼류 아사리판으로 만들기는 어려운 법이다. 판이 제대로 크면 클수록, 감시하는 시스템 또한 다양해지고 살피는 눈들이 둘러싸고 있어, 그 촘촘한 망을 뚫고 억지로 한 건하겠다고 마음 먹기보단—물론, 너무 급하면 무리하게 바보짓 할 수 있고, 그러면, 당장은 신이 날 수 있겠지만 결국 끝이 좋지 못하게 된다—긍정적으로 정당하게, 각자 자신들의 이익을 도모하는 태도가 바보가 아닌 이상 순리였다.

그러나 무엇보다도 중요한 점은 헨리 유의 선한 의지였다. 개인적인 사욕을 이루기보다는, 무언가 자신의 인생을 걸고 꿈을 이루고자 하는 승화된 욕망으로 그의 의지가 채워져 있다는 느낌이, 말이나 행동에서 주위에 역력하게 전해진다는 점은, 제주테마파크를 위해서 천만다행한 일이라 할 수 있었다. 제주테마파크라는 먹잇감에 파리 꾀듯이 냄새 맡고 달려드는 한탕주의 인사들에 대해, 헨리 유 자체가 방패막이이자 검증인의 두 가지 역할을 하면서 계속적으로 걸러내고 있는 실정이었다.

하지만, 이렇게 열심히 살아가는 헨리 유와 (주)제주테마파크라 하더라도, 언론에서 자꾸 네거티브한 기사를 내보낸다면 사람들에게 부정적인 느낌을 주게 되는 점, 그것 또한 사실이었다. '이거 혹시 말이야…….' 하는 식의 말도 안 되는 갖은 추측들이 난무하게 되며, 제주테마파크는 시작도 하기 전에 너무나 나쁜 평판으로 공중분해가 될 수도 있다. 이렇게 된다면, 마지막엔 제주테마파크가 억울하게 될 결말이다.

제주테마파크 계획의 첫출발은, 지금 상태로만 평가한다면, 평화롭게 살아가는 상모리 주민들에게 땅 빌려서 농사짓는 설움을 일단 되새김질하게 해준 뒤, 살아갈 방법에 대한 근심을 불러일으켰으며, 그다음으론, 지금 벌어지는 일이 언젠가 자신들이 겪었던 일이 아닌가, 즉 데자뷰로 느껴지며 60년 전에 겪었던 상황이 다시 반복될 듯한 강박감 어린 공포 속으로 몰아넣은, 좋지 않은 발단인 셈이다. 그렇지만 결말만은, 첫출발처럼 악순환에 빠지는 상황으로 되어선 안 되지 않겠는가! 헨리 유와 (주)제주테마파크가 가지고 있는 일종의 '순정'을 주민들이 이해한다면, 혹시라도 문제 해결이 되지 않을까, 실낱 같은 희망을 붙들어 보는 수혁이었다. 그가 이 제주테마파크에 목숨 걸고 있는 꼴은, 헨리 유만큼 간절하다 해도 과언이 아니었다. 수혁은 설계의 진행 상황도 걱정스러웠다. 지금까지 해온 마스터플랜과 기본 설계 작업을 다른 입지 예정지로 돌려서 다시 앉히려면, 그 또한 만만찮은 작업이 될 게 뻔하므로, 한 마디로 앞이 보이지 않는 암담한 상황이었다.

헨리 유 뒤를 따라서 회의실에 들어 간 수혁은 주위를 둘러보니, 헨리 유를 보자마자 한마디 던진 서귀포시장뿐만 아니라 부시장, 환경도시건설국장 양정대, 건설교통과장 조경식, 공보과장, 제주국제자유도시개발센터(JDC) 이사장, 투자사업본부장, 제주도청 정책홍보공보관, 투자정책과 일괄처리제1팀장, 제주특별자치도개발공사(JPDC) 경영관리본부장 등, 그가 그동안 제주도 관공서 여기저기를 방문했을 때, 일로써 가장 밀접하게 연관된 공무원들이 다 와서 앉아 있는 것을 알 수 있었다. 몇몇 처음 보는 얼굴들도 있었다. 제주도지사만 참석하지 않고 있었다. 아마도, 제주도청 현장에서 상모리 주민들을 달래느라 진땀을 빼고 있을 게 확실했다. (주)제주테마파크에선 헨리 유의 심복이라 할 수 있는 펠드스파홀딩스 출신 3명이 회의에 참석했고, 탐모라디자인의 한수혁이 홀로 끼어 있으니, 헨리 유가 수혁을 생각하는 마음은 이런 식으로 위기 때 나타나고 있었다.

헨리 유는 서귀포시장의 "상황 심각해!"라는 말을 듣자, "안녕하셨나!" 하며 뚱딴지 같은 소리를 던지더니, 자리에 앉고는 단정한 미소를 지었다. 주변의 사람들은 다들 스트레스로 얼굴들이 딱딱하게 굳어져 있는데, 이 인간은 뭔 배짱으로, 주위를 둘러보며 목례를 하면서 연신 미소를 던지는지 수혁으로선 이상하다는 느낌마저 들었다.

'재미교포라 한국이 어떤지를 몰라서 저러나? 분위기 파악 못했나?'

생각해 보면 여기 도착하기 전까지의 헨리 유 표정은 심각하게 일그러져 있었으니, 분위기 파악을 못해서가 아니라, 터질 것 같은 긴장감을 일부러 김새게 만들려는 의도도 있는 것 같았다.

JDC 이사장 : (고개를 외로 꼬며) 유 사장님. 지금 웃음이 나올 땝니까? 우리가 상모리는 힘들다고 몇 번씩 지적했는데, 그때마다 무시만 하시더니 꼴이 이게 뭡니까?

서귀포 부시장 : (상체를 테이블 앞으로 내밀곤 헨리 유를 숫제 째려보며) 유 사장님. 상모리는 안 돼요. 거기 건드려서 좋을 것 없다고 제가 말씀 드렸잖아요. 지금이라도 얼른 입장 발표하고 없던 일로 하자구요. 일이 너무 커졌습니다. 기자라고 명찰 단 놈들은 도청에 다 몰려왔습니다. 내일이면 인터넷이건 신문이건, 아냐, 뭐 내일까지 갈 일이나 있겠어? 오늘 당장 저녁 뉴스에 나올 판인데.

양정대 국장 : (몸을 의자 등받이에 기울이며 조금 안타까운 표정을 지으며) 유 사장님. 대록산 쪽에 하세요. 거기 좋습니다. 완만한 평야지고 주위에 걸리는 것 없고 속썩일 주민도 없고, 오늘 당장 입장 발표하고 없던 일로 해야 합니다. 그러지 않으면 우리들이 입을 타격이 만만치 않아요. 당장, 내년 선거가 기다리고 있습니다.

서귀포시장 : (양정대를 째려보며) 이게 선거하곤 뭔 상관이야? 자넨 갑자기 무슨 쓸데없는 소릴 하나. 주민들이 저렇게 싫어하는데 당연히 우리가 정리해 주는 거지. (서귀포시장에겐, 이번 자치단체장 임기를 채우지 않고 내년 국회의원 총선에 출마할 것이라는 풍문이 떠돌고 있는 실정이다)

양정대 국장 : (고개를 숙이며 어쩔 줄을 몰라 한다) 아! 예. 그렇습니다. 시장님. 제가 말이 좀 빨라서. (말을 마치고는 시장을 흘깃 쳐다보며 씩 웃곤 딴전을 편다. 그 모습은 아무리 봐도 넌 때가 되면 갈 놈이고, 난 여기 붙박이야, 하는 표정)

JPDC 경영관리본부장 : (안경 너머엔 긴장한 표정이 역력하다. 미간에 여덟 팔자 주름이 깊게 패이며) 유 사장님. 조심해야 합니다. 정부 출자 규모도 만만치 않은데, 말썽이 나선 안 됩니다. 그리고 국방부 입장도 고려해야지요. 지금 다들 긴장하고 있어요. 우리 쪽으로 말이 계속 들어오고 있어요.

제주도청 정책홍보공보관 : (팔짱을 끼며 한숨을 쉬며 말한다) 이것 보세요. 유 사장님. 이번 일 때문에 언론에서 두들기게 되면, 지금까지 제주도에서 중점적으로 해오던 다른 프로젝트까지도 영향을 받게 됩니다. 투자 인센티브에 대한 문제라든지, 규제 완화에 대한 문제라든지, 씹을 수만 있다면 모조리 씹어 댈 겁니다. 제도 개선책들에 대해, 언론에서 생각이 나는 대로 한꺼번에 검증에 들어간다는 식으로 나올 수도 있어요. 어떡하실려고 하는 겁니까? 도대체!

개구리들이 일시에 와글와글했다. 헨리 유는 듣고만 있었다. 입가에 미소만 띄우고서. 그러더니 얼굴을 들어 회의실 천장의 조명을 멀거니 한동안 바라보다가, 주위를 둘러보며 말을 꺼내기 시작했다.

"기자 놈들. 하고 싶은 소리 다 하라고 하세요. 상관 없습니다. 그런 거 겁낼 이 헨리 유가 아닙니다. 여론이 안 좋아진다고 뭔 상관입니까? 일만 되면 되지. 설득하면 되는 겁니다."

그 소리에 서귀포시장이 당장 소리쳤다.

"그게 무슨 말이에요? 유 사장님. 아무 대책 없이 주민들 나가라고 할 수 있다고 생각하는 겁니까? 지금까지 보상금 주겠다고 계속 설득했지만 방법이 없었잖아요. 보상금도 싫다는 거예요. 그냥 살게 해다오라구요, 자기네들 건드리지 말고. 그러니 무슨 말로 설득할 수 있다는 거요? 그리고 여론이 어찌되든 상관없다니. 여기가 무슨 콩가루 나라인 줄 알아요? 미국 살면서 그런 거나 배웠습니까? 한국이 우습게 보여요?"

시장의 노발대발하는 소리에도 헨리 유는 입가의 미소를 지우지 않고 침착하게 듣고 있었다. 고개를 살짝 왼쪽으로 기울이고는 귀밑머리 근처를 왼손 검지로 살살 긁으면서 듣더니만, 골똘하게 생각에 잠긴 목소리로 천천히 대답했다. 좌중의 흥분에 전혀 동요되지 않는 모습이었다.

"어차피 기사 막기는 어려운 상황입니다. 이미 인터넷에 몇몇 기사가 나갔고 오늘 지나면 인터넷에 완전히 퍼질 테니까요. 그리고 억지로 막아 본들 나중에 좋을 것 없습니다, 끌려 다니기나 하지. 상모리에

테마파크를 세우는 일에 대해, 우리가 무슨 잘못한 행동이나 하는 것처럼 스스로 고개 숙이고 들어가면, 언론에서는 그걸 약점이라고 생각해서 계속 공격하게 될 것이고, 따라서 그럴 필요가 없습니다. 폭풍은 한동안 밀어닥칠 테지만 지나가면 그만입니다. 테마파크는 상모리에 세워야 합니다. 그래야 테마파크가 살아요. 다른 부지는 절대로 있을 수 없습니다. 저희가 다음 주까지 마무리 짓겠습니다. 주민의 열렬한 호응까진 안 가더라도, 테마파크에 대해 적극적인 입장이 나올 수 있도록 해놓겠습니다. 그때 가벼운 기자 회견 장소를 마련해서, 모든 일이 잘 마무리되었다는 언론 플레이를 하면 됩니다. 그러면 피해를 최소화할 수 있을 겁니다."

"아니, 지금까지도 제대로 안 돼서 그런 건데, 이제 와서 무슨 방법으로 저 주민들을 설득하겠다는 겁니까?" 서귀포시장은 아직도 화가 안 가셨는지, 말투에는 노여운 느낌이 가득 배어 있었다.

"제가 생각해 둔 게 있는데, 이럴까 저럴까 마음을 결정하지 못하고 있었습니다. 이번 주 내로 제가 직접 상모리 주민들을 만나 설득하겠습니다. 잘될 것입니다. 절 믿으시면 됩니다. 조금만 더 기다려 주세요." 헨리 유의 말이었다.

헨리 유와 수혁, 그리고 (주)제주테마파크 소속 세 명은, 시청 제2청사 대회의실에서 빠져나와 건물 뒤편 야외 주차장으로 나섰다. 주위는 식재된 조경수들이 둘러싸고 있는 조용한 주차장이었다. 회의의 결론은 다음과 같았다.

'일단 제주도청과 서귀포시청에서 주민들의 소요 사태에 관한 언론 보도 내용을 무마하기 위해 기자단 설득 작업을 한다. 향후 일주일 정도는 어떻게 하든지 버티기를 하자. 다 정리가 되진 않을 테지만, 접촉이 가능한 매체에는 가급적 부드러운 논조의 기사가 나가게 노력한다. 주민 설득 작업은 하루라도 빨리 해야 한다. 그러지 않으면 기자들에게 변명한 것이 약발 다 떨어진다.'

회의에서 나온 기자단 설득의 논리는 수혁이 보기엔 정말 실낱같이 위태로운, 솔직히 말하자면 헛된 희망 품기로 보였지만 다른 방법론은 사실상 찾을 수가 없었다. 일주일 정도 지나면 주민 설득 작업이 완료될 것이고, 지금은 그동안 쌓여 왔던 서로의 갈등이 한꺼번에 고름 터지듯 터진 것에 불과하므로, 조금 기다려 보면 오히려 해결점을 찾는 데 탄력을 받을 것이라는, 악화된 상황에 대한 눈 가리고 아웅 식의 포장에 불과했다. 그러니, 가령 일주일 정도의 극히 제한적인 기간 내에 아무 해결점이 나오지 않는다면, 어쩌면 지금 상황보다도 더욱 악화된 여론의 역풍을 맞을 수가 있었다. 시간 벌려고 물타기 내지 사기친 게 될 테니까. 회의 결론을 한마디로 요약하면, 짧은 시간 내에 주민 설득 작업을 마무리 짓지 못할 경우, 관공서나 언론이나 헨리 유와 (주)제주 테마파크를 손가락질하며, '바로, 너 때문이야!'를 외칠 수 있는 상황으로 정리된 것이라 할 수 있겠다. 물론, '바로, 너 때문이야!'를 외칠 수 있는 빌미를 헨리 유 스스로가 열심히 제공한 꼴이지만. 그로서도 무너진 모습은 절대로 보일 수 없었던 것이다.

야외 주차장은 마침 사람도 보이지 않고 한적했다. 헨리 유의 표정은 대회의실에서와는 딴판으로 긴장된 표정으로 경직되어 있었다.

"거 누구 담배 좀, 없나?"

헨리 유가 쉰 듯한 갈라진 목소리로 주위의 네 명에게 담배를 요구했다. 직원 중 한 사람이 담배를 주자 "더!" 하면서 석 대를 뺏어 들더니, 혼자서 주차장을 가로질러 수풀 쪽으로 흔들흔들 걸어갔다. 그는 나무들 사이를 헤치고 속으로 계속 들어갔다. 저쪽, 수풀 속에서 헨리유 뒷모습이 어렴풋이 느껴지고, 담배 연기가 한참 동안 모락모락 올라가는 것이 살짝살짝 보이곤 했다. 수혁은 그가 담배 피우는 모습을 오늘 처음 보았다. 직원 세 명과 수혁은 서로 아무 말도 하지 않고 헨리 유 쪽만 바라보고 있었다. 헨리 유는 담배 석 대를 연속으로 피우고 나서 한동안 심호흡을 하는 것 같더니 일행 있는 곳으로 다시 돌아왔다. 좀 긴장이 풀어진 모습이었다.

헨리 유는 일행을 잠깐 동안 물끄러미 올려다보더니, 씁쓰름한 표정으로 말을 시작했다.

"난 적절한 보상금을 제시하면 합리적으로 일이 처리될 거라 생각했지. 상모리는 어렵다는 말을 많이 들었지만, 그건 그 전의 일처리가 합리적이지 못한 면이 반드시 있어서 그랬으리라 생각했네. 그건 내 오판이었어. 뭐 어쨌든 좋아⋯⋯. 아하⋯⋯."

헨리 유는 눈을 감더니 '아하' 하며 한숨을 푸욱 쉬었다. 그러더니 눈을 깜박거리며 말을 계속했다.

"제주도 사람들 말이야. 돼지고기 좋아해. 나도 어렸을 때 많이 먹었지." 헨리 유는 느닷없이 다른 화제話題를 꺼냈다.

일행 중 하나가 느낌이 오는지 그 화제를 거들었다.

"사장님. 저희가 이번 주 내로 상모리 주민들과 회식을 한 번 추진하겠습니다. 사장님과 주민들의 간담회 형식도 겸해서요. 좀 좋은 곳으로 할까 하는데……. 호텔 연회장을 빌릴까요?"

"그럴까……?" 헨리 유는 고개를 끄덕거렸다.

수혁이 옆에서 대화를 듣다가 자신의 생각을 말하기 시작했다. NBS 사업국에서의 테마파크 개발 경험이 생각나서였다. 그때는 지방 군청에서 힘 좀 준다고 군내 예식장을 빌려서 주민 간담회를 성대하게 열었다가, 대화는 제대로 하지도 못하고 마음도 못 사고 흐지부지 무산됐었다. 결국 주민 설득은 마을 어르신들을 따로 만나 통사정 쪽으로 흘러갔었는데……, 결론은 제대로 나지 않았었다.

"그러지 말고, 마을 회관이 어떨까 생각이 드는데……. 각 마을에는 마을 회관이 있거든요. 뭐 소박한 건물이긴 합니다만, 그런 곳이 흉허물 터놓고 친근하게 대화하긴 좋을 것 같은데. 마을 주민들 다 모아 놓고, 편안하게 그 사람들이 하고 싶어 하는 말 다 들어주면서 대화를 해 보는 게 좋을 것 같습니다."

헨리 유의 표정 변화가 수혁의 의견 쪽으로 마음이 솔깃해지고 있음을 알려 왔다.

"마을 회관? 아! 그래. 그거 좋겠다. 소박하게, 잘난 척하지 말고 말이야. 우리가 겸손하게 말이야."

"요새 보면 참나무 장작에 돼지고기 기름 쫙 빼서 통째로 바베큐하는 것 있잖아요. 그거 맛 좋던데. 마을 회관 마당에다 돼지 여러 마리

갈고리에 걸어 놓고 풍성하게 하고, 서로 막걸리 먹고 하면 얘기가 좀 풀리지 않겠습니까?" 수혁의 계속된 제안이었다.

수혁의 말에 헨리 유는 기분이 좀 풀리는지 "그래. 그거야." 하면서 혼잣말을 했다. 보아하니 사람이 좀 살아나는 기미가 있었다. 왕초가 다 죽어 가니, 수혁도 얼마나 맥이 빠지던지……

"미스터 한. 제주도 사람들 장작구이 안 좋아할걸? 이 사람들 말이야. 삶은 것 좋아해. 나도 어렸을 때 돼지고기 항상 삶은 걸 먹었던 기억이 나."

"아! 그렇습니까? 그러면 좋은 돼지 사다가 통째로 잘 삶아서 먹도록 하지요. 새우젓 찍어 먹으면 맛 좋죠."

"하하하. 아니야, 미스터 한. 여긴 새우젓 안 먹어. 여긴 말이야, 진짜 조선간장에 마늘 넣고 파 조금 넣고 해서 거기다 찍어 먹는다고. 내가 기억이 나. 그게 진짜 제주식이야. 새우젓보다 맛있지." 드디어, 다 죽어가던 헨리 유가 아는 척을 하기 시작했다.

"그럼 그렇게 하시죠. 뭐. 하하하하." 수혁은 맞장구치며 크게 웃어주었다. 분위기를 좀 살릴 필요가 있었다.

"그래. 그렇게 하자고……. 핫하하."

헨리 유가 웃기 시작하는 걸 보니 기운이 조금 나는 모양이었다.

탐모라디자인 사무실에 돌아온 수혁은 일이 손에 잡히질 않아서 애먹었다. 참석했던 회의가 신경 쓰이고 헨리 유의 축 늘어진 어깨가 걱정스러웠다. 왕초의 그런 모습은 처음 보았다. 항상 에너지가 넘치는 사람인데. 입지가 정말 어떻게 되려는지……. 아무것도 모르고 열심히 일하는 디자이너들을 보노라니, **모르는 게 약**이란 속담이 생각났다. 요사이는 서로 간 감정 교류들이 사무실이건 밖이건, 조금씩 이루어지는 모습을 보이는 디자이너들이다. 파티 이후로 태도들이 많이 달라졌다. 일로서의 팀워크는 본래 유지되고 있었지만 서로 간 친구로서의 친밀함은 없었는데, 사무실이나, 삼삼오오 몰려다니기 시작하는 점심시간이나, 견제보다는 이해 쪽으로 비교적 편안하게 대화하는 얼굴 표정들이 바로 달라진 모습들이다. 제주도 와서 넉 달이 되어 가는 요즘은, 일하다가 지칠 때면 몇 사람씩 몰려나가, 월드컵 경기장 근처에서 기구 타고 하늘로 날아올라 간다든지, 카트 레이싱을 하면서 서로 부딪치고 논다든지, 버스 타고 20분 가면 있는 승마장에서 말을 빌려 타고 초원을 질주해 본다든지 하는, 회사에서 같이 일하는 사람들로서는 보기 힘든 수준의 친밀감이 나타나고 있었다. 한국 기업의 경우를 보더라도, 조직의 상층부에서 의식적으로 친목을 도모하는 일은 있지만, 진심으로 같이 놀고 싶어서 전 조직원이 함께 놀러 나가는 경우는 거의 없다. 사기업은 전무하고, 유일한 경우가 지방 공무원 사회와 특수한 경우로서 군대에 조금은 존재한다. 아마도 이런 면은, 조직의 쓴맛을 보고 있는 전 세계인의 공통 사항일 것이다. 이 제주도에 6개월 예정이라는 비교적 단기간의 격리 수용을 당한 이후, 인간적 교류의 다른 통로들은 막혀 버린 이유로 마침내, 새로운 심리적 탈출구를 찾아낸 디자이너들이다. 제주가 준 일종의 선물이라고 할 수 있었다. 또한 디자이너들은, 업무 시간 후 리조트 헬스클럽에서 운동도 하고, 월드컵 경기장 안 부속 시설인 수영장에서 수영도 하고 해서, 체력 관리도 은근히 하는 모습들을 보이곤 했다. 이제는 제주도에서의 생활이, 익숙해지고 몸에 젖어든다고 하는 단계랄까? 어쨌든 스트레스를 푸는 것이 중요했다. 두뇌도 계속 생각한다고 계속 돌아가는 것이 아니고, 휴식이 주어진 다음 번쩍이는 영감이 찾아오는 법이니까.

테마파크 '진입-공유 구역'에 대한 디자인 작업을 진두지휘하는 수혁이다. 드라마《대장금》이 아시아권에서는 워낙 유명하고 해서, 전통 궁중 요리 레스토랑 3채(회랑과 본채들이 여러 형태로 결합되어 밋밋하지 않은 입체적 평면이었다)는 '대장금' 분위기도 살릴 겸, 한옥 구조로 만들어 볼 생각을 했는데, 실제적으로 제일 싸게, 뺄 거 다 빼고 재(才) 풀이[1] 하면서 계산기를 두들겨 봐도, 평단가坪單價가 5천 5백에서 6천 가까이 나오는 바람에 골머리가 아픈 상황이었다. 한옥은 짓기 나름이다. 상황에 따라 건축비는 천차만별이 된다. 이왕 하는 것, 최고급으로 올린 한옥 구조를 제대로 보여 주고 싶었다.

수혁은 대규모 전각殿閣 고건축에 사용되는 쌍고주雙高柱 9량梁 집을 생각했다. 쌍고주 9량집이란, 내부에 대들보를 받치는 높은 기둥이 2열로 들어가 앞-뒤로 퇴칸이 있고, 기둥(평주, 고주, 동자주)과 기둥 사

---

[1] 재(才) 풀이 현장에서 쓰이는 목재단가 계산법으로 '사이풀이'라고도 한다. 한 목재 안에, 1寸×1寸×12尺 부피의 1치(寸) 각재가 몇 개나 들어 있을까 생각해 보는 방법이다. 바로 12자(尺) 길이 1치(寸) 각재가 '풀이'의 기준인 1재(才)이다. 예를 들어, 12자(尺) 길이 5치(寸) 각재를 재(才) 풀이 해보면, 25재(才)가 나온다. 1재(才)인 12자(尺) 길이 1치(寸) 각재를 500원이라 치면. 12자(尺) 길이 5치(寸)각재는 25재×500원=12,500원으로 예상할 수 있다. 이처럼 견적 타당성을 검토할 때 현실적으로 유용하다.

이를 횡으로 가로질러 서까래를 받치는 도리가, 9군데에 걸리는 가구架構 형식이다. 궁궐 건축의 정치精緻한 멋이 나왔으면 싶었는데, 대규모의 평면을 설계하다 보니, 기둥들 위의 천장과 지붕 전체를 형성하는 가구架構들이 어마어마한 규모가 돼 버리고 말았다. 평면이 크면 그만큼 지붕도 장대한 물매, 높은 고高를 형성해야 하는 법이고 — 근정전이나 경회루 생각하면 된다 — 처마가 깊어야 하니, 중층中層 한옥인 입면에서 지붕이 주저앉아 보이지 않으려면, 공포栱包/貢包가 일반적인 전각殿閣의 기준인 외7포 내11포 이상, 외9포 내13포 집까지 고려해야 될 상황이었다. 수혁으로서도 '내가 경복궁 복원하는 것도 아니고 암담하구나!' 하며, 자신의 아이디어에 이래저래 회의를 느끼고 있는 참이다. 벽체를 형성하는 수장재修裝材들, 인방引枋들과 머름대, 문얼굴, 문짝과 창호도 최고급으로 하여 격조를 보여 주고 싶었다. 잘 지어진 한옥이란 문짝만 봐도 알 수 있다. 이런 한옥의 질을 보여 주는 건축 부재들을 어떻게 처리하느냐에 따라 건축비는 수직 상승하기 마련이다. 게다가, 모든 건축 과정은 장인들의 손으로 직접 이루어지니 인건비도 막대하고, 기단과 주추, 계단들의 석물石物 건축비도 무시 못하고…… 궁궐 수준의 잘 지어진 한옥이란, 인간 문화재급의 장인이 직접 손으로 깎아 만든, 사람들이 안에 들어가 생활할 크기의 거대한 목공예 작품이라 생각하면 쉽게 이해가 될 것이다. 하여튼, 한국산 적송赤松은 생각도 못하고, 한국산 육송陸松으로 건축비를 뽑아 봤는데도 평단가가 5천 5백에서 6천이란 결과가 나오니, 어떻게 해야 하나 갈피를 잡을 수가 없었다. 일반 미송으로 했다가는 10년도 채 안 돼서, 기둥과 기둥 사이가 도리 간間으로는 4.55미터(15자), 중앙(대들보)의 간間 사이가 10.9미터(36자)가 되는—대형 레스토랑이라 테이블이 놓일 공간을 최대한 확보해야 할 필요가 있었다—장 스판(長 Span)²을 견디지 못하고 주저앉기 시작할 것이 뻔했고, 그렇다고 경량 목구조를 차용하자니 한옥 느낌하곤 거리가 먼 것이라 결정이 어려운 상황이었다. 경회루의 도리 간間이 가장 긴 곳이 5.20미터(16자 8치)이고, 근정전의 중앙(대들보)의 간間 사이가 대략 12미터(39자 6치)로, 전통 목구조로는 기둥 사이를 최고도로 벌려 놓은 고건축 문화재 중 하나라 할 수 있다. 이는 한국산 소나무의 탁월한 내구성 덕분이었다. 그것도 귀하디 귀한 적송 중의 최고봉, 쭉쭉 뻗은 금강송金剛松, 붉은 나이테 결에 노란 속살 황장목黃腸木이니……. 북미산 홍송紅松도 좋을 것이란 생각이 들었지만, 홍송 가격도 한국산 육송보다 비싸면 비쌌지 별 차이가 없으니 고려 대상에서 제외시켰다. 같이 일하는 디자이너들도 이 부분만큼은 수혁의 결정만 바라보고 있는 실정이다. 그들이 한옥의 건축 단가에 대해 뭐 아는 게 있어야지……. 지금 디자인 하고 있는 레스토랑, 평단가 알면 기절들 할 거야!

모형실에 들어가 '진입-공유 구역(Entry-Public Area)'에 대한 모형 작

---

2 장 스판(長 Span) 설계도를 읽어 내면서 입버릇처럼 나오는 현장의 표현인데, '기둥 없이 먼 거리', '간격이 멀구나! 대단한 보가 걸렸네.' 등의 의미이다. '스판Span'은 큰 보(Girder), 작은 보(Beam), 들보(Joist) 등의 부재를 걸칠, 한 지점과 또 다른 지점 사이의 거리 또는 간격을 의미한다. '장長'은 사실 수치적으로 기준이 없다. '일반적이지 않게 길고 먼'의 뜻 정도가 되며, 구조나 시공 입장에서 도면을 쳐다보면 입에서 터져 나오는 '한숨 섞인 탄식'이 차라리 '장長'의 형용사적 의미를 제대로 표현한다.

업을 하고 있는 대학생들에게 몇 가지 주의점을 말하면서, 스케일 30분의 1인 비교적 대축척의 건축 모형들을 바라보노라니 한 가지 아이디어가 머릿속을 스쳤다. 지금은 고건축 복원 분야에서는 전혀 쓰이지 않고 사라져 가는 방법. 한국이 한창 돈이 없어 궁핍하던 시절에 마지못해 '할 수 없지.' 하면서 하던 조금은 서글픈 방법. 지금은 그것을 쳐다보자니 너무 싫게 느껴져 다 부숴 버리고, 정식 목구조로 다시 복원하게 되는 결과를 낳은 방법. 수혁은 방송국 시절에도 이 방법에 대해 생각을 해본 적이 있었다. 사극 오픈세트를 대규모로 만드는 경우, 일반적인 민가는 상관이 없는데, 궁궐이 나올 때에 골치 아픈 면이 있었다. 몸집 큰 세트를 만들어야 하니 목재값이 장난이 아니게 들어갔다. 물론 제대로 지은 한옥은 아니고 약식이기 때문에, 문화재로서 가치를 매기는 고건축 복원 비용에 비해선 새발의 피이긴 했지만, 어찌했든 방송용 세트로는 비용 부담이 큰 것이 사실이었다. 세트는 어차피 진짜 재료가 아니더라도 상관 없는 것이다. 오히려 겉모습만 진짜같아 보이고, 저렴하고 간편한 대체 재료로만 할 수 있다면 성공적인 세트라 할 수 있다. 다만 한옥은 목재만이 나타낼 수 있는 곡선의 미묘한 변화들 때문에 ─ 전체적으로 보면 일정한 균일성을 가져도 자세히 찾아보면 모두 차이들이 있다 ─ 대체 재료로 하기가 굉장히 껄끄러운 면이 있었다. 이 면이 TV 화면이나 영화 화면에 크게 나타나지 않을 것 같아도, 조금만 화면이 클로즈업으로 들어가면 목재로 자연스럽게 지었느냐, 아니면 대체 재료의 딱딱하고 어색한 면이냐 하는 판가름이 시청자에게 알게 모르게 전달될 것이 뻔하기에, 디자이너들은 결국 궁궐 같은 대규모 한옥 세트도 목재를 선호하게 될 수밖에 없었다. 게다가, 세심하게 시간을 들여 마무리하기엔, 방송용 오픈세트란 언제나 일정에 쫓기게 마련이다. 몇만 평에 오픈세트들을 때려짓는데, 설계에서 시공 완료까지 1년 남짓 주어질 뿐이니까. 대체 재료로 면밀하게 계획하여, 시공 순서에 따라 일일이 결과를 검증해 가며 지을 시간은 사실상 없었다.

그러나 수혁은 대체 재료로 지은 한옥에 대해 관심은 항상 가지고 있었다. 그는 부여 부소산성 안에 있는 '삼충사三忠祠'에 들렀을 때, 거의 충격이라 해도 좋을 만큼의 강렬한 느낌을 받은 적이 있었다. 백제계 하앙식下昂式 공포栱包를 가진 고졸古拙한 고건축을 철근 콘크리트로 만든, 한마디로 이미테이션 한옥이었는데, 기둥에는 전혀 시각적인 차이를 못 느낄 정도의 목재 질감까지 표현되어 있고, 전체적인 느낌은 '한옥이긴 한데 조금 선이 딱딱하구나!' 정도의 좋은 인상이었다. 단청의 색채도 안정적으로 착 가라앉아 있었다. 한마디로 '이 정도면 세트로 쓰기에는 너무 훌륭하다!'였다. 비슷한 시기, 1970년대에서 80년대 초반까지의 다른 콘크리트 이미테이션 한옥들과는, 급수가 다른 건축물이었다. 장차 세월이 더 흐르면, 이 자체로, 한 시대를 보여 주는 훌륭한 문화재로 인정받겠다는 느낌이 들었다. 다만 단숨에 지은 것이 아니었다. 부여군청에 들러 상황을 파악하니, 인간 문화재급 고건축 전문 대목장大木匠이 일일이 현장에서 하나하나 간섭해 가며, 천천히 시간을 들여 만든 건축물이었다. 건물 설계 도면 만들 때부터 지적할 것 지적하고, 현장에서 책임진 결과였다. 어떤 면에서는, 순수한 목조라면 불가능할, 철근 콘크리트만이 가지는 자유로운 길이의 조정감, 바로 장 스판(長 Span)의 장점이 살아 있는 이미테이션 한옥이었다. '자기만 알고 혼자서 쳐다보며 즐기게 대목장께서 묘기를 부리셨네. 어색하지 않게.'라는 생각이 절로 들게 하고 있었다. 일반적인 한옥 팔작지붕의 추녀마루보다 훨씬 긴 선으로 처리된 삼충사 지붕의 추녀마루에는 — 이 점이 철근 콘크리트 구조체라 가능할 면모로 여겨진다. 목조 때의 팔작지붕과는 비례가 약간 달랐다 — 끝에만 망와望瓦가 설치된 것이 아니고 마루 중간 두 군데도 망와를 추가 설치하여, 추녀마루 전체의 선이 위배되지 않는 한도 내에서 섬세하게 파도치고 있는 듯한 느낌을 주었다든지, 창방과 도리장여 사이 소로들의 간결하게 액센트화된 조형성, 조금은 깊어 보이는 처마와, 지붕을 형성하는 도리들 위의 서까래와 부연의 구성은 보기에 즐거웠다. 특히 추녀와 갈모산방, 선자 서까래의 표현 등이 콘크리트로 만들어져 목조 법식法式에 정확히 맞는 것이 재미있었다. 아울러 굳이 흠을 말해 본다면, 콘크리트 이미테이션의 한계일지 모르지만, 서까래가 조금 가늘어 보이고 선의 딱딱함이 다른 부재보다 유난히 눈에 들어온다는 점이었다.

지금, 수혁은 제주테마파크, '진입-공유 구역', 한옥 레스토랑 모형을 바라보며, 그 '삼충사' 생각을 할 수밖에 없었다. 방법은 철근 콘크리트 이미테이션 한옥이었다. 바로, 직접 설계와 시공을 간섭하고 총 지휘할 인간 문화재급 대목장이 있어서 수혁의 뒤를 받쳐 주는 건설 시스템과, 그 결과로 나타나는, 하나의 작품이라 할 정도의 목구조가 완전하게 살아 있는 듯 보이는, 훌륭한 철근 콘크리트 이미테이션 한옥 레스토랑! 게다가 철근 콘크리트 조는 시공 기간을 목구조보다 여러 모로 훨씬 단축할 수 있다.

제주테마파크의 개장 시기까지 이런 규모의 한옥 레스토랑을 정식 목구조로 제대로 지어서 완성하는 일은 불가능하다고 생각하는 게 솔직하고 상식적인 판단이었다. 개장만 하고 레스토랑은 계속 건축하는 방법도 있으나, '진입-공유 구역'의 중요 핵심 시설이므로, 테마파크의 광고 홍보 전략에 문제가 생길 것이 뻔했다. 그럴 상황은 애저녁에 만들지 않는 게 능사였다. 그리고 잘 건조된 좋은 목재를 제때에 제대로 구할 수 있냐는 점에도 회의가 들었다. 또한, 한옥은 구조체를 완성하고 지붕에 기와를 얹으면 1년은 내버려 두는 것이 원칙이고, 그래야 모든 구조 부재들이 자리를 잡는데, 그 후에 수장 공사를 해야 수장재들이 차후에 비틀림이 없다. 철근 콘크리트로 구조체를 하면 그런 염려가 없기에, 시공 기간을 짧게 가져갈 수 있다는 대단한 장점을 더욱 도와주고 있었다.

'테마파크 건축이란 것 자체가 어차피 대체 재료, 가짜로 지어진다. 건축 재료에 대한 시각은 세트하고 똑같은 것이다. 테마파크 만들면서 진짜 돌로 성을 만드는 것 보았는가? 한옥도 마찬가지 개념으로 접근해 보자. 도저히 건축 비용이 답이 안 나온다. 한옥 목구조의 부드러운 자유 곡선이 포함된 그 느낌을 살리기가 힘든 것이 문제인데, 그건 어떻게 하든지 해결해야지. 표현 안 돼도 할 수 없지. 포기할 건 포기해야지. 어차피 지금 할 수 있는 일은, 사극 오픈세트 짓듯이 약식 목구조로 대충 지을 수밖에 없을 텐데, 그러면 한옥의 비례와 균형미가 안 갖추어 질 게 뻔하다. 그럴 바엔, 철근 콘크리트 구조체로 전체적인 비례미라도 어떻게 하든지 맞추어 보자. 다만 싸구려로 보이는 것은 어떻게 하든지 막아야 한다. 구조체는 철근 콘크리트 이미테이션으로 가되, 수장재와 문짝, 창호는 구할 수만 있다면 한국산 적송, 안 되면 북미산 홍송으로 가보자.'고 수혁은 마음의 결정을 내렸다. '가짜도 진짜 못지않게 아름다울 수 있다. 이왕 이런 식으로 하는 것, 진입-공유 구역의 다른 소규모 한옥들도 동일한 방법을 고려하겠다. 뭐가 가짜고 진짜냐. 테마파크 자체가 사기다.'라고 되뇌이면서.

제주테마파크, '진입-공유 구역'에 관한 한, 한국적인 것을 표현해야 한다는 명제가 있다. 그 점을 생각한 마크 페린이 자기 딴에는 친절을 베푼답시고, 밑에 디자이너로 동양계 2명을 끼워 놓았다. 탐모라디자인에 파견 나온 드림밸리사 디자이너 중에 동양계 모두가, 수혁 밑으로 들어온 것이다. 중국계와 일본계 디자이너 각각 1명씩에 4명의 북미 출신 디자이너 합해서 총 6명이 수혁의 스태프였다. 그야말로 소수 정예 주의라 할 수 있다. 드림밸리 본사에서 디자인 작업했으면 현 숫자의 3배 인원이 달라붙었을 일이라고—드림밸리사 자체도 디자이너 숫자로 보면 테마파크 디자인 회사 중엔 조직이 슬림한 경우였다—가끔 불평 비슷하게 말을 하는 디자이너도 있었다. 이들이 원래 일하는 스타일을 얘기 들어보면, 인테리어 내장을 구상한다 했을 때에 형태만 디자인하는 친구가 있고, 색깔만 결정하는 친구가 또 있고, 거기에 도배 작업이 필요한 경우, 도배지 샘플만 들여다보는 친구가 따로 있는 업무 분장 형태였다. 분업화가 이루어져 있다고 할까? 서로가 서로에게 일로써 간섭하게 됨을 굉장히 싫어하는 개인주의가 발달했다고 할 수도 있었다. '내 일은 건드리지 마!'가 분명했다. 일에 대한 가치 평가 기준도 시간당으로 나뉘어 시시콜콜 세부적으로 평가하게 되어 있어, 디자이너들이 뭉뚱그려 일하는 경우가 많은 한국하고는 분위기가 많이 달라 보였다. 어느 쪽이 더 좋다고 말할 수는 없었다. 드림밸리사 작업 스타일은 디자인의 퀄리티를 훨씬 상세하게 점검하고 들어갈 수 있는 장점이 있었다. 아주 안정적으로, 디자인의 질이 항상 유지되는 시스템이다. 디자이너 입장에서도 자기 일의 한계가 명확한 쪽이 심리적으로 편안하다. 동시에 항상 부속품으로서만의 시야를 훈련받으니, 답답할 노릇이다. 사십 가까이 되어야 일에 대해 전체적 윤곽을 파악할 수 있는 기회가 조금씩 주어지기 시작하며, 따라서 그때까지 독립의 기회를 차단당한다는 점은 애석한 일이다. '탐모라디자인공작소'에서의 경험은 당장은 고생스럽겠지만, 각자 자신들의 커리어를 생각하면 이만한 기회도 없는 것이 사실이니, 이런 점에서 만족하는 눈치들이었다. 여기, 제주 탐모라디자인공작소에서는, 매번 하던 대로, 그런 식으로 일할 수가 없었다. 업무에 대해선, 디자이너 개개인은 훨씬 많은 종류들을 한꺼번에 소화해 낼 것을 요구당했고, 또한 그렇게 일을 진행할 수밖에 없는 상황이었다. 그러다 보니, 일하다 서로 엉겨붙어 니 일, 내 일 가리지 않고 해결해야 하는 경우가 비일비재했다. 지금, 탐모라디자인공작소에서 벌어지는 일은, 잘 풀리면 적은 인원으로 최대 효과를 뽑아 냈다고 경영진은 좋아라 할 수 있겠지만, 안 풀리면 그동안 돈 들인 것은 모두 허사로 돌아가는, 뻘짓이 될 수도 있는 상황이었다. 모 아니면 도랄까, 이런 짓은 어쩌다 한 번 하는 것이지, 항상할 일은 아니었다. 그걸 알고 있는 수혁과 마크 페린 대장, 그리고 각디자이너 중대장들은 그래서 더욱 긴장할 수밖에 없었다. 디자이너들의 나이를 보면, 드림밸리사 직원 중에서 젊은 축들을 모아 한국으로파견한 경우였고, 그래서인지 상황 파악과 적응력에 관한 한은 유연성이 뛰어난 편이라 할 수 있었다. 각 구역(Area, Zone)의 디자이너 중대장들, 즉 로컬 디자이너까지가 노련하고, 나머지는 경험이 부족하다는단점이 있었지만, 이는 어쩔 수 없는 노릇이었다.

탐모라디자인이 발족하고 초기의 기본 설계(Design Development, Preliminary Design) 진행 상황은 많은 시행착오가 있을 수밖에 없었다. 예를 들어, 수혁이 일도 시킬 겸 부탁해서 디자이너 스태프들이 한옥입면 그려 놓는 것을 보면, 절강성浙江省이 고향이라는 중국인 아저씨는 처마 끝선들이 하늘로 마냥 치솟게 그려 놓는 자유 분방한 버릇을버리지 못했고, 일본인 아가씨는 한옥 처마를 자 대고 반듯반듯 언제나 직선으로 단정하게, 기왓장들은 분명한 곡선과 직선으로 갸륵한 정성이 느껴질 정도로 열심히 하나하나 그려 놓아서, 밤이면 밤마다 수혁은 혼자서 수정하곤 했다. 입면 전체의 비례나 목구조의 표현이나한옥 같지 않은, 그 미묘한 이상함은 이차적인 문제였다. 그래서 수혁이 지적해서 고쳐 보려 하면, 그보다 나이가 한 살 위인 아저씨는 언제나 웃는 얼굴로 알았다고 하며 항상 호쾌하게 기운생동氣韻生動 그려 댔지만, 결과는 신통하게 나아지는 법이 없었고, 아직 서른도 안 된 나이

어린 아가씨는 입을 옹다물고 우울하게 제도판에 고개를 파묻기에, 수혁으로선 그녀가 다시 명랑하게 표정이 바뀔 때까지 주변을 맴돌며 농담을 던지는 수밖에 없었다.

　같이 일해 보니, 같은 동북 아시아인(둘 다 유학생으로 미국에 건너간 경우라 자신들의 문화가 몸에 배어 있었다)이라 디자인 작업에 도움되는 면이 있을 것 같았는데, 의외로 북미권 문화 배경인 다른 디자이너들보다 나은 점이 없다는 느낌이었다. 오히려, 문화권이 비슷하다는 선입견과 선행 학습이 가져온 고착된 버릇이라는 벽들 없이, 한옥 사진 열심히 보면서 순수하게 마음으로 접근하는 다른 4명의 북미권 디자이너들이, 한옥의 느낌을 이해하는 데 더 나은 감각을 보였다. 그들이 한옥을 그려 놓는 것을 보면, 동북 아시아권 디자이너들보다도, 표현이 한옥의 맛을 더 정확하게 이해하고 들어가기 시작했다는 점을 알게 했다. 처음에 한옥을 그릴 때면, 외형은 얼추 비슷하고 빠르게 그려 내는 경우는 동북 아시아인이지만, 거기서 더 발전 없는 답보 상태를 보이고, 처음에는 느리지만, 조금 시간이 지나면 한옥의 본질 쪽으로 이해해서 접근해 들어가기 시작하는 경우는, 타 문화권의 디자이너들이었다. 나중에는 자기 나름대로의 새로운 해석까지 나오는 것을 보게 되었다.

　그중에서도, 캐나다 밴쿠버 출신, 캐린 보네비Carin Bonnevie는 수혁에게는 진정으로 귀하게 여겨지는 디자이너였다. 31세의 나이에 사파이어 블루 색깔의 눈을 가지고 있었고, 눈썹과 속눈썹은 오렌지 색감이 어딘가 도는, 진짜 금발머리 아가씨였다. 처음 만나서 캐린의 얼굴을 가까이서 볼 때면, 빛의 각도에 따라 변화하는 그 화려한 색깔들의 매치에 신기하다는 느낌을 많이 받았던 수혁이다. 그로선 그렇게 선명한 색감을 보이는 케이스를 실제로 지적에서 관찰한 것이 처음이었다. 찬탄이 나올 지경이었다. 두 눈동자의 색깔은 완전히 똑같지가 않아서 —오드 아이Odd Eye라 불릴 정도로 차이가 심한 건 아니었다—오른쪽 눈동자는 까만 동공과 홍채 외곽의 날렵한 원둘레 선을 제외하곤 순수하게 파랬고, 왼쪽 눈동자는 푸른 바탕에 홍채 외곽 쪽으로 갈수록 부분적으로 갈색조와 연보라 느낌이 같이 돌았는데, 자세히 보면, 기분이나 감정의 변화에 따라서도 양 눈동자의 색깔이 미묘하게 달라지는 것 같았다. 그때마다 수혁은 '참 신기하다! 사람이 원, 페르시아고양이도 아니고…….'라며 속으로 감탄하곤 했다. 모습으로, 왜 동양에선 수묵화가 발전하고 서양에선 채색화가 발전했는지를 자연스레 깨닫게 해주고 있었다. 시각적 관찰을 창작 욕구에까지 승화시키며, 동시에 살아 숨쉬기도 하는 대상을 일터에서 발견한 수혁은, 캐린을 대면할 때마다 드가Degas나 마네Manet 스타일로 파스텔을 써서 그림 그려 보면 재밌겠다는 생각이 들었다. '미역 감는 여인', '젖가슴을 드러낸 금발 아가씨', '아침의 목욕', '화장', 이런 식의 연작 시리즈 구상이 절로 떠오르는데—젊은 남자가, 머릿속으로야 뭔 생각을 못하나!—그러던 중, 시간이 조금 흘러선 디자이너로서 깊은 존중의 마음을 가지고 그녀를 대하게 되었다.

캐린은 여행하며 찍은 한국의 문화재와 고건축 사진들을 프린터에서 출력하여 커다란 폼 보드에 줄줄이 붙여 놓고는, 사무실 벽 하나를 전세 내어 폼 보드들로 도배하고 그 앞에서 서성이는 일이 하루 일과 였다. 그러더니, 캐릭터 상품 판매 시설과 면세품 중, 주얼리 숍들의 입면 계획을 아침 회의 시간에 보여 주는데, 수혁은 깜짝 놀라고 말았다. 원래 이런 하나의 커다란 쇼핑 공간이 필요한 테마파크의 상점 입면은, 외관은 여러 건축물들이 연이어 붙어 있는 식으로 구성하여 밖에서 볼 때는 여러 집들이 닥지닥지 붙어 있고, 안에 들어가면 하나의 공간이 되는 식으로 입면 계획을 마련한다. 그래야지 바깥 풍경은 다채롭지 않겠는가? 안은 횡한 하나의 공간이더라도! 테마파크 건축은 내부 기능과 외관이 따로 노는 법이다. 이런 점들이, 테마파크 건축이 영화 세트에서 출발했다는 면을 분명하게 보여 주는 이유이기도 하고, 포스트모던 건축과의 유사성을 지적받는 원인이 된다. 그런데, 이런 입면 계획이 가능하려면, 건축물 외부와 내부를 분명히 한계 짓고 들어가는 서양식 건축물은 가능하지만, 외부·내부의 경계가 애매모호한 한옥 같은 경우는 불가능할 것이라 수혁은 생각하고 있었다. 아마도, 전 세계 여러 양식의 건축물 중에서 이런 식의 응용이 제일 어려운 경우가 한옥일 것이다. 그래서, 상점 밀집 지구는 굳이 한옥을 묘사하려 하지 말고 다른 대안을 고려하고 있는 중인데, 이 아가씨가 수혁의 편견을 다 깨 버렸다.

평면과 입면 스케치를 보니 주로 경복궁 건청궁과 창덕궁 낙선재에서 따온 이미지들이 결합되어 있었다. 상점 하나에, 여러 한옥 고급 주택들의 요소요소가 연이어 보이면서도, 여러 집채들의 입면들을 단순히 플랫Flat하게 '펼친 그림'으로 만드는 일반적인 테마파크 건축 입면 조성 기법이 아니라, 서로 교차하는 '입체 구조'로 결합되어 외관이 이루어져 있었다. 더하여, 내부를 한 공간으로 비워 두는 그 전까지의 일반적인 테마파크 스타일이 아니고, 내부까지도 한옥 한 채 한 채의 구조가 파고들면서, 크게 공간들 구분을 해주고 들어가는 새로운 스타일이 되었다. 사랑채의 누마루 같은, 외부에 대해 열린 공간이 내부에도 열려서 연결되었다. 그러면서도, 상점으로서의 기능성은 유지되고. 인테리어 계획에도 큰 무리가 없어 보였다. 상품 판매 시설, 그중 보석을 취급하는 상점에 대해서도, 밀폐와 보안이란 기능적으로 보아 가장 최악의 경우에 도전하고 굴복하지 않으면서, 완전 반대의 입장에 서 있는 한옥이란 건축물의 외관과 구조를 어색하지 않게 응용하여 해결하고 있었다. 물론, 문짝에는 종이 자체가 아닌, 문양이 들어간 우웃빛 아크릴이 중간에 끼워진 이중 방범 유리가 달리긴 하지만! 아주 교묘한 디자인이었다. 정말 재미있었다. 한국인으로만 살아오던 수혁 머릿속에서는 나오기가 힘든 창조적인 아이디어였다. 건축 사조로 생각하면, 건축 외관은 포스트모던을 유지하되 내부는 포스트모던이 스스로를 파괴하고 모더니즘으로 회귀했다고나 할까? 수혁이 캐린에게 이걸 생각해 내느라고 정말 힘들었겠다고 하자, 그녀는 "너무 힘들었고, 요것만 이런 식으로 하고 싶다."며 고개를 갸웃하고 이쁘게 미소 지으며 대답했다. 자신은 격하게 일을 해도, 신경 곤두서는 법 없이 항상 표정 밝고 편안하며 부드러운 아가씨였다. 미국계 기업에서 일하는 캐나다인이라서 그런지 대인 관계도 제일 돋보였다. 디자이너 대부분이 북아메리카 대륙의 서부 해안을 같이 공유하는 지역들에서 태어나 자

라난 사람들이었고, 초기 상태에서 계속 변화해 가는 분화分化의 시간
이 그래도 아직 짧다고 할 수 있어, 역사성이나 전통, 사고방식이 거의
비슷할 것이라 여겨지는데도, 수혁으로선 완전히는 알 수 없는, 보이
지 않는 미묘한 벽들이 있는 것 같았다. 그걸 억지로 깨부수려 하기보
다는 살짝 타넘을 줄 아는, 유연함과 영리함이 돋보였다. 수혁은 진심
으로 이해했다. 캐린이 며칠 밤을 이걸로 지새우는 것을 보았으니까.
중요 상품 판매 시설이기 때문에, 전체 시설 평면과 입면 계획의 유니
크한 면모로서 귀중하게 잘 살려 보기로 했다. 이런 케이스들을 대하
면서, 수혁은 자신이 살아오면서 체화體化해 버린 문화적 경험이란 것
이, 그것 자체가 틀을 깨지 못하는 벽으로서 존재할 수 있다는 점을 깨
달았다. 익숙해져 버린 체화를 버리고, 밖에서 객관적이고 냉정하게
들여다볼 수 있는 시선이, 창조를 가능하게 한다.

어찌하든, 같이 일하면서 느끼는 이런 경험들이, 수혁에게는 잊지
못할 기억들이 되어 갔다. 신선한 경험들이었고, '진입-공유 구역' 설
계에 정말 많은 도움이 되었다. 기본 설계이기 때문에, 목구조의 상세
도면들이 필요한 것도 아니고, 전체적인 한옥의 느낌과 균형이 중요했
기에, 아이러니하게도 다른 동북 아시아 문화의 눈과 손보다, 타 문화
권 속에 자라난 디자이너들의 눈과 손이 더 정확한 도움의 손길이 될
수 있다는 점을 깨달았다. 기본 설계가 처음 진행되고 한 달 이후부터
는, 한옥(레스토랑 외에도 '진입-공유 구역'엔 모두는 아니지만 여기저
기 많이 계획되고 있다)이 나오면 북미권 디자이너들과 협업을 진행했
고, 제주대 건축과 대학생들에게도 모형 작업과 한옥 입면 드로잉 작

업의 병행을 강요하는 수혁이었다. 대학생들은 일도 배울 겸, 토 달지 않고 열심히 밤새워 그리곤 했다. 부려먹을 수 있을 때 부려먹어야 하는 법이다. 순진한 것들 같으니라고! 젊음이란 참으로 좋은 것이다.

수혁에겐, 궁중 요리 레스토랑 한옥 건물은 건축비 때문에 고민거리라면, 주변의 조경은 디자인적으로 고민거리였다. 제주테마파크, '진입-공유 구역' 안의 유일한 소규모 녹색 공원 지역이라 할 수도 있고, 제주도 내에서 최고 수준과 최대 규모를 자랑하는 궁중 요리 레스토랑 시설이 될 것이므로, 극상의 격조를 살려야 하기에, 보통 신경 쓰이는 곳이 아니었다. 막상, 한국식 조경을 대입하려 해봐도 마땅치가 않았다. 한국식은 너무 점잖다고 해야 하나, 아니면 너무 아무것도 안 해 놨다고 해야 하나, 그런 느낌이 들었다. 테마파크란 대중적인 것이기에, 우선 시각적으로 단숨에 느껴지는 것이 좋다는 점은 부인할 수 없었다. 그렇게 고차원적이고 위선적이라 느껴질 정도의 고상 떠는 예술품 만들기는 아니니까. 한국식 조경이란, 쳐다보면서 한참 곱씹어 봐야지 제대로 느껴지는 아름다움이다. 그조차, 어느 정도의 전문적으로 훈련된 눈이 필요하다. 수혁이 조경으로 궁리하고 있으면, 중국인 아저씨, 주커전쓰 可楨과, 일본인 아가씨, 엔도 아이遠藤 愛가 자기들 딴엔 좋은 마음으로, 직접 수집한 세계의 조경 사진첩들을 보여 주곤 했는데, 주로 각자 자신들이 태어난 나라의 조경 사진들이 아무래도 주를 이루고 있었다. 보여 주며 하는 말이 너무 고민하지 말고 이것저것 교묘하게 짬뽕해서 쓰자는 것이었다. 한옥하고도 다 잘 어울릴 수 있다는 얘기들이었다. 한국식 정원에 대해서도 지식들이 있었다. 둘 다 조경 전문가로 드림밸리사에 취업한 경우이니, 조경에 대해서는 얼마나 자신 있고 잘 알고 있겠는가! 사진을 봐도 우선 중국과 일본의 정원은 시각적으로 눈에 확 들어오는 맛이 있었다. 건축 전공인 수혁보다도 디자인 개념, 배치 설계, 관람자의 이동, 식재 설계, 시설물 배치 등 조경의 여러 면들에 대해 두 사람은 환히 꿰뚫고 있어 지식적으로도 많이 밀리는 양상樣相이다. 특히, 중국 여러 양식의 원림園林 중 축경 정원들, 바로 가산假山의 원리가 적용되어 '어마어마한 돌쌓기'가 이루어진 정원들을 보노라면, 정원 자체가 그냥, '테마파크'였다. 뭔가, 중국 문화 자체가 테마파크에 어울리는 요소를 가졌다고나 할까? 중국인이 본격적으로 자체 테마파크 개발에 나서면, 그들 문화 때문이라도 볼 만한 것들이 쏟아지지 않을까 하는 느낌이 들었다. 수혁은 곰곰이 생각해 보았다. 다 각자 장점과 단점이 있을 따름이다. 한국 정원은 세계와 우주까지 표현하겠다고, 포부抱負 크게 관념적인 상징화에 열심히 몰두한 대신, 그 면에 치우쳐 볼거리를 만드는 적용에서 유연성이 좀 부족하고, 중국 정원은 기발한 상상력을 다 표현해 내고야 마는 기세와 도량度量에, 볼거리는 다양하고 화려한 대신, 멈출 때는 얼른 멈추는 자재심이 좀 부족하고, 일본 정원은 그야말로 단아하고 아름답게 꽉 짜여져, 없어야 할 건 없애고 있어야 할 건 정리정돈이 착 되어 있는 대신, 어느 부분은 내버려 두는 넉넉한 여유가 좀 부족하고. 수혁은 해결점을 모색해 보았다. 21세기 새천년을 맞았는데, 어느 나라 양식이냐 따지는 게 무슨 의미가 있는가 하는 생각이 들었고, 실제로 조경은 한국 자체도, 서양식·동양식 많은 혼합 양식들로 이뤄지고 있는 판인데, 구별에 목숨 걸 필요가 있을까 하는 감상도 들었다. 하나의 양식이나 문화나, 세월 따라 새롭게 정착되고 변화하는 흐름인 것이다. 그 흐름을 조율하여, 보다 높은 상위의 수준으로 끌어올릴 수 있느냐의 문제는, 소화해 내는 집단의 현재 역량에 그 해결의 성패成敗가 달려 있게 된다. 결론은 3개국 정원 짬뽕이었다. 동양이란 큰 개념을 그렸다.

정원 디자인의 기본 개념은 숫자 '3'에서 찾았다. 한·중·일 동양 3국의 3이기도 하고, 천天·지地·인人의 3이기도 하고, 삼태극三太極에 내포된 개념, 3은 바로 '생명의 온전함'을 나타내기도 한다. 동양에서 3은 인간을 말한다. 1은 하늘을 나타내며, 2는 땅을 나타내며, 3은 하늘과 땅의 기운이 만나서 만들어진 인간을 나타낸다. 또한, 하늘과 땅의 기운이 만나서 만들어지는 것은, 인간만 아니라 지구상의 모든 사물이다. 결국 3은 인간뿐만이 아니라 지구 그 자체를 말하기도 한다. 3이란 숫자를 사랑하기는 전 세계가 마찬가지이다. 힌두교에서 3은 우주의 세 가지 원리를 표현한다. 우주는 트리무르티Trimūrti, 바로 '세 개의 형상(Three Form)'을 가지니, 우주조차도 3이란 숫자 안에 귀속된다. 우주는 창조-시작, 지속-유지, 파괴-종결의 세 가지 작용과 힘들의 순환이며, 이 세 가지 힘들을 브라흐마Brahma, 비슈누Vishnu, 시바Shiva라는 의인화된 3신들로 표현한다. 불교도 3을 사랑한다. 부처, 가르침, 승려를 삼보三寶라 하며, 법신불法身佛 보신불報身佛 응신불應身佛 즉, 삼신불三身佛로 부처의 모습을 표현하고, 인간이 윤회하는 이 세상도, 욕계欲界, 색계色界, 무색계無色界, 삼계三界로 크게 나뉘어지니, 결국 세계는 3이란 숫자 안에서 구별된다. 도교에서 3은 평형을 나타낸다, 좌우를 떼어 내도 가운데 하나가 남으니까. 따라서 무위자연無爲自然도 숫자 3에서 그 길을 찾아낸다. 북유럽, 노르웨이-게르만 신화를 보면, '숙명'은 '운명'의 세 여신을 통해서 나타난다. 세 여신, 우르드Urðr, 베르단디Berðandi, 스쿨드Skuld는 순서대로 운명-과거, 존재-현재, 필연-미래를 상징한다. 이슬람교에서는 속죄를 위한 단식을 3일간 하며, 이슬람 교도들은 서로 맹세할 때, 왈라히, 빌라히, 탈라히³, 3마디 말로 표현한다. 유태교에서 3은 무한의 빛, 성화聖化된 지성을 말하며, 카발라Kabbalah 철학, '세피로스Sefiroth의 나무'를 들여다보면, 3은 비나Binah, 즉 이해, 지성을 나타낸다고 동그라미 원으로 표시되어 있고, '지고至高의 어머니'로서 '지고의 아버지-지혜' 코쿠마Cochma와 좌우 대칭을 이루고 있다. 기독교에서 3은 신의 표현이다. 신은 유일하되 성부, 성자, 성령의 3가지 모습으로 나타나며, 3일 만에 죽음을 이기고 부활한다. 인간은 영과 육과 혼 3부분으로 한 존재를 이룬다. 결국 3은 천국의 숫자이고 완전의 숫자인 동시에 인간의 숫자이기도 하다. 주가 변동 이론에서도 엘리어트 파동은 상승 5파와 하락 3파로 구성되는데, 상승 5파도 결국엔 3개의 봉우리로 구성된다. 3은 주식 시장도 좌지우지한다. 사람은 일생에 3번의 기회가 온다고 말하며, 시간을 과거·현재·미래, 3가지로 구분해서 생각하는 버릇은 전 세계 인간 공통이다. 올

---

3 왈라히[Wallahi(والله)] '알라의 이름으로(By Allah)'
　빌라히[Billahi(بالله)] '알라 안에서(In Allah)'
　탈라히[Tallahi(تالله)] 탈라히 또한 왈라히와 비슷한 뜻이다(By Allah) '알라께 맹세컨대…….'

림픽에서도 메달은 3등까지만 준다. 4등부터는 국물도 없다. 야구 게임에서 좋은 타자의 덕목이란, 3할대의 확률로 꾸준히 안타를 생산하는 능력이다. 결국, 3은 우월한 능력을 나타낸다. 가위바위보로 승부를 결정지을 때도 삼세번은 해야 서로 간에 섭섭할 게 없는 일이 되고, 동네 어르신께서 어린아이들을 모아 놓고 재미있는 옛날 이야기를 들려줄 때도, "**옛날, 옛날,** 아주 오랜 **옛날**에 말이야……."로 말꼬리를 길게 늘이며 3번에 걸친 옛날 타령의 서두를 시작하셔야 애들한테 더욱더 흥미진진해지는 법이다. 한국의 옛날 어머니들이 아기 낳고 금줄을 치면서 몸조리 했던 삼칠일(21일) 안에도, 7이 3번 반복된다. 술꾼들이 소주나 막걸리를 산이나 강가에서 마실 참엔, '피 같은 술'임에도 불구하고 "고수레!" 하면서 주변에다 3번 술을 뿌려 댄다. 반드시 3번 뿌린다. 2번이나 4번은 절대로 뿌리지 않는다. 한국의 남해안에서는, 배를 만들면 선주가 배 안에서 3일 동안 꼼짝 말고 죽은 듯이 잠을 자야 하는 옛 풍습이 있었다. 그래야 뱃길에 사고가 없고, 만사형통하리라 믿었기 때문이다. 한국 남자는 이쁜 처자處子가 지나가면 '거참, 삼삼하게 생겼다.'고 혼잣말하면서 말이라도 붙여 볼걸 하며 후회한다. 그때 말하는 '삼삼'이 뭔 '삼삼'인지는 수혁도 확실히 알 길이 없었지만—아마도, '3'이란 숫자의 '형태'에 주목한 농담이 아닌가 싶다—중요한 것은 3이 두 번이나 연속 발음되며 '3·3하다'라고 하는 점이다. 얼마나 한국 사람이 3을 좋아하면, 이쁘고 쳐다보고 싶게 만드는 아가씨를 가리켜 '3·3한 처자'라 하겠는가!

테마파크에 쓰이는 개념치고는 너무 철학적이지 않은가 싶기도 했지만, 수혁은 '3'에서 디자인의 기본 조형 원리를 찾는 것도, '3개국 정원 짬뽕'이라는 재미있는 도전에 부합되는 면인 것 같아 조형의 기초 개념으로 즐겁게 도입했다. 정원 만드는데, 3의 상징적 개념부터 머릿속에 줄줄이 떠오르는 것을 보면, 그도 결국, 연못을 파도 천원지방天元地方 형태로 만드는 한국인인 모양이다. 우선 정원의 기본 틀은 한국식이었다. 천원지방天元地方 천동지정天動地靜 사상에 기반을 둔, 연못이라 하기엔 크고 호수라 부르기에는 너무 작은, 적당한 크기의 물을 가둬두는 정방형의 기하학적인 도형을 — 하나의 땅을 상징한다 — 만들었다. 호수(어감이 더 좋아, **호수**라 불러 보기로 한다!) 가운데엔 원형의 섬들을 — 한·중·일 세 나라 각자의 하늘을 상징한다 — 크고 작게 세 개를 만들어 배치했다. 섬들의 배치는 단순히 가운데에 몰려서 있게 하지 않고, 밀집과 풀림이라는 조형 원리를 생각하여 딱 떨어지는 구성을 하느라, 정사각형 내부의 원 세 개의 크기와 배치에 대한 평면도를 60번은 다시 그려야 했다. 그 작업을 하면서 몬드리안의 그림이 얼마나 고통 속에 태어났을지를 되새김질하는 수혁이다. 그리고 호수의 경계단은 아주 추상적인 느낌이 들도록 직육면체의 상아색 화강암 장대석長臺石들을 단정하게 쌓아 올려, 호수의 형태가 사면이 분명한 직선으로 이루어진 정방형임이 드러나게 고려했다. 세 개의 섬도 동일하게 경계단을 쌓아 원형임이 분명히 드러나게 한다. 거기에 더하여 한옥 레스토랑의 한 부분이 호수에 발을 담그도록, 건축 평면 자체를 일부분 호수 안으로 집어넣어, 기둥뿌리부터 물속에서 뻗어 올라오게 디자인되었다. 레스토랑 한옥 건물이 가산假山이 되어, 그 모습을 언제나 호수에 비추일 것이다. 호수의 정방형 경계단에서 평면도상의 배후로 일단 후퇴한 뒤 부분적으로 여기저기 만들어지는 기다란 단檀들(이것들은 상호 간 연속해서 연결되지 않도록 필요한 곳에만 조형적으로 쌓아 나갔다) 위에는, 창덕궁 비원의 어수문魚水門, 불로문不老門, 청의정淸漪亭 등을 모방한 건축 오브제들을 놓아, 시각적인 다양한 변화를 유도했다. 호수 주변에서 떨어져서는, 키 낮은 대나무-조릿대와 두메별꽃들이 앞 라인을 형성하고, 뒤로 소나무와 동백나무, 소사나무 들을 너무 밀생하지 않게 자유롭게 식재하여, 자연적인 숲이 시원하게 보이도록 식생植生 계획을 마련하였다.

그다음 중국식으로, 어디든 사람이 다니며 볼 수 있는 산책로를, 주로 숲 내부를 대상으로 만들고 숲 외부로도 자연스레 이어지게 연결했다. 산책로의 시작은 레스토랑에 연결된다. 산책로에는 연이어 연결되지는 않지만 탁 트인 공랑空廊으로 된 복도가 조성되었다. 랑廊은 레스토랑과의 조화를 고려하여 한국식으로 디자인하였고 랑의 시작은 레스토랑 한옥 건물과 연결한다. 직랑直廊과 곡랑曲廊의 연이은 지붕들은, 정원 중경과 원경의 일부분으로 결합되어, 관람객에게 배경으로서 이채롭게 보이게 해줄 것이다. 사람이 돌아다니며 구경할 통로와 관람 방향을 분명하게 만들어서 조경을 한다는 점은 그들의 큰 장점이다. 그리고 각 관람 방향마다 '어마어마한 돌 쌓기'를 주커전의 도움을 빌어서 3그룹으로 만들었다. 한·중·일 3개국 여러 산들과 절경이 3그룹 내에 요소요소가 되어 이미지화하였다. 한 그룹이 한 요소로만 되는 것이 아니고, 금강산, 황산黃山, 타테야마立山가 큰 덩어리를 이루며 뒷배경으로 쓰이는 그림이 되어, 둘씩 셋씩 한 그룹 내로 서로 결합되면서 장대하고 볼만하게 디자인되었다. 한라산과 후지산이 들어가는 것도 좋은 일이 되었겠지만, 원뿔형의 단순한 화산 형태가 '돌 쌓기'에 맞지 않아 애석하게도 제외되었다. 도면화하는 작업이 쉽지 않을 텐데 일하기를 즐기는 주커전이다. 특히, 각각의 절경들 소재로서 채택되어 '어마어마한 돌 쌓기'의 정교한 근-중경을 이룰, 제주도의 용머리해안, 설악산 설악골 계곡과, 중국 후난성湖南省 장가계張家界, 광저우廣州 연화협곡蓮花峽谷, 꾸이린桂林 계림산수桂林山水, 그리고 일본 가가와현香川縣 소도시마小豆島의 간카寒霞 계곡, 오이타현大分縣 야바耶馬 계곡의 자연 풍경 묘사에 주커전은 힘을 쏟았다. 여기에 들어가는 돌들은 진짜가 아니고, GRC[4]로 록 워크Rock Work[5] 작업을 섬세하게 하여 만들어질 이미테이션 가짜들이었다. 보다 자유로운 형태를 직접 미술팀이 만들어야 하니, 즉흥적인 돌 쌓기가 아닌 면밀한 예정 계획을 표기한 도면이 필요했다. 라이노Rhino[6]로 어바웃About만 나타난 모델링을 대충 만들어서, 전체 조형의 체적만 따져 보고, 디테일Detail은 큰 스케일로 직접 손으로 모두 그려 내는 주커전이다. 그 바위들의 묘사를 보고 있노

4 GRC(Glass fiber Reinforced Cement) 시멘트 모르타르나 콘크리트에 유리섬유를 혼합하여 강도를 높인 복합 재료.
5 록 워크(Rock Work) 작업 여기서 말하는 의미는, 주물로 형태를 떠낸 여러 모양의 모듈화된 바위들, 또는 필요한 조형물들, 그리고 이것들을 현장에서 결합시킨 후, 나머지 필요한 부분의 결합 모양을 건설 현장에서 직접 조형해 내는 작업 모두를 통틀어 말한다. 세밀한 형태의 주름들, 깨진 면들, 결들을 실제와 구별이 어려울 정도로 사람 손으로 섬세하게 표현할수록 좋은 작품이 된다.
6 라이노(Rhino) 윈도우 기반 모델링 소프트웨어이다. 가장 진보되었다고 할 수 있다. 제품 디자인 쪽에 많이 쓰이는데, 건축, 테마파크 계획에서도 그 강력한 모델링 기능 때문에 사용한다.

라면, "드로잉 능력이 대단하구나!"라는 감탄사가 나오게 하는 친구였다. 이 도면은, 별도의 실시 설계 도면을 만들 필요 없이, 곧바로 건설 작업에 쓰여질 작정이다. 완전히 자유로우면서도 내재된 패턴 내지 규칙이 있음을 은근히 암시할 수 있는 창조적인 조형은, 아직도 컴퓨터가 사람의 머리와 손을 쫓아가지 못한다. 수혁이 잘 돼 가나 궁금해서 옆에 가서 구경하면, 주커전은 오케스트라의 지휘자 같은 손짓을 하며 자신의 구상을 웅장하게 설명하곤 했다. 또한 '어마어마한 돌 쌓기'에는 돌만 보이는 것이 아니고, 녹색을 구현할 조그만 초목류가 곳곳에 숲의 자격으로 이식되며, 조그만 계곡에 흐르던 비단실 같은 계류들은 결국 앙증스러운 폭포로 되어, 경치를 거울처럼 비추던 작은 바다 - 연못에 잔잔한 파문을 일으킨다. 단순히 장대한 자연의 축경만 있는 것이 아니고, 태호석太湖石, 대나무석(진짜 돌을 중국에서 들여와 사용한다) 등으로 테마를 잡은 화계花階와 낮은 기와 담장으로 된 소규모 석원石園 들도 곳곳에 배치하여, 장쾌함과 세밀함이 어우러지게 하였다.

그리고, 일본식이 도입됐다. 천원지방의 호수에 자연석들을 많지 않게 세 군데 정교하게 배치해서, 호수 경계단의 정방형 직선들이 극히 일부분만 사라지는 방식으로 호수에 들여쌓기를 시도했다. 경계단의 딱딱한 직선을 도가 지나치지 않을 정도로 세심하게 완화하였다. 정방형의 기하학이 파괴되면 곤란하니까. 그리고, 호수에서 자연스럽게 물이 빠지는 수로 역할로서, 자연스런 바위들로 이루어진 실제보다 조금 작은 스케일의 섬세한 계곡을 만들었다. 이곳에 아치형 다리를 놓아, 사람들이 지나갈 때 호수 쪽을 조금 위에서 내려다보며 감상이 가능하도록 동선을 배려했다. 그리고 키 낮은 조경수와 화목들을 면밀하게 바위 사이사이에 강조점으로만 배치하여, 레스토랑에서 바라보면 근경에서 중경, 원경이 자연스럽게 넘어가도록 만들었다. 마지막으로, 엔도 아이가 호수 안의 세 원형 섬 위를 오직 바위와 하얀 모래로만 되어 있는 가레산스이枯山水 정원으로 하자고 수혁에게 제안했다. 귀엽게 고개를 까닥거리며 수줍어 하면서도, 정원을 잘 살릴 수 있는 마지막 화룡점정畵龍點睛을 찍은 아가씨였다. 가레산스이의 그 압축된 간결미가 호수의 천원지방의 기하학과 절묘한 조화를 이루었다. 엔도 아이도 바위 배치 문제 때문에, 평면도와 입면도를 호수 평면 그릴 때의 수혁처럼, 수도 없이 그리다 버리고 새로 그리고 했다. 단순한 조형이 때로는 정말 디자이너에게 애를 먹이는 법이다. 선 하나 두께만큼의 차이가 전체적인 비례와 균형을 망가지게 한다. 어떤 장르의 도면이건 잘 된 평면, 입면이란, 그 자체로 아름답고, 어디로도 기울지 않는 힘의 팽팽한 긴장감과 균형점을 가지고 있어서, 디자이너로 하여금 이젠 됐다는 안도감을 가지게 하는데, 여기까지 오기가 쉽지 않다.

가레산스이의 바위 배치에서 가장 주의를 기울인 디자인 작업은, 세 원 안에 놓이는 각각의 바위들을 세 그룹으로 각각 구별되게 배치하여 각각의 원들마다 독립적인 풍경으로 마무리되도록 정리할 게 아니라, 세 원을 전체적으로 볼 때, 모든 바위들이 하나의 흐름과 그림을 이루도록 고려해야 한다는 목표의 현실적인 도면화였다. 호수를 바라보면, 하나의 땅 위에 세 하늘이 있고 그 사이에는 세 하늘을 하나로 만드는 물이 있다. 다시 세 하늘에는 각각의 땅이 또한 존재한다. 또한 각각의 땅은 하나의 흐름으로 연결된다는 개념이랄까? 뭔가 한 세계 안에 또 하나의 세계가 숨겨져 연속된다는 식의 중첩된 사고방식을 보이는 것 같아 수혁의 구미에 맞았다. 계속적인 중첩을 보이며 경계가 허물어지고 있었다.

이 모든 정원에 대한 구상은 수혁과 주커전, 엔도 아이가 모여 앉아 토론 끝에 완성한 것이다. 한옥 제대로 못 그려서 기운 빠져 있다가, 조경하라니 신이 난 주커전과 엔도 아이였다. 수혁은 틀만 만들어 주고, 조경만큼은 그들에게 어느 정도 맡기기로 결정했다. 한·중·일 3개국 합작 정원의 이름은 '평화'였다.

수혁은 저녁 9시쯤에 숙소로 돌아와 미란에게 핸드폰 연락을 했다. 요즘치곤 빠른 편이다, 거의 매일 밤 11시쯤 숙소에 돌아오곤 했으니. 미란은 기다렸다는 듯이 전화를 받았다.

"오빠? 오늘은 연락이 빠르네요."

"응. 그런가……? 그냥 목소리가 듣고 싶어서……. 사무실에서 빨리 나왔어. 지금 숙소야."

"무슨 일 있어요? 목소리가 좀 힘이 없네."

음색이 부드러운 그녀의 목소리 듣기가 수혁에겐 하루의 피로를 잊는 방법이 되어 가는 요즘이다. 수혁은 이런저런 얘기를 시키며 미란의 목소리를 계속 듣는 것이 즐거웠다. 그녀의 이런 전화 목소리가 좋았다. 지금 핸드폰으로 들리는, 바로 이 어조의 목소리를 항상 듣고 싶었다. 꿈결에서 완전히 깨어나기는 거부하는, 상념이란 부드러운 액체에 적당히 잠겨 있는 감각이랄까? 그런 미란의 어조와 톤의 높낮이가, 듣고 있노라면 자연스럽게, 애무의 손길과도 같은 귓가의 관능을 가져다주었다. 미란에게서 언제나 이런 목소리가 흘러나오게 함이 점점 삶의 목표가 되고 있는 수혁이었다.

그날 밤 이후, 그녀는 사람이 달라지고 있었다. 거의 10년은 시간을 앞으로 되돌렸다고 할 수 있을까? 어려 보이게 되었다고 단순히 말해 버릴 성격의 것이 아니었다. 미란은 원래 타인에 대한 경계심으로 똘똘 뭉쳐 있는 인격이었다. 주위가 끊임없이, 한우 몇 등급 판정하듯이 평가하고 있을 것이란 두려움 같은 감정으로 자신을 칭칭 동여매어 가리고 다니는 분위기가 그녀에게서 연신 새어 나오는 게, 같은 사무실에서 자회사 직원으로 파견 근무하던 수혁의 눈에는 좀 이해하기 힘든 구석 천지였다. 당시에도 그의 관심을 끄는 데가 어딘가 있어 살펴보자니, 멀쩡한 정도를 지나 자신을 표현하면 아주 매력 있을 여자가, 뭐가 그렇게 자신이 없는지, 왜 저렇게 가리려고만 하며 쓸데없이 애를 쓰는지, '참, 어렵게 사시네!'라는 안타까움이 절로 들게 만드는 형편이었다.

그 당시 수혁의 감상으론, 자세히 본색을 관찰하면 사납게 생긴 생김새라고는 눈을 씻고 찾아볼래야 찾을 구석이 없는 여자가, 사나워 보이려고 죽을 노력을 하고 있다는 느낌이었다. 형무소에 갇힌 연쇄 살인범을 면회하고 있는 관선 변호사 같은 얼굴 표정으로, 또각또각 히이힐 뒤꿈치 소리를 울리며 회사 안을 돌아다니던 미란이었다. 그렇게 되기까지가 정말 어려운 일이긴 하겠으나, 수혁과 마주치는 검은 안경테 너머의 커다란 검은 눈망울은, 그녀가 아주 감성적으로도 흐를 수 있다는 가능성을 보이는 순간들이 간혹 가다 있긴 했다. 눈매의 섬세한 한 귀퉁이에, 농후한 밀집 상태로 머금고 있을지 모르는 열정어린 감성들을 꽉꽉 눌러 봉인하고는, 언제나 눈에다 힘을 주면서, 그녀는 냉정한 면모를 꿋꿋하게 지향했다. 그런 동시에, 수혁을 대할 때는 그가 자회사 직원이라고 얕잡아 보는 태도를 취하지 않으려 의식적으로 애쓰며, 평등 구현에 몸소 앞장서는 공명정대한 감각의 본사 직원이셨다. 상사건 아랫사람이건, 남자건 여자건 가릴 것 없이, 다른 모든 직원들에게는 지지 않으려고 기를 빡빡 쓰면서도, 그에게만은 그런 모습을 보이지 않아, '내가 자회사 직원이라고, 황송하옵게도 불쌍히 여겨 주시는구나!' 하고 생각하며, '훌륭한 차장님이시다!'라고 감사(수혁은 NBS 시절을 과장 직급으로 마무리해야 했다)하던 수혁이었다. 그런 미란을 이렇게 제주도에서 만나고 있으니, 사람의 미래란, 자기 자신은 전혀 예상치 못한 **돌출된 곳으로 튀어 나가기** 같다는 감회가 절로 들었다.

NBS 방송국 주변에서 시공간의 차이가 점점 더 멀리 벌어지면 벌어질수록, 다른 면모를 보이기 시작하는 미란이었다. 마음을 조금씩 열어 가면서, 목소리나, 얼굴의 표정이나, 몸의 자세와 형태까지도, 다른 사람으로 진실로 변화해 가며 수혁에게 나타나곤 했다. 그는 단순한 겉모습이 아닌, 그녀 그 자체라 부를 수 있는 것들이 그렇게 변한다는 점을 예민하게 느낄 수 있었고, 또한 그 변화에 대한 신기함과 놀라움이 그녀를 알아가는 단계의 첫 번째 입문이었다. 미란 안에는 다른 사

람하고는 관계없고 오직 수혁에게로만 향하는, 내밀하고도 진실한, 발
가벗은 모습을 보여 주길 원하는 강렬한 욕망이 있었다. 그녀 자신은
자기란 존재를 있는 그대로 받아들이지 못하면서도, 이 남자는 이해하
고 용납할 것이며, 오히려 자신을 가슴에 품어 줄 수도 있을 것이라는
영리한 선험적 예지력이, 그녀 전체를 좌지우지하며 여기까지 끌고 오
고야 말았다. 그 예지력이 만들어 낸 그녀의 강렬한 욕망을 수혁은 가
만히 지켜보고 있으면서도, 동시에, 그 스스로가 그 욕망 안으로 휩싸
여 들어가고 있는 판국이었다. 미란의 영리한 예지력은, 가끔은 과감
하기까지 한 돌발 행동을 가능케 하는 그녀 자체의 원동력이 되었고,
내면 속의 압제를 벗어 던지려는 여러 숨겨진 갈망들이 현실이란 표면
으로 스멀스멀 배어 나오게 하는, 모세관 현상의 가느다라면서도 촘촘
한 조직망의 통로들을 섬세하게 만들어 주었다. 사실상, 이런 미묘한
변화들은 만남이 거듭될수록 베일을 벗듯이 점차 실체가 명확해져 가
며, 수혁과 미란, 둘 사이 관계의 성격과 모양새를 이루어 나갔다.

　수혁과 만나기 시작한 이래로, 미란은 조금씩, 조금씩, 강도가 강해
지며 점점 더 솔직히 열어 보이긴 했지만, 그날 밤 이후, 오직 수혁에
게만은, 자신을 용감하게 완전히 열어 드러내는 여자가 되었다. 부끄
럼 없는 자신감으로, 수혁에게 자신의 몸 전체를 맡겨 버리는 미덕과
열정이 활활 불타오르는 미란이었다. 양 끝단의 갭이 너무나 커서, 수
혁에겐 어안이 벙벙할 지경이다. 2주에 한 번 정도는, 그녀는 토요일에
제주로 내려와 수혁과 같이 지내고는 다음날 올라갔다. 매주 오는 경
우도 있었다. 다른 디자이너들에게는 농담 섞인 지탄거리이지만, 수혁

도 그날이 기다려짐은 어쩔 수 없었다. 혼자 지낸 것이 오래된 수혁이고 외동아들로 형제도 없이 커서, 본래 자신이 설정해 놓은 내밀한 영역 내로 타인이 침범하는 경우를 못 견뎌 하는 스타일이었지만, 군 입대 이후 생활 자체로 이루어지는 거듭된 훈련 덕분에 상태가 좋아졌고, 최근에 와선 제주에서 한 숙소를 침실은 다르지만 두 명이 사용하게 된 일이, 상당히 큰 도움이 되었다고 볼 수 있었다. 수혁에겐 그 감각을 꽤나 잊어버린 상태였는데 연습을 다시 하는 기회가 되었다. 미란과의 밤이 자연스럽게 이루어지기 위해, 어쩌다 보니 묘하게도 타인과 생활을 같이 하는 사전 연습을 프로젝트의 일환으로 알게 모르게 스스로 하고 있었으니, 일거양득의 행운어린 제주란 생각이 절로 들었다. 게다가 미란은, 정말로, 수혁의 예상과는 달리 의외의 결과인데, 같이 밤을 지내노라면 견딜 만한 적절한 긴장감이 주어지는 수준 정도로, 그를 편안하게 해주었다. 오히려, 미란이 잔뜩 긴장하고 있을 때면 도와줄 수 있는 여력을 가진 남자로 변신하니, 수혁 입장에선 신기한 일이었다. 머리 굴려 의도하는 것도 아닌데, 몸으로나 마음 씀씀이로나 수혁을 대하는 것 자체가 자연스럽게, 그가 가진 남자로서의 자신감을 손상시키는 면이 없고 오히려 용기를 돋우어 주는 미란이었다. 미란 자체가, 제3자란 존재의 그림자조차도 끼어들 여지가 없어지는, 둘만의 내밀한 공간 속에 잠겨들면 잠겨들수록, 철저하게 자신이 크리스털 유리같이 깨지기도 쉬운 여자라는 것을, 자신은 아주 힘이 약하고 나약한 존재라는 것을—미란이 실제로 그렇다는 말이 아니고, 수혁에게만큼은 그런 식으로 보이고 싶어했다는 의미이다—자연스럽게, 끊

임없이, 천천히 느끼고 알아가게 하며, 또한 강요하거나 강제하는 면
없이 가슴에 안겨서 해결하는 타입이라, 오히려 수혁은 그녀에 대한 보
호 욕구가 끓어오르며 정신적으로 비교적 편안할 수 있었다.

한편으론, 수혁은 자신이 느끼는 불안감(살아가는 데 느끼는 모든
종류의 불안감 말이다)을 간혹 미란에게 들려줄 때가 있었는데, 의외
의 반응이 나와서 그는 깜짝 놀라고 있었다. 신세타령으로 들릴까 봐
띄엄띄엄 마지못해 하는 듯한 수혁의 말을 듣다가 ─ 남자답게 대범하
지 못하고 소심한 모습으로 그녀에게 비춰질까 봐 내심 두려웠다 ─그
의 머리를 자신의 젖가슴에 안으며 그의 귓전에다 다음과 같이 상쾌하
게 속삭이는 미란이었다. 괜찮다고, 다 잘될 것이라고, 안 돼도 할 수
없지 않냐, 잘 안 돼도 다 사는 방법이 있다고 말이다. 그런 말을 하는
미란이가 수혁에겐 놀라울 뿐이었다. 진담이건 내뱉어 본 농담이건 간
에, 자신에게 "다 괜찮아!"라는, 그런 아름다운 말을 들려주는 여자, 아
니 사람은, 어머니는 물론 그에게 해당 사항이 아닐 뿐더러 인생에서
처음이었다. 이렇게든 저렇게든, 어쨌든 서로 간에 칡넝쿨처럼 얽혀
있는 듯한 이런 모양새들은, 수혁과 미란, 두 사람 사이에만 해당되는
상호 교환의 선순환적인 면일 것이고, 이 세상의 모든 남녀 관계에 적
용되는 긍정적인 상호 역할론으로 볼 수는 없을 것이다.

제주에 온 미란을 볼 때마다, 그녀 마음속 표면에, 거의 압박감이나
강박감들이라 말해 볼 수 있는 두텁게 씌워졌던 질긴 막들이, 점차로
세력을 잃어 약해지고, 사라져 가며, 내부의 자연스러움이 마침내 본
연의 모습을 드러내는 ─ 마치, 그동안 전혀 자라나지 못했던 소녀가

이제야 여자로 되어 간다는 느낌이랄까? — 그런 기쁨들이 흥분 섞인 가녀린 떨림과 함께 수혁에게로 전해 오곤 하였다. 그는 그 기쁨들을 자신이 부순다는 것은 있을 수가 없는 일이라고 스스로 책임감을 가졌고, 그 책임감이 사랑이라고 믿었다. 그러는 것도 일종의 사랑인 것은 사실이니까. 이 세상엔 그런 사랑도 못하는 인간이 얼마나 많은가! 최소한, 비열한 구석은 없는 한수혁이다. 수혁과 만나기 전 미란의 세월들이란, 그 이유를 다는 파악하기 힘들어도, 자기자신을 인정할 수 없어서 지워 버리고 싶어 했던 장시간의 연속들인 것 같았다. 수혁과 만날 때면 그녀가 다시 살아나는 것이 보였다. 눈빛이 반짝이면서, 수혁에 대한 말할 수 없는 애정이 담뿍 담겨 있었다. 수혁에 대한 말할 수 없는 기대감도 함께 하면서. 미란은 수혁이란 존재를 응시하며, 그 무엇을 그에게서 캐낸 것 같았다. 자신이 그동안 의식적으로 접어야 했거나 아니면, 무의식적으로 잊어버리고 있던 삶의 기쁨을 다시 되찾게 한 힘을 가진 그 무엇을, 수혁의 외면적 모습이건 내부이건 어디선가 발견한 것이다. 토요일 밤, 침대에서 수혁을 응시할 때마다 찬란하게 타오르는 그녀의 그런 눈빛을 보며 그는 부담도 됐지만, '이젠, 뭐 할 수 없지.' 하면서 한편으론 기분이 으쓱해짐은 어쩔 수 없는 노릇이었다. 그는 그녀와의 결혼을 생각하기 시작했다. '미란이의 몸만 탐하면서, 치사하게는 살지 않겠다!'가 그의 생각이었다. 정의로워야 한다고 스스로 다짐했다. 그런 면에서는 생각이 아주 단순하게 돌아가는, 합기도에 골몰하며 — 지금도 새벽이면 리조트 헬스클럽과 뒤뜰에서 혼자서 몸을 풀고 발차기를 한다 — 명예심을 중히 여기는 무인武人

다운 한수혁이다. 미란이를 보면 웃게 해주고 싶었다. 수혁 자신이 그녀를 다시 가슴 아프게 하거나 눈물나게 한다는 것은, 있을 수가 없는 일로 여겨졌다. 미란의 몸을 지켜 볼 때면, 과거의 미란은 그녀 자신의 통제권 바깥으로 스스로가 떨려나는 바람에, 아무것도 하지 못한다는 무력감으로 눈물을 많이 흘렸을 여자라는 본능적인 느낌들이, 알게 모르게 수혁의 마음속으로 자연스레 스며들었다. 그는 기본적으로 미란을 품안에 안아 주고 싶어하는 남자였다. 그런 마음을 들게 하는 여자도, 수혁에게는 미란이 처음이었다. 세는 나이로 서른다섯 살, 만 나이로 아직 서른세 살인 이 청년은, 자신보다 세 살이 어린 여자를 열세 살은 어린 미란으로, 어느 틈에 받아들이고, 알고, 느끼고 있었다. 강렬한 성욕 이외에는 여자들에게 별다른 감정을 느끼지 못하고 살아온 수혁이었다. 아가씨들에게 인기는 있어서 여러 상대를 만나 보긴 했지만, 애틋한 연정이란 것은 감도 잡아 보지 못하고 그냥 살아와야 했다. 좀 만나다 보면 서로간의 연락이 오고 가고, 적절한 친절로 상대해 줘야 하고, 그런 것들이 귀찮다는 마음이 어느 순간 들기 시작하면서, 어디론가 혼자서 훌쩍 떠나고 싶은 생각만 굴뚝같아지는 과정이, 만날 때의 공식이다시피 했다. 도대체가, 사춘기 이후 첫사랑이란 것이 없던 위인이다. 보호해야 되고 지켜 주고 싶은 상대를 만난 것이 살아오면서 처음이었다. 미란의 몸에는, 수혁의 그런 마음을 유도해 내는 모습들이 곳곳에 아로새겨져 있었다. 바로 그것이, 한수혁이란 한 존재의 본질적이 사랑이었다.

거실 소파에 길게 누워 미란과 핸드폰으로 이런저런 대화를 하던 수혁이다. 통화가 계속되고 있는데, 마침 숙소 출입문을 열고 얼굴을 들이민 배종삼은, 미주알고주알 하루 일과를 미란에게 열심히 보고하는 그의 모습을 보곤, 짓궂은 표정을 잔뜩 지으며 소파에 나란히 앉아 통화 내용을 엿들었다. 배종삼은 둘의 대화가 끝나자마자, "미란에게 말하는 네 태도가, 자존감이 강하고 당당해 보이던 너의 모습이란 눈을 씻고 찾아봐도 없고, 지금 완전히 매달리는 꼬라지가 된 것 같다."는 말로 포문을 열었다. 그다음, "점점 불쌍해지고 애처로워 보인다!"고 한 마디 더 붙이고는, "즉, 넌 엮여 가는 거지! 자신도 모르게 자유가 박탈당하고 있는 불쌍한 녀석!"이라며 수혁에게 심술궂은 농담을 던졌다. 수혁은 그 말에 계면쩍은 웃음을 지으며, "그래! 난 엮였다!"라는 맞장구를 쳐 주다가, 저녁 뉴스를 보느라 TV 스크린을 바라보는 일도 지겨워져 자기 방에 들어와 침대에 누워 버렸다.

누워서 천정을 멍청히 바라보자니 그것도 따분하게 느껴지고, 낮에 있었던 상모리 주민들의 데모도 신경 쓰이고, 테마파크 입지가 정말 어떻게 되려는지 생각해 보면 머리도 아프고 잠도 올 것 같지도 않고 해서, 침대 머리맡에 놔두었던 책을 펼쳐들었다. 『그늘 속의 4·3』이란 제목의 단행본이었는데, 제주4·3 경험자들의 구술 자료 중 몇 가지를 모아 제주4·3연구소에서 출판한 책이었다. 솔직히 말해 기분 상 쾌해지는 내용은 아닌 것이 분명했다. 알아야 하기에 읽는다는 표현이 더 정확하리라. 배종삼과 둘이서 서귀포시청 제2청사에 처음 들렀을 때 들었던, 환경도시건설국장 양정대와 건설교통과장 조경식의 상

모리 주민들에 대한 언질을 수혁은 잊을 수가 없었다. 그래서 그 주민
들이 사는 너른 대정 평야, 대정읍 모슬포 상모리 알뜨르[7], 그리고 그
평야에 있는 알뜨르 비행장과 송악산, 섯알오름에 대한 근세사를 어느
정도 알아야 할 필요가 있다는 생각이 들어, 월드컵 경기장 주변의 시
립 도서관에서 관계 책자들을 빌려 시간 있을 때마다 읽고 있는 참이
다. 제주도청 민원실에 비치된『제주 역사 이야기』란 조그만 포켓북을
가져와 읽기 시작함이 이 제주 역사에 대한 탐구심의 첫머리였는데,
사실 이 책자는, 이렇다 할 비고가 가능한 주석이나 참고 문헌이 없는
소책자에 불과하여, 수혁에게는 도움이 된다기보다 좀 더 알아야겠다
는 의욕만 북돋아 준 계기가 되었다. 이후로 수혁은 틈틈이 시립 도서
관에서 제주도 역사와 4·3 관계 책들을 빌려다 숙소에서 들여다보곤
했다. 나중에는 나무만 볼 게 아니고 숲을 볼 수 있어야 한다는 판단이
들어, 한국 근현대사 전체를 다시 뒤돌아봐야 할 필요까지 생겼다.

　상모리 주민들이 20세기 들어 겪어 낸 근세사의 우여곡절에 대해 수
혁이 관심을 가지는 까닭은 다음과 같았다. 먼저, 그 당시 어떤 모습을
가지고 나타나, 밀어덮치는 해일처럼 상모리 주민들을 내몰아 댄 세상
이었을지를 여러 자료를 통해 나름대로 머릿속에 그려 보고 그다음,
그려 본 당시 세상의 모습을 자신이 상모리에 사는 한 범부라면 어떻
게 받아들일 것인지를 재구성하고 싶어하는 마음이 들어서였다. 그리
고 '읽어서 얻은 지식들을 가지고, 어떻게 하면, 제주테마파크 입지 선

---

7 **알뜨르** 아랫뜰이란 의미의 제주 방언이다.

정에 걸림돌이 되고 있는 저 상모리 주민 설득 작업에 써먹을 수 있을까?' 하는, 아주 실제적인 이유가 마지막으로 그의 마음에 자리잡고 있었다.

'관심사'란, 각자 나름대로, 여기저기에서 자신의 눈에 뜨이는 구절들을 발췌하고 구미에 맞게 결합시키고 있는, 각자各自 머리 안의 뇌 구조라 할 수 있다. 어느 한쪽에서 말하는 '사건의 진상'이라는 말에 휘둘리고 싶지가 않았다. 역사는 기본적으로 후대의 해석사일 뿐이라는 것이 수혁의 시각이었다.

다만 시간이 지나고 남는 것은, 실제로 그 사건을 겪어 낸 자들의 마음에 새겨지게 되는, 사라지지 않는 '옹이'와 그에 따라 곧게 자라지 못한 굴절된 '마디'들이었다. 그 옹이와 마디들에서 제대로 기를 펴고 자라나지 못하여 뒤틀려 버린 나무 이파리와 가지들이, 메두사 머리의 꿈틀거리는 독사들 모양, 지금 제주테마파크란 거인의 발목을 휘감고 이빨로 물어뜯으려 하는 것처럼 느끼는 수혁이었다. 발목에 휘감긴 것은 뜯어 내고, 물어뜯긴 것은 상처를 감싸면 해결이 가능할지 몰라도, 이제 메두사의 눈을 직시하고 바라보지 않을 수 없게 된 거인이, 아예 돌로 변해 다시는 몸을 움직일 수 없게 되면 어떡하나 하는 공포가, 끊임없이 피곤한 눈을 비비며 재미라곤 하나도 없게 느껴지는 책들을 들여다보게 만드는 주요 이유 중의 하나였다. 모든 해석적 시각이란, 글 쓰는 자나 읽는 자에게나 자신의 갈증어린 입장이 우선시되어 만들어지는 법이니까 말이다.

수혁의 제주4·3이란 결국, 제주테마파크란 배의 항로에 암초와 같은 역할로써, 그 배 자체를 좌초시킬지도 모른다는 우려의 시각으로 바라보게 만드는, 60년이 흘러간 과거의 사건이었다.

　수혁은『그늘 속의 4·3』을 읽다가 접고는, 「4·3과 중산간 마을의 거주 공간 변모」라는 제목의 논문을 펼쳐들었다. '거주 공간 변모'라는 단어에 눈이 번쩍 띄어 도서관에서 복사해 온 논문이었다. 서귀포시 북쪽의 한라산 중턱, 안덕면 동광리에 번성했던 중산간 마을이 제주 4·3을 거치며 막대한 피해를 입고 마을 공동체가 와해되어 버린 이후, 지금의 거주 공간을 이루기까지의 시대별 변화 과정을 연구한 석사 논문인데, 읽다 보니 흥미있는 내용이 눈에 띄었다.

　'제주도의 마을들 간, 즉 해안 마을과 중산간 마을과의 잠재적이고 해묵은 갈등의 역사는 예전부터 존재했었다고 보아진다. 예로부터 중산간 마을은 '양촌'이라 하여 경제적으로나 계급적으로나 상대적 우위에 있던 사람들이 주거하던 지역이었고, 이에 반해 해안 마을은 경제적으로도 중산간 마을에 비해 떨어졌고 무엇보다도 그들의 생업 기반이 어업, 해산물 채취업 등이었으므로 농업을 기반으로 하는 중산간 마을에 비하여 상대적 열등감에 젖어 있었다. 그래서 중산간 마을 사람들은 해안 마을 사람들을 '보재기 마을', '보재기'라 부르며 천시하였다. …… (중략) …… 이처럼 중산간 마을에서 해안 마을로 제주도 중심이 이동하기 시작한 일제 시대 이후에는, 해안 마을 사람들도 중산간 마을 주민들을 '웃드르 맨주기'라 부르며 멸시하는 경향을 보였다.…… (중략) …… 이러한 제주도 마을 간의 편견과 갈등은 4·3을 계기로 표면화되었다. 즉 4·3으로 인한 어려움을 피하고자 내려간 해안 마을에서 중산간 마을 사람들은 또 하나의 고초를 겪게 된다. ……(중략) …… 당시 '산사람(무장대)'들에게 피해를 당했던 해안 마을 사람들은 중산간 마을 사람들을 따뜻하게 대할 수가 없었다. …… (중략) …… 4·3 당시 중산간 마을들이 군인·경찰의 토벌 대상 지역이었다면 반대로 해안 마을은 산에 올라가 있던 산사람들의 보복 무대였다. 따라서 이들 해안 마을 사람들은 중산간 지역과는 반대로 군인이나 경찰들에 의해서라기보다는 무장대에게 학살을 당하는 경우가 많았다. 그랬기 때문에 소개疏開해 내려간 중산간 지역 사람들에 대해 당연히 의심할 수밖에 없었고 좋은 마음으로 받아들일 수가 없었다.'[8]

상모리는 지리적으로는 해안 마을이고 산업적으로는 중산간 마을에 속한다고 할 수 있어 딱히 어느 쪽에 속한다고 규정하기가 어려운데, 이 내용과 어떤 상관성이 있을지가 우선 궁금한 수혁이었다. 그리고 논문 내용대로라면, 제주도라는 범위가 작은 섬 안에도, 모든 인간 집단 속에 자생하며 역사적·사회적 변수로 인해 강화되는 갈등과 반목이란 벽들이, 촘촘하게 미로 모양 가득 채워져 있던 셈이다. 자기 보호적인 순기능을 어느 한 귀퉁이에는 가지고 있던 이런 비교적 규칙 바른 '벽'들이, 바다 건너 외부에서 좌우 이데올로기란 이름하에 몰려온, 능욕이라 할 강제된 양상樣相의 파괴와 분해 작업을 통해, 이제는 서로 간의 메우기조차 어려운 '골짜기와 심연'들로 변질되어 버린 것이 아

8 김지수(2000), 『4·3과 중산간 마을의 거주공간 변모』, 제주대 교육대학원 석논. pp. 35~36.

닌가 싶은, 여러 책들 속에 표현된 제주4·3의 현 상황이었다.

수혁은 이제 '제주4·3의 전개 과정'이라 제목을 달고는 스스로가 이 책 저 책들의 주요 문단들을 옮기고 재구성해 만든 요약문을 다시 한 번 읽어 보기로 마음먹었다. 제주4·3에 대한 해석들은 책들마다 지은이의 관점에 따라 그 틀에 맞추어져 기술되어 있었고, 사용된 문자의 추상적 관념에 따라 사건 자체가 왜곡되어 투영되기가 십상이었다. 읽고 있노라면, 제주4·3의 객관적인 상황 전개에 대해 이해하기 어렵다는 느낌이 들곤 했다. 그 이유로 머리가 혼란스러웠던 수혁은, 비교해 보면 정리될까 싶은 생각이 들어, 책들을 읽으면서, 최근에 주류를 형성한 '민중항쟁론' 시각의 제주4·3 전개 과정 옆에, '폭동론'으로 해석된 반론들을 발췌해 노트하였다. 그는 이 둘 사이 내용의 차이점에 대해, 눈알을 굴리며 좌-우를 왔다 갔다 들여다보고는, 한숨을 내쉬며, '스펙트럼이 보여 주는 무수한 띠들 중, 이 사이의 어느 위치일지는 모르겠지만, 보다 나은 모범 답안의 띠가 별도로 드러날 수도 있지 있을까?'라고 중얼거리고 고개를 갸웃거리곤 했다. 그가 사실상 주시하는 면은, 일제 강점기가 끝나서도 사라지질 않고, 힘을 가진 여러 권력 집단들에 의해 계속해서 발생한 제주도민들의 고통과 희생이었고, 좀 더 범위를 좁히자면, 상모리 주민들 내부에 틀림없이 침잠해 있을 거라 여겨지는 '고통당한 자의 침묵'과 '변화에 대한 공포'였다.

수혁은 모니터에 뜨는 요약문 중간쯤에 마지막 내용을 첨가하고는, 이제 다시는 제주4·3에 대해 더 책을 들여다보거나 쓰거나 하지 않겠다고 결심했다. 어차피 상모리 주민들과의 '마지막 결전'이라 할 만한 때가 다가오고 있고, 그 결전의 결과에 따라 제주테마파크의 미래도 자신의 미래도 어떻게 변할지 아무도 모르는 것이기에, 수혁은 '제주4·3이라면 어떤 것도 더 이상은 알거나 들여다보고 싶지 않다.'는 무력감에 가까운 감정을 느끼고 있었다. 그는 자신이 적어 놓은 '제주4·3의 전개 과정'을 마지막으로 한 번 더 읽기 시작했다. 웬일인지, 읽으면서 다 지워 버리고 싶단 욕구가 가슴속에 치밀어 올랐다.

수혁은 천천히, 그리고 완전히 내려 읽고는 한숨을 푹 쉬었다. 문자들이 각자 고함들을 치고 있어서 의미와 내용이 점점 혼란해져 간다는 느낌이 들었다. 현실과 유리된 듯한, '허공에 발을 디디고 있어 내가 위태롭다.'는 감각······. 수혁은 한글 워드 파일을 노트북 휴지통에 밀어 넣었다. 다시 휴지통을 열고는 아예 '휴지통 비우기'를 클릭할까 말까 망설이다가, 버린 파일을 다시 '현재 항목 복원'하고 말았다. '노트북 어딘가에 남겨 놓기나 하자.'는 마음뿐이었다.

25

　튼실한 등을 가진 젊은 여자가 수혁 바로 앞에 앉아 있었다. 그녀는 굵다란 두 팔로 애기를 젖가슴에 끌어안은 모양새였고, 그 애기의 정면 얼굴이 수혁에게 바로 보였다. 애기는 엄마의 등 너머로 얼굴만 빼꼼히 내밀고는 똘망똘망한 까만 눈동자로 그를 뚫어져라 쳐다보았다. 녀석은 지 오른손을 입에 갖다 대더니, 손가락들을 엄마 젖꼭지인 양 열심히 침을 흘리며 빨아 댔다. 그러면서도 수혁을 계속 쳐다보았다. 애기는 이 인간이 딴 데서 온 외지인이라는 것을 잘도 알아챈 것 같았다. 수혁은 애기에게 코를 찡긋거리며 우스꽝스런 얼굴 표정을 지어 보였다. 그의 얼굴을 쳐다보던 애기가 까르르 웃어 댔다. 이 녀석은 여전히 손가락들을 입에 물고는, 눈동자와 눈썹을 얼굴 한가운데로 모으면서 수혁에게 자기가 관심이 많다는 것을 나타내려고 무진장 애를 쓰기 시작했다. 애기를 안고 있던 젊은 엄마는 "땟지, 땟지." 입으로 중얼거리며 손가락들을 애기 입에서 빼내려고 하다가, 계속 방글방글 웃고 있는 애기 얼굴이 의아한지 뒤를 돌아보았다. 애기를 쳐다보며 열심히 우스운 얼굴을 만들던 수혁은 들킨 것이 민망해 멋쩍은 표정을 지으려니, 그 모습을 흘깃 쳐다본 젊은 엄마는 신경 쓰이는지 자리에서 일어나 슬그머니 딴 곳으로 애기와 같이 사라져 버렸다. 아마도 젖 먹이러 간 것 같았다.

 수혁은 이틀 전 (주)제주테마파크에 들렀다가, 헨리 유가 주민들과의 직접 간담회 및 마을 잔치를 연다는 소식을 듣곤, 갈까 말까 하다가 — 수혁이 반드시 참여해야 할 자리는 아니다 — 걱정스럽기도 하고, 자신이 마을 회관에서 돼지고기 삶아 먹자고 제안하기도 했고, 왠지 헨리 유와의 의리도 생각나고 해서, 오늘 상모리 마을 회관으로 찾아온 참이다. 와서 보니, 마을 회관 앞마당에는 사람 사서 마련한 것인지, 동네 사람들 협력을 얻은 것인지, 시끌시끌한 아주머니들 수다 속에 잔치 준비가 한창 벌어지고 있었다. 마당에 걸어 놓은 커다란 무쇠솥 세 개에선, 돼지고기 삶는 구수한 냄새가 사방에 퍼지고 있었고 — 어떻게 삶는지 역한 내가 전혀 없었다 — 또 한쪽에서는 국수를 쟁반에 나눠 담는 모습이, 앞전에 벌어졌던 상모리 주민들 데모나 제2시청사 긴급 회의와는 관련이라곤 전혀 없어 보이는, 평화로운 마을 잔치 분위기 그대로였다.
 수혁은 간담회를 어디서 하나 싶어 마당을 지나 건물 속을 뒤지기 시작했다. 2층짜리 마을 회관은 내부가 동사무소와 조그만 강의실로 되어 있어 크게 모일 만한 장소가 없었다. 그런데 바로 그 옆으로, 옥상 평平 슬라브의 패러핏(난간벽)과 지붕보 춤(높이)이 건물 상단부에 돌출되어 하얀색 굵은 머리띠를 두르며, 모서리 곡선 처리와 하단부 3

단 모접이까지 되어 있는, 나름 효과를 멋지게 내보려고 애쓴 흔적이 역력한, 밝은 붉은색 치장벽돌 단층 건물이 서 있었다. 경로 회관이었다. 이 조촐하면서도 새로 지어서 산뜻한 회관에 들어서니, 내부 전체가 널찍한 평수의 노란 장판 깔린 온돌방 하나로 되어 있고, 주민들이 빽빽이 들어앉아 영사막에 펼쳐지는 제주테마파크의 동영상이랑 슬라이드를 열심히 보고 있었다. 입구에 들어서는 수혁의 눈에, 헨리 유와 서귀포시장, 부시장, 환경도시건설국장 양정대, 건설교통과장 조경식, 공보과장, 제주도청 정책홍보공보관, 투자정책과 일괄처리제1팀장 등등, 지난번 서귀포 시청에서 열린 긴급 회의 때 참석했던 인사들 얼굴이, 바닥에 방석 깔고 앉아 있는 주민들 머리 너머 저쪽으로 보이게 되었다. 한쪽 벽에 등을 붙이고는 일렬로 나란히 의자에 앉아 엄숙한 표정을 짓고 있는 그들의 얼굴이, 불을 꺼 놓아 어둑어둑한 방 분위기 속에서, 의구심 잔뜩 어린 표정들의 주민들 머리 위로 풍선 모양 둥둥 떠 보이는 형편이, 상황이 상황이니만큼 수혁을 조용히 주민들 속에 쭈그리고 앉아 있게 만들었다. 그의 입장에서야 (주)제주테마파크 직원이 설명하는 저 동영상이 새로울 게 없는 것이고, 가만히 앉아 있자니 이게 언제 끝나나 지루하기도 해서, 앞에서 손가락을 빨고 있는 얼굴 동글동글하니 낙천적으로 생긴 돌배기 사내아이에게 시선을 뺏길 수밖에 없었다.

마을 주민들을 처음 본 순간, 드는 인상이 '이 마을은 젊다.'는 점이었다. 수혁이 과거에 경험했던 지방 테마파크 개발 대상지 주민들과는 완연히 다른 모습들이었다. 그 당시는 젊은이가 정말 적었고, 마을

도 좀 기운이 빠져 있다고 할까, 그런 분위기였는데, 상모리는 다르다는 느낌이 보자마자 눈에 확 들어왔다. 우선 어린 애기들이 많은 것 같았고, 2, 30대 젊은 부부들로 보이는 주민들도 여기저기 자기네들끼리 무리지어 앉아 있었다. 가장 발언권이 셀 주민들의 주축이 30대에서 50대 사이로 보였다. 물론 70대 이상 고령층의 주민도 상당수가 보였지만 이들은 전체로 보았을 땐 소수일 뿐이었다. 수혁의 예상과는 완전히 정반대였다. 그는 상모리를 과거의 그늘에서 벗어나기 힘든 정체된 느낌의 마을일 거라 상상했다. 서귀포시청이건 제주도청이건, 수혁에게 던져지는 공무원들의 간접 정보와 인터넷, 신문의 뉴스 기사들은, 왠지 주민들에 대한 이미지와 느낌을 부분만 살아 있는 고목이거나, 유효 기간이 지나 신축성이 결여된 고무줄 같은 이미지들로 만들어 내고 포장했는데, 전혀 아니었다. 이들은 생명력이 넘치고, 무엇보다도, 어느 누군가가 강제로 잡아 늘려도, 포기하지 않고 제자리를 찾아갈 수 있을 탄력을 가지고 있어 보였다. 탄성을 잃어 두려움에 테마파크를 결사 반대하는 사정이 아니고, 살고자 하는 의욕으로 영리하게 반대하고 있다는 느낌이 들었다. 첫 인상론, 수혁에게 나쁘지 않게 다가오는 느낌들이었다.

제주테마파크 소개 동영상이 끝나자 이번에는 서귀포시청 공보과장이 자리에서 일어나 주민들 앞으로 미적미적 걸어 나오더니, 자기네들끼리 만든 간단한 슬라이드 자료를 보여 주며, 테마파크가 들어설 때 주민들에게 어떤 혜택과 지원이 시에서 주어질 것인가를 장황하니 설명했다. 단조롭고 지루한 말솜씨에 차후 책임져야 할 강조된 표현은 철저히 배재하는, 한마디로 너무 많은 것들을 도망다니다 보니 뭔 소리를 하고 있는지 알아먹을 수가 없는, 안쓰러운 설명들이었다. 한마디로 분위기 훼방 시간이다.

"그러니까, 결론은 우리가 경작하는 감자밭이나 고구마밭들을 일반 작물 취급이 아니고 고소득 작물로 평가하여 실농 보상을 후하게 해주고, 덤으로 개간비 보상액도 조금은 가능하게 고려해 주겠다 그 말 아닙니까? 그렇지요?"

공보과장이 계속 말을 뱅뱅 돌리는 것이 못마땅했던 40대 남자가 인상을 쓰며 자리에서 일어나 되받아쳤다. 공보과장은 인상 쓴 남자의 공격적 말투에 좀 움츠러드는 듯한 표정을 지으며 목소리를 더욱더 낮추어 달래는 듯한 말투를 이어갔다.

"그렇습니다. 사실은 개간지가 아니지요. 원래부터 밭들이었으니까요. 하지만 일제 시대 말부터 비행장 만드느라 제대로 경작하지 못해서 노는 땅이 많았고, 60년대 들어와서 본격적으로 다시 개간한 것들로 생각할 수 있으니까, 실농 보상과 개간비 보상을 같이 해주겠다는 것입니다. 굉장히 후한 조건입니다. 여러분 생각을 많이 해준 것이지요. 여러분 중 토지 소유자가 아닌 임차인에게 이런 보상을 하겠다는 겁니다. 다른 데 같았으면 일반 실농 보상밖에 없었을 것을 몇 배를 받을 수 있게 되지 않았습니까?"

"그래, 밭 가지고 있는 사람들은 좋다고 합니까?"

40대 남자는 잔뜩 볼멘소리로 계속 질문을 했다. 보아하니 여기서,

국방부 땅을 빌려 경작하는 임차인과 실토지 소유자 사이에 의견이 갈려 있는 모양이었다. 제주테마파크의 대부분 입지는 국방부 땅, 즉 국유지였지만, 군데군데 소규모로 사유지 밭들이 끼어 있었다. 이 사유지 실 소유자들은 국방부 땅 임차 경작인들과는 다른 입장인 것이다.

"그분들은 테마파크 개발에 대해서 긍정적인 입장이시지요……."

머뭇거리며 대답하는 품이, 공보과장은 무슨 죄인이라도 된 것 같은 표정이었다. 당당하지 않은 태도를 의식적으로 계속 만들어 나가면서, 자신이 정당한 대답을 하고 있다는 인상을 일부러 지우는 듯한, 즉 면피만 하려는 태도가 역력했다. 하긴 과장이 목청 높여 앞장설 이유는 하나도 없으니까. 그는 인심만 잃지 않으면 되는 위치이다.

"그래, 국방부에서 땅 경작하라고 해서 그거 믿고 할아버지, 아버지 때부터 여기서 살아왔는데, 인제 와서 나가라고 하면 우리는 뭐가 됩니까? 아무리 보상을 해준다고 해도, 그 돈 가지고 어디로 가 변변한 땅 사서 농사짓고 살 수 있단 말이요? 우린 살길이 막막해요! 우린 보상도 싫고! 테마파크도 싫고! 다 싫습니다! 여기서 계속 해오던 대로 농사짓고 살 수 있게 내버려 두세요! 우린 땅 파먹고 사는 재주밖에 없는 농사꾼이오!"

40대 남자가 오른손을 허공에서 칼 내리치듯이 휘두르며 한 마디로 싫다는 의사를 소리치며 표현하자, 여기저기서 "옳소! 옳소!" 하는 목소리들이 터져 나왔다. 수혁이 보기에 저 40대 남자가 이들의 리더인 것 같았다. 깊게 눌러쓴 녹색 새마을 모자 밑 그림자 속에서도 선명히 보이는, 보기에도 강단 있어 보이는 돌출한 광대뼈며 찢어진 날카로운 눈매가 마르고 금욕적인 몸매와 어울려, 건드리면 골치 아플 것이라는 분위기를 만들었다. 구부러진 곳 없이 꼿꼿이 서 있는 어깨의 무게감을 보니, 약삭빠른 데라고는 없고 오직 막무가내인 저돌성만 보이고 있었다.

'그래도 난사람이 하나 있구나…….' 수혁은 새마을 모자를 쳐다보면서 조용히 혼잣말을 마음속으로 되뇌었다. 개인은 기관이나 조직에게 무력할 뿐이다. 농락당할 뿐이다. 백짓장도 맞들면 낫다고, 저이가 지금 사람들을 모으고 같이 외치자고 독려하는, (주)제주테마파크 입장에서 보면 눈엣가시 같은 사람일 것이다. 아마도, 몸에 신나 뿌리고 분신 자살을 시도한 이가 아닐까 싶었다. 이런 경우 현실은, 광야에 홀로 서서 외치기만 할 따름인 독야청청 선지자나, 자기 대신 손에 피를 묻힐 희생양을 찾아 해매는 잔대가리 굴리는 정략가는 결국엔 밟혀서 사라질 운명이지만, 곧이곧대로 무식할 정도로 같이 하자고 주위의 어깨를 잡아 끌면서, 주변과 똑같은 위치에서 한솥밥 먹으며 무리를 만들어 일체의 부패 없이 자신이 앞장서고 희생을 무릅쓰는 순교자한테는, 의외로 약점을 보일 수도 있는 기관과 조직이다. 이 자는 진정이 있는 사람이란 생각이 들었다. 타협을 불허하는 청교도적인 근엄함이 전신의 태도에서 흘러나오고 있었다. 이 사람에게는 순수하고 급진적인 혁명가가 될 소질이 농후해 보였다. 이런 경우 해결책은, 이 자를 죽여서 다시는 말이 없게 만들거나, 주위의 반감을 이끌어 내어 무리가 스스로 지도자를 단두대로 보내게 되는 상황을 연출하든가, 아니면 (주)제주테마파크가 한 수 진다는 느낌이 들 정도로 요구를 들어주는 것, 크게 보아 이런 세 가지 방법으로 정리가 될 텐데, 어느 게 좋을는지……. 뭐랄까, (주)제주테마파크가 마피아도 아닌데, 관 속으로 보내는 방법으로 해결할 순 없을 것이고, '타협'이 아닌 정말 해결책이 될 수 있을 정도의 '진실성'을 보여 주는 수밖에는 다른 묘수는 없지 않을까 예상해 보는 수혁이다. 아니면, 상모리는 관두든지……. 이상한 점은, 대화 속 어디에도 제주4·3의 그림자는 보이지 않는다는 것이었다. 농사지을 땅이 없어지면 장차 살아갈 길이 막막한 농민들의 절규만이 거기에 있었다. '우리가 살 수 있게 해다오!'라는 근원적인 민생고만 있을 뿐이지, 기자들이나 사회 단체, 시청이나 도청의 관리들이 뇌까리던 '제주4·3의 한'은 좀처럼 느껴지질 않았다.

"내가 좀 할 말이 있습니다. 같이 대화하지요."

저쪽 한 귀퉁이에서 소리가 나서 고개를 돌려보니 헨리 유가 서 있었다. 그는 서귀포시청 회의 때와는 딴판으로 아주 정중한 표정을 짓고 있었다. 공보과장은 자리에서 일어난 헨리 유를 보더니 나오시라고 손짓하면서, 자신은 꼬릴 감출 기회를 잡았다는 안도감을 얼굴에 한껏 어리게 했다. 헨리 유는 의식적인 일체의 미소나 몸짓 없이 조용히 걸어 나오더니, 농민들 앞에 서서 마이크를 부여잡았다.

"제가 주식회사 제주테마파크의 부사장입니다. 이름은 유재명입니다. 제가 여러분이 농사짓고 사는 땅에 테마파크 짓겠다고 마음먹은 사람입니다."

헨리 유는 자신을 '헨리 유'란 미국식 이름으로 소개하지 않고, 수혁도 처음 듣는 '유재명'이라는 한국식 이름을 대면서, 상당히 조용하고 침착한 어조로 말을 하기 시작했다. 직급도 '사장'이 아닌 (주)제주테마파크의 '부사장'이라고 소개하니, 겸손하게 보이는 태도로 현 상황을 타개해야 한다고 마음먹은 것이 틀림없었다. 지금까지 헨리 유 자신도 그렇고 어느 누구도, 하다못해 제주도지사, 서귀포시장까지도 그를 '부사장'으로 호칭한 적이 없었다. 하긴 헨리 유는 펠드스파홀딩스의 '사장'이기도 하니까. 수혁도 그를 언제나 '사장님'이라고 부르지 시건방져 보이게 '부사장님'이라고 부르는 짓은 꿈도 꾸지 못했다.

"유 부사장님. 우리가 농사짓고 사는 땅에는 절대로 안 돼요. 생각하지 말아 주세요. 아시겠습니까?" 새마을 모자는 대뜸 헨리 유의 말을 막으며 자신의 말을 반복했다. 절대로 안 된다고.

"선생님 성함이 어떻게 되시죠?" 헨리 유는 새마을 모자에게 부드러운 미소를 짓는데, 수혁이 보기에는 이해하지 못할 친절함과 따스함이 감돌았다. 보기엔, 상당히 진심이 어린 미소였다.

"고봉익이라고 합니다."

"그래요. 고 선생님. 내가 선생님 얘기 많이 들었어요. 지난번 제주도청에서도 앞장서셨고……."

"그렇습니다. 제가 총대 맸습니다."

"예. 그런데 하나 물어보겠습니다. 그때 도와주겠다고 정당이니 사회단체니 여러 군데에서 와서 시위에 합류하려고 했는데, 기자 외에는 다 돌아가라고 선생님께서 막으셨다지요? 왜 그렇게 하셨습니까?"

"우리는 하나밖에 없습니나. 다른 이유 없어요. 우리가 이 땅에서 나가면 다른 살 방도가 없어요. 그래서 안 된다고 분명히 말하는 겁니다. 그런데 그 사람들은 자꾸 쓸데없는 말을 섞어요. 그 사람들 그 전에도 왔었어요. 그런데 제가 보기에는, 자꾸 다른 쪽으로 끌고 들어가려고 한다 말이지요. 그 사람들 말대로 하면 당장은 일이 크게 돼서 쉬울지 몰라도, 우린 그걸 바라지 않아요. 그런 식으로 하면 결국 우리만 이용당할 것 같은 생각이 들더군요. 그 사람들 말 듣다가 우리들은 분란이 일어나고, 그 사람들 말만 무조건 믿던 쪽까지도, 결국은 이용당하고 얻을 것 못 얻고 버려질 거란 걸 난 알 수 있어요. 우린 끝까지 하나가 돼서 우리 땅을 지키겠다 이겁니다. 국방부 땅이라 하지만 선친 대대로 농사짓고 정들어 온 땅이에요. 우리 겁니다. 그래서 막은 겁니다. 우린 상모리 사람이에요. 우린 나뉠 수 없어요. 옛날에도 결국 그래서 우리들만 피 본 거 아닙니까? 우린 다른 사람들 믿지 않아요."

'옛날에도 그래서 피 본 것이다……. 제주4·3을 말하는 건가?' 하는 생각이 드는 수혁이었다. 어찌했든 외부인에 대한 불신감만큼은, 이 사람들 속에 정말 엄청나게 큰 부분을 차지하며, 지금도 계속되고 있는 것이 분명했다.

"그러면, 제가 여러분이 앞으로 살아갈 수 있게 해 드리면 되지 않겠습니까? 선생님 말을 들으니 저는 고마운 생각이 들어요. 상황이 복잡하게 엉킬 뻔했는데, 여러분이 오히려 막아 주었단 생각이 들더군요. 난 여러분들이 이러시는 거 당연하다고 생각합니다. 지금 선생님 말을 들으니 같이 허심탄회하게 이야기를 나눠 보면, 오히려 일이 쉽게 풀릴 수 있겠다는 확신이 듭니다."

"우리가 살아갈 수 있게 해준다고요? 어떻게 말입니까? 몇 푼 안 되는 보상금에 우리가 넘어갈 거라고 생각하세요? 우리는 마음 굳혔어요. 우린 그냥 이 땅에서 농사짓고 살 거요. 부사장님과 타협하자고 우리가 그랬던 거라고 생각하면 오햅니다. 다른 이유 없이 그냥 살아온 대로 살아가려고 그랬던 거예요. 오해하지 마십시오. 절대로 우리 땅 못 내놓습니다."

새마을 모자 밑에 보이는 완강한 얼굴이 더욱더 견고해져서 일체의 타협의 기미조차도 보이지 않을 것임을 명확히 했다.

"알겠습니다……. 자아……. 좋습니다." 헨리 유는 혼잣말같이 말을 끌며 무언가를 골똘히 생각하는 눈치더니, 이내 고개를 들며 환히 웃곤 말을 계속했다. "우선……, 여러분 시장들 하시지요? 별 뭐……, 재미도 없는 영상 보여 주면서 이러쿵저러쿵 해결도 안 될 소리만 벌써 몇 시간째 하다 보니 점심시간이 됐군요. 오늘 해결이 안 돼도 좋으니 저희랑 식사나 같이 하시지요. 돼지 몇 마리 잡았습니다. 허허허."

바람은 조금 차갑기는 했지만 적절하니 살랑살랑 불었고, 햇빛은 그 속에서 따스한 온기를 나누어 주는 맑은 날씨였다. 수혁은 날씨가 도와준다는 생각이 들었다. 겨울의 마지막과 봄의 입구에 선 제주는 흐린 날이 꽤 많은데, 오늘은 햇빛이 음영을 짙게 드리우며 사방을 비추니, 주변의 건물이며 동백나무의 잎사귀들이 반짝반짝 윤이 났다. 여름이면 햇살이 따가울 텐데 그렇지도 않고, 기분을 잔잔하게 만드는 유쾌함이 있었다. 하늘을 쳐다보면 마음이 밝아지는 날씨다.

마을 회관 마당에서 사람들은 돗자리에 앉아 김이 모락모락 오르는 흑돼지 고기 편육과 국수를 먹었다. 막상 마당에 나오자 날씨가 너무 좋아서인지, 간담회가 열리던 노인 회관 안으로 다시 들어가기 싫어하는 분위기가 돼 버렸다. 결국 마당에서 먹게 되었다. 음식을 나누어 주고 나누어 먹고, 공기에서 따뜻한 감이 흐르기 시작했다. 뱃속에 뜨끈한 음식이 들어가고 막걸리와 오매기술[9] 탁배기 한 잔씩 돌자 간간이 웃음소리마저 나오는 조짐이, 간담회 처음의 경직된 분위기에서 조금은 달라지는 것이 아닌가 싶은 기분을 들게도 했다.

헨리 유는 자신의 장기인 **파티에서 팔 걷어붙이고 음식 나누어 주기**를 실천하고 있었다. 동네 아줌마들 사이에 끼어서는 직접 흑돼지 고기를 편육으로 자르고 있는데, 자르느라 더워서인지, 긴장해서인지, 이마에 땀이 송글송글 맺힌 것이 수혁의 눈에 띄었다. 지난번 디자이너 파티 때와는 딴판으로 말도 없이 묵묵히 돼지고기를 자르는 헨리 유였다. '저 양반도 테마파크 만들겠다고 무슨 팔자에 없는 사서 고생인가.' 하는 생각이 수혁에게 들 정도로, 그는 정중하게 끊임없이 돼지고기만 자르고 있었다. 수혁도 헨리 유와 인사를 나누고는 편육이며 고기국수 그릇들을 직접 나르며, 주민들이 자기네들을 인간적으로 좀 좋아해 줬으면 좋겠다는 혼자 생각을 했다. 헨리 유는 수혁을 보더니 고개를 끄덕거리면서 '너 왔구나!' 하는 표정이 역력히 얼굴에 쓰여지는 것이, 몹시 외로워 어딘가 심리적으로 기대고 싶어하는 마음마저

---

9 **오매기술** 막걸리처럼 쌀로 빚는 것이 아니고 좁쌀로 빚는데, 톡 쏘는 듯한 독특한 향기와 새콤하면서도 부드러운 맛이 특징이다. 노릇노릇한 기름기가 위에 도는 청주淸酒는 귀하게 여겨 제사상에 쓰이고, 탁배기는 농주農酒로 이용한다.

보였다.

"미스터 한. 도와주라. 잘될 거야."

"예. 잘될 겁니다."

많은 대화가 오가지 않고 간결이 정리된 후, 각자 맡은 바 할 일에 골몰했다. 시장이며, 부시장이며, 어디 국장이건 공보관이건, 특별석 없이 다 같이 마당에 돗자리 깔고 앉아, 상모리 주민들과 음식을 나누어 먹었다.

편육 썰기도 다 끝나가고 음식 담당하던 아줌마들도 자기네들끼리 밥 챙겨 먹으려고 무리지어 자리를 뜨기 시작하는데, 수혁이 가만 보니 헨리 유는 어디에 낄 곳이 없어, 한데 버려진 어린아이 같은 표정으로 돼지고기 편육 썰던 도마 앞에 서 있었다. 아마도, 헨리 유 인생에 이런 파티 경험은 처음일 것이다. 같이 음식 나르던 (주)제주테마파크 직원 다섯 명과 같이 수혁도 밥 먹어야겠다는 생각을 하면서, 헨리 유를 그 자리에서 끌어내 오려고 그에게 다가갔다. 왠지 측은한 광경이다.

"식사하셔야죠."

"어……. 그래. 밥 먹어야지." 헨리 유는 머뭇머뭇거렸다. 고개를 조금 아래로 수그리는 모양새가 기분이 영 좋은 것 같지가 않아 보였다.

"부사장님. 식사 안 하셨죠. 같이 먹지요."

말소리가 들려 뒤돌아보니, 예의 그 새마을 모자, 고 선생이 서 있었다.

"마을 어르신들이 좀 뵙자고도 하시고……. 같이 식사하시죠." 식사

같이 할 것을 재차 헨리 유에게 말한 고 선생은 수혁에게도 고개를 돌려 말을 걸었다. "식사합시다. 보아하니 음식만 계속 나르던데⋯⋯. 직원들 다 오라고 하세요."

"예. 알겠습니다."

수혁은 얼른 대답하고, 헨리 유 이하 직원들을 모아서 고 선생이 이끄는 자리로 데려갔다.

칠십은 확실히 넘어 보이는 노인 하나는, 다리가 불편한지 낚시용 접의식 의자에 비스듬히 앉아 있었다. 그 어르신은 국수를 먹느라 얼굴을 숙이고 있었고, 수혁은 어떤 양반인지 그 표정을 볼 수가 없었다. 그 옆으로 돗자리 바닥에 그냥 앉아 있는, 잠바 상의 밑으로도 오른팔이 뒤틀려 있는 것이 선명하게 느껴지는 비슷한 연배의 노인네는, 왼손으로 돼지고기 편육을 집어 간장종지에 찍어 먹으며 막걸리를 연신 마시는데, 얼굴은 평온해 보였다. 또한 그 옆으로 삼사십대 남자 두 명, 오십대 남자 한 명이 둘러앉아 있고, 이들이 고 선생과 같이 상모리 주민의 대표격인 사람들 같았다. 수혁 일행이 다가서자, 노인 두 명을 제외한 젊은층은 자리에서 일어나 형식적으로나마 인사를 건네었다. 얼굴 표정들은 그다지 반가운 인상이 아니었다. 수혁 들이 자리에 앉자 미리 마련했던 편육 접시와 국수 그릇을 건네는데, 사정을 보아하니 음식들을 미리 마련해 놓고, 수혁 일행의 행동을 지금까지 관찰한 것 같았다.

자리에 앉아서 수혁은 건네주는 한 그릇의 고기국수를 먹어 보았

다. 돼지 뼈를 우려낸 국물에 국수를 말고 편육을 올려놓은 뒤, 칼칼한
양념과 파를 듬뿍 뿌린 것이, 꼭 부산 돼지국밥과 서울 잔치국수의 중
간 맛이란 생각이 들었다. 맛이 있었다. 느끼하지 않고 푸짐한 느낌이
다. 뱃속이 따뜻해지면서, 덩달아 전신에 열이 났다. 긴장이 풀리는 느
낌이었다. 갓 삶아 낸 흑돼지 편육을 파, 마늘, 깨소금, 식초를 넣은 조
선간장에 찍어 먹는 맛도, 새우젓보다 풍미는 강하지 않지만 워낙 삶
은 돼지고기가 잡맛이 없고 탄력있고 부드러워, 간장 맛이 고기의 맛
을 죽이지 않고 잘 살려 주고 있었다. 전체적인 맛의 조화로 새우젓보
다 조선간장에 찍어 먹는 법이 훨씬 더 어울린다는 결론이다. 워낙 흑
돼지고기 맛이 일품인 데다 '무슨 비법인지 정말 잘 삶아 냈구나!' 하
는 감탄이 들어, 이 비법을 좀 어떻게 하든지 알아내서, 이 제주테마파
크 제대로 안 굴러가면 다 집어치우고 미란이하고 고향 내려가, 제주
식의 고기국수와 흑돼지고기 편육으로 식당해 볼까 하는 뚱딴지 같은
딴 생각에 잠시 잠긴 수혁이었다. 미란이는 좋아할지 모르겠지만…….
한편, 헨리 유를 비롯해 일행들도 조용히 국수를 먹고 있었다. 자리에
둥그러니 앉아서 서로 말도 없이 점심을 해결하는 처지들이, 저쪽에서
무슨 말이라도 나오기를 기대하고 있는 상황이다.

　"허허. 국수가 맛나구만. 잘 먹었어요. 경헌디……, 봉익이, 무사 오
널 같은 날, 몸국[10]이 빠져시냐?(헌데……, 봉익이, 왜 오늘 같은 날, 몸

---

10 **몸국(모자반국)** 큰 가마솥에 돼지와 순대를 삶고 나면 국물은 진한 육수가 된다. 이 육수를
가지고 몸국을 끓인다. 돼지고기와 내장을 잘게 썬 것과 모자반을 잘게 썬 것을 같이 넣고 끓이
는데, 영양이 풍부한 음식이다. 잔치에 빠지지 않는 제주의 진짜 토속 음식이다. 먹을 때 김치
썬 것을 같이 넣고 먹으면, 풍미가 입에 잘 맞지 않는 사람에게도 먹을 만하게 느껴질 것이다.

국 이 빠졌어?)"

"하르바님. 육지 사름덜, 묨국 벨로 안 좋아험데다. 어제 도새기 잡
으멍 ᄀ치덜 굴앗수다. 다덜 잘 먹기는 궤기국시가 더 좋암직 허댄 마
씸. (할아버님. 육지 사람들, 묨국 별로 안 좋아하데요. 어제 돼지 잡
을 때 같이 얘기했어요. 모두 잘 먹기엔 고기국수가 더 나을 것 같다구
요.)"

"응. 기가? 허허허허. 섭섭허 주마는. 건 경허고……(응. 그래? 허허
허허. 아쉽구먼. 그건 그렇고……), 거기 계신 부사장님. 부사장님 성
함이 유재명이라고 하셨는가?"

낚시용 접이의자에 앉아 있던 노인이 카랑카랑한 목소리로 서서히
말을 꺼내기 시작했다. 수혁이 고개를 들어보니, 세련된 느낌의 은테
안경을 쓰고, 하얗게 센 머리를 단정히 빗어 넘긴, 기름한 얼굴의 잘
생긴 노인네였다. 젊었을 때는 한 인물 했겠구나 하는 생각이 드는 양
반이다. 노인의 말씨를 들어보니, 전체에게나 헨리 유에게 말을 할 때
는 표준어를 구사하고, 고 선생에게 따로 말을 걸 때는 제주 사투리를
썼다. 고봉익 선생도 수혁 들에게 말을 할 때와는 달리, 사투리를 써서
노인에게 대답했다. 다만 수혁이 서귀포시청 제2청사 국장실에서 들
었던, '양국장'과 국장을 선배로 부르던 어떤 '후배'와의 대화하고는 조
금 다른 사투리였다. 우선, 억양이나 발음이나 무슨 뜻인지 대충 알아
먹을 수 있었다. 헨리 유나 수혁이 알아듣기를 원하는 마음씀씀이가
내포되었다고나 할까? 제주 방언에는 그 사투리 정도의 여러 층위가
있어서, 타지인他地人을 대할 때 자신들의 마음을 은연 중에 나타내는

방법이 있는 것 같았다. 사실 이런 면은, 지금까지 살아오면서 수혁이 겪은 경험으로 따져 보면, 제주도뿐만 아니라 다른 지방 사람들도 마찬가지라고 그에게 여겨졌다. 자신들 무리 중에 섞인 외로운 이방인을 대할 때, 자기네들끼리 쓰는 사투리 수준을 조절해서, '널, 어느 정도 골탕 먹여 줄까? 끼워 줄까? 말까?'라는 짓궂은 마음의 정도를 나타내는 방법은 어디나 똑같을 것이다. 물론, 제주 방언만큼 완전히 알아먹을 수 없는 외국어 수준의 층위가 따로 있는 경우는, 다른 지방에선 그 가능성이 희박하긴 하겠지만 말이다. 제주의 20대 젊은이들이야, 자신들의 사투리를 거의 잊어버리고 있는 실정이니, 이런 층위 조절의 묘미를 알지 못하는 점은 서울 사람하고 다를 바가 없었다. 어쨌든, 노인과 고 선생이 사투리를 헨리 유가 알아들을 수 있게 은연중 조절하고 있는 눈치를 보니, 수혁은 무언가……, 약하디 약한 희망 같은 것이 마음속에서 솟아나기 시작했다. 지금, 이들의 마음이 그렇게 배타적이지 않을 수도 있다는 아주 여린 희망 말이다.

"예. 그렇습니다." 헨리 유는 기다렸다는 듯이, 자신에게 말을 거는 노인의 한 마디를 낚아챘다.

"부사장님 고향이 어디신지?"

"제가 미국에서 성장하긴 했지만 여기 제주에서 태어나 열두 살까지 살았습니다. 저도 제주 사람입니다."

헨리 유의 말에 주변의 고 선생 휘하 상모리 대표자들이 이게 웬일이냐는 듯이 고개를 돌려 그를 주시했다.

"혹시 부사장님 춘부장 존함이 유, 병 자 헌 자 쓰시지 않는가? 유병

헌이라고 말이야."

"예. 맞습니다. 제 부친 이름이 유병헌 맞습니다."

"그래. 맞아. 부사장님 얼굴에 춘부장 모습이 많이 보이는구려. 내가 부사장님을 돌잔치 때 처음 봤어. 그때 춘부장께서 제주중학교 교사로 계셨지. 헛허허허허."

껄껄 웃으며 말을 끝낸 노인네는 헨리 유를 위아래로 훑으며 귀엽다는 듯이 쳐다보았다. 지금의 헨리 유가 돌배기였다는 게 연상이 잘 안 되는 수혁은 왠지 웃음이 터질 지경이었다. 그런 기분은 무리에 앉은 사람 모두가 느끼는지 다들 얼굴에 웃음기가 어렸다.

"예. 아마 그때쯤, 아버님이 완전히 제주시로 내려오셨을 겁니다. 어머니랑 저희는 줄곧 제주시에 살았습니다만, 아버님은 그때까지 군에 계시느라고 혼자서 여기저기 옮겨 다니신 걸로 알고 있습니다." 헨리 유의 말이다.

"아니야……. 잘못 알고 있네. 60년 4·19 난 해에 부사장님 돌잔치를 했는데……, 가만있어 봐라…, 그때가 3년 전이야……. 그러니까……, 57년에 춘부장께서 군에서 나오신 거야." 노인은 기억들을 떠올리며 손가락을 꼽아 가면서 정확한 연도를 계산하고 있었다. 연세가 어떻게 되는지는 몰라도, 왠지 말하는 분위기로 봐서는 까마득한 옛날에 태어나신 분 같은데, 선명한 기억력의 소유자임에 틀림없었다.

"아아! 그렇게 됩니까?" 헨리 유는 고개를 갸웃거리며 반문하는데, 노인 얘기로 그런 사실을 처음 알게 된 눈치였다.

"그래. 57년에 제주에 내려오셨고, 그때 교편 생활을 다시 시작하신 게야."

"예에." 짤막하게 대답한 헨리 유는 입을 다물고는 노인의 말이 계속되기를 기다리는 눈치였다.

"내가 부사장님이 일곱 살 될 때까지는 자주 봤는데……, 그 후론 못 봤지. 내가 서울로 이사했거든. 소식은 왔다 갔다 했는데……. 부사장님 가족이 미국으로 이민 갔잖아? 살다 보니 뿔뿔이 흩어지는 거지. 부사장님 얼굴엔 어릴 때 모습도 많이 남아 있어. 부사장님, 어렸을 때 아주 똘똘하게 생긴 아이였네. 헛허허허허. 한눈에도 크면 공부 잘하겠구나 그런 느낌이 드는 아이 말이네. 허허허. (노인은 헨리 유의 태도를 잠시 관찰했다) 아까, 유재명이라고 자기 이름 말하는데, 기억 속에 아슴푸레하니 떠오르는 이름이야. 얼굴 모습도 나한테는 떠오르는 사람이 있고……. 낯이 익거든. 내가 부사장님 부친 모습을 어찌 잊을 수가 있겠나. 허허허. 부사장님이 둘째아들이지 아마?"

수혁이 노인의 말씨를 귀 기울여 계속 들어보니, 알아들을 수 없을 정도의 제주 방언을 말하는 비슷한 연배의 다른 노인들과는 달리, 제주 억양은 좀 남아 있지만 정확한 표준어를 구사했다. 당시의 제주 사람들과는 다르게 표준어를 익힐 만한 풍부한 삶의 경험이 있었음을 나타내고 있었다.

"예. 저 위로 형이 하나 있습니다." 형이 있다는 대답을, 노인의 말에 박자 맞춰 재빨리 한 헨리 유다.

"그래. 맞아. 그 형하고 나이 차가 꽤 나지……. 형 이름이 유재……건이었나?"

"예. 그렇습니다."

"잘살고? 미국에 있겠네."

"예. 자동차 대리점 하지요. 잘삽니다."

"그래……."

노인은 고개를 끄덕거리면서 눈을 감고 회상에 잠겼다. 헨리 유네 집안하고 사연이 많은 것 같은 분위기가 물씬 배어 나왔다. 노인은 가만히 눈을 감고 있다가 한 마디 불쑥 던졌다.

"내가 자네 부친의 은덕을 많이 입은 사람이라네."

"아아……. 무슨 일로……?"

노인의 말이 조금은 뜻밖의 방향으로 나가자 헨리 유는 의아한 듯한 운을 띄웠다. 주변의 사람들은 호기심에 젖어 두 사람의 대화를 말없이 듣고 있었다.

"내가 죽을 뻔한 거 살려 준 사람이 자네 부친이야. 주위에 덕을 많이 베푼 분이지. 자네 모친을 구한 것도 자네 부친이라네."

"예. 그렇지요."

헨리 유는 고개를 끄덕거리면서 별다른 의문점을 표시하지 않았고, 자신의 어머니 목숨을 구한 것이 아버지가 맞다고 긍정하였다. 옆에서 대화를 듣던 수혁은 헨리 유 집안의 과거사가 어떤지 궁금해졌다.

"부친께서 나보다 두 살 위가 되시니 지금 연세가 여든아홉이 되실 텐데, 아직……, 안녕하신가?"

말하는 것을 들어보니 노인네의 연세가 여든일곱인 모양이었다. 외모는 일흔 갓 넘기셨나 싶을 정도로 정정했고, 기억력은 대단히 좋고,

말씨도 아주 분명하고, 정신도 매우 명석해 보이는 면모들이 보통 노인네는 아닌 것이 분명했다.

"미국에서 9년 전에 돌아가셨습니다." 자기 부친의 죽음을 말할 때, 헨리 유의 목소리는 담담하기만 했다.

"그래……? 돌아가시기 전에 내가 찾아뵐질 못했구만……." 말하고 있는 노인의 얼굴에는 인생에 대한 회한이 깊이 아로새겨져 있었다. 잠시 눈을 감고 있던 노인은, 다시 눈을 뜨더니 주변을 둘러보았다. "자네들, 여기 계신 유 부사장님 자당慈堂께서, 여기 모슬포 사람이야. 모슬포 교회 말이야. 당시 부츠 목사님 따님이셨어."

"아! 그러세요?"

"그렇수꽝?"

"그렇수꽈?"

노인 주위에 있던 고 선생 이하 젊은 그룹이 놀라서 한 마디씩 뱉으며 헨리 유를 일제히 쳐다보았다. 상황이 재밌게 돌아간다는 생각이 드는 수혁이다. 그는 이미 여러 자료들을 뒤적거려 보아서, '모슬포 사람'이라 함은 상모리 하모리 주민을 묶어서 통칭하는 말이라는 것 정도는 이미 알고 있었다.

"자당께선……, 안녕하시지?" 헨리 유에게 조심스레 그의 어머니 근황을 묻는 노인이었다.

"예. 형님이 모시고 살지요." 헨리 유는 간결하게 대답하고는 입을 다물었다.

헨리 유의 말을 들은 노인은 가볍게 미소 짓더니, 주위의 사람들에게 계속 말을 이어나갔다.

"이분 자당께선 젊은 날에 아주 미인이셨다네. 일요일에 교회 오는 젊은 남자들은 아마 백이면 백, 풍금 앞에 앉아 찬송가 연주하던 목사님 따님 구경하러 왔다고 해도 과언이 아닐걸세. 나도 은근히 짝사랑하곤 했지. 허허허허. 내가 교회 간 이유는 그거밖에 없었어. 허허허."

노인은 모처럼 만에 웃음을 터뜨리며 즐겁게 말을 이어갔고, 사람들은 당시 광경이 연상되어 모두 미소를 지었다. 분위기가 조금 밝아졌다.

"부사장님은 얼굴은 부친을 닮았는데, 키는 모친을 닮으셨구만. 부친을 닮았으면 후리후리했을 텐데……." 가차 없이 헨리 유의 외모 평을 하는 노인이었다.

"하하하. 예. 애석하게도 제가 아버지보다 키가 작습니다. 어머니가 아담하시지요. 형은 저하곤 반대로 키가 크지요. 하하하."

웃으며 말을 하는 헨리 유를 물끄러미 쳐다보던 노인은, 주위를 둘러보며 말을 계속 이어갔다.

"부사장님 부친께선 여기 사람이 아니라네. 함경도 사람이야. 함경북도 종성鐘城이지?"

"예." 노인의 말을 들은 헨리 유는 맞다고 크게 고개를 끄덕거렸다.

"해방 되자 삼팔선 북쪽에선 토지 개혁과 지주 계급 숙청이 일어났었지. 그때 부사장님 부친 집안이 풍비박산風飛雹散이 났다네. 원래 북간도北間島 쪽으로도 땅을 엄청나게 경작하던 대지주 집안이었어. 내가 알기론 종성에서 세 손가락 안에 들던 집안이라 들은 적이 있네. 하루 종일 가도 집안 땅 중간을 다 가로지르질 못한다고 말이야. 내가 여기

92

계신 부사장님 부친하고는 일본에서 이미 알고 있었고, 거기서 꽤 친하게 지내서 여러 얘기를 들은 바가 있어." 노인의 입에서, 과거의 역사가 서서히 나오기 시작했다.

"아! 기영, 와세다 대학 동창이우꽝?(그러면, 와세다 대학 동창이세요?)"고 선생이 노인의 말을 듣다가 깜짝 놀라 질문을 던졌다. 아무래도 친근해 보이는 눈치가 친인척 관계가 있어 보였다.

"기여(그래). 당시 나는 전문부 정경과政經科에 있었고, 부사장님 부친은 대학부 영문학과에 계셨지. 난 고향 돌아오면 무역을 크게 해서 돈을 많이 벌고 싶었지. 허허허. 난 가난했거든. 그래서 정경과 갔지. 부친께선 2년 선배 되지. 부친은 의외로 감상적인 데가 많은 분이었지. 원래 소설가 지망생이었으니……. 허허허허. 조선 유학생들끼리 모이는 모임에서 처음 봤을 땐, 난 자네 부친을 솔직히 말해 싫어했어. 허허허. 조선 유학생 학우회에서 종종 얼굴이 마주치긴 했지만 친분이 생기긴 어려웠지. 서로가 너무 달랐으니까. 그분은 뭐랄까, 너무나 평탄하게 살아온 게 바로 보이더군. 나만 해도 여기서 고생해서 어렵게 공부한 후, 전문부로 유학을 간신히 갔던 거였는데, 자네 부친은 달랐어……. 난 유학 생활을 재밌게 하고 싶었어. 난 사람 만나는 거, 모임 가지는 거 좋아했거든. 고학이다시피해서 궁핍하긴 했지만, 젊으니까 가난도 문제되질 않더군. 꿈을 가슴에 안고 학교를 다녔다네. 그때 일본어는 꽤 했는데, 우리말은 제주 사투리가 많이 남아 있었지. 유학생 학우회 안에서 난 서울 사람들하고 친해지려고 애를 많이 썼어. 서울말도 제대로 익히고 싶었고, 나중에 꼭 서울 가서 뭐라도 해

보고 싶다고 생각했거든. 연줄이 있어야 될 것 아냐. 나중에 서울 제주 왔다 갔다 하면서 사업할 때, 꽤 도움이 됐지. 허허허. 제주 사람은 드물었고 제주 모임도 별도로 없었어. 그리고, 정경과를 다니면서 과 선배들에게 프롤레타리아 사회주의 혁명에 대해 여러 말들을 듣게 되었다네…… 젊은 날엔 이상을 쫓지 않는가. 세상 모르고 순수하기만 했지……."

노인의 말을 듣고 있자니, 자신의 과거에 대해 많은 생각과 회환에 잠겨 살아온 나날들이, 그의 가슴에 차곡차곡 쌓여 있음을 알 수 있었다. '범상치 않은 분위기더니, 역시 4·3과 뭔가 관련이 있겠구만. 그 당시 제주도에서 일본 유학까지 한 인텔리라……' 수혁은 노인의 정체에 대해 점점 더 흥미진진해 갔다.

"그러다가, 학우회 월간 회보 편집일 하는 선배 도와주고 하면서, 자네 부친을 개인적으로 만나게 되었지. 그 양반 그때 이미 소설 창작하고 그랬어. 월간 회보 연재 소설 일로 친하게 되더군. 몇 번 만나서 대화를 나눠 보니 민족의 장래에 대해 깊은 고민이 있는 걸 알겠더군. 자네 부친의 아버지, 바로 할아버님께서도 당시 만주에서 활동하던 독립군 자금을 몰래 대주고 하셨더구만. 대지주 아들이라 하니까, 난 선입견으로 처음에는 친일이나 하는 지주 집안인 줄 알았어. 그런데 집안 내력이 그렇질 않아. 자네 부친은 소설가가 되고 싶어 할 만큼 예민하기도 하고 감상적인 데도 있었지만, 한편으로 마음 씀씀이도 넓고 그릇이 큰 사람이었어."

노인은 헨리 유를 바라보며 말을 끝냈다. 헨리 유는 자신의 아버지가 생각나는지, 묵묵히 노인의 말만 듣고 있었다.

"그 종성이란 데가 묘한 곳이데……. 겨울엔 영하 20도가 넘어가는 굉장히 추운 곳이잖아. 황량한 북쪽이라고만 알고 있었는데, 자네 부친 말을 들으니 안 그렇더군. 일본의 눈을 피해 독립 운동가들이 몰래 숨어들던 곳이야. 독립 운동가들이 집결해 있던 북간도의 용정龍井하고도 가깝고, 러시아의 블라디보스톡하고도 지척이고 해서, 일찍이 국제적인 문물의 교류가 번성하던 곳이지. 그리고 얘길 들어보니, 계급 분화도 북쪽 끝이라 그런지 그다지 분명하지 않았던 것 같아. 양반, 상놈 차별도 별로 없고, 자기네 농토는 지주가 삼을 가지고 소작인이 칠을 먹는다고 하니 지주 계급의 착취도 그다지 심했던 것 같지 않아. 보통 착취는 지주가 육이나 심지어 칠을 가지고, 소작인이 사나 삼으로 연명해야 하는 것이잖아. 자네 부친 집안은 분배가 반대더군. 확실히 중앙의 힘이 덜 미치고 여러 민족, 인종들이 섞인 곳이라 사회 구조가 상당히 자유스런 데가 있었던 것 같아. 부친께선 노래를 잘했는데, 모임에선 가끔 러시아 민요도 부르곤 했다네. 고향엔 러시아인 친구가 있다고 하더군. 만주어도 조금 할 줄 알았어, 자네 부친은. 만주인 사냥꾼들하고 몰켜 다니기도 하고 그랬어. 순수하게 책상물림만은 아니었네. 또 부친께 학문을 가르친 학교 선생들은 모두 독립 운동이나 민족 계몽 운동하던 사람들이더구만. 일제 시대에 자란, 갑갑하게 갇혀 살던 일반적인 조선인들과는 달리, 자네 부친은 그런 분위기 속에서 자란 것이지. 본 것도 많고, 생각도 많고, 당시 조선을 보는 눈도 남다른 데가 있고 그랬어. 악에 받쳐 살아왔던 나하고는 많이 다른 사람이

95

었지. 그래서 영문학을 전공한다고 나한테 말하곤 했지. 세세를 알고 싶다고 말이야. 자신은 일본 다음에는 영국이나 미국으로 유학가고 싶다고 말씀하셨다네. 꿈이 큰 사람이었어. 그런 후 조선에 돌아오면 문학이 되든 뭐가 되든, 조국을 위해 멋진 일을 하겠다고 입버릇처럼 말씀하셨지. 나한테는 너무나 여유로운 말들로 들리긴 했지만 말이야. 나라를 잃었을 때이니, 반대로 배운 사람들이 자신의 조국에 대해 많은 생각들을 하고 살던 시기지. 난 그런 선배가 부러웠어."

노인의 회고를 듣는 헨리 유의 표정이 조용하니 숙연하게만 느껴졌다.

'아버지에 대한 얘기니까……. 그러고 보니, 난 아버지에 대한 기억이 없구나.' 수혁은 아버지를 그려보면 생각나는 것이 전혀 없는 자신이 서글퍼졌다.

"1학년을 끝내면서 겨울 방학이 가까워오는데, 대동아전쟁 학도병 출정 얘기가 학교에 퍼지는 거야. 처음엔 내지인內地人(일본인)만 나가게 될 거라고 주위의 일본인 학생들이 말했지만 그 말을 어떻게 믿어. 알고 봤더니 반도인(조선인)도 끌고 갈 예정이라 하더군. 대학생은 자질이 우수해서 반드시 학도병으로 보낼 거라고 했어. 조선인이 일본인의 전쟁에 참가해서 개죽음할 필요가 없잖아? 그래서 유학생들 중 재빠른 사람들은 학업을 중단했지. 대부분 고향으로 돌아오거나 몇몇은 현지에서 취업을 했어. 주로 학교 선생으로 말이야. 아니면 공학과 출신들은 군수물자 생산하는 공장 같은 데에 취직하고. 그러면 끌려가지 않아도 되었거든. 징용에서 면제였으니까. 나도 겨울 방학 시작하자

마자 고향에 돌아와 이듬해, 그러니까 1944년이지. 해방되기 바로 1년
전, 모슬포 대정중학교에서 상업 선생이 되었어. 그때가 내 나이 스물
이었지 아마. 돌아와 보니 제주 남자들 숱해 노동자로 징용 당해 끌려
가고 있더구만……. 집집마다 순사 놈들 눈을 피하느라고, 그때도 도
망 다니고 그랬어."

　노인의 입술에선 끊임없이 자신의 삶이 흘러나오고 있었다.

　"그러다 느닷없이 해방이 되더구만. 1945년 말이야. 내가 스물한 살
이 되던 해야. 날아갈 것 같았지. 새 세상이 올 거라고 기대에 부풀었
지. 난 대정중 교사로 재직하면서, 남로당 제주도당에 가입했다네. 민
청(제주조선민주청년동맹)에서도 좀 활동했지. 으쓱하기도 했고 졸업은
못했지만 많이 배웠다고 주위에서 잡아끌고 그러대. 대정중학교엔 당
시 남로당 대정면당 조직부장 김달삼이가 교사로 있었지. 나하고 동
갑이었어. 김달삼이 장인이 강문석이라고, 남로당 중앙위원을 맡았던
사회주의 거물이야. 김달삼이는 나중 4·3 때 인민유격대[11] 총사령관
이 되지. 그러다가 4·3 일어난 48년 그해 8월에, 안세훈이하고 월북하
지. 자기가 이끄는 유격대는 4·3으로 한라산에서 죽을 둥 살 둥 하고
있는데 말이야. 나도 그 사람 영향을 받았어. 하지만 그때까지만 해도
난 긴가민가 하던 상황이야. 사실 난 교사보다는 장사를 해서 돈 벌고

싶었어. 그런데 어찌하다 보니 교사가 되었고, 그러다 보니 이 생활을 계속해야 하나 고민했고, 따라서 사상적으로도 확고하질 않았어. 어느 쪽에 서야 하나 고민하던 시기였지. 태도가 애매해서 47년 3·10 총파업 때도 난 연루되질 않았지. 하긴 사상이 확고한 사람이 어딨나. 연루됐던 사람들도 어찌하다 보니까 그렇게 된 경우들이 태반이라 난 운이 좋은 거였지. 하지만 학교는 쑥대밭이 되고 교사들은 구속되거나 수배령이 내려 피해 다니니, 학교에 가르칠 사람이 없게 되었네. 그 빈자리를 누가 채워야 할 것 아닌가. 그때 이북 출신들이 대거 제주에 교사로 들어왔지. 대정중에도 이북 출신 교사가 굉장히 많아졌어. 그러자 자네 부친께서 교사로 나타난 게야. 난 정말 깜짝 놀랐고, 정말 반가웠다네."

노인은 이제 헨리 유 하나만을 상대하며 말하는 것으로 태도가 점점 뚜렷해져 갔다. 헨리 유는 말없이 노인의 말을 듣고 있기만 했다. 수혁은 노인의 말을 이해하는 데 자신이 들춰 본 제주4·3의 책들이 도움됨을 깨닫고 읽기 잘했단 생각을 하고 있었다.

"그런데 만나 보니, 사람이 완전히 망가져 있는 거야. 형편없이 수척한 것은 둘째 문제고 정신적으로도 엄청난 고통을 당한 것이 역력하게 느껴졌어. 완전히 황폐하져 있더군. 알고 보니 이북에서 집안 사람들이 다 잡혀 갔는데, 자신만 간신히 빠져나온 거였어. 집이고 농토고 토지 개혁으로 다 뺏긴 건 말할 것도 없고, 아버지는 저항하다가 적위대원에게 살해당했지, 어머니건 형제건 인민의 적으로 몰려 강제 징용당해 버렸으니 그 마음이 오죽 하겠는가. 자네 부친께서도 잡혀 온 사람들과 같이 줄을 지어 어디론가 보내질 차례였는데, 옆에 서 있던 인민군한테 가지고 있던 금덩어리를 몰래 쥐어 줬다고 하더군. 쥐어 주니 그 자가 마침 눈 감아 줘서 도망 나올 수 있었다고 하셨지. 그리곤 곧바로 혈혈단신 숨어다니면서 죽을 고비 몇 번 넘기고 삼팔선을 넘은 거였네. 그 당시엔 유 선배 같은 이북 사람들이 많았어. 6·25 이전에 넘어 온 이북 사람들은 거의 다 유산계급有産階級이었지. 착취를 일삼은 지주도 있었지만 나름대로 덕을 베푼 지주도 있었고, 열심히 일해서 재산을 모은 사람도 많았네. 어쨌든, 공산 치하에서 숙청당할 경우였는데 월남해서 산 사람들이었어. 그러니, 그 사람들이 빨갱이라면 이를 가는 것도, 그 입장에서 생각하면 이해할 수 있는 일이 되지. 어찌했든, 아무것도 없는 삼팔따라지한테는, 먹고 살 수 있는 일이 가장 필요하지 않겠는가? 그래서 물어물어 마침 교원이 다수 필요했던 제주까지 흘러들어 온 것인데, 그것도 자네 부친 입장에선 감지덕지한 상황이었다네. 무일푼에 아무 연고 없는 이북 사람한테 선생 자리라는 것이 얼마나 행운으로 느껴졌겠는가. 다만, 지금까지 살아왔던 모든 세계가 일순간에 허물어져 버린 경험이란 것이, 완전히 사람을 엉망으로 만들어 놨더군. 술 먹고 울면서 자기네가 그렇게 죽고 도망 나와야 할 정도로 나쁜 지주였냐고 혼자서 뇌까리더구만. 사람에 대한 공포, 분노와 증오가 가득 차 있었어. 자네 부친 입장에선 그렇게 받아들이는 것이 당연한 일이지."

"아. 아버님이 그때 그런 상황이셨군요. 도통 고향이라든지 북에 있을 때에 대한 말씀을 안 하고 사시던 분이라 저도 몰랐습니다. 6·25

전에 월남하셨다는, 그런 정도만 얘기 듣고 살았지요."

헨리 유의 말에 노인은 예상했다는 듯이 고개를 끄덕거리며 말을 이어갔다.

"그럴 게야. 정말 마음속에 고통이 돼 버린 것은 입밖으로 내뱉고 싶지가 않은 법이지. 나도 그게 어떤 마음인지 이해하네."

"예에……." 헨리 유는 가만히 노인의 눈치를 보더니, 자신도 입을 닫고 더 말을 꺼내지 않았다.

"당시 대정중학교 영어 교사로 일하면서 자네 부친은 하숙집으로 모슬포 교회 사택에 살게 되었지. 대정중 교장이 모슬포 교회 장로였는데, 부친 하숙집을 교회 사택으로 소개시켜 줬다네. 마침 사택에 부찬 목사님만 계시고 아무도 없는 것이 잘됐다고 하면서, 목사님에게 적적하실 텐데 하숙생 하나 받으라고 했다지? 먹는 거야 교회 사찰 마누라가 다 해주고 있으니 살기에 불편도 없었네. 부 목사님 아들도 대정중 교사였는데 김달삼이 따라다니느라고 집에 들르지도 않는 상황이었다네. 나중에 얘기지만 그 친군 4·3 때 죽었어. 어쨌든 부 목사님 밑에서 같이 대화도 하고 얘기도 듣고 하면서, 부친 모습이 그래도 옛날 모습이 다시 나오더라고. 허허허. 부 목사님이 아들같이 대해 준다고 말하던 게 기억 나. 그 부 목사님, 나도 어릴 때부터 뵈었는데 참 좋으신 분이었지. 언제나 바지 호주머니에 알사탕을 불룩하니 잔뜩 가지고 다니시면서, 어린애들만 보이면 하나씩 나눠 주시던 분이야. 나도 많이 얻어먹었어. 허허허허."

오랜만에 따뜻한 얘기가 나온다 싶었다. 그런데 수혁 머릿속에 한

가지 의문점이 스쳤다. '유 사장 어머니가 바로 부 목사님 따님이라고 했는데 그분은 어디가 계신 걸까?'

"다만 자식들은 아버지가 목사님이니까 어릴 때부터 부담이 많았던 것 같애. 좀 못된 짓 좀 해보려고 하면, '목사 아들이 그래서 되겠냐? 너 목사 아들 맞어?' 이런 식으로 주위 사람들이 말하는 걸 듣고 자라니까, 크면서 부모에게 반항적이 되기 쉽겠더라고. 게다가 아버지인 목사님이 세상에 없는 호인이니까, 그게 못마땅해 보이고, 세상 사는 데 약지 못하고 좀 모자라 보인다고 생각했던 것 같아. 어쨌든 자네 부친은 부 목사님 밑에 있으면서 마음의 안정을 많이 찾았지. 유 선배 말이야, 학교 파하면 혼자서 바닷가를 휘적휘적 걸어 다니고 그랬다네. 그러고 지내는데, 48년 4·3이 시작된 거야."

말을 계속 하던 노인은 잠시 입을 다물더니 의자에 앉아 파란 맑은 하늘을 잠시 쳐다보았다. 일동은 노인이 입을 열기를 기다리며 조용히 있었다. 다른 무리들에서는 시끄럽게 웃거나 떠드는 소리들도 나는데, 이쪽은 다들 입 다물고 노인의 말만 경청하는 분위기라, 수혁에겐 일상과 분리된 고립무원孤立無援의 섬에 있다는 기분마저 들었다.

'야아! 이거 뭐, 입지 문제 해결하러 왔다가, 역사의 산증인을 보는구나. 그건 그렇구, 이거 어떻게 돼 가는 거지? 잘돼 가는 건가?' 수혁은 초조하기도 해서 헨리 유의 옆얼굴을 힐끗 쳐다보았다. 제일 안달이 나 있어야 할 인간이 숙연한 얼굴로 눈을 감고는, 노인의 말을 기다리고 있기만 했다.

"4·3이 나기 직전에 남로당원 상당수가 검거된 적이 있었어. 당시 조직부 연락책이 전향해서 조직 구성원을 다 불었거든. 구성원 명단이 발각됐으니 나도 끌려갔고, 곧 풀려나기는 했는데, 그때부터 분위기가 달라졌지. 조직 노출이란 치명타를 입은 거지. 나도 그때부터 위험해졌어. 어느 쪽으로라도 확실히 해야 할 때가 온 거지. 5·10 남한 단독 선거를 막아야 한다고 해서 4·3이 일어났지. 하지만, 당 내부에서는 위기설을 앞세운 강경파가 득세할 분위기가 만들어져서, 결국 4·3이 일어나기도 한 거야. 그때 강경파 리더가 김달삼이야. 자네 부친은 그 당시, 학교 선생 하면서 제주도청에 진을 쳤던 미군정 본부를 왔다 갔다 했다네. 영어 통역과 문서 번역을 정말 제대로 할 수 있는 사람들이 귀했거든. 자네 부친은 그때 제주도에서 제일 가는 영어 실력자였어. 위에서 강제 명령이 하달하다시피 했던 걸로 기억하네. 허구 헌날, 군대 찝차가 모시고 가더군. 허허허. 그러면서 유 선배는 미군정, 통위부統衛部 고문관들, 경비대, 경찰 상층부하고도 안면이 트이게 됐었어. 분위기도 알고, 많은 정보와 앞일을 내다보는 눈을 가지게 된 거지. 난 4·3이 일어나기 직전에 유 선배에게 물어보았지. 솔직히 물어본 거야. 뭔가 불안하다. 거사가 있을 것도 같은데, 난 어떻게 해야 하냐고. 그랬더니 당장 가족 데리고 뭍으로 피신하라고 하더군. 말려들지 말라고. 이런 일은 결국 참사를 부를 거라고 하면서, 자신이 북에서 겪은 일을 내가 겪게 될 것이라고 단호하게 말했지. 개인은 집단과 권력욕의 희생양이 될 뿐이라고 말이야. 부친 말씀을 듣고, 나는 제주에 그냥 있는 대신, 가족들을 목포로 보냈어. 마누라 쪽 친인척이 있었거든. 그래서 나중에 내 가족은 별 탈 없이 되었지만, 나 때문에 주위 친지들이 많이 희생됐어."

노인은 잠시 입을 꽉 다물고 말을 끊더니, 자세한 설명은 덧붙이지 않았다.

"난 4·3에 연루되기 싫었어. 자네 부친께서 분명히 말씀하셨거든. 거사는 실패할 것이다, 정세가 결코 유리하지 않다고 말이야. 당 내부에서는 49년만 되면 북한이 쳐들어올 것이고, 남·북에 있는 미·소 양군이 철수를 하면 이젠 국내 문제다, 남쪽은 미군 철수하면 남로당 세력이 강하니 유리하다고 생각했는데, 자네 부친은 반대로 말하더군. 미국이 남한을 포기하지 않게 될 것이라고 말이야. 난 선배가 옳게 보고 있다고 생각했고, 결국 그 말대로 되었지. 48년 4월 3일, 유격대의 기습 공격이 시작되자 난리가 났는데, 난 일단 가만 있었어. 남로당 활동 경력 때문에 경찰이 계속 감시했거든. 도피처가 필요하더라고. 선생일 그만두고 모슬포에 있던 제9경비대에 자원 입대했네. 그때 전향하려고 한 거지. 그런데, 그게 또 제대로 안 되더라고. 그해 6월에 부대 연대장이었던 박진경이가 암살당했어. 그러니 부대원 중 과거 남로당 경력이 있던 사람들은 다 잡혀 가게 생긴 거야. 김달삼이 명을 받은 유격대 프락치가 죽였다고 얘기가 돌았거든. 어떡하나. 할 수 없잖아. 앉아서 죽을 수는 없으니 산으로 도망갔지. 그때 같이 산에 가서 유격대에 합류한 사람이 나 말고 몇 되지……."

억눌려 있는 감정이 노인의 얼굴에서 드러나는데 할 말이 많은 것 같았다. 그러나 노인은 말을 아꼈다. 오랜 세월 자신을 지키기 위해서 반복해 온 습관이었다.

"48년 11월 중순부터 진압군의 강경 진압이 시작됐지. 난 무등이왓과 역구왓을 오가며 숨어 있었어. 대정면의 중산간 마을 사람들은 진압군 소개 명령에 해안가로 내려가거나 아니면 반대로 우리들 쪽으로 피신해서 오는 사람들도 있었지. 끔찍한 세월이었어……. 그 강경했던 진압 작전에 많이 죽었어. 사람들은 살려고 발버둥치는 거였지, 어느 쪽에 붙어야 한다를 생각하는 것이 아니었네. 내가 어느 편에 속하고 싶다고, 내가 어디에 붙겠다고 한들, 그게 허용이나 되는 시절인가? '너는 빨갱이다!' 아니면 '넌 반동이다!'라고 낙인찍히면, 아무리 '난 아니다!'라고 말해 봐도 소용없는 시절이지. 그저 목숨 부지하면 그게 성공인 게야. 난 산에 있으면서도 항상 내려갈 때가 오기만 바라고 있었지. 어차피 여기 있으면 다 죽게 될 거란 걸 알았거든. 49년 봄이 되자 산속에 피해 있던 주민들 사이에 내려가도 이제는 살려 준다는 소문이 돌기 시작했지. 상황이 바뀌고 있다는 생각이 들더군. 난 유격대에서도 탈출해야 했어. 도망가다 잡히면 숙청 당해 죽으니까. 그들은 내가 언젠가는 도망갈 거라고 생각했는지 항상 감시했거든. 하루는 밤이 됐는데 그날 보초가 여자 대원이었어. 난 변소 간다고 얘기하고 따라오지 않는 걸 확인하고는 줄행랑을 쳤지. 2개월을 혼자서 산속을 헤매다가 진압군에게 포로가 되었어. 내가 겪은 걸 얘기하니 죽이진 않더군……."

노인은 말끝을 길게 늘이면서 헨리 유를 쳐다보더니 조용한 미소를 입가에 만들었다.

"이제는 살았나 싶었는데 그게 끝이 아니더라고. 3개월 포로 수용

소에 있다가 자네 부친이 힘을 써 준 덕분으로 난 대정중학교에 복귀할 수 있었네. 난 다 끝나가는구나 하고 생각했는데, 전력은 지워지질 않더군. 1950년 6·25가 터지자 반정부 혐의자, 불순분자로 다시 모슬포경찰서에 수감되어야 했지. 그 예비 검속으로 잡혀 들어간 게 8월 초였어. 자네 부친이 내 기록을 접한 게 8월 중순경이었다고 얘기 들었네. 당시 미 대사관 직원들이 상황 파악차 제주에 있었거든. 그 사람들 보여 줄 용으로 영문 번역이 필요할 자료들을 유 선배가 골라 내는 작업을 했지. 자네 부친은 그때 이미 선생 일 그만두고 군에 들어가 있었네. 정보 장교로 말이야. 군에서 정말 필요한 사람이었으니까. 서류 더미 속에 예비 검속 송치 명단이 있더라는 거야. 내가 C등급으로 경찰에서 군부대로 송치될 상황이었어. A, B등급은 경미한 자로 송치 명단에 빠지고, C, D등급이 군부대로 옮겨지니 그다음은 어떻게 될지 모르는 것 아닌가. 전시 상황이고 비상 계엄령이 발표되어 한숨도 함부로 못 내쉬는 분위기였네. 걱정스러웠다고 하더군. 그래서 정보국 방첩대 대위에게 이 사람은 그런 사람이 아니다, 원래 전향하려고 했는데 박진경 연대장 암살 사건에 연루될까 봐 무서워서 산으로 탈영했던 자일 뿐이다, 나중에 유격대에서도 간신히 탈출해서 스스로 투항한 사람이라고 애원조로 계속 매달리니, 평소 안면 때문에 그 대위가 마지못해 명단에서 지웠다고 하더군. 그래서 내가 산 거야. 그때 모슬포경찰서에 잡혀 있다가 군부대로 옮겨진 사람들은 다 죽었어. 상모리 송악산 말이야. 거기 섯알오름에서 다 총살당했어. 당시 경찰서장도 예비 검속된 자기 친구를 살려 내질 못하는 상황이었어. 유 선배가 정말 목숨 걸고 날 살려 준 거지……."

'와아. 유 사장 아버지 덕분에 정말 아슬아슬하게 이 어르신께서 살 았네.' 노인의 말을 듣고 있자니, 삶과 죽음 사이 갈래길에 선 한 개인 의 운명이, 정말 아무렇게나, 뺑뺑이 돌리듯이, 순간으로 결정되는 세 월이었다는 생각이 드는 수혁이었다. 극복이란 말이 적용될 수 있는 여지라고는 없는, 숙명이라는 단어가 사치로 느껴지는 그 세월이라는 것이 어떤 사람들을 만들어 놓는지, 노인의 얼굴을 보면서 그 내면 상 태를 캐 보고 싶은 호기심이 다 생겨났다. 헨리 유는 아무 표정 변화 없이 노인의 말을 경청하기만 했다.

"자네 부친 말이야……, 제주 와서 4·3 겪고 하면서 또 사람이 변했 어. 좀 밝아지는가 싶더니 또 침울해지고 말이 없어지더군. 나한테 말 이야, '이북 사람으로서 입을 달고 말을 못할 지경이다. 서청(서북청년 회) 단원들 횡포, 같은 민족끼리 이게 무슨 짓인가.' 하기도 하고, '이 념? 허울 좋은 개 같은 것일 뿐이다. 문제는 인간으로 태어나 어쩔 수 없이 겪게 되는 고통이다.'라고 혼잣말하기도 하고 그랬어. 부친께선 부 목사님 임종도 혼자서 지켰다네. 4·3에 아들 죽고……."

노인은 무슨 말을 하려다가 잠시 눈을 감고 생각을 하더니 말을 계 속 이어나갔다.

"목사님은 충격으로 쓰러져 폐렴으로 갑자기 돌아가셨지. 돌아가실 때 부친에게 '내 딸을 부탁하네.'라고 손잡고 우셨다고 하더구만. 부친 께선 목사님 돌아가자마자 자네 모친과 곧바로 결혼하셨어. 자네 모 친을 좋아하기도 했겠지만, 목사님 유언을 지킨다는 의미도 있었겠지.

자네 모친도 그 당시 위험했어. 4·3 직후 말이야. 그걸 유 선배가 막아
낸 거야. 결혼으로 지켜준 거지. 자네 부친은 그런 사람이었어.”

　헨리 유의 얼굴 표정이 묘했다. 만감이 어린 것 같기도 하고……. 수
혁이 보기엔 ‘그래. 우리 아버지는 훌륭한 사람이었어!’라는 단순한 표
정은 아닌 게 틀림없었다.

　“유 선배는 6·25 일어나기 한 해 전, 그러니까 48년 말인가, 아니면
49년 초였어. 그때, 군에 들어갔어. 정보 장교로 말이야. 들어간 이유
로 뭔가 전쟁이 있을 것이란 예감도 있었고, 자네 모친도 이유 중 하나
였어. 자신의 신분을 확실히 할 필요가 있었을 거야. 현명한 선택이지.
제주비행장에서 훈련받고는 제주방첩대에 있다가, 6·25 터지고 육본
정보국에 갔지. 전쟁 끝났을 때 소령 달고 있었어. 자네 부친, 군에 있
을 때 정말 끗발 있었다네. 전쟁 중에 대위 달 때, 이미 소령 T.O.[12] 자
리에 앉아 있었지. 당시는 군대도 초창기라 조직을 갖추어 나갈 때였
거든. 자리도 많았고 인재라 여겨지면 출세도 빨랐어. 군 정보 분야도
정말 쓸 만하다고 여겨지는 사람이 귀했어. 머리 좋고 상황 파악이 명
석한 유 선배는 한 마디로 인재였다네. 전쟁 끝나고 좀 지나니까, 유
선배 소식이 들리는데 정보 쪽으로 미국 유학을 가신다는 얘기도 들리
고 그러대. 난 선배가 군대에 계속 있을 줄 알았어. 그런데 말이야. 한
참 쭉쭉 뻗고 있을 줄 알았는데, 그 양반 갑자기 군대를 나와 버리대.
쯧쯔쯔쯔. (그때를 생각하며 혀를 차는 노인 얼굴엔, 개인적인 아쉬움

12 T.O.(Table Organization) 부대의 조직 편성표.

이라고 해야 할까, 선배에 대한 안타까움이라고 해야 할까, 복잡 미묘한 감정이 어려 있었다) 나오지 않고 계속 있었으면, 나중에 중정(중앙정보부) 부장까지도 충분히 했을 사람인데⋯⋯. 쯧쯔쯔쯔. 뭐랄까⋯⋯, 내가 보기엔⋯⋯, 어쨌든, 성격적으로 그 일이 안 맞았던 사람이네! 유선배 말이야! 군대 체질 아니었어! 애들 가르치는 일이 더 좋아서 나온 거라고. 헛허허허허. (노인은 이 말을 하면서 껄껄 웃더니 동의를 구하듯이 헨리 유를 쳐다보았다. 그의 아버지에 대한 인물평인 것이다. 이에 헨리 유는 노인에게 화답하듯이 고개를 크게 끄덕였다) 그리곤 돌아와서 제주시에서 살았지. 제주중학교에서 영어 교사하면서 말이야."

"예. 제 아버님이 한국을 위해 일하셨죠." 헨리 유가 흐뭇하게 웃었다. 아버지의 군과 교사 경력에 대해, 자랑스러운 마음인 것이 틀림없어 보였다.

"자네 부친께선 여기 사람들도 알고 보면 많이 구해 줬어. 49년에 4·3 마무리 돼 가는데 자수하면 살려 주고, 그러지 않고 가만있으면 죽고 그랬다고. 별로 크게 관계된 것도 없는 데 말이야. 여기 모슬포 교회 당시 목사님 말이야. 부친 목사님 후임이셨는데, 여기 사람들 모아 놓고 자수하라고, 자수하지 않고 나중에 괜히 명단에 드러나면 억울하게 죽기만 할 거라고 강연하신 적 있어. 그래서 사람들이 많이 자수했지. 봉익이도 들어 알 게야. 그렇지?"

노인이 고 선생 보고 한 마디 하자, 고 선생은 안다는 듯이 고개를 끄덕거렸다.

"아아! 그 조남수 목사님 일 말이우꽈, 하르바님?(아아! 그 조남수 목사님 일 말이에요, 할아버님?)"

"그래. 그 조 목사님 찾아가 상황 설명해 주고, 자수시키라고 뒤에
서 권유한 사람이 유 부사장님 부친이야. 정보 부대에 있으니까 당시
분위기를 잘 알았거든. 모슬포경찰서장 문형순이하고 같이 목사님 찾
아갔대지. 사람들이 서로 입을 잘 맞춰 자수하면 살 수 있다고 말해 줘
서 그때 많이 살았어."

노인 주위에 있던 사람들이 "아아!", "그렇구나!" 한 마디씩 감탄사
를 내뱉으며 헨리 유를 쳐다보았다. 수혁에겐, 노인의 회상 덕분에 분
위기가 헨리 유에게 유리한 쪽으로 흘러 어떻게 좀 안 될까 하는 기대
감이 생겼다. 사람 죽고 살았던 문제를 테마파크 땅 문제 해결의 실마
리로만 생각하기에는 죄스럽지만, 그런 판단을 하는 것도 당연한 일이
다. 지금 상태에선 실낱 같은 희망이라도 놓치지 말고 잡아야 하는 게
아닌가! 노인은 조용히 웃으며 헨리 유에게 말하였다.

"나도 6·25 때, 해병대에 자원 입대했네. 그래서 인천상륙작전에 참
가했었어. 그때, 다리에 총 맞았어. 그래서 다리가 좀 불편해. 그 덕분
에 무공훈장도 받고 내 전력도 문제없게 되었지. 허허허. 당시에는 죽
을 것만 같은 일들 천지지만, 지금 생각하면 다 꿈 같은 세월이야. 허
허허허."

노인은 허허롭게 웃으며 하늘을 쳐다보느라 의자 뒤로 몸을 누이는
데, 얼굴엔 살아온 세월을 생각하는 텅 빈 듯한 표정이 새겨져 있었다.
말로 털어내니 이제는 회한도 아무것도 없다는 느낌이랄까? 한 마디
로 인생 별 거 없다고 말하는 분위기였다.

'나도 지금까지 꽤 파란만장했다고 생각하지만, 저 어르신한테 미하면 아무것도 아니구만. 저 세대 사람들은 뭐라고 할까, 그냥 한계 상황 속에서 버텨 온 것 같아. 아아! 모르겠다. 경중을 따질 수 있는 문젠지 모르겠다. 상대적인 것이겠지. 나도 참 아슬아슬했지.' 수혁은 노인 얘기에 자신의 인생을 반추하며 그 느낌을 그려 보고자 애를 썼다. '지금 당장 자신의 삶이 완전히 파괴된다면 어떤 느낌일까? 매일매일 친근하게 걸어 다니던 마을 어귀가 어느 날 갑자기 완전히 폐허로 돌변했고, 내가 사랑하던 사람들은 싸늘한 주검으로 변해 있다면 말이다. 그런 공포란 어떤 것일까? 내가 가진 모든 것은 다 사라져 버리고 없고, 난 살아갈 방도가 없다? 내가 원한 것도 아닌데, 어찌 할 수 없이 휘말려 들어가 저 무리가 나를 죽이려고 한다면? 벗어날 방법은 없고 그런 느낌들⋯⋯.'

"내가 한참 말을 하고 나니 떠오르는 생각이야. 봉익이, 지신디 ᄒ나 들어볼 게 셔. 이디 재명이여 ᄒ 번 말 ᄂ누와 봔?(봉익이, 자네한테 하나 물어볼 게 있어. 여기 재명이하고 한 번 대화는 해보았는가?)" 노인이 갑자기 헨리 유를 재명이라고 부르며 고 선생에게 한 마디 던졌다.

"아니우다, 하르바님. 무슨 굴을 말 싯수과?(아니요, 할아버님. 뭐 얘기할 게 있습니까?)" 느닷없는 노인의 한 마디에 긴장하며 퉁명스럽게 대답한 고 선생이었다.

"고 선생. 공보과장 얘기하고 내 생각하고 다릅니다. 난 아직 내 생각을 말하지 못했어요." 헨리 유가 고 선생의 말에 얼른 노인 대신 대답을 했다. 지푸라기라도 잡고 싶다고 할까, 아주 초조하고 매우 간절한 얼굴 표정이 솔직히 드러나는데, 평소의 헨리 유를 보아 온 수혁으로선 의외의 반응이라 할 수 있었다. 일부러 저런 표정을 짓고 있는 건지…….

"봉익이, 흔 번 말은 들어볼 필요가 셔. 이디 재명이가 어떤 생각으로 땅을 개발허젠 허염신디 스실 잘 모르난. 그 아방에 그 아덜이라. 핏줄이엔 헌게 싯주. 아방 따문이라도 흠불로 굴진 안 허메. 재명이는 이디 사름이라. 경허여도 예전에 둘려들던 놈덜보단 낫아. 무슨 소리 허는 지 들어나 보게……. 뭣보다, 아덜 말을 흔 ᄆ디도 안 들어 내쳐불민, 재명이 부친신디 예의가 아니주게. (봉익이, 한 번 얘기는 들어볼 필요가 있어. 여기 재명이가 어떤 생각으로 땅을 개발하겠다고 하는지 사실 잘 모르잖아. 그 아버지에 그 아들이야. 핏줄이라는 게 있어. 아버지 때문이라도 함부로 굴진 않아. 재명이는 여기 사람이야. 그래도 예전에 달려들던 놈들보단 나아. 뭔 소리하는지 들어나 보자고……. 무엇보다, 아들의 말을 한 마디도 듣지 않고 내친다면, 재명이 부친에 대한 예의가 아니야)"

고 선생은 묵묵무답으로 가만히 있긴 했지만, 강한 거부감이 얼굴에 나타나진 않았다. 노인 말도 일리가 있다는 생각을 한 건지……. 수혁은 '혹시 모르겠다.' 하면서 기대감을 가지고 노인과 고 선생, 그리고 헨리 유의 얼굴을 번갈아 쳐다보았다.

"재명이……." 노인이 친근하게 헨리 유를 불렀다.

"예. 어르신." 헨리 유가 고개를 좀 숙이며 내답하는데, 노인이 "재명이"라고 불러 주는 것이 더할 나위 없이 고맙게 느껴진다는 눈치였다.

"자네 말이야. 여기 봉익이하고 같이 좀 걸어. 여기 있지 말고 둘이 걸으면서 이 얘기 저 얘기 허심탄회하게 해봐. 이 상모리 마을 걷기 좋아. 깨끗하고 좋은 곳이야. 여기 이러고 있는다고 해결되지 않아. 사람 잔뜩 모아 놓고 무슨 속 터놓는 얘길 할 수 있나. 둘이 마을 좀 걷고 와. 봉익이 이 친구도 알고 보면 속이 깊은 사람이라고. 된 사람이야. 봉익이, 자네도 그렇게 하게나. 들어보고 아니면 그만이지, 뭘 그래."

"예. 알겠습니다."

"예에……."

헨리 유는 얼른 일어나는데, 고 선생은 꾸무적거리면서, 재빨리 일어나서 옷매무새를 만지고 있는 헨리 유 때문에 마지못해 일어난다는 태도가 역력해 보였다. 두 사람의 모습을 바라보던 노인은 껄껄거리고 웃으며, 한 마디 말을 더했다.

"마을 잔치가 다 파해도 뭔 상관이야? 내가 보니 저기엔 다 쓸데없는 인간들만 앉아 있구만. 시장이니 무슨 공보과장이니……. 허허허. 여기 신경 쓰지 말라고. 천천히 걷다가 둘이서 어디가 술이라도 한 잔 하며 말해 보면 더 좋지. 안 그런가? 헛허허허."

26

두 시간이 지났다. 헨리 유와 고 선생은 돌아오지 않았다. 사람들은 자리에서 일어나 다들 돌아가고 있었다. 수혁은 서귀포시장과 공무원들에게 찾아가 일일이 인사하며, 헨리 유가 고 선생과 협의 중이라고 일러두었다. 공무원들은 그런다고 해결이 되겠냐고 반문하며 회의적인 반응 일색이었지만, 유 사장이 노력하고 있으니 좋은 결과가 있을 것이라고 안심시키느라 수혁은 진땀을 뺐다. 동네 주민들과 수혁 일행은 서로 도와주며 자리를 정돈한 뒤, 수혁 들은 마을 회관 마당에서 헨리 유를 기다리기로 했다.

"자네 이름이 뭔가?"

"한수혁이라고 합니다, 어르신."

"고향이 어디신가?"

"충청북도 단양입니다."

"충청도 사람이구만. 나도 단양에 가본 적이 있어. 단양팔경 다 보았지. 도담삼봉島潭三峯 좋지. 삼봉三峯 정도전 선생 호를 따서 이름 붙였다지?"

"아닙니다, 어르신. 삼봉 선생이 도담삼봉을 너무 좋아해 자신의 호를 삼봉이라 지은 것으로 알고 있습니다."

"그래? 내가 거꾸로 알고 있었구만."

"삼봉 선생 외갓집이 단양인데, 태어나시길 단양에서 태어나셨습니다. 도담삼봉 절경이지요. 보트 타고 한 바퀴 돌아보셨어요? 단양석문 丹陽石門 보셨어요?"

"어. 한 바퀴 돌았지. 제일 기억나. 보트 탔던 게. 단양, 경치 좋고 물 좋고 좋은 곳이더군. 여기하고는 달라. 다른 경치야."

"그러셨어요? 단양도 여기만큼 좋지요. 하하하."

"허허허. 그래. 어서 일하게. 허허허."

절룩이며 목발을 짚고 다니면서 여기저기 한 마디씩 던지며 사람들에게 참견하던 노인이 수혁에게도 다가와서 말을 걸었다. 사람 모이는 걸 좋아한다던 노인의 말이 사실인 듯했다. 인간 무리들 속에서 살아온 세월의 고통을 생각하면, 참으로 마음의 벽이 없는 노인인 듯싶었다. 원래 타고나길 그런 건지, 나이 들어 여기까지 오면서 남 모르는 마음 공부가 있었던 건지……. 수혁에게 말을 먼저 걸어 준 주민은 노인과 동네 아줌마들밖에 없었다. 수혁이가 고기 삶던 무쇠솥을 번쩍 들어올릴 때마다, "힘이 쎄네, 장쉬여!(힘이 좋네, 장사네!)"라고 흐뭇해하며 결혼했냐고 질문하던 아줌마들은, 안 했다는 수혁의 대답에 눈을 반짝반짝 빛내며, 내 딸이 아주 이쁘다든가, 지금 서울에 가 있다고 한 마디씩 덧붙이는 일을 잊지 않았다. 수혁도 처갓집이 제주도면 정말 괜찮겠다는 생각이 문득 들었다. 애들이 방학 때면 외갓집 갈 텐데,

제주도만큼 좋은 곳도 없겠구나 그런 생각을 하다가, 미란이의 얼굴을 떠올리며 더 이상 생각을 발전시키지 않기로 했다. 대충 정리가 끝나도 헨리 유가 나타나질 않자, 수혁은 상모리 마을을 한 번 둘러보고 싶어졌다. 여기 올 때는 입지 문제가 어떻게 될 것인가에 마음이 매여서 마을을 마음먹고 살펴보지 못했다.

한국에서는 정말 드문 풍경이었다. 완전히 평평한 평야 위에 자리 잡은 마을을 보는 것도 귀한 광경이었고, 주택 지붕들 너머로 산들이 연거푸 보이질 않아 좀 생뚱맞기까지 했다. 이와 비슷한 경치가 호남 평야엔 있으려나 의구심이 생길 정도였다. 아련하게 보이는 오름들이 몇몇 방향으로 살포시 심심하지 않은 그림자를 만들 뿐이었고, 그중, 제일 크게 보이는 오름은 송악산임에 틀림없었다. 집들은 깨끗하고 규모들이 있었고, 마을 도로는 잘 정비되어 여기가 부유한 마을임을 보는 이마다 깨닫게 했다. 아마도, 고 선생 이하 국방부 땅 임차 경작인들은 이 상모리 마을 주민 중에서 빈농에 속하는 사람들일 것이다. 모슬포 상모리, 대정 알뜨르 평야가 기름지고 농사 잘 되는 땅이라 하더니, 많은 수확을 안겨 주는 풍요한 곳임을 마을 모습에서도 알 수 있었다. 이런 곳에다 테마파크라……. 개발자 입장에서야, 입지 예정지 안에서 농토는 전체가 아닌 땅의 일부분(54퍼센트가 조금 넘었다. 농지 포함, 입지의 거의 모두가 국방부 땅이다)에 불과하다고 보이겠지만, 농사짓고 가을이면 수확물을 거둬들이던 농민들 입장으로 이 평야지를 바라보면, 땅이 너무 아깝고 가슴이 쓰라려서 저항이 거세게 되는 것도 당연하다는 생각이 들었다.

'4·3을 말하던 것도 관리들이나 정당, 사회 단체, 언론 매체들뿐이 었어. 막상 겪은 사람들은 아무 말이 없지 않은가! 꿋꿋하게 견디며 세월의 흐름 속에 굴하지 않고 적응해 왔다. 지금도, 오직 자신들이 살아갈 방도를 요구할 뿐이다. 이들을 선입관을 가지고 바라보게 만든 각개 집단들의 서로 다른 계산들이 문제다. 잊지 말아야 할 것을 되새기는 것과, 이들을 어떤 한 틀에 몰아넣어 규정지으려 하는 것과는 별개의 문제가 아닌가. 결국은 이들조차 그 틀에서 벗어나고 싶어도 벗어나지 못하는 신세로 될 수가 있다. 그렇게 된다면, 옛날에 벌어졌던 일이, 또 다른 방식으로 지금에 되풀이 되는 꼴이지.' 수혁은 마을 길을 천천히 걸으며, 이 상모리 주민들과의 오늘 만남에 대해 생각하고 있었다.

마을 회관에서 나와 조금 걷다 보니 알록달록하니 파스텔톤으로 칠해져 있는 예쁜 어린이집 건물이 보였다. 한 개 마을의 어린이집치고는 규모도 크고 마당의 놀이 시설이 잘 갖추어져 있었다. 그곳엔 어린 아이들이 지들끼리 정신없이 놀고 있어, 좀 떨어져 있어도 장난치는 여러 소리들이 들려왔다.

"야아. 여긴 애들이 많구나……." 수혁은 아이들이 천진난만하게 노는 모습을 쳐다보며 미소 지었다. 그는 요즘 들어 부쩍 애기들만 보면 너무 이뻐 웃음이 나오곤 했다.

한 시간 정도가 더 지나자, 수혁 일행만 남아 있는 텅 빈 마을 회관 마당에, 헨리 유가 터벅터벅 걷는 맥 빠진 모습으로 들어왔다. 그 모습을 보는 순간 수혁은 가슴이 철렁했다.

'혹시나 했는데 결국 역시나로⋯⋯.'

헨리 유는 직원들에게 담배를 요구했다. 담배 한 대 받아 들고 이번에도 마당 한 구석으로 가 말없이 피운 후, 일행에게 돌아왔다.

"될 것 같아. 고 선생 설득했어. 그 친구 고개를 끄덕거렸어. 알았다고⋯⋯, 그러자고 했어."

말을 끝낸 헨리 유는 동시에 한숨을 '휴' 하고 내쉬었다. 격전을 치룬 느낌인 것 같았다. 진이 빠져 버렸다고 해야 하나, 그런 상태였다.

"그 친구도 지쳐서 집에 갔어. 하하하하. 나도 집요하거든. 핫하하하하하."

이번엔 큰 소리로 웃어 대는 헨리 유였다.

"어휴! 오늘은 정말 내 평생에 못 잊을 날이야! 어디 좀 가자! 좀 달려 보자고! 어!"

모하비에 총 일곱 명이 타고 한라산 1100고지 도로를 달렸다. 수혁은 운전수를 자청했다. 조수석에 헨리 유가 앉았고, 2열에 제주테마파크 직원 세 명, 접혀 있던 3열 좌석을 펼치고, 그곳에 두 명이 탔다. 자신이 운전을 안 하면 2열, 3열에 끼어 앉게 될 것이고, 그게 생각만 해도 너무 싫어서 자청한 이유도 있지만, 메탈 브론즈 컬러의 모하비를 보는 순간 한번 몰아 보고 싶다는 생각이 굴뚝 같았기 때문이다. 잘생긴 사륜구동 SUV만 보면 '쟤 데리고 어디 좀 가고 싶다.'는 생각에 좀이 쑤시게 되는 한수혁이다. 그는 꼬불탕거리며 한라산 중턱을 누비는

1100도로에서 오랜만에 드라이빙의 재미를 맛보고 있는 중이었다.

"시원하게 운전하는구만." 아무리 봐도, 신이 나서 지 혼자 골몰해 있는 조금은 거친 운전을 지켜보며, 헨리 유가 한 마디 했다.

"이 차 참 좋네요. 힘이 장난이 아니네요. 성인 남자 일곱 명이 탔는데도 이런 경사길을 막 치고 올라갈 수 있으니……." 수혁은 일단 차를 칭찬하며, 헨리 유가 무슨 대화를 하고 싶어하나 기다렸다.

"그렇지? 제주 오면 내가 몰려고 이번에 뽑았어. 얘가 3천CC 디젤에 260마력, 토크가 56이야. 배기량 대비 토크빨이 있지. 무엇보다 힘이 좋지. 잘 뽑았어. 디자인도 마음에 들고. 듬직하잖아?"

말하는 것을 들으니 헨리 유는 차를 좋아하는 사람이었다.

"생각 잘하셨네요. 제주도 와서도 검정 세단 재미 없잖습니까?" 수혁은 분위기를 맞추어 주었다.

"그렇지? 나도 여기저기 다녀 보고 싶어. 못 본 곳이 많거든. 그건 그렇구, 자네 말야. 운전 세게 하네." 수혁의 운전에 대해 말하는 헨리 유의 목소리엔, 비난한다는 느낌은커녕 운전 멋지게 한다고 약간 신통해하는 어감이 배어 있었다.

"하하하하. 좀 셉니까? 이 녀석 능력을 알고 싶어서 그래요. 저 차 좋아 하거든요. 오프로드 뛰는 걸 좋아하는데, 요즘 도심형 SUV들이 많잖아요. 승차감 때문에 대부분 모노코크 바디라 아무래도 오프로드엔 약하다고 생각합니다. 얘는 프레임 방식을 고수한 녀석 아닙니까? 무엇보다 고유의 플랫폼을 사용하구요. 패키지가 제대로 되어 있지요. 이 녀석한테 평소에 관심이 있었죠. 2년 전이었나? 얘가 첨 나왔을 때 매장에 가서 한참 구경만 했지요. 하하하. 온로드 위주라고 얼핏 보이지만, 잘만 하면 오프로드에도 강할 놈이거든요. 전 지프 랭글러 중고 사서 몰고 다닙니다. 연식이 좀 된 녀석인데, 휴일엔 오프로드 같이 뛰고 그랬지요."

"랭글러 몰아?"

"예."

"랭글러라. 하하하. 자네 말야. 뭔가 답답한 게 많았던 친구구만."

"예. 저 사장님 밑에 들어오기 전까지 답답해서 미칠 지경이었습니다. 하하하하."

수혁이 운전하는 동안 헨리 유는 연신 걸려 오는 핸드폰 통화들을 소화하느라고 정신이 없었다. 서울의 펠드스파홀딩스로부터 걸려 오는 업무 처리 상황 문의, 서귀포시청, 제주도청에서 유 사장에게 고 선생과의 협의 결과를 타진하는 내용, (주)제주테마파크로부터 유 부사장에게 상황을 물어보는 호출 등등을 연거푸 소화해 내는 헨리 유를 옆에서 보며, 수혁은 저 총책임자의 일이 정말 쉬운 일이 아니로구나 하는 생각을 했다. 얼마나 많은 사람이 헨리 유의 판단과 답변만 기다리고 있는지를 수혁 입장에서는 다 파악이 힘들 정도였다.

'저러고도 사람 대할 때 마음의 여유가 남아 있는 걸 보면 참 나름대론 초인적이야. 유 사장. 바로 옆에서 보니 대단하다. 뭘 만들어서 일을 벌리고 사업한다는 것이 정말 쉽지 않구나.'

모하비는 1100고지 휴게소를 지나 어승생악御乗生嶽까지 단숨에 거침 없이 내달렸다. 헨리 유는 어승생악이라고 쓰인 도로 표지판을 보더니, 한번 올라가 보자고 제의했다. 수혁은 '어승생악 등산로'라고 도로 바닥에 커다란 글씨로 친절하게 씌어 있는 주차장에 모하비를 세웠다. 함께 탔던 여섯 명과 등산로를 걸어 올라갔다. 헨리 유는 양복 차림에 가지고 다니는 등산화를 구두랑 바꿔 신고는 보무도 당당하게 앞장서서 올라갔다. 아무래도, 고 선생과의 대화 결과가 갑자기 기운을 나게 한 모양이다. 50대 초반의 나이치고도 몸이 가벼워선지 날랜 걸음이었다. 등산로는 친절하게 계단식 침목을 깔아 놓아, 구두로 걸어 올라가는 사정이 큰 지장이 되진 않았다. 자갈에 발이 찝히는 것이 느껴지는 괴로움만 조금 참으면 말이다. 한적한 등산로를 양복쟁이 일곱 명이 열을 지어 올라가니 주변의 등산객들은 힐끗힐끗 뭐하는 사람들인가 의아해하는 눈치였다. 아가씨들이 얼른 길을 피하는 것을 보면 우리들을 조폭으로 아는 게 아닌가 하는 생각에 수혁은 혼자서 계면쩍은 웃음을 지었다.

천 년을 살았는지 최소한으로 어림잡아 몇백 년은 묵어 보이는 주목나무들이, 커다란 바위를 굵은 뿌리들로 휘감은 기괴한 모습으로, 등산로 주변에 울창하게 숲을 이루며 펼쳐졌다. 오후 5시 경이 되자 바람이 심하게 부는 것이 양복 차림으론 춥다는 느낌이 들었다. 순간, 헨리 유는 가던 길을 갑자기 멈추더니 '내려가자.' 한 마디하며 이번에도 앞장서서 내려가기 시작했다.

"분화구까지 안 가세요?"

직원 중 하나가 질문하자 헨리 유는 명쾌하게 답변했다.

"무리할 필요 없어. 지금은 여기까지가 좋아. 더 가면, 오버하는 거야."

어승생악 등산로를 오르다 만 일행은 다시 1100고지 도로를 달려 서귀포시 근처까지 돌아오게 되었다. 차창밖으로 어둑어둑해지는 주위 풍경을 보고 수혁은 "저녁 먹으러 중문 단지로 갈까요?"라고 일행에게 질문하니, 헨리 유는 구 서귀포시로 가자고 말했다.

"어디 좋은 데 아세요?"

"어. 아주 맛있어. 수제 햄버거 집인데 내가 자주 가지."

이윽고, 서귀포시 중앙 로터리 부근에 있는 '빅허브 햄버거' 집에서, 오늘 하루의 연이은 행사를 해냈다는 노곤한 피로감 속에 젖어 있는 수혁과 헨리 유 일행이었다. 수제 햄버거는, 직접 숯불에 구운 고기 패티와 같이, 싱싱한 양배추, 양상추, 오이, 토마토, 피클이 말랑말랑하니 부풀어 오른 허브 빵 사이에 층층이 쌓아올려져, 하얀 접시에 보기에도 포만감이 느껴질 정도로 듬직하게 담겨 나왔다. 햄버거를 한 입 베어 무니, 허브 향이 입안에 삭 도는 것이 헨리 유가 자신 있게 추천할 만한 맛집이었다. 우선 푸짐해서 좋았다. 패스트푸드 프렌차이즈 체인들의 궁핍한 햄버거들과는 차원이 달랐다. 수혁은 여기를 미란과 같이 다시 와야겠다고 다짐하다가, 이안 파커도 정말 좋아하겠다는 생각이 문득 들어, 아예 내일 저녁, 배종삼과 이안 둘 다 데리고 햄버거 먹으러 오자고 마음먹었다. '아니면 디자이너 몇몇 더 끌고 올까? 마크 페린도? 걔네들, 여기 알면 정말 좋아하겠다. 좀 먼 게 단점이긴 한데.

가끔은 괜찮지, 뭐.' 가만 생각해 보니, 디자이너 사이의 인간관계 중진에도 아주 쓸 만한 집이었다. 햄버거를 베어 물다, 수혁은 자신이 많이 변했다는 점을 갑자기 깨달았다. NBS 아트코어 시절엔 언제나 혼자서 쏘다니며, 사람하고 같이 있는 것을 싫어했었다. 지금은, '내가 직장 생활 속에 만난 인간관계를 소중히하는 단계까지 왔구나.' 하는 마음의 변화가 느껴져, 앞에 앉아 있는 헨리 유에게 고마운 생각이 들었다.

'저 사람이 날 구해 줬지! 얼마나 힘들었나, 내가.'

식사가 끝나자 허브 티가 나와 모두들 느긋한 기분으로 차를 마셨다. 헨리 유의 얼굴은 조용하게 생각 속에 잠겨 있는 분위기였다. 오늘 하루를 반추하고 있음이 분명했다. 그때 제주테마파크 직원 하나가 질문을 했다.

"사장님. 고봉익 씨하고 협의가 됐다 하더라도, 나중에 여기저기서 찝쩍거리면 주민들 마음이 바뀔 수도 있지 않을까요?"

"바뀔 수도 있는 게 아니라 그런 일이 대부분 땅 개발 사업에서 일어나지. 그래서 보통 주민들이 갈기갈기 찢겨서 분열되는 거네. 고 선생은 우리에게도 사실 고마운 존재야. 그 친구는 다른 데서 들어오는 제의들을 다 거부했더군. 한결같이 말이야. 주민들을 하나로 단결시키고 말이네. 정말 드문 사람이야. 마음에 거짓이 없어. 한마음이야. 자기 욕심도 잘라 내고 말이야. 그거 한다는 게 쉬운 일이 아니네. 그러니 주민들은 고 선생을 절대 신뢰하는 거고, 그래서 나도 그 사람 믿고 제의를 할 수 있는 거지. 나도 뭘 믿고 주민들에게 다 살길을 만들겠다고 할 수 있겠나? 그런 친구니까 설득하는 데 무진장 힘들긴 했지만, 그 친구하고 합의가 됐으니 우리에겐 정말 좋은 일이지."

헨리 유는 만족한 듯이 미소를 입가에 짓다가 고개를 약간 갸우뚱하더니 주위를 둘러보며 다른 말을 하기 시작했다. "사실상 말이야, 외부의 시선이 되어서 객관적으로 분석해 본다면, 이번 사태같이 묘하게 균형 잡혀 있는 경우는 거의 보기 힘들다네. 지자체의 솔직한 입장은 제주테마파크가 상모리 땅에 개발되기를 원한 게 아니라네. 그들은 발 빼고 싶어한 거지. 중앙 정부도 마찬가지야, 지켜보기만 한 거라고. 기본적으로 민간 사업이니까. 게다가 그 땅에 쌓인 비극적 역사라고 할까? 그런 부담스런 요인들 때문에 공권력 스스로가 자신의 힘을 제한할 수밖에 없었다네. 그런데 오히려 반대로, 거추장스럽기만 한 사정들을 주민들 스스로가 벗어 던졌어. 쉽지 않은 일인데 그걸 고 선생이 나서서 해낸 거지. 주민들은 오직 살겠다는 의지만을 가지고 한 목소리로 단결했던 거고. 그래서 주민들의 순수한 단결이 가져온 저항과, 제주테마파크의 개발 의지 간에, 힘의 균형이 맞아 떨어진 것이지. (헨리 유는 잠시 말을 끊고 생각에 잠겼다. 할 말이 조금 더 있는 것 같은데 말을 아끼는 눈치였다) 그건 그렇고……, 어쨌든 우리에게 가장 손해 나는 게 무언가? 예상대로 일이 진도 나가지 않고 자꾸 딜레이 되는 거지. 천문학적으로 돈이 깨져 나가잖아. 우리의 제주테마파크는 모든 면에서 그럴 가능성이 점점 줄어들고 있지 않은가. 하하하하. 일이 이젠 잘 풀릴 거야."

"주민들이 다 살길을 만든다는 것은, 어떻게 하신 겁니까?" 헨리 유의 말 중에 이해가지 않는 점이 있었던 수혁의 질문이었다. 그의 질문에 헨리 유는 미소를 지었다.

"아! 자넨 아직 잘 모르겠구만. 여기 제주테마파크 직원들하고 제안서 하나 만들었어. 오늘 고 선생한테 줬지. 내용은 첫째로 주민들의 자식들은 원하면 전원 테마파크 직원으로 채용하겠다. 이건 간단한 명제고, 둘째가 좀 복잡하지. 국방부가 테마파크 입지를 내놓는 대신 제주개발공사에서 대토代土를 제공했지. 대토의 규모가 한 30만 평 정도 되지. 지금 파크 자체 규모는 12만 평이지만, 파크 전체 대지가 25만 평 규모잖아. 그중 국방부 땅이 24만 평, 그중 농지가 한……?"

"대략 13만평입니다." 헨리 유의 말이 막히자 옆에 앉은 직원이 곧바로 지원 사격을 했다.

"그래. 지금 상모리 주민들이 농사짓는 땅이 13만 평이고, 대토는 30만 평이네. 그 대토 중 농지가 될 땅에 대한 15년 동안의 장기 임차 비용을, 주식회사 제주테마파크에서 지불하기로 했네. 이건 사기업인 제주테마파크에서 지원하는 것이니 국유지 보상에 관한 국가적 형평성에도 저촉되지 않고, 그러네. 오늘 일이 있기 전, 국방부하고 협의했어. 국방부 땅에 임차인으로 농사짓던 상모리 농민들에 대해서, 대토에 대해서도 농사를 지을 수 있게 해 달라고 말이야. 국방부 입장에서도 그냥 땅 놀려서 뭘 하겠어. 좋다고 하더라고. 우린 고 선생에게 상모리 주민들이 대토에서 수확할 농산물을 완전 유기농으로 재배할 것을 요구했지. 단순한 재배 방식이 아니고 하우스 재배를 통해서 1년 내내 테마파크에 필요한 다품목의 유기농 농산물을 계속적으로 공급받는 거야. 이건 제주테마파크에 대한 상모리 주민들의 독점적인 지위 확보지. 이에 대한 협약으로 정식 계약 될 것이네. 30만 평 대토 중에서 어느 정도 규모의 땅을 경작해야 될지는 좀 더 연구해 봐야겠지만, 확실한 건 지금 농사짓고 있는 땅 13만 평보다는 분명히 늘어날 거란 점이지. 운영관리 파트를 하나 둬서 테마파크에 직거래가 될 수 있게 하면, 중간 상인들에게 떼이는 비용도 없고 상당한 이윤이 농민들에게 돌아가게 되지. 지금 대토의 사정은 어떻게 되지?" 말을 하던 헨리 유는 옆에 앉아 있던 직원에게 질문했다.

"경작이 계속 이루어진 밭들과 묵은 밭들, 새로 개간을 해야 하는 야지野地들이 혼합되어 있습니다."

"새로 개간하는 데엔 시간이 얼마나 걸리지?"

"첫갈이야 어차피 그해에 가능하긴 합니다만 적응기를 거쳐 본격적인 수확은 2년이 지나야 가능할 것이라고 봅니다. 하지만 유기농 작법을 기존에 있던 밭들에 적용하려 해도 그 이상의 시간이 걸리기 때문에 어차피 마찬가지이고, 개간에 걸리는 시간을 걱정할 필요는 없습니다."

"유기농이 활성화되려면 몇 년이 필요하던가?" 헨리 유는 직원에게 계속 물어보았다.

"전환기가 3년입니다. 3년 동안 일체의 농약과 화학 비료를 사용하면 안 됩니다. 만 2년 동안은 전환기 농산물로 시장에 유통시킵니다. 그래서 전환기 중, 2년 지나 만 3년 차의 전환기 농산물부터 테마파크 각 식음료 스토어에 사용되기 시작한 후, 만 4년 차부터 유기농 농산물로 본격 사용될 예정입니다."

"전환기 중에도 농민들에게 수입이 발생할 수 있나?"

"예. 1년 차의 시험 개발 기간을 지나 만 2년 차부터는 본격 수확이 있을 예정입니다. 테마파크 개장, 그러니까 그랜드 오픈Grand Open 예정이 앞으로 37개월 후 아닙니까? 대략 3년 후인데, 개장 예정일이 그해 3월달로 알고 있습니다."

"그래. 자네 말이 맞아."

"생각해 보면 시간이 잘 맞아떨어집니다. 지금 2월 중순이니까 앞으로 10개월 후인 내년부터는 새로운 경작지에서 1년 차의 전환기 농법이 시작될 것이고, 22개월이 지나면 2년 차의 전환기 농법 시기에 접어듭니다. 테마파크 시험 가동을 앞으로 30개월 후, 바로 그랜드 오픈 예정일에서 7개월 전 시기에 시작해 본다 할 경우, 만 2년 차 농산물에 대해서도 시험용으로 일부 적용이 가능하고, 대부분은 시장에 내다 팔면 되지요. 전환기와 유기농 농산물의 분류에 대한 소비자들의 선호도나 가격 차이도 생각보다 크지 않습니다. 농민들은 만 2년 차부턴 수입이 발생하게 됩니다. 하나 더 말씀 드릴 것이 있는데, 우리가 중간 유통업체도 아니고 그 일 때문에 별도의 조직망까지 갖추기도 어려운 상황이지요. 따라서, 소량 다품목의 유기농 농산물을 일일이 쫓아다니면서 산지 입하하기가 어렵습니다. 유기농 유통과 판매도 결국 조직이 필요하고, 그래서 협동조합이나 전문적인 중간 유통업체가 있거든요. 이들도 중간 마진을 먹습니다. 우리들이 유기농 농산물을 타 지역에서 공급받는 경우는, 어쨌든 중간 마진이 포함된 비용을 부담해야 합니다. 이 시스템의 장점이 바로 여기 있지요. 제주테마파크에서 직접 관리가 가능하기 때문에, 상모리 주민들에게 현재의 각개 유기농 농산물 산지 가격보다 더 높은 가격으로 직접 입하하더라도, 중간 유통 마진 자체를 아예 없애 버리거나 극도로 절약하게 되니, 총괄적인 구매 비용 발생은 확실하게 줄어듭니다. 관리 파트 직원 한두 명의 임금과 저렴한 운송비 정도? 산지가 거의 테마파크 옆에 붙어 있는 꼴이니까요. 15년이란 기간만 놓고 보아도, 장기간에 걸친 이 시스템의 적용은, 국방부 대토 15년 임차비의 최대 80퍼센트까지도 세이브하는 결과가 될 것이라 생각할 수 있습니다. 시간이 지나면 지날수록 효과가 커지지요."

헨리 유는 직원의 마지막 말에 얼굴이 좀 생각하는 눈치가 되더니 주의 비슷하게 한마디 덧붙였다. "비용에 대한 회수라는 개념은 좀 더 시간을 두고 생각해 보자고……."

"예. 알겠습니다." 직원은 얼른 알았다고 대답하곤 입을 다물었다.

수혁은 직원이 하는 말을 곰곰이 들으니, 시간이 지나면 지날수록, 지금 선전 문구로 내건 '임차금 지원'이란 항목의 자기 돈을 공짜로 주는 선량함은, 점점 호수에 먹물 한 방울 떨어뜨린 것처럼 희석되어 버릴 일이고, 결국 제주테마파크는 농민들에게 가치에 대한 지불만 할 뿐이었다. 헨리 유가 아무리 크리스마스 아침을 맞은 스크루지 영감처럼 굴고 싶어도, 순수한 자기 돈이 아닌 이상은 남 주는 것도 함부로 할 수 없는 법이다.

'제주테마파크에서 **직접 관리**하신다고? 저 직원 말하는 게, 표현이 어째 좀……. 참 하여튼, 이놈의 세상은 항상 시간을 견뎌 낼 수 있는 쪽이 유리하다니까. 그래도, 생각해 보면 유 사장이 궁리 많이 했네. 사업하면서 투자 비용의 회수를 고려 안 할 수도 없겠지. 주주들 이해시키려면 자선 사업으로 보여선 안 될 테니까. 어쨌든, 농민들에게 이익이 많이 돌아가겠다.'

"미스터 한. 시기가 대충 맞아떨어지지? 하하하. 잘됐어. 대개 농민들은 판로가 막힐까 봐, 중간 상인들의 눈치를 보기 마련인데, 이렇게 되면 눈치 볼 필요 없고 직거래라 이윤이 지금 상태보다 몇 갑절 늘어날 수 있지. 거기에 유기농 아닌가? 우리 입장에서도 안정적인 농산물 공급처가 사실 필요해. 우리 제주테마파크의 모든 음식은 유기농으로 친환경적인 면모를 살려 볼 생각이야. 다들 고급 레스토랑들 아닌가. 테마파크 선전에도 아주 유리한 조건이 되지. 거기에 오늘 내가 고 선생의 가슴에 불을 지른 게 하나 있었지. 하하하하하."

"무슨 말씀을 하셨는데요?" 수혁은 헨리 유 머리 돌아가는 게 보통이 아니로구나 생각하고는, 자신도 분위기를 북돋울 겸 환하게 미소 지으며 박자 맞춰 얼른 질문했다.

"언제까지 남의 땅에 농사짓고 살 거냐고 말이야. 자기 땅을 갖고 싶지 않냐고 말이지. 그랬더니 그 고 선생, 얼굴이 뻘개지면서 고개를 푹 숙이고 한참 생각하더군. 하하하. 제주개발공사에서 나오는 보상금만으로도 농민들 몇 년은 충분히 버틸 수 있어. 그러면서 테마파크에 지원한 자식들은 파크가 본격 개장하기 전부터 고용 상태에서 훈련이 시작될 것이고, 그러면 그때부터 월급 받지. 따라서 향후 2, 3년 준비한 후, 국방부 대토에서 본격 수확이 시작되면 각자 저축이 가능할 거야. 그리고 임차비도 제주테마파크에서 15년을 대주니 알짜 수입들 아닌가? 15년이 지나면 자립할 수 있어. 뭐, 우리가 상관할 바는 아니지만 농민들이 협조해서 결국 국방부 땅을 자기네 소유로 만들어 나갈 수도 있을 것이고, 아니면 다른 곳에다 자기 땅을 만들 수 있다고. 이건 서로 윈-윈 하자는 거야. 재산을 만들려면 자금의 순환이 이뤄지면서 남는 여윳돈이 있어야 할 텐데, 지금까지 농민들은 그럴 여유가 없었거든. 살기 바빴지. 그걸 좀 도와주는 거지. 계기를 만들어 주면 되거든. 국방부 대토에 대한 15년 임차비 정도는 얼마든지 만들어 낼 수 있네. 주식회사 제주테마파크가 제주테마파크에 대한 게임의 규칙을 정하는 이상, 가능하지. 알겠나? 미스터 한?"

수혁은 게임의 규칙을 정한다는 뜻이 무엇인지 이해가 잘 되지 않아서, 고개를 자신도 모르게 갸웃거린 듯했다. 그걸 본 헨리 유는 눈빛이 매섭게 빛나면서 재밌다는 듯이 미소지었다.

"디자이너인 자네로선, 무슨 말인지 알아먹기가 어려울 거야! 핫하하. 뭐, 어쨌든 좋아!"라고 한마디 넌지시 던진 후에 헨리 유는 다른 말을 꺼냈다.

"그 고 선생 말이야. 오늘 우리 집안의 과거사를 듣고는 마음이 조금씩 열렸던 거지. 내가 제주 사람이라는 점도 한몫했고. 그런 친구한테는 신뢰감 형성이 중요해. 그걸 오늘 해낸 거지. 나도 약속을 지킬 거야. 고 선생 같은 친구를 난 참 좋아해. 날 아주 괴롭히고 어렵게 한 친구지만 도와주고 싶더라고. 이건 내 마음이야." 헨리 유는 쾌활한 태도로 고 선생에 대한 호감을 드러냈다.

"사장님께선 고순학 어르신하고도 이틀 전에 만나셨어요." 옆에 앉아 있던 직원이 한 마디 거들며 수혁에게 웃음을 지었다.

그 소리를 들은 헨리 유는 힐끗 직원을 쳐다보곤 수혁에게 설명하기 시작했다. "뭔가 고 선생의 마음을 녹일 만한 자연스런 계기를 만들어 줄 사람이 필요했네. 우리 쪽에서 나서면 아예 만나질 않는데 어떡하나. 그래서 상모리 마을에 아직 살아 있는, 내 아버지나 어머니하고 연관되는 사람이 혹시 없을까 조사시켰지. 그랬더니, 생각해 보면 이건 정말 내 운이야, 그 고순학 어르신이 아직 살아 계시더라고. 아버지에게도 종종 성함을 들은 적이 있거든. 생각났지. 그래서 찾아갔지. 그 양반 처음엔 날 보더니 정말 반가워하시더라고. 그러다가 내 상황을 말하니까, 그다음부터는 아무 말씀이 없는 거야. 한참 설명하고 하소연하고 그러는데, 백지에다 붓펜으로 뭘 쓰시는 거야. 그리곤 슬며시 내 앞에 내밀곤 또 아무 말이 없으시더구만."

수혁은 처음 만난 듯이 한참 대화하던 노인과 헨리 유가 사전에 만났었다는 얘기를 듣고, 둘 다 타고난 연기자들인 게 보통 능구랭이들이 아니구나 하다가, 붓펜으로 썼다는 게 뭔지 굉장히 궁금해졌다.

"그 어르신이 뭘 쓰셨습니까?"

"적선지가積善之家, 필유여경必有餘慶이라, 이렇게 쓰셨더군."

헨리 유는 말을 하면서 수첩을 꺼내어 만년필로 직접 한자를 쓰는데, 수혁이 보니 쓴다기보다는 그린다는 쪽이 더 맞는 상태였다. '이 양반이 한자에 약하군. 흐흐흐.'

"뜻을 생각하니, 좋은 얘긴데 알쏭달쏭한 거야. 우리 집안 조상들이 좋은 일을 많이 했으니 내가 복을 받을 것이란 뜻인지, 아니면 니가 적선하면 니 자식들이 복 받을 거란 얘긴지 알 수가 있어야지. 그런데 이 노인네가 설명을 안 해. 백지에 달랑 한자 몇 개 적어 놓고는 나보고 '그만 돌아가게.' 하더니 건넌방으로 건너가시는 거야. 그러니 내가 오늘 얼마나 가슴을 졸였겠나. 좀 뭔가 해주질 않을까, 기다려도, 기다려도, 돼지고기 다 썰 때까지 노인네는 감감 무소식이고. 어휴. 오늘 나도 초반에는 위장이 다 오그라들었네. 어휴. 징그럽다. 하하하하하."

헨리 유는 수혁을 쳐다보며 마음이 후련한지 소탈하게 실컷 웃어댔다.

수혁은 서귀포 신시가지로 모하비를 몰아 (주)제주테마파크 숙소에 직원 다섯 명을 내려 주었다. 그리고 헨리 유와도 헤어져야 할 때라 예상하고는 인사하려 하는데, 수혁을 물끄러미 바라보던 그가 느닷없는 제안을 하나 했다.

"미스터 한. 나랑 지금 현장 한 번 가보지 않을래?"

"지금 말입니까? 그러시죠, 뭐. 제가 운전할게요."

"그래."

사장이 말하는데 토 달기도 뭐하고, 개인적으로 얻어듣는 얘기라도 따로 있을까 싶어 수혁은 흔쾌히 상모리 바닷가로 모하비를 몰았다. '이 녀석, 운전하는 맛이 점점 쫀쫀하게 와 닿는단 말이야.' 하면서.

신시가지에서 해안 도로로 빠져 모슬포항 방향으로 계속 가다 보면, 항구 나오기 전 송악산 언덕배기 지나 상모리 해안이 나온다. 밤이 깊

으니 좁다란 해안 도로에는 철썩이는 파도 소리만 들리고 지나가는 차
량 불빛조차 없어, 어디선가 머리 풀어 헤친 하얀 소복 입은 여자라도
나타날 것 같은 분위기였다.

"자네 부모님들께서는 다 평안하시지?"

"예. 어머니는 고향에 계시지요. 아버지는 제가 어릴 때 돌아가셔서
저는 얼굴도 기억나지 않습니다."

조수석에 앉아 말을 시킨 헨리 유는 수혁의 대답에 잠시 말이 없더
니, 다시 대화를 시도했다.

"아버님께서 일찍 돌아가셨구만."

"예. 제가 돌 지나자마자 돌아가셨다고 알고 있습니다. 전 홀어머니
밑에서 자랐지요."

"어머님께서 고생 많이 하셨겠네. 그래도 이렇게 훌륭하게 큰 아들
을 보면 마음이 든든하실 거야."

"뭐……, 그렇다고 할 수 있지요……."

그다지 맞장구를 치지 않는 수혁의 목소리를 헨리 유는 속으로 분석
하고 있는 건지, 아무 대화 없이 잠시 침묵이 또 흘렀다. 침묵도 깰 겸,
이번에는 수혁이 먼저 말을 꺼냈다.

"사장님은 정말 좋으시겠습니다. 아까 고순학 어르신 얘길 들으니
선친께서 보통 훌륭하신 분이 아니셨던데요. 전 그런 얘기 들으면 정
말 부럽습니다."

"내 아버지? 뭐, 남들이 보면 훌륭하기도 했겠지만, 나한테는 그다
지 편한 아버진 아니었어."

　헨리 유에게서 의외의 반응이 나오자 가족 관계에 대해 다시 궁금증이 모락모락 솟는 수혁이었다. 오늘 헨리 유 가족사가 상모리 주민들 덕분에 계속 밝혀졌고, 이런 기회도 다시 없을 테니, 맘 편하게 물어보기로 했다.

　"왜, 편하지 않으셨어요?"

　수혁의 질문에 오늘 얘기가 참 요상하게 돌아간다는 반응이 잠시 얼굴에 나타나는 듯 싶다가, '에라, 뭐. 다 얘기 해주지.' 하는 반응으로 바뀐 헨리 유였다.

　"아버진 말이야. 어릴 때부터 나한테는 이해하기가 힘든 사람이었어. 언제나 딴 곳만 쳐다보고 있다고 할까? 생활력이 있고 없고의 문제가 아니야. 가족 돌보는 것은 열심히 하셨으니까. 그런데 어딘가 냉정해. 싸늘하다고 할까? 그런 사람이었어. 자기 마음을 잘 나타내려고 하질 않아. 속으로 뭔 생각을 하고 있는 건지 도통 알 수가 없는 사람이었어, 나한테는. 오늘 아버지가 소설가 지망생이었다고 노인네가 말하는데, 나도 놀랬어. 울 아버지가 소설을? 어이가 없다 그런 생각이 들더군. 그렇게 감수성이 예민하고 그런 사람인 줄 몰랐거든. 감정 기복도 나타내지 않고 냉정한 눈으로 날 바라본 사람이니까. 난 키도 작잖아. 아버지는 날 언제나 물끄러미 내려다보곤 했었지. 내려다볼 때마다 난 아버지가 날 냉정하게 비난한다는 기분이 들곤 했네. 그 시선이 날 송곳처럼 찔러 댄다는 느낌 말이야. 아버지로서의 사랑 표현 같은 것을 평생 해본 적이 없는 사람이라고. 형한테는 좀 달랐지만."

　헨리 유의 표현에 수혁은 마음속으로 쓰디쓴 미소를 혼자 만들고 있었다. 그는 자신의 어머니를 생각하면, 목이 졸려 숨이 넘어갈 것 같은 질식감을 온 마음으로 느껴야 했다. '글쎄다. 뭐……, 그것도 겪어 봐야 알겠지만, 집착보다는 냉정이 날 수도 있지요…….'

"형은 나하고는 달리 키도 크고 인물도 좋아. 그래서 나보다 형한테는 좀 다정하게 대하셨던 것 같아. 어머니에게도 한결같긴 했지만 그다지 애정 어린 남편은 아니었어. 의무감이라고 할까? 명예심, 그런 걸로 사신 분이야. 자기 때문에 가족이 잘못되는 일은 절대로 자신한테 용납하지 않을 사람이었던 것은 사실이네." 헨리 유는 잠시 말을 끊고 무언가를 생각하다가 다시 말을 했다. "아버진 기본적으로 남한테 이해받기가 힘든 사람이었어. 아버진 제주시에서 교편 잡고 있을 때는 태평양 건너 미국을 바라보신 양반이고 ─ 그거 아마 탈출욕이었을 거야! ─ 막상 미국에 와서는 태평양 건너 한국을 생각하셨던 양반이야. 도통 나는 이해하지 못할 것 천지지. 그러면서도 살아 생전에 한국에는 한 번도 와 보지 않고 돌아가셨어. 그 이유로, 어머니의 과거가 생각나는 것들이 너무 많은 제주도도 오기가 싫었고, 자신을 쫓아낸 휴전선 이북의 고향은 생각하기도 싫었던 것이고, 거기에, 전쟁과 몸 담았던 군대 시절에 얻은, 남한테는 얘기 안 하는 정신적인 상처가 또 있지 않을까, 뭐어, 이것저것 복합적으로, 내 생각엔 그런 게 아닌가 싶네. 모두 아버지 자신의 조국이 준 상처라고 할 수 있겠지."

"예에……." 수혁은 말꼬리가 늘어지며 헨리 유의 말을 분석하기 시작했다. '**어머니의 과거**라 이건 또 무슨 얘기지?'

헨리 유는 잠시 고개를 돌려 운전하는 수혁의 옆얼굴을 흘깃 보더니 말을 계속 이어나갔다.

"어머니는 아버지와 결혼한 것이 두 번째 결혼이네. 나만 해도 그게 아무 흉도 아니라고 생각하는데, 부모 세대는 그렇지 않은 것 같더라고. 어머니의 전남편이 당시 제주도 민청(조선민주청년동맹)인가 민애청(조선민주애국청년동맹)인가 하는 좌익 단체의 부위원장까지 했던 사람이야. 전남편은 4·3 발생하자마자 인민유격대 활동하다가 죽었다고 하더군."

'아하! 그래서 아까 고 노인이 말을 잠시 끊고 생각했구나. 이걸 얘기해야 하나 말아야 하나 고민한 거군. 하긴 이상했어. 유 사장 아버지가 목사님 사택에 하숙하는데 목사님 외엔 아무도 없었다 그랬고, 아들이야 그 김달삼이 쫓아 다니느라고 그랬다 하지만, 따님 얘기가 온 데간데없어서 이상했거든. 이미 결혼했던 거구만. 정말 알면 알수록 유 사장 집안 내력, 파란만장하네!'

"어머니는 전남편 때문에 도피 생활하다가 아버지랑 결혼하게 된 거지. 전남편과의 결혼 생활은 남편 얼굴도 제대로 보지 못하는 날들이었다고 어머닌 말씀하셨다네. 굉장히 불행한 결혼이었던 게 사실이야. 젊은 날 철 없어서 부모 허락 없이 한 결혼이었다고 하시더군. 그래도 그 남자가 좋았던 게 사실인 것 같아. 이런 얘기를 내가 어머니에게 어떻게 들었냐면, 돌아가시기 얼마 전에 아버지가 위암 수술을 받으신 적이 있는데, 수술에서 깨자마자 병상 옆에 서 있는 어머니를 보고 하시는 말씀이, '날 사랑한 적이 있어? 아직도 그 사람이 생각나?' 그러시는 거였네. 노인네가 몸이 다 쇠잔해지니 그제서야 어린애같이 솔직해지더군. 평생 가슴속에 묻어 놓은 말이, 마치 깨자마사 어머니를 보니 그냥 나와 버린 거야. 그 말을 듣고 내가 자초지종을 어머니에게 여쭤 본 거였네. 어머니는 엉엉 우시면서 '바보 같은 양반. 바보 같은 양반. 왜 이제야 물어보는 거야. 그놈의 자존심 때문에, 그 알량한 자존심 때문에.' 그러시더군."

말씀을 들어보니 사장님 어머님께서도 아버님을 사랑하셨네요."

"그렇지? 하지만, 서로 표현하지 않고 평생 살았으니 상처 밖에 뭐가 남나! (이 말을 할 때의 헨리 유의 말투에는 분노가 가득 배어 있었다) 자식들 대할 때도 전혀 마음을 열지 않은 아버지였어! 아마 한국에서의 쓰라린 경험들이 아버지를 그렇게 만든 것 같아. 군에서도 하던 일이 정보 계통이니 인간에 대한 불신만 늘어갔겠지. 이해는 해. 하지만 나는 아버지처럼 살고 싶지 않았네. 언제나 이 상태론 아니지 않은가 회의에 시달리며 어디론가 도망치고 싶으면서도, 도망 자체가 수치스런 것이라 꾹 참아 내면서, 마음속으로만 현실 도피 중이었던 아버지하곤 다르다네. 나는 아버지가 그렇게 속으로는 그리워한 이 한국 땅, 제주도에 보란 듯이 내 족적을 남기고 싶어. 난 겉과 속이 다르게 사는 게 싫거든. 난, 내가 진짜 하고 싶은 일은 하고야 마는 사람이야. 아버지는 끝내 돌아오지 않았지만 난 제주도에 돌아왔지. 난 아버지와는 다르니까. 난 현실에 결코 굴복하지 않는다는 생각으로 지금까지 살아온 사람이네. 난 내 꿈을 이루고야 말 것이야. 아버지가 그렇게도 해보고 싶었던, 아까 고 노인이 유학 시절을 얘기하며 말한, 조국을 위한 멋진 일이란 것을 결국은 아들인 내가 지금 하고 있는 거야! 안 그런가? 미스터 한! 내 마음을 이해하겠나?"

"예. 알겠습니다. 사장님 마음. 제가 알 것 같습니다."

수혁은 고개를 크게 끄덕거리며, 헨리 유의 말에 맞장구를 쳤다. 그의 마음을 이해할 수 있었다. 헨리 유가 느끼던 아버지에 대한 섭섭함이, 오히려 그 자신의 강렬한 생生의 의지로 변한 것이 아닌가 싶었다. 자신의 눈 속에 투영된 아버지란 존재는 마음속에서 애써 지워 버리고, 아버지 경우와는 반대 방향이라 생각되어지는 쪽으로만 살아가려 애쓰는, 아들로서의 의지 말이다. 이 제주도와 제주테마파크에 대한 집착에 가까운 그의 열정도 어렴풋이나마 알 것 같았다. 그러나 수혁이 보기엔 헨리 유도, 고순학 노인이 말한 대로, **그 아버지에 그 아들**인 셈이었다. 모든 것이 결국은, 그 아버지로부터 비롯된 것이지 않은가!

모하비는 해안 도로를 조용히 달려 나갔다. 마침내, 제주테마파크가 설 땅, 상모리 해안가에 두 사람은 도착하였다. 차에서 내려 주변을 둘러보니, 평야 쪽으로는 드문드문 불빛들이 보였고, 바다에는, 우측 편으로 모슬포 항구에서 새어 나온 등대의 불빛이, 칠흑 같은 어둠만이 깔려 있을 해수면 위를 드문드문 해무海霧와 파도의 자잘한 주름들로만 보여지게 비추고 있었다. 어선의 불빛조차 보이지 않았다. 낮에는 맑은 날씨였는데, 저녁 이후로 흐려진 하늘이다. 하늘엔 별빛도 보이지 않았고, 반동강난 상현달만이 주위에 희끄무레한 달무리를 짓고 있었다. 해안에는 오늘따라 육풍도 아니고 방향을 알 수 없는 세찬 바람이 무질서하게 불어 댔다.

"미스터 한. 바람이 세다."

헨리 유는 바다 쪽을 바라보며 수혁에게 한 마디 던졌다.

"예. 사장님. 토목 들어가자마자 방풍림과 항구용 방파제 조성이 계획되어 있습니다. 방풍림은 2년 후면 완전히 이식되게 됩니다."

헨리 유는 고개를 끄덕거리면서 바다를 계속 쳐다보았다. 아무래도, 무슨 생각을 골똘하게 하고 있는 듯했다.

"미스터 한. 저기 말이야. 저 바다……. 내가 자네에게 아직 말하지 않은 게 하나 있어."

"예? 무슨 말씀이신지……."

"저 바다 위에 인공섬이 하나 생기게 될 거야. 그걸 F Zone이라고 이름 붙였어……."

목이 좀 쉬어 있었지만, 차분한 헨리 유의 목소리였다.

"자네한테 말하지 않은 것은 지금까지 진행 상황으로 봐선 말할 필요가 없어서였어. 그 인공섬과 테마파크를 연결할 연육교가 또한 생길 거야. 자넨 테마파크의 외곽 순환 도로나 아니면 방파제쯤에 연육교가 연결될 지점을 정해 놓고 있게. 자네만 알고 있고, 알겠나?"

"예……. 알겠습니다. 인공섬은 어떤 것입니까? 어! 좀 뭐랄까, 하도 뜻밖의 말씀이 나오시니 놀랐습니다. 완전히 섬을 만드는 것입니까?"

"그래. 완전히 섬이야. 그것도 육지에서 상당히 떨어져 있게 될 것이야. 내가 알기론 4킬로미터 정도 떨어지게 될 것 같아. 한 저 정도는 되겠지?"

헨리 유가 손을 들어 바다 한 곳을 가리키는데, 수혁이 보니, 등대의 불빛에 반사되는 파도뿐만이 아니고 시커먼 무언가가 조그만 섬을 만들고 있는 것이 언뜻 눈에 띄었다. 곧바로 섬은 사라지고 파도 물결만 불빛에 반사되고 있었다.

"고랜가? 잘 모르겠구만." 헨리 유는 혼잣말하듯이 중얼거렸다.

"제주 바다에 고래가 많습니다. 사장님."

수혁은 궁금증이 치밀어 오르는 것을 내리 누르며, 질문을 한 박자 천천히 하고자 애썼다.

"그래? 고래야?" 헨리 유의 얼굴에 희미한 미소가 떠오르다 순식간에 사라짐이 수혁에게 느껴졌다.

"사장님. 그 인공섬에 뭐가 들어옵니까?" 마침내 궁금한 것을 물어본 수혁이다.

"들어오는 거라……. 글쎄. 나도 잘 모르겠네. 뭐라고 해야 하나. 당장은 자네에게 말해 줄 수 없어. 아직까지는 극비 사항이라네. 하지만 돈이 되는 물건이라는 것은 사실이야. 그 덕분으로 외국인 투자를 많이 끌어당긴 면도 있지. 난 필요해서 한 일이야. 알겠나?"

"알겠습니다. 그러나 예산 편성엔 전혀 해당 항목이 없었는데, 어디서 재원을 만드실 겁니까? 인공섬이라면 건설비가 상당할 텐데요?"

"상당한 건설비가 들지. 그러나 인공섬에 대한 예산은 걱정할 필요가 없네. 건설비와 시설비를 투자하는 곳은 별도로 있어. 우리가 담당하는 것은 연육교에 대한 해결일 뿐이네. 원래는 그조차 필요 없다고 거절하는데, 내가 테마파크하고의 연계성을 강력하게 주장해서 연육교를 만들게 된 거네. 따라서 비용 부담은 우리 쪽이 졌지. 차량이 다니는 다리가 아니야. 소형 전기 자동차와 사람이 걸어 다닐 수 있을 정도의 하중을 지탱할 경량 구조의 가벼운 교량이면 되네. 그래도 바다에 세우니 무시 못할 비용이 들긴 하겠지. 자네는 이 정도까지만 알고 있으면 돼. 거기에 따른 예산과 설계에 대해서도 제주테마파크의 신 부장과 협력해서 대비해 놓도록 해. 알겠나?"

"알겠습니다."

"……." 헨리 유는 뒤돌아서면서 뭔가 혼잣말같이 한 마디 했는데, 수혁에게 분명하게 들리지는 않았다.

'잘한 일인지 모르겠어……,라고 방금 사장이 말하지 않았나? 이건……, 또 뭐지?' 수혁은 마음 속에 희미한 불안감이 떠오르는 것을 느꼈다.

헨리 유는 바다를 등지고 평야 쪽으로 천천히 걸어가기 시작했다. 수풀 속을 헤치고 한참을 걸어갔다. 상체를 숙여 손으로 풀과 흙을 만져 보는 헨리 유의 모습이 모하비 헤드라이트 불빛 너머로 얼핏얼핏 드러났다. 그는 다시 상체를 꼿꼿하게 펴고 양손을 바지 호주머니에 찔러 넣고는 이리저리 둘러보다가, 불빛이 점점이 보이는 상모리 마을 쪽으로 시선을 고정하는 듯했다. "아버지!"라고 외치는가 싶더니, 그 다음으로 헨리 유가 하는 말은, 밀려드는 파도 소리에 묻혀서 수혁에게까지 들리지 않았다.

제9부

순차 진행
Stepwise Motion

27

한수혁은 바다를 노려보았다. 거대한 인공 구조물이 상모리 해안가 조금 떨어진 바다에서 하얗게 자취를 드러내고 있었다. 커다란 누에고치를 섬세하고 날카로운 얇디 얇은 칼로 완벽하게 두 동강을 낸 후, 생겨난 뚜껑을 엎어서 바다에 띄워 놓았다면 바로 저런 모양일 것이다. 가파도의 좌측 편으로 떨어져 수평선에 놓여지고, 그리고 송악산 우측 끄트머리에 일정 부분 살짝 가려져 바다 위로 보일 뿐인 이 인공 구조물은, 가까이 가서 보면 엄청난 크기일 것이라 짐작은 되지만, 4.2킬로미터가 떨어진 해안에서 보면 그저 커다란 누에고치 모양으로 햇살 받으면 새하얗게 빛을 반사하기만 했다. 다만 누에고치에 검정 가시들(멀리서 볼 수밖에 없으니 확실치는 않지만, 누에고치를 이루는 구조물이 돌출되어 보이는 것이리라)이 줄줄이 박혀 있어, 안에 있을지도 모를 번데기는 매우 고통스러워할 것이 틀림없었다. 그 누에고치 주변으로, 비행장 같아 보이는 평평한 평지와 배가 닿을 수 있는 접안 시설, 용도를 알 수 없는 여러 건물들이 바다 위에 같이 떠 있었다. 즉 평평한 평지를 인공섬으로 바다 위에 만들고는 그 위에 누에고치를 지은 것이다. 이 인공섬은 공중에서 보면 두 변이 4.5킬로미터×3.5 킬로미터로 된 직사각형의 모양을 이루고 있었으며, 그중 누에고치 가 차지하는 면적은, 4킬로미터와 1.5킬로미터란 길이를 두 변으로 하 는 기다란 직사각형 내에 대충 들어간다고 볼 수 있었다. 인공섬의 토 목공학적 개념은 '초대형 부유체식 해상구조물'이었다. 영문 약자로는 VLFS(Very Large Floating Structure)라고 표기되는데, 한 마디로 바다 위 에 둥둥 떠 있다 상상하면 될 형태였다.

2년 전, 헨리 유에게 처음으로 F Zone에 대한 언질을 들은 수혁은, 도대체가 이건 또 무슨 조화냐 싶어, 대전에 있는 한국해양연구원 (KORDI)[13] 대덕분원의 서정진 박사를 찾아갔었다. 당시 헨리 유는, F Zone과 테마파크를 이을 연육교에 대한 문제를 (주)제주테마파크의 신 부장과 협력해서 해결하라고 명령했었고, 난데없이 튀어나온 연육 교에 대한 정보를 얻으러 (주)제주테마파크(좀 떨어져 있긴 하지만, 서귀포 신시가지에 탐모라디자인과 같이 자리잡고 있다)에 냉큼 달려 간 수혁은, 한국해양연구소의 서 박사가 전체 설계를 총지휘한 인물이 라는 정보를 신 부장에게서 들을 수 있었다. 신 부장 말인즉슨, 서 박 사가 저 인공섬, F Zone의 해상구조물 자체에 대한 설계를 진두 지휘 한 것은 사실이나, 구조물 위에 들어설 시설물에 대해서는 아는 바가 거의 없을 것이고, 결국 이 문제 때문에 서 박사 자신도 몹시 화를 냈 었다는 얘기들이었다. 슬그머니, 너한테만 알려 주는 비밀이라는 식의

---

13 한국해양연구원(KORDI) Korean Ocean Research and Development Institute

말투를 구사하며 대단한 정보인 양 친밀함을 표시하긴 했지만, 숨은 뜻은, '서 박사에게 물어보았자, F Zone에 들어오는 것이 무엇일지 넌 결코 알 수 없을 것.'이라는 말에 불과했다. 그러면서 체념 섞인 얼굴로 실실 웃던 신 부장은, "나도 아는 게 없어. 거기에 뭐가 들어설지는." 이라고 한 마디 더 붙여 주는 친절을 잊지 않았다. 신 부장 말 덕분에, 서 박사를 만나 보기도 전에 김이 새 버린 수혁이었다. 한껏 부풀어 올랐던 궁금증과 불안감은 바람 빠진 풍선 모양 짜그라들었지만, 별 기대 없이 서 박사를 만나서인지 오히려 의외의 수확을 건질 수 있었다.

그로부터 2년 후, 대략 26개월이 지나고 있는 이 시점에 완전히 모습을 드러내고 있는 바다 위, 저 '누에고치'를 쳐다볼 때마다, 수혁은 당시 서 박사가 던진 한 마디, '국방과 유흥'이라는 의미심장한 두 단어의 조합을 다시 떠올리지 않을 수 없었다.

한국해양연구원(KORDI) 대덕분원 해양시스템안전연구소의 서 정진 박사는, 한눈에 보기에도, 오랫동안 연구 활동을 해온 공학자 특유의 간결한 태도가 전신에 흘러넘치는, 40대 중후반의 인물이었다. 말씨도 복잡하게 돌려 말하는 법 없고, 언제나 공학용 전자계산기를 품에 가지고 다니는 분위기랄까, 검은색 뿔테 안경 너머 보이는 또릿또릿한 눈빛에, 낭랑한 말씨에, 애매모호한 태도라고는 전혀 없는 명쾌한 사람이었다. 그는 한국의 초대형 부유체식 해상구조물, VLFS의 개척자 중 한 명이었다. 여수 신항의 마리나 리조트 개발, 진해만의 부유식 컨테이너 터미널 개발, 부산 가덕도의 해상 공항 개발 등, 굵직한 정부

주도 프로젝트의 입안자였으며, 해상구조물의 설계 매뉴얼 작성으로 실무에 필요한 기술 제공의 틀을 마련한 일도 서 박사의 주도로 이루어진 결과였다. 그의 연구실 방은, 벽면에 빈자리를 찾기가 어려웠다. 각종 데이터들이 수치화되어 있는 그래프들이 가득 붙어 있거나, 실험 보고서들이 잔뜩 꽂힌 책장들로 채워져 있었다. 창가를 옆으로 하고 앉아서 연구하는 널따란 책상 앞 벽면에는, 커다랗게 검정 글씨를 프린팅한 8절지 하얀 종이가 붙어 있었다. 그 종이의 위치는, 힘들게 고개를 돌리거나 할 필요 없이, 검정 글씨의 내용을 들여다보려면 책상에 앉아 이리저리 궁리하다 자세만 바로 하면 되는, 최단거리 정면이었다. '실수란 없다. 게으름과 무식함이 있을 뿐. 최선을 다했나?'라고 적혀 있었는데, 자신을 채찍질하기 위한 사정도 있겠지만, 밑의 연구원들이 박사의 연구실에 들어오면 스스로 마음속에 담아 나가야 할, 연구소 생활의 경구로서 존재할 것이란 느낌을 만들고 있었다. 서 박사는 무턱대고 찾아오다시피한 수혁을 가만히 쳐다보더니, 흔쾌하게 접객용 소파에 앉으라 권하고는, 자신이 직접 탄 커피를 내밀면서 맞은 편 소파에 앉아 대화를 시작했다.

"서 박사님. 지금 짓고 있는 제주테마파크 F Zone의 해양 구조물을 설계 하셨지요?"

"예. 내가 한 거라기보다는 방향을 만들어 줬다는 게 정확한 표현이죠." 서 박사는 수혁의 표현을 정정하며 자신의 역할을 분명하게 한정 지었다.

"박사님. 다른 게 아니고, 저는 제주테마파크의 설계담당자인데 며

칠 전에 F Zone에 대한 상황을 처음 알게 되었습니다. F Zone 인공섬
과 제주테마파크 사이에 연육교를 만들라는 지시가 있었는데, F Zone
이 뭔지 개념부터 박사님에게 여쭤 봐야 할 판입니다."

"F Zone이라……. 그 F Zone, 나도 뭔지 몰라요. 어쨌든, 길이 4.5
킬로미터, 너비 3.5킬로미터의 초대형 부유체식 해상구조물, 지금까지
지구의 바다에 건설된 부유체식 구조물 중 가장 큰 규모지요. 그건 알
고 있습니까?"

"아니오. 몰랐습니다."

서 박사는 안경 너머로 수혁을 매섭게 쳐다보았다. 마치, '내가 어떤
식으로 설명하고 어느 정도 알려 줘야, 아직 똑똑한지 멍청한지 실력
을 알 수 없는 이 학생에게 적당할까?'를 혼자서 궁리하고 있는 듯한
표정이었다. 잠시 후, 그는 설명을 계속해 나갔다.

"난 이 구조물에 새로운 개념을 시도해 봤어요. 보통 부유체식 해상
구조물을 만든다 할 때는, 구조체 주변에 파랑(파도)에 의한 변형을 막
기 위한 별도의 둘러친 방파제를 고려하기 마련인데, 난 부유체 자체
에 일체화된 공기 챔버Chamber형 방파제를 부착하게 했지요. 그리고
방파제에는 파력발전 장치를 달아 파랑 에너지를 전기로 변환하는 발
전소의 역할도 같이 이루어지죠. 그리고 직사각형의 네 변 중 방파제
가 달린 세 변은 반-잠수식(Semi-Submersible) 해상구조물[14]로 이루어지

---

14 반-잠수식(Semi-Submersible Type) 해상구조물 반-잠수식은, 요소부력체로서의 수
  직 기둥(Column)과 푸트(Foot)가 바닷속으로 들어간 상태에서, 어느 정도 해수면 위로 기
  둥(Column)상부가 노출되며, 그 위에 붙는 갑판(Upper Deck)은 해수면 위 공중에 완전히

고, 이 세 변의 평면 면적을 제외한 4.25킬로미터에 3킬로미터를 곱한 면적은 순수한 폰툰Pontoon식[15] 부유체 해상구조물로 이루어집니다. 두 가지 방식의 혼용이지요. 혼용을 한 이유는 이 해상구조물이 들어설 제주도 바다가, 만이 형성되어 있는 정온역靜穩域의 잔잔한 바다라기보다는, 연안이긴 하지만 거센 파도도 많이 고려해야 할 외해外海의 성격을 일부분 가지고 있습니다. 그래서, 한 마디로 견고한 구조체를 만드는 겁니다. 아무래도, 폰툰식보다는 반-잠수식이 견고하지요. 하지만 전부 다 반-잠수식으로 만들면, 이건 또 돈이 많이 들거든. 따라서 혼용해서 만들어야 했지요. 나도 여기까진 아주 재미있었어요. 처음 시도하는 부분이 많으니 아주 흥분했었지."

서 박사는 종이에 연필로 가볍게 개념도를 그려가며 수혁에게 설명하는데, 다는 알아듣지 못해도 대충은 무슨 의미인지 알 수 있었다.

"해상구조물에 이런 식으로 방파제를 둘러치는 방식만 탈피해도, 그게 얼마나 진보적인 것인데, 사람들은 순전히 불안해서 '왜 방파제 없냐?'는 식으로 반문한다니까……. 순전히 심리적인 이유요. 사실은 구조물에 일체형으로 방파제를 설계하는 것이 훨씬 기능적인데, 설득

___

올라오게 되는 해상구조물이다. 수중에 잠기는 정도는 필요에 따라 달리할 수 있다. 폰툰 Pontoon형에 비해 파랑에 대한 동요가 적어 수심이 깊은 먼 바다에 적당하며, 더 견고하다. 대신 구조가 복잡해서 건조 비용이 많이 든다는 단점이 있다. 석유 시추선에 많이 쓰이는 부유체식 해상구조물이다.

15 폰툰(Pontoon:수상 플랫폼)식 해상구조물 속이 빈 납작한(육면체) 상자 모양 단위 유니트들을 결합하여 장방형의 단순한 부유체를 만드는 것으로, 갑판(Deck)이 부유체 상부에 일체형으로 제작된다. 폰툰식은 반-잠수식에 비해 파랑에 대한 운동성능이 떨어지는 단점이 있지만, 저렴하고, 속이 빈 상자(폰툰식 단위 유니트)들을 연결하여 바다 위에 넓은 공간을 쉽게 만들 수 있다는 장점이 있다.

용으로, 구조물 옆에 이런 식으로 별도의 방파제를 삼면 둘러치는 짓을, 프리젠테이션이라고 그림 그려 놓아야 안심하니……. 답답한 사람들이야. 쯧쯔쯔쯔." 하고 말하면서, 서 박사는 네모난 직사각형 도형 주위에 직선 3개를 별도로 떨어뜨려 둘러치며 혀를 찼다.

이 얘기를 듣는 수혁은 그의 마음을 잘 이해할 수 있었다. '설득용 프리젠테이션이라……. 앞뒤 꽉 막힌 완고한 머리통들을 이해시키려면 얼마나 각고의 노력이 필요한 것인가! 하긴 유 사장 고집 덕분에, 제주 테마파크도 멍청하고 과다한 프리젠테이션이란 짐은 어느 정도 치울 수 있었고, 그 바람에 일이 쉽게 되었지.'

"그래도 이 경우는 일이 재미있었어. 해상구조물 VLFS 주위에 별도의 구조물도 부착물도 없이, 순전히 인공섬식으로 된 VLFS 하나만 달랑 있길 바란다는 사전 요구가 있었거든. 나로서는 쾌재를 부를 일이지. 그동안 못해 본 것 설계 개념에 다 넣어 버렸어요." 어깨를 약간 으쓱하며 말을 마친 서 박사였다. 일 자체는 재미있었던 모양이었다.

"그러다가, 그 부유체식 해상구조물인 인공섬과 테마파크를 잇는 연육교 얘기가 이번에 나온 것이군요. 이미 인공섬 설계는 완료가 된 상태입니까? 연육교는 어떻게 해야 할까요?"

수혁의 질문에 박사는 고개를 조금 갸웃하며 눈살을 찌푸렸다. 그로서는 개운치 않은 점이 많은 일이었던 모양이다.

"그게 참 이상한 거야. 보통 메인트넌스(유지 관리) 문제 때문이라도 해상구조물과 육지를 잇는 연육 교량, 즉 액세스 브리지Access Bridge를 계획하기 마련인데, 이 경우는 요구 조건이 컨테이너 선박의 접안 시설, 즉 항구 시설과 비행장까지 계획 요구 조건이었으면서도, 연유 교량 시설은 막상 없더라고. 비행장 규모는 보잉747기도 착륙할 만한 규모면서 말이지. 비행장 규모만 4.5킬로미터에 1킬로미터니 말이요. 게다가……."

"어떤 일이 있었습니까?"

수혁은 '게다가……'로 끝나며 말꼬리를 흐리는 서 박사의 말투 때문에, 머릿속에 궁금증이 모락모락 피어 올랐다.

"해상구조물 위 4킬로미터에 1.5킬로미터를 이루는 직사각형의 빈 갑판은 아무도 모르는 빈 공간이라오."

"예? 그게 무슨 말씀이신지?"

수혁은 서 박사의 말이 얼른 이해되지 않아 되물을 수밖에 없었다. 서 박사는 자신이 종이 위에 그린, '4.5km×3.5km 해상구조물'이라 적힌 직사각형 내부에, 비율로 따져 4킬로미터×1.5킬로미터가 될 만한 직사각형을 또 그리더니, 그 직사각형에 계속 연필 끝을 굴려, 시커먼 선들이 겹겹이 둘러처진 '암흑의 별도 공간'임을 표시하였다.

"설계 요청서에 이 구역에 필요한 설계 하중, 구조 강도, 격벽 위치, 화물 엘리베이터들의 크기와 위치 등이 명확히 기술되어 있고, 그 외엔 설명이 아무것도 없었어요. 이 부유체 구조물 위에 뭐가 들어서는지를 아무도 알 수 없게 만들어 놨고, 알고 있다 하더라도 설계 책임자인 나한테 말을 안 해주는 거예요. 무려 4킬로미터에 1.5킬로미터를 이루는 거대 면적에 대해서, 일언반구도 없다는 것이 얼마나 웃기는 상황이냐고! 그 위에 놀이 기구 들어설 거라고 지들끼리 웃기만 하고 말이야! 난 설계 진행 중간에 결정되면 알려 주겠거니 생각하고, 처음에는 모른 척하고 넘어갔었는데, 이 작자들이 끝까지 말이 없는 거라……. 난 화를 냈지요. 뭐가 들어서는지 당장 말하라고, 그러지 않으면 나도 더 진행시킬 수 없다고 말이지."

"방금 '이 작자들'이라고 하셨는데, 어디서 온 사람들이었습니까?"

"아! 현세건설, 현세조선, 현세중공업 실무자들과 미국인들이었어요. 회사 이름이 '더 스테이지 게이트The Stage Gate'라고 하든가? 미국인들이 하는 말이 놀이 기구 센터가 그곳에 들어설 것이고, 자기네 회사에서 새로 개발된 여러 기구들 때문에, 보안 관계상 말해 줄 수 없다고 하더군요. 나중에 완성되면 정말 익사이팅할 건데, 박사님도 오프닝에 와서 체험하시면 정말 좋겠다고 익살 떨면서 온 얼굴에 활짝 미소를 띕디다. 어쨌든 나한테 맨날 와서 상황을 점검하는 팀은 그 '더 스테이지 게이트'란 회사에서 파견 나온 미국인 세 명이었지. 이러쿵저러쿵 말이 많은 건 그 미국인들이었어요."

수혁은 '더 스테이지 게이트'라는 회사 이름을 어디서 들은 것 같아 기억을 되살려 보느라 애를 썼다. '더 스테이지 게이트? 어디서 들은 회사명인데……. 어디서 들었더라? 그냥 데자뷰 현상인가? 옛날에 미국 갔을 때 테마파크 박람회에서 봤나? 아아! 맞아! 제주테마파크 외국계 투자 회사 명단에서 본 적 있어. 그때 신라호텔, 제주테마파크 발족식 말이야. 그 사업 개요서 명단 끝머리에 있었어. 맞아. 마지막에 인쇄되어 있는 회사명이 더 스테이지 게이트The Stage Gate였어. 맞아. 기억나.'

"난 화는 냈지만, 이 일이 잘 되기를 사실 바랐어요. 그래서 계속 캐묻지는 않았어요. 이런 일이 쉬운가? 이런 큰일이 실제로 이루어진다는 것이……. 그래서 가만히 있었어요. 몰라도 부유체식 해상구조물을 계획하는 것엔 지장이 없었으니까. 혹시 더 스테이지 게이트라는 그 회사가 한수혁 씨가 담당하는 제주테마파크 설계 업체인가요?"

"그렇지는 않습니다만, 외국계 투자 회사 중의 하나로 되어 있는 것 같습니다. 저도 투자사 명단 속에 있는 것만 보았을 뿐이고 그 외에 아는 건 없습니다. 안다면 제가 서 박사님을 뵈러 여기까지 오진 않았지요. 저도 아는 게 없습니다."

서 박사는 수혁을 다시 매섭게 쳐다보았다. 그러면서 잠시 가만있다가 고개를 가볍게 끄덕거리더니, '무슨 상황인지 이젠 대충 알 것 같다.'고 하는 듯한 표정을 갑자기 만들며 말했다.

"그럴 거야. 아무래도 비밀이란 냄새가 났으니까. 생각해 보면 이런 큰 규모의 해상구조물이 그냥 넘어 간 것도 이상한 일이고……."

"그냥 넘어 가다니요?"

"생각해 봐요. 해상에 대규모 인공 시설물이 들어서는데 이렇다 할 환경영향평가 과정도 없었고, 주민들과의 별다른 협의도 없이 그냥 묻혀 버린 것 같더군요. 물론 이 부유체식 해상구조물이라는 것 자체가, 법규적으로나, 환경영향평가 면에서나, 애매한 구석이 많긴 하지요. 바다 위에 둥둥 떠 있을 뿐이니, 단순히 '공유수면매립'이라 보기에도 법규적으로 애매하고, 실제로 주변 해양 환경에 미치는 영향도 상당히 적어요. 광대한 부유체식 구조물은 장기간에 걸쳐 해수면을 덮어 빛을 차단하지만, 부체 하부에는 상시 조류가 흐르거든요. 따라서 부유체 측면 및 외곽 바닥면에는 해조류가 오히려 부착되고, 어류의 먹이 장소, 번식 장소가 됩니다."

"아! 그렇습니까? 그러면 오히려 해양 환경에 도움이 되는 면도 있겠군요. 억지로 해저부터 매립하질 않고 수면 위에 띄우기만 하니 장점이 많군요."

"도움이 된다고까지 말할 수는 없지요. 아무래도 부유체 중심부는 그 밑 바닷속으로 햇빛이 통과하지 못하니, 일종의 심해 환경이 된다고 생각하면 됩니다. 그걸 막기 위해서 햇빛을 끌어들여 바다에 투과시키는 '빛우물', '광光파이프' 같은 개념의 구조물을 부유체에 만들어야지요. 그러면, 햇빛 문제는 상당히 해결됩니다."

"이번 F Zone에도 그 시설이 되어 있습니까?"

"그럼요. 이미 그들은 계산을 끝내고 나한테 왔던데, 뭘. 덧붙여서 부유체 하부에다 기다랗고 복잡한 가벼운 구조물들을 붙여 해조류가 붙게 해달라, 일종의 어류 양식장 개념을 포함시킬 순 없겠냐고, 그래서 그 시설물도 개념에다 넣긴 했지요. 그렇지만 아까도 말했다시피, 4킬로미터에 1.5킬로미터에 이르는 비밀에 부쳐진 그 면적에 대해선, 광파이프도, 빛우물도, 어떠한 인공 구조물도, 부유체 밑에 설치되지 않았어요. 그곳엔 필요 없다고 하더군요. 그것만 보아도 어류 양식장이란 것이 일종의 전시성 설계 개념이라는 점은 불을 보듯 뻔한 겁디다."

"왜 전시성이라고 생각하셨습니까?"

"부유체 가까이 함부로 접근하지 못하게 하려는 것이 확실했으니까요. 오직 인공섬만 달랑 있어야 하고, 자기네들이 요구한 접근 경로들, 즉 선박 접안 시설, 비행장 외에는 연육교도 없이 하려 하는데, **관계자 외 접근 금지**는 뻔한 일 아니겠어요? 하긴, 그 바다에 어족 자원은 많이 늘어나긴 하겠네. '모두 다 전시성 개념일 뿐이다!'라고 단순히 말할 수도 없구만. 일부분의 진실도, 진실은 진실일 테니까. 하하하."

"그러네요."

"그리고는, 설계 개념으로 '바닷속의 바다 숲 조성 사업', '먹이사슬, 생태계 복원', '되살아나는 상모리 바다'라고 설계 계획서 앞머리를 꾸민 것을 파워포인트 파일로 보내 주었는데, 그게 한 2주 됐지요."

수혁은 서 박사의 말을 듣고 깜짝 놀라지 않을 수가 없었다. 그럼 설계 계획서가 완성된 것이 2주 전이었다면, 제주테마파크가 상모리 주민들을 설득하느라고 진땀을 빼던 바로 그 시기, 지난 1주일 사이에, 저 '인공섬-F Zone-초대형 부유체식 해상구조물'은 '상모리 바다 되살리기'라는 명분으로, 별다른 저항 없이 구렁이 담 넘어가듯 모든 문제를 슬쩍 해결하고, 실제 건설 작업만 기다리게 된 상황이 아닌가 싶었다.

'하긴 상모리 주민들이 거기까지 신경 쓸 겨를이나 있었나, 뭐. 또 그들은 농민이니까, 신경을 안 쓸 수밖에 없지. 별 상관도 없고. 모슬포항 어민들은 어떻게 되나? 관련이 있나? 바다 살린다고 하니 그런 거겠거니 하고 그냥 넘어갔나? 서귀포시청이나 제주도청 입장은……. 환경 단체들은……. 제주테마파크가 상모리 주민들 때문에 속 썩는 시기에 맞추어, 일부러 모든 시선을 제주테마파크 쪽 간담회 결과에

쏠리게 하고는, 이 인공섬 문제를 슬쩍 넘긴 것 아냐? 하지만 그렇게 음모로만 생각하기에는, 상모리 주민들 설득 못하면 제주테마파크는 완전히 골로 가니, 단순히 그런 식으로 생각하기에도 무리인 것 같고……. 오히려, 생태계 복원, 되살아나는 바다를 표어로 내걸었으니 뚜렷이 어민들이나 사회 단체에서 반대할 명분이 없었을 거야. 아! 잘 모르겠다. 나는…….'

"아직까지 별다른 저항이 없지요? 현지에서는?" 생각에 골몰한 수혁의 표정을 유심히 살피던 서 박사는 나직한 목소리로 질문했다.

"예. 그렇습니다."

수혁의 약간은 어리둥절한 표정에 반응하며 서 박사는 슬며시 입가에 의미심장한 미소를 지었다. '내 짐작이 맞았어!'란 확신에 찬 기쁨이랄까, 그런 표정이 얼굴 한 구석에 어려 있었다.

"이 일은 뭔가 큰 힘이 뒤에 있어요. 아주 면밀한 계획을 세울 수 있고, 기관도 언론도 상당히 통제할 수 있고, 막대한 자금을 동원해도 별 무리가 없는 곳이 관계한달까? 한수혁 씨. 이 인공섬 짓는 데 얼마 들 것이라고 생각합니까?"

"글쎄요. 얼마가 들지 잘 모르겠습니다."

"1평방미터(m^2)를 만드는 데 100만 원이라고 하고, 4.5킬로미터에 3.5킬로미터의 넓이를 바다 위에 만들려면 얼마 들지 한번 계산해 봅시다."

서 박사는 품속에서 계산기를 꺼내더니 자신이 직접 두들겨 댔다. 그리고 나오는 숫자를 수혁에게 보여 주는데, 그 숫자의 크기가 너무 커서 잠시 머리가 어지러울 지경이었다.

"15조 7천 5백억 원?"

"그래요. 실제론 이 해상구조물을 짓는 데 16조 원의 예산이 잡혀 있어요. 천문학적인 액수지요?" 박사의 간결한 대답이다.

"예. 정말 어이가 없는 금액입니다."

수혁은 제주테마파크 예산이 3조 2천억 원인 것을 생각하고는, 저 바다 위 F Zone 바닥 공사만 하는 데 16조 원이 들어간다는 말에, 놀라는 걸 지나서 섬뜩한 기분까지 들며 양팔과 어깨에 소름이 돋았다. '도대체 그 위에단 무슨 짓을 하는 거야? 뭘 만드는 거지?'

"지금 제주테마파크 전체 면적이 어떻게 되지요?" 박사의 질문이었다.

"전체 규모는 25만 평이고 파크 자체 규모는 12만 평이 됩니다."

서 박사는 테이블 위의 공학용 전자계산기를 열심히 두들겨 댔다.

"자아, 한번 생각해 봅시다. F Zone의 크기는 1천 5백 75만 평방미터, 즉 4백 76만 평이에요. 제주테마파크 전체 규모 25만 평의 약 19배의 땅이 바다 위에 만들어지는 거지요."

'19배의 땅이라……. 어이가 없는 얘기로구만. 이건 배보다 배꼽이 더 큰 상황이로군.' 수혁은 과연 이 F Zone을 제주테마파크의 일부로 볼 수 있는 것인가에 대한 의문까지 들었다.

"제주테마파크 총예산이 얼마지요?" 서 박사의 질문이 계속되었다.

"3조 2천억 원입니다."

"단순 비교는 어렵지만, 3조 2천억 원의 삼분의 일이 못되는 1조 원

정도를 땅값과 토목 비용이라고 합시다. 부유체식 해상구조물은 토목 공사 완료 상태에 그친다기보단, 토목 공사 완료 후에 일정 부분 구조물이 완성된 상태에까지 비교할 수 있지만, 그냥 단순 비교하는 거예요. 제주테마파크의 19배의 땅 크기면, 토목 공사 완성 때까지 19조 원이 들겠지요?"

"그렇습니다." 수혁은 서 박사가 무슨 말을 하고 싶어 하는지를 깨닫기 시작했다.

"그러면, 16조 원이란 비용이 과연 비싸다고 할 수 있을까요? 더욱이 구조물 완성된 정도까지 비용 상정하면 어떻게 될까요? 아마도 30퍼센트 이상의 비용 절감 효과를 더해야 할 테니, 한 25조 원의 땅값과 공사비를 16조 원으로 절감한 것에 비유할 수 있지 않을까?" 박사는 수혁에게 계속 반문하면서, 부유체 구조물이 전혀 비싼 게 아니라는 뜻을 강조하고 있었다.

"글쎄요. 저는 16조원이라는 것이 잘 상상이 되질 않습니다." 수혁은 16조라는 숫자에서 정신적으로 아직 자유롭지 못한 상태였다.

"한수혁 씨. 요새 전투기 한 대당 가격이 얼마 하는지 압니까?"

"예? 잘 모르겠습니다."

서 박사는 수혁을 쳐다보며 빙긋이 웃었다. 아무래도 수혁이 너무 놀라서 정신을 차리지 못하는 모습이 귀여운 모양이었다.

"제일 비싼 전투기가 2억 5천 7백만 달러 정도 된다는 기사를 읽은 적이 있어요. 따져 보면 그 비싼 전투기 53대 구입 비용이지요. 유지비는 빼고 오직 구입 비용만으로 따질 때, 60대가 못되는 금액이 16조 원이에요."

　수혁은 난데없이 전투기 구입 비용을 언급하는 서 박사의 의도가 완전히 이해되질 않아, 눈을 껌벅거리며 앞에 앉아 있는 박사를 쳐다보았다. 부유체 구조물이 저렴하다는 점을 강조하려는 단순한 뜻 이외에, 말투 자체 어딘가가 다른 암시를 내포하고 있는 듯했다. 서 박사는 예의 그 미소를 입가에 계속 짓고 있었다. 그러다가 수혁에게서 쓸 만한 반응이 안 일어나니까, 다시 부유체식 해상구조물의 원론적인 얘기로 돌아왔다.

　"이 건설 비용 때문에 아직 부유체식 해상구조물이 활성화되질 못하고 있지요. 건설비가 비싸다는 생각들을 하게 만들거든. 사실은 아닌데 말이야. 또한 실제 땅이 아니고 바다 위이기 때문에, 법규적으로나 주민들로부터나 그래도 자유롭고, 자연 환경에도 악영향이 그리 많지 않고……, 그러니 개발이 상당히 자유로운 편입니다. 무슨 말인지 알겠지요?"

　"예. 무슨 말씀이신지 잘 알겠습니다." 수혁은 이번의 상모리 주민 설득 작업을 떠올리며 개발이 자유롭다는 서 박사의 말에 진실로 공감이 갔다.

　"그리고 지진이나 해일로부터도 육상보다 오히려 안전합니다. 다만, 보통 100년이라는 내구 연한이 약점이에요. 내구 연한을 늘릴 수 있지만 모든 것은 비용이에요. 늘리면 건설비가 당연히 더 들어가지. 사람들은 육지의 땅은 영구적인데, 이것은 100년을 쓸 수 있다고 말하면 고개를 젓기 시작합니다. 사실은 그 100년 사이 비용 다 뽑으면 그만인데 말이지. 해체하고 다른 것을 또 지으면 되거든."

　서 박사는 평소에 자신이 안타까워하는 부분들을 지적하고 있었다. 자신이 줄곧 연구해 온 이 부유체식 해상구조물이 생각만큼 활성화되지 못하는 형편에 불만이 많은 모양이었다.

　"이 구조물들은 어디서 만듭니까?" 수혁의 질문이다.

　"어디서 만들긴요. 조선소 도크에서 만들지요."

　조선소 도크에서 만든다는 말을 들은 수혁은, 헨리 유가 첫 대면에서 장차 제주테마파크 건설에 한국의 조선 기술이 필요하게 될 예정이란 말을 했던 것이 생각났다. '흐음. 유 사장은 어느 정도 처음부터 알고 있었고 그래서 나한테 한국의 조선 기술이 필요하다 했구만. 뭐, 그가 알았다는 것은 당연한 거지.'

　"그러면, 이거 만드는 조선소 도크는 현세조선소입니까? 현세조선, 떼돈 벌었네요." 수혁의 질문은 계속되었다. 알고 싶은 것들이 천지였다.

　"그렇지도 않아요. 현세조선 입장에서도 썩 내키는 일은 아니에요. 그들 입장에서야 꼭 하고 싶은 일은 아니라는 것이 당연하지요. 부가가치가 높지 않거든요. 조선소야 내부를 만들어서 안에다 복잡한 기계 설비를 잔뜩 집어 넣는 비싼 배를 만드는 게 남는 장사지요. 이건 일종에 속이 빈 상자 모양의 갑판(Deck) 일체형, 폰툰(Pontoon) 강철 구조물들을 만드는 단순 작업이라 할 수 있습니다. 도크 사이즈에 맞추어, 짧은 쪽이 60미터, 긴 쪽이 보통 3백 미터에서 5백 미터 사이의 구조물 유니트를 만들 수 있어요. 제주도 건은 623개를 예상하고 있습니다.

이 사이즈의 단위 유니트들을 해상에서 1차 조립하여 보다 큰 규모의 유니트들로 만든 뒤에, 예인선으로 현장에 끌고 와 해상 조립해서 폰툰 부유체를 만듭니다. 이 조립하는 걸 보면 장관이지요. 이 유니트 하나를 끄는데만 예인선 3, 4척이 달라붙거든. 바다가 예인선과 유니트들로 북적북적하지요. 하지만, 비교적 단순 작업이라 할 수 있어요. 현세조선에서도 실시 설계를 끝내고는, 동아시아 각지에 있는 조선소들에 물량을 찢어서 발주 준다고 하더군요. 양질의 기술이 필요하다기 보다는 여러 곳의 도크에서 단시간에, 싸게 만들어 내는 일이 중요하니까요. 현세조선소에서도 해줘야 하는 일이라서 한다는 성격이 강하지요."

서 박사의 말을 듣고 있으려니, F Zone이 한국, 그것도 제주도 바다에 건설해야 할 이유로서, "한국의 조선 기술이 필요해서."라는 헨리유의 말은 어폐語弊가 있다는 생각이 들었다. 하지만, 4.5킬로미터×3.5킬로미터의 해상 면적을 일제히 덮을, 반-잠수식 해상구조물과 상자 모양의 폰툰Pontoon 단위 유니트 6백여 개를, 일시에 조선소 도크에서 만들어 낼 수 있는 생산 설비를 갖추고 있는 곳은 전 세계에서 이 동아시아 지역 밖에 없으니, 한국의 조선 기술이 필요하다는 말도 아주 틀린 말이라 할 수는 없었다.

"구조물 자체를 만드는 데는, 대단한 기술력이 필요하지 않다는 말씀이시군요."

"내가 보기에 그렇다는 말이지요. 시각차는 상대적인 것이니까. 그렇지만, 설계나 운용 능력 쪽에는 기술력이 필요하지요. 특히 이 부유체 구조물에 대한 종합적인 설계 능력, 에너지 공급을 담당하는 파력 발전에 대한 기술 부분의 축적, 이런 것들이 핵심이에요. 다 이 해양시스템안전연구소 연구원들의 눈물겨운 노력의 결과들입니다. 다 국가 보안 사항들이지요. 그게 이번에 들어가요. 그러니 이 F Zone 계획의 무게감을 알겠지요?" 서 박사는 조용한 목소리로 반문하면서, 과장법이라고는 일체 섞이지 않은 진지한 표정으로 수혁을 쳐다보았다.

"아아. 예. 알겠습니다. 그런 말씀이시군요."

'그럼, 결국 유 사장 말이 맞네. 한국에다 이런 식의 초대형 부유체 구조물을 만드는 이유 중 하나 정도는 충분히 되겠구만, 상황이…….
하여튼, 제주 바다에다 인공섬까지 만들고 집어 넣으려는 시설이 도대체 무얼까? 그 더 스테이지 게이트란 회사는 뭐하는 회사지?' 상황을 설명 들으면 들을수록 오리무중인 F Zone이었다. 어쨌든, 수혁은 서 박사를 찾아온 이유 중 하나인 연육교에 대한 질문을 하기로 마음먹었다.

"그런데 그 외따로 떨어져 있어야 할 인공섬에 이제는 연육교가 필요하게 되었습니다. 차량이 다니는 것은 아니라 말 들었습니다. 사람과 소형 전기자동차 정도만 통행이 가능한 구조의 교량이 필요하다더군요. 이걸 어떻게 해결해야 할는지……. 테마파크와 그 해상구조물 사이의 떨어진 길이가 4킬로미터는 될 모양이더군요."

"그 얘긴 누구한테 들었지요?"

"제가 모시고 있는 주식회사 제주테마파크의 부사장 헨리 유란 분에게 들었습니다."

"이름이 헨리 유요?"

"예. 재미교포거든요. 1.5세입니다."

재미교포란 말에 서 박사는 한동안 생각에 잠겨 혼자서 고개를 끄덕 거렸다. 그럴 때 모습은 꼭, 머릿속으로 암산을 하고 있는 똘똘하고 때 묻지 않은 초등학생 같은 데가 있어 보였다.

"4킬로미터 떨어진 것 정도는 아무것도 아니에요. 육지와 맞닿는 부분을 제외한, 연육교 교량의 거의 전 부분을 폰툰 타입이나 반-잠수 식의 부유체식 구조물로 해버리든지, 아니면 그럴 필요도 없다는 결론 이 나오면 강구조체의 교각을 세워 일반 교량을 건설하는 식으로 하든 지 하면 됩니다."

"4킬로미터의 해상 다리라는 건 생각만 해도 골치 아픈 게 아닙니 까? 일반적인 정식 교량을 건설하면 그 공사비도 만만치 않을 텐데요. 부유체식이 좀 싸게 먹히는 것 아니겠습니까?"

"이 연육 교량은 고속으로 이동하는 다수의 차량 통행이 필요 없다 면서요? 덤프 트럭이 이동할 일도 없고. 그저 사람 걸어 다니고 소형 전기 자동차 최다最多 3대가 사람 두세 명을 태우고 저속으로 이동하는 정도란 말이에요. 물론 여러 경우의 수를 따져 봐야겠지만, 그러면 설 계 하중이 적어져서 교량으로서는 구조적으로 아무것도 아니에요. 대 단한 탄성응답해석, 동적응답해석이 필요한 동역학動力學적 설계가 필 요한 것이 아니게 되니까요. 내가 보기엔 저렴한 공사비 생각하느라고 꼭 부유체식으로 할 필요도 없어요. 교량을 부유체식으로 만드는 경 우는 수심이 상당히 되는, 바로 이 F Zone 부유체가 건설되는 지점 같 은 곳이에요. 제주도 상모리 해변에서 4킬로미터가 떨어진 해상입니

다. 그곳이 평균수심 90미터예요. 이 90미터 정도 되는 곳에서는—이
건 닻을 내려 선박을 움직이지 않도록 하는 것과 같은 이치지요. 배 하
나에 닻줄 여러 개가 붙어 있어서 단단하게 붙잡고 있는 모습을 상상
하면 될 거예요—바다 밑바닥 지반에 부착된 여러 케이블들로 해수면
위의 부유체를 고정하는 방법이 유리해요. 부유체식 연육교뿐만 아니
라 다른 초대형 부유체들도 마찬가지요. 하지만 수심이 얕은, 해저 20
미터에서 40미터 미만 지역은, 해저 지반에 직접 교각, 바로 돌핀-프레
임가이드Dolphin-Frameguide나 피어 월Pier Wall을 세우는 것이, 붙잡아 매
는 역할의 계선계류설비(繫船繫留設備 Mooring Facility)로서 오히려 싸게
먹힐 수 있어요. (서 교수는 여러 장의 종이들에 연필로 구조 개념들을
계속 스케치해 보여 주며 설명하는데, 도면화시키는 것에도 재능이 있
고, 연필 쓰는 손놀림을 보면 그림을 그려도 잘 그렸을 인물이었다) 결
국 수심이 얕은 지역에서는, 일반 교량의 교각으로 강구조체가 쓰이는
것과 비슷하게, 부유체 방식의 교량 계선계류설비로 강구조체가 쓰이
게 되는 상황이라, 두 가지 방식의 개념이 상호 비슷해지는 꼴이고, 따
라서 비용도 비슷해져요. 무슨 얘기인지 이해하겠어요?" 또박또박 천
천히 말하는 서 박사의 얼굴엔, 학생이 제대로 이해하기를 바라는 선
생의 걱정스러움이 보이고 있었다.

"예. 무슨 말씀인지 이해합니다." 수혁은 말이라도 힘차게 대답해
주었다.

"부유체식 교량일 경우도, 결국 내가 말한 대로, 계류 타입(Mooring
Type)은 여러 가지로 생각해 볼 수 있습니다. 그 부분은 내가 한번 연

구원들하고 연구해서 연락을 줄게요. 그리고 실시 설계는 현세조신과 현세중공업에 일괄로 넘기는 것이 간편합니다. 어차피 그 F Zone하고 같이 붙어 나가는 것이니까요. 차량이 다니지도 않는데, 건설비를 계산해 봐야겠지만 생각보다 큰 비용이 나오진 않을 겁니다. 또한 VLFS 부유체에 교량, 즉 액세스 브리지Access bridge가 붙으면, 그 자체가 VLFS 부유체에 대한 계선계류설비 역할을 할 수 있어요. 따라서 기존의 F Zone 부유체 건설 전체 공사비에서, 교량 덕분에 무어링 퍼실러티Mooring Facility들의 건설 비용이 조금은 빠지게 될 것입니다."

수혁은 서 박사의 마지막 말에 잘됐다는 생각이 들었다. 한 푼이라도 아낄 수만 있다면 아끼고, 넘길 수만 있으면 어떤 이유를 달아서라도 떠넘기면서, 심리적으로도 당당해야 한다는 것이 헨리 유의 예산 관리법이었다. 여기서 중요한 점은 **항상 위축됨 없이 당당하게 처신하기**였다. '당당'하면, 상대편에게 '정의'로 인식되는 법이다. 이를 옆에서 눈으로 보고 배우며 몸소 익힌 지가 한참 되는 한수혁이었다.

"그렇다면 그 빠지는 액수만큼은 저희 제주테마파크가 아니라 그 '더 스테이지 게이트'에서 부담하게, 견적을 좀 만들어 주십시오. 연육교 건설 비용도 나눠야지요."

"그래요. 내가 한번 계산기 두들겨서 연락 줄게요. 하지만 내 연구비와 연구원들의 연구비 청구는 제주테마파크 쪽으로 분명히 계산해서 나갈 겁니다. 아시지요?"

"당연한 말씀이십니다."

참으로 대하면 대할수록 분명하고 똘똘한 서 박사님이었다. 수혁은 이 사람이 좋아지기까지 하기 시작했다. 당장은 좀 싫게 들리는 소릴 하더라도, 분명하게 자기 말을 하는 사람이 일하는 데 책임질 줄 아는 인간이고, 분위기나 맞추면서 티미한 소리를 하는 위인은, 나중에 일에 꼭 빵꾸를 낸다는 것을 경험으로 잘 알고 있었다.

"여긴 국가에서 운영하는 해양연구소예요. 우린 공무원 신분이구요. 사적으로 일을 맡을 수 없는 것이 원칙이에요. 제주테마파크 F Zone 계획도 상부에서 지시가 내려온 프로젝트입니다. 그래서 내가 이 연육교 일도 같이 겸해서 맡을 수 있는 겁니다. 연육교는 F zone의 일부로서 액세스 브리지가 되니까."

"상부 어디서 지시가 내려왔습니까?"

"그건 나도 잘 모르겠어요. 여기 대덕분원장이 불러서 '이런 일이 있다. 해라.' 그러기만 합디다. 자신도 잘 모르는 눈치던데, 뭘. 다만……."

"예. 서 박사님."

"다만, 예상은 해볼 수 있지 않겠어요? '더 스테이지 게이트'란 미국 회사에서 사람이 찾아왔어요. 그리고 이런 대규모의 기획과 그에 필요한 자금을 무리 없이 동원할 수 있는 조직, 비밀로 일처리를 매끈하게 해내는 조직, 아무래도 정부 기관의 냄새가 나지 않아요? 그렇죠?"

"예. 박사님 말씀이 맞는 것 같습니다."

"게다가 16조 원이 들어갈 해양 구조물은 사실 바다 위에서 땅바닥 만들기에 불과한 서예요. 그 바닥 위에 설 4킬로미터에 1.5킬로미터에 달하는 그 무엇이 사실 핵심이라구요. 그리고 이 거대한 규모의 그 무

엇은, 그들 말을 빌면 '놀이 시설'이라고 말하고 있어요. 물론 제주테마
파크하고 연계되는 연육교가 놓일 정도이니, 놀이 시설인 것은 분명하
겠지요. 그렇지요?"

"예."

예, 예, 거리면서 열심히 대답만 하는 수혁을 바라보고, 서 박사는
다시 눈을 매섭게 빛내면서 양 입가를 살짝 올리며 만족감 어린 미소
를 머금었다. 어리석은 자에게 설명해 주고 이해시키되, 다는 설명하
지 않고 생각할 화두를 던지는 것이 취미인 현자로서, 가장 큰 충족감
이 다가오는 시간을 바로 맞이한 것 같은 표정이었다.

"16조 원이 들어가도 하나도 아깝지 않은 것, 그것은, 선점한 자에
게 막대한 이윤을 가져다 주는 첨단 산업 이외에 다른 것은 없습니다.
그 F Zone에 들어오는 것은 첨단 산업이에요. 게다가 어쩌면 경이적
인 것인지도 모르겠습니다. 첨단 산업이란 대부분 국방과 유흥에 먼
저 쓰이는 법이지요. 레이저 광선이 처음 나왔을 때, 어디에 처음 쓰
였는지 압니까? 산업 시설인 줄 압니까? 아니에요. 쇼 무대 조명 장비
로 먼저 쓰였어요. 첨단 산업은 유흥, 즉 노는 것에 먼저 쓰여요. 또한
하나가 더 있으니 바로 군사, 즉 국방 시설에 먼저 쓰이지요. 아마도 F
Zone, 우리의 그 인공섬에 들어오는 것은 유흥 시설이자 아마 군사 시
설이기가 쉬울 거예요."

'유흥 시설이자 군사 시설이라······.' 수혁은 2년 전 만난 서 박사의
말을 속으로 다시 되뇌었다. '제주테마파크보다 19배가 더 큰, 저 해상

구조물, 그 위에 세워진 어찌 보면 탐스럽고 아름다워 보이기까지 하는 저 누에고치……!' 정박해 있는 컨테이너 선박에서, 무엇인지 알 수 없게 검정 칠로 표면을 뒤집어씌운 대형 박스들이 연거푸 내려지는 모습이, 멀리서 조그맣게나마 그의 눈에 들어오고, 그 사이를 다수의 사람들이 왔다 갔다 하고 있을 것 같은 낌새가 희미하게 느낌으로 전달되고 있었다. 비행장엔 아무리 봐도 군용기일 것 같은데, 쌍안경으로 확대해서 봐도 전체적으로 회색이거나 검정, 은색으로 칠해져 있을 뿐, 어느 소속인지 마크도 없고, 국적을 알리는 상징물도 없고, 일체의 문자 기호도 새겨져 있지 않은 비행기들이 이륙했다, 착륙했다, 계속 움직임이 이어졌다.

멀리서 지켜보더라도, 저 F Zone의 모습은 바다 건너 이 상모리 땅에 세워지는 제주테마파크를 뒤덮을 만한 위세를 떨친다 할까, 수혁으로서는 쳐다볼 때마다 결코 기분 좋지 않고, 마음속에서는 시간이 지나도 용납되지 않는, 꼴 보기 싫은 것일 뿐이었다. 지난 2년여 세월 동안, 저 F Zone 때문에 헨리 유에 대한 신뢰감마저 종종 흔들릴 지경이었고, 제주테마파크에 대한 과대過大한 사랑과 애착 덕분에, 파크는 결국 저 무례한 인공섬으로 빛을 잃게 될 것이란 불안감 속에 살아야 했다. 한수혁은, 제주테마파크 최초의 컨셉 디자인을 만들 수 있게 해주었던, 그날 밤의 환상과 꿈을 잊지 않고 있었다. 그 꿈속에서는, 저 바다 위에 생겨난 소용돌이가 모든 것을 집어삼키려는 기세가 아니었던가!

제주 지방 신문사나 중앙 일간지 기자들 몇 명이 무언가 냄새를 맡고, 취재 명목으로 (주)제주테마파크를 기웃거린 적은 있었다. 그럴 때마다, 매체담당 신속대응팀이 나서서 재빨리 해결하는 수완을 보여 주었다. 넓이로 따져 보나, 들어가는 투자 비용으로 따져 보나, 테마파크하고는 비교도 안 되는 거대 규모의 F Zone인데도, 기자들에게 대응되는 논리는 '제주테마파크의 일개 이벤트 존(Event Zone)'에 지나지 않았다. (그 투자비의 규모나 출처에 대해서, (주)제주테마파크 자체가 파악은커녕, 눈치조차 못 채고 있으면서 말이다. 신속대응팀에서도 제대로 알고 있는 사람이 없었다. 건설비가 1조 5천억 정도 될 것이라고 알고 있으니, 수혁이 보기엔 기가 찰 노릇이었다) 거기에 덧붙여, "상모리 바다를 되살릴 해중림海中林 사업이 민관 합동 사업(설명할 때 이걸 굉장히 강조했다)으로 F Zone 밑에 같이 붙어 이루어지니, 이보다 더 좋을 협력이 세상에 어디 있겠냐!"라는 감탄사를 양념처럼 곁들이며, 작업 현황을 찍은 수중 촬영 동영상을 보여 주면, 기자들로서도 트집거리가 많게 느껴지지 않는 모양이었다. 오히려, "환경을 생각하며 항상 소통하는 제주테마파크의 이념에 맞게, 21세기의 새로운 산업-문화 패러다임이 우리의 제주 모슬포, 상모리 바다 위에서 일어나고 있는 중!"이라고 감격어린 어조로 누군가가 설명할 때면, 주위는 숙연한 분위기 속에 잠잠해지기 마련이었다. 항상 기자들을 대면할 때는 자신감 있는 태도로, 지금 F Zone 견학을 시켜주겠다는 식으로 기선 제압을 하며 ─신비감을 강조하면서, 다는 못 보여 주고 극비 지역을 제외한 나머지를 보여 준다는 말을 꼭 덧붙였다 ─"여러분 중 잠수해 본 경험이 있으신 분에겐, 해중림 사업 현황을 수중에서 직접 볼 기회를 만들어 드리겠다!"고 선빵을 날려 대니, 의혹을 별다르게 표시하며 시비를 걸 만한 그 무엇도 잘 눈에 띄지 않고, 눈에 띄어도 제주테마파크가 강력하니 그다지 재미가 없을 것이란 예상에 입 다물고 마는 기자들이었다. 수중에서 해초와 물고기들을 위해 해중림 건설 작업을 힘들게 하고 있는 동영상을 처음 보았을 때, 수혁조차도 **하나뿐인 지구를 위하여**라는 글귀가 머릿속을 스치며 가슴 뭉클한 감동이 느껴질 정도였다. 이런 적절한 대접과 대응이 이루어지니 ─쥐약을 먹였는지 먹일 필요도 없었는지, 그 문제는 수혁으로선 알 수 없는 일이다─ 기자들은 평범한 소개 기사조차 신문 지상에 실을 의욕이 사라졌고, 따라서 F Zone만은 별다른 세간의 홍미조차 불러일으키지 않은 채, 모든 일이 착착 진행되어 가는 눈치였다.

　수혁이 보기에도 상황이 신기하기만 했다. 테마파크 땅 문제는 얼마나 시끌시끌했었는가! 테마파크 입지에 대한 지역 주민들과 (주)제주테마파크 사이의 갈등, 그리고 곧이은 극적인 타결 소식은 신문 지면뿐만이 아니고, 인터넷, 공중파 방송에까지 한때 기사화되었고, 개발에 관계된 양자 모두가 윈-윈 할 수 있는, 새로운 이정표를 제시한 모범적 사례로 사람들 사이에 기억되었다. 이런 '국토개발사업' 일들에 대한 세간의 통념이랄까, 오해 쌓인 악덕 이미지랄까, 대부분 더럽고 부패한 면을 부각시키는 쪽으로 보도가 나가는 게 당연한 일인 것처럼 여겨지는데, 난데없이 농민들이 잘 먹고 잘살 수 있는 새로운 개발 방법론이라니, 신선하긴 했있던 보양이다. 그 결과, 제주테마파크에 관한 한은, 언론 쪽에서도 '쓸데없는 시비거리는 당분간 만들지 말자!'

라는 방향이 설정되었다고나 할까? 정부와 지자체의 따뜻하고 막강한 보호막이 갑자기 생겨난 것 같기도 한 그 무언가의 분위기도 읽혀지는 중이며―얼마 전까지만 해도, (주)제주테마파크가 도외시당하는 상황을 분명히 감지했었는데, 분위기가 급선회한 것으로 언론사 내부에서 자체 분석했을 것이다―지역 주민도 "좋아라!" 하는 쪽으로 정리되어 가는 것이 확정적이고, 타 언론 매체도 호의적이니, 괜히 쑤셔 봤자 비호 세력에서 난타를 날리면 우리만 얻어터질 뿐이라는 생각이, 언론사 각자의 제주테마파크에 대한 공통된 보도 지침이라 할 수 있었다.

그만큼, 고봉익 선생(상모리 주민들)과 헨리 유((주)제주테마파크), 두 사람이서 건설적인 협약을 타결하기로 약속한 그 순간이, 제주테마파크로서도 밝은 미래로 향할 굉장히 중요한 분기점이자 분수령이었다. 이때 생겨난 긍정적인 여러 상황과 조건들이, F Zone에 대한 당연한 의혹마저도 마땅히 설 자리를 잃게 만드는 결과를 불러왔고, 제주테마파크 입장에선, 쓸데없는 참견이나 훼방들을 다 잠재워 버리고, 강하게 일을 끌어 나갈 수 있는 결정적인 계기이자 새로운 동력원이 된 것이다.

한편으론, 바다 생태계에 긍정적인 해중림 소개 기사는 실어 줄 만도 한데, 그런 기사는 또 쓸 생각이 없는 기자들이었다. 제주테마파크에 대한 호의적이고 긍정적인 기사가 연거푸 나가는 모양새는 편집 방향에서 제외된 눈치였다. 기회를 호시탐탐 노리며, 제주테마파크에 대해 일정 부분의 영향력은 잃지 않으려는 언론사들의 가상한 노력이라 할 만했다.

F Zone의 부유체식 해상구조물이란 것이, 환경영향평가적인 면으로나, 개발법규적인 면으로나, 수혁이 보기에도 딱히 문제 삼을 뭐가 없었다. 표면에 나타난 이유야 F Zone은 테마파크 놀이 시설일 뿐이었고, 테마파크는 당연히 하기로 된 것이니, 따라서 F Zone도 만들 뿐이라는 정언삼단논법定言三段論法에 대해 다른 어떤 말이 더 필요하겠는가! 속사정이 어떤지를 알고 나면, 기자들이 시비거리 삼을 수 있는 **꺼리**들이야 당연히 존재했다. 하지만, 가장 시빗거리 정보를 많이 가지고 있을 (주)제주테마파크 안에서도, 헨리 유와 수혁, 그리고 측근 몇몇 외에는, F Zone에 대해 그 성격이나마 어렴풋이 눈치채고 있는 사람(자기 일들에 바빠 관심 없다는 게 더 정확하다)이 없다고 할 수 있는, 사실상의 백지 상태가 유지되고 있었다. 이런 판국이니, 뚜렷한 내부 고발자가 몇몇 헨리 유 측근들 사이에서 갑자기 생겨나 나서지 않는 이상은, F Zone의 실제 건설비조차도 알려지지 않은 이런 희한한 상황이 계속 이런 식으로 유지되어 갈게 뻔했다. 겉으로 보기에는, 무기를 잔뜩 재어 놓을 군사 시설도 아니고, 그렇다고 오염 물질을 내뿜을 공업 관련 시설도 아니고, 순수한 소비 문화 시설을 어차피 한국과 미국의 민간 기업들이 손잡고, 바다 위의 이벤트 존(Event Zone)으로서, 테마파크 여러 존Zone들에 덧붙여 하나 더 만들 뿐이었다. 제주테마파크와 F Zone 사이의 연육교는 이벤트 존이란 개념을 확고하게 보여 주는 수단이기도 했다. 테마파크 디자이너들에게 F Zone이 처음부터 공개적으로 주어진 장소였고, 제주테마파크와 확실히 연계되어 사전 기획이 필요한 이벤트 존으로서 기능하는 역할이었다면, 수혁도 신

이 나서 F Zone 계획에 달라붙었을 것이 틀림없있다. 비다 위에 띄운 다니, 디자이너 입장에선 신이 날 일임은 분명했다.

　수혁에겐 자신의 테마파크가 손상될까 봐 염려하는 면 외에, F Zone 의 저 '누에고치'가 맘에 들지 않는 이유가 하나 더 있었다. '이 테마파크에 오는 사람들에게 또 다른 좌절감을 던져 줄 경우엔 어떻게 해결을?'이란 무력감에서 비롯된 외면이었다. 테마파크 안에서 즐겁게 지내다가도, '내가 들어가지는 못하는 곳, 내가 넘볼 수 없는 곳, 저 사람들처럼 나는 편안히 건너다니질 못하는 또 다른 세계가 테마파크 앞바다에 펼쳐진다.'는 일반 입장객들의 심리적인 낙담과 좌절감, 의기 소침, 그런 것들이 과연 제주테마파크를 위해서도 좋은 일인가 하는 비판들 말이다. 거의 울화에 가까운 감정이 치솟으며, '도대체가 저게 뭐냐 말이냐!'라고 쳐다볼 때마다 마음속에서 고함치고 있었다. 지금도 화내지 말고 진정하자 다짐을 하며, 작정하고 쳐다보는 중이다. 쳐다볼 때마다, 자신이 처음 생각해 냈고 디자이너들이 잘 승화시킨 이 제주테마파크란 내용물에, 되돌릴 수 없는 훼손이 결국 생겨 버렸다는 안타까움이, 곧이어 절망감에 가까운 감정으로 변하는 걸 느껴야 했다. 이런 감정은, F Zone이 처음 건설될 2년 전부터 다른 디자이너들 모두가 느끼는 공통 분모였다. 다만, 테마파크 건설 현장을 누비며 어쩔 수 없이 F Zone을 계속 바라봐야 하는 지금의 수혁보다는, 거대한 인공섬이 거의 다 세워진 꼴을 굳이 두 눈으로 확인할 필요 없이 제주를 떠난 드림밸리사 디자이너들이, 그나마 일의 끝맺음으로서는 순서를 먼저 잘 밟았다고 할 수 있었다. 테마파크 입지 앞에 펼쳐진 바다에

무엇인가가 만들어지고, 그것이 자신들은 관계하지 못하는 극비 사항
이란 것을 다들 깨달았을 때, 탐모라디자인 안에선 일종의 패닉 상태
가 감돌기까지 했다. 마크 페린만은 사전에 어느 정도 알고 있었는지,
상당히 침착한 태도를 유지하고 있었다. 언짢은 기분은 모두에게 전염
되어, 'F Zone'이란 명칭이 '플로팅 존Floating Zone'을 줄인 것이 틀림없
을 텐데도, 디자이너들은 '퍽킹 존Fucking Zone'이니 '프라우닝 존Frowning
Zone'이니 별칭을 지어 부르며, 'F Zone'이 생각만 나도 얼굴이 찌푸려
지는 심정들을 표현하곤 했다.

　수혁은 그들이 그리웠다. 다시 보고 싶을 때가 많았다. 지금 남은 인
원은 마크 페린과 각 존Zone의 책임자들 다섯 명이었고 이안 파커가 끼
어 있었다. 이안은 탐모라디자인공작소에 있던 작업실에서 한 달 전에
나와, 테마파크 '진입-공유 구역' 메인 스트리트 뒤편에 숨은 스튜디오
에서, 지금은 혼자가 아니고 여럿과 같이 틀어박혀 있는 중이다. 이곳
은 녹음 장비들이 잘 갖추어진 녹음실 하나와 두 개의 조그만 작곡실,
그 옆에 마련된 파크 전체를 상대하는 음향 제어실로 이루어져 있었
다. 이안은 프로듀서를 겸임하는 파트장이 되었고, 포에버랜드와 로
테월드에서 데려온 음악 담당자 2명, 운영을 담당한 음향 엔지니어 5
명과 작업하느라 진땀을 흘리고 살았다. 아직 개장 전 시운전에 들어
가지도 않은 상태라 이 정도 인원이지, 향후 3배 이상이 필요한 실정
이었다. 조금 더 시간이 지나면, 많은 부분을 외주 업체나 개인 작곡가
에게 위탁시켜 BGM(Back Ground Music)들을 공장에서 물건 찍어 내듯

이 생산이라도 해야 될 입장이 —그때가 되면 '창작 활동'이 아니라 정말 '생산'이라고 이안은 표현했다— 그들이 맞닥뜨릴 가까운 근미래였다. '창작'이 아니라 '짜맞추기'가 될 테니 음악의 질이 떨어질 것은 불을 보듯 뻔하지만, 현 상태의 인력 숫자로 '창작 활동'을 기대한다는 것은 택도 없는 상황이었다. 또한, 이곳이 테마파크에 관계된 조직 중에서 가장 위아래 없는 민주적인 사회였다. 파트장부터가 행동 양식이 좀 괴상하고 가끔가다 시니컬해지긴 하지만, 권위 의식이라곤 눈을 씻고 찾아봐도 없는 친구였고, 작곡을 하고 있는 음악 담당자 두 명도 아무 생각 없는 것은 마찬가지였다. 묘하게도 출신들이 다 음악 활동을 하다가 먹고 사는 게 힘들어 이쪽으로 빠진 경우라, 언제나 자신들은 **아티스트요, 수틀리면 때려친다**는 정신이 은연 중 전신에 흘러 넘친다 할까? 또한 예민하기는 지랄 같아서, **서로서로 건드리지 말자**라고 굳게 약속된 사회 분위기였다.

이제, 제주테마파크를 위한 메인 테마 음악 80개를 돌파하는 중이었다. 이안은 "메인 테마는 거의 다 준비됐어. 이제 변형을 줘서 갯수를 늘려 가면 되지. 히히히."라며 의기양양하게 웃고 있었다. 넉 달 후인 8월 중순이 지나가면, 준비된 어트랙션들부터 테마파크 시험 가동[16]에 들어가는데, 그때 대기동선 BGM과 각종 효과음, 어트랙션별 각 테마송들 약 2천여 곡 이상이 차례차례 완성되어 가며, 여러 연출적 요

---

16 **테마파크 시험 가동** Testing 기간에 테마파크 최초의 시험 가동을 시작하고, 이때 이루어진 각각의 테스트 결과를 토대로, Pre Open 기간에 모든 예행연습이 종합적으로 이루어지며, 이후 테마파크 첫 개장일(Grand Open Date)을 맞이하게 된다.

소(기구, 배우, 동선, 조명, 특수 효과 등등)들과 완벽하게 호흡이 맞아야 했다. 이안은 이 모든 요소들과 잘 맞아떨어지는 사운드를 현장에서 직접 맞추어 내고, 계속적인 디벨럽Development을 위해 프로그램 계획을 만들어 놓아야 할 임무가 있었다. 무엇보다, 지금 준비되고 있는 '퍼레이드'와 '축제'들의 기획이 완성되면, 공연 연출자와 협의하여 사운드 디자인까지 이안이 하기로 계약이 되어, 사실상 이 친구는 향후 제주테마파크에 계속 남아 있어야 할 붙박이가 되어 버렸다.

　그 자신이 제주도에 남아 있기를 자청한 면도 있었다. 이안은 한동안 토요일만 되면 서울로 비행기를 타고 올라가곤 했는데, 하윤정(2년 전 미란과 같이 디자이너 파티에 참석했던 NBS 방송국의 햇병아리 아나운서이다)이란 아가씨를 매주 보지 않으면 작곡이 제대로 안 되니 어쩔 수 없이 서울에 간다는 개인 사정이, 탐모라디자인 동료들에게 항상 말해 대는 합당한 이유였다. 마크 페린은 이안이 음악 하는 친구이니 자기 사람 아니라고 패대기쳐 두다시피하는 전술을 구사했다. 하긴, 페린 입장에서야 디자인실하고도 의식적으로 멀리 떨어져 혼자 골방에 처박힌 친구, 신경 쓰고 싶지 않은 건 당연하다 하겠다. 그 점이 걸림돌은커녕 자유를 만끽할 방만한 틈새 공간이 되어, 이안에겐 여러 모로 살기 편한 직장 생활을 만들어 주었다. 어쨌든 하윤정을 파티에서 본 이후, 농담 삼아 "나의 여신!"이라고 뇌까리기만 할 뿐 별다른 행동은 없을 줄 알았는데, 의외로 집요해서, 수혁 만나러 제주에 온 미란을 가끔 볼 때마다 하윤정의 소식을 묻더니, 미란이가 부슨 정보를 줬는지는 모르겠지만 서울에서 접선에 성공한 이안이었다. 사랑이란 것은 집착이다. 이안의 사랑은, 하윤정이 너무나 예쁘고 대화해 보니 동양 여자답게 조신하고 자신을 잘 이해해 주고 하더라 하는 식의 오리엔탈리즘적인 논리성은 결여되어 있었고, 그렇다고 호리호리한 동양 여자를 좋아하는 코카서스 인종의 남자에 대해서, 같은 인종으로서 지들끼리 히히덕거리며 흔히 하는 오해랄까, 놀림이랄까, 바로 롤리타 기호적인 면이 ─ 한편 이 친구들은 이태원 술집에 모여 앉아, 롤리타 기호에 정확히 맞아떨어지기엔 젊은 한국 여자는 평균적으로 너무 몸집이 커진 것 같다고 지껄여 대기도 한다 ─ 은근히 존재하는 것도 아니었다. 이안의 사랑은, 순간에 스치는 그녀의 어떤 표정 속 뺨과 입술, 턱과의 조화, 목소리의 음색, 걸어갈 때의 그녀 특유의 손짓, 몸짓과 돌아볼 때의 눈의 표정, 그런 것이 머리 한편에 찐득하니 눌어붙어 떨어지지 않는, 그 무엇이 되어 버린 집착이었다. 사랑 중에서도 겪는 당사자는 가장 괴로움을 참아 내야 하는 나쁜 종류의 것인 동시에, 어쩌면 가장 순수한 사랑일 수도 있겠다. 어쨌든, 하윤정과 만난 이안은 지상에서 천국으로 향하는 행복한 남자로 변해 갔고, 동시에 아주 한국을 사랑하는 친한파親韓派 미국인이 돼 버렸다. 사랑에 빠지게 만든 여자란 존재는, 의식적이지 않더라도 남자에게 절대 권력을 휘두르는 법이니까! 친한파를 지나 지한파知韓派가 되던 시기가, 하윤정과 데이트를 서울에서 즐기기 시작한 이후 6개월 정도의 시점이었는데, 지나고 보니 결국 이 만남이 제주 땅에서, 탐모라디자인 사무실 한 귀퉁이에서, 계속 머무르며 테마파크를 위한 음악을 만들게 된 이유 중 하나가 되고 말았다. LA로 돌아갈 기회가 아주 없었던 건 아니니까…….

다만, 그 이후가 좋지 않았다.

하윤정과 만난 지 한 8개월이 지나가고 있을 때, 그는 얼굴이 매우 어두워지고 바닷가에서 몽상에 잠겨 있거나 혼자서 일렉트릭 기타 줄을 뜯고 있는 경우가 많게 되었다. 원인은 하윤정과의 결별이었는데, 수혁으로서는 자세한 사정을 다 알 수 없었지만, 이안이 술에 취해 수혁에게 되뇌인 말은 "너희 한국인은 모두 다 인종주의자들이야."였다. 알고 보니, 그로서는 정말 마음을 다잡고, 결혼하자고 프로포즈를 하윤정에게 했는데 결과가 너무 안 좋았다. 이안 생각엔, 자신이 프로포즈하면 여자 모두가 너무나 좋아하며 팔짝팔짝 뛸 것이라 생각했던 모양인데―아마도 그가 알던 고향 여자들은 "같이 동거하자."고 아니고 정식 프로포즈를 받으면 좋아서 팔짝팔짝 뛰는 모양이었다―하윤정은 얼굴이 오히려 어두워지고 말이 없어졌으며, 그 이후에 갑자기 나타난 그녀의 아버지가 이안에게 참혹한 말을 안겨 주고야 말았다.

아버지가 갑자기 나타난 것도 이안으로서는 알 수 없는 일이었고, 자신이 프로포즈 한 뒤 아버지와 만날 때까지 그 사이에 하윤정이 얼굴 한 번도 비치지 않은 점은, 더더욱 그로서는 타문화의 장벽이라고 느껴질 수밖에 없는 미스테리한―수혁이 보기엔 그 하윤정 집안, 또는 그 아버지의 처리 방식이지, '한국식'이라 이름 붙일 성격의 사태가 아니었다. 한국인인 수혁 자신도 그런 일을 겪었으면, "이건 또 무슨 경운가!" 하고 어이가 없어 했을 상황이었다―그의 말을 그대로 옮긴다면, **한국식 처리 방식**이었다. 하윤정의 아버지는 단도직입적으로 "내 딸을 만나지 말라!"고 했으며, "우리 딸은 귀하게 큰 아이."이며,

"외국인과 결혼해서 고생시키고 싶은 생각이 없다."와 "집안에서 생각하는 상대가 이미 있다."로 압축해서 표현한 후, "결혼은 당사자 맘대로 하는 것이 아니다."로 이안을 타이르듯이 대하였다. 이안이 분개해서 "나는 이해하지 못할 말이며, 난 그녀를 사랑하며, 행복하게 해줄 자신이 있다."로 항의하자, 되돌아오는 아버지의 대답은 "넌, 한국인이 아니야. 난 사위가 외국인이 된다는 것은 생각만 해도 불편해. 넌 생긴 것도 우리와 달라. 아이가 나오면 또 그 애가 날 불편하게 할 거야. 우리 딸도 너랑 결혼하면 지금처럼 사는 게 쉽지 않아져. 그렇다고 미국에 너랑 같이 간다? 안 되지. 우리 딸은 지금 탄탄대로가 열릴 판인데, 장래 막지 말아라."였다.

이후 상황 전개는 불을 보듯 뻔해서, 이안 파커는 하윤정의 그림자도 못 보게 되었고, 또한 자존심이 상한 이안 자체도 스스로 그녀를 보고 싶어 하지 않는, 순식간에 파투破鬪가 나 버린 결과가 빚어졌다. 안 그래도 예민하고, 수줍음이 많고, 낯가리는 일이 심한 이안이었다. 하지만, 이런 여러 단점으로 표면을 여기저기 덮어 놓았을지라도 천성 자체는 밝아서, 내부에서 빛이 반드시 새어 나오고야 마는 친구인지라, 완전히 나자빠져 버린 시간이 얼마간 지나가자, 결국엔 자리에서 다시 일어나게 되었다. 우선 하윤정과 헤어진 후 작업실에 틀어박혀 무언가를 계속 작곡했다. 수혁은 종종 들러 이 녀석이 잘 있는지 확인하곤 했는데, 어느 날 이안이 일렉트릭 기타로 연주하는 메탈 발라드의 아주 애련한 선율이 처음 듣는 곡인 동시에, 아주 훌륭한 멜로디라는 것을 깨달을 수 있었다. 이안은 자기가 자신을 어떻게 처리해야 할

지도 모르겠고, 이런 기분을 남에게 어떻게 말해야 할지도 알 수 없을 때, 기타를 든다고 말한 적이 있었다. 그러면 쏟아져 나온다고 덧붙였던가? 이안에게 하윤정이 남기고 간 것은, 어쩌면은 세상에서 그를 아주 유명하게 해 줄수도 있는, 메탈 발라드의 악보 몇 장이 될지도 모를 일이었다.

'요즘, 국제 결혼을 얼마나 많이들 하는데…….' 수혁은 이안이 겪은 일이 하윤정 아버지의 개인적인 입장과 생각, 그리고 그것들에 기인하여 터져 나온 말 때문에 벌어진, '재수 없게 걸린 케이스'란 생각밖에 다른 판단은 들지 않았다. 또한 수혁으로선, 이안이 뇌까리던 '한국인은 인종주의자'라는 분노에 찬 평가에도, 그렇게 말이 터져 나온 그의 고통스런 마음은 이해하지만, 내심 동의할 수는 없다는 것이 솔직한 심정이었다.

한 개인이 겪은 하나의 경우의 수를, '한국인은 어떻다!'라는 집단적 특징의 공통 분모로 만들어 버릴 순 없는 노릇 아닌가. 하윤정의 아버지와 당사자 하윤정의 말과 행동이, 한국인 전체를 보여 준다고 할 수는 없는 것이다. 사람마다, 경우마다, 다 다를 테니까. 다만 이안 입장에서는 그런 식으로 평가하는 모양새가 자신의 상처를 어루만지는 방법으로선 유리한 점도 있는 것이 사실이다. 개인적인 자신의 장단점은 묻어 버리고, 단지 한국 사회의 특성 때문에 자신이 거부되었다고 말할 수 있을 테니…….

이안이 한때 노골적인 식민 제국주의를 만방에 펼치며 '인종 차별'이란 신조어를 만들어 낸 서유럽 코카시안으로서 — 아일랜드계이니 단순히 제국주의자들의 후손이라고 하기엔 어폐가 있겠다 — 속으로는 자신이 당하는 것이 어이가 없고 기가 막힌 역습이라고 생각했는지는, 수혁으로서도 알 수 없는 노릇이긴 했다. 이런 얘기는 워낙 미묘해서 함부로 입밖으로 꺼내지 않는 것이 현대의 사회적 규칙 아닌가. 다만 이안의 눈치로 보아 그가 내심, 결론적으로 '인종 차별'하고 연관 짓고 있는 것은 분명했다. 하지만, 한국인에 있어 '인종 문제'란, 지배자로서 팔자 좋게 위에서 아래를 내려다보는 '차별'과는 다른 영역에 있는, '민족의 정체성'과 관련되는 문제였다. 바로, 근대사에 있어서, 한국인으로서의 생존과 직접적으로 결부되어 있던 민족의 자존 문제인 것이다. 오히려, '인종 차별'을 바탕으로 깔고 있던 제국주의에 대항하기 위한, 피해 의식이 밑바탕을 이룬 '민족주의'와 닮아 있으니, 한국인의 머릿속은 '인종 문제'와 '민족의 자존'이 뚜렷한 구별 없이 혼재되어 있는 양상이다. 더구나 한국인의 경우엔 35년간의 일제 강점기 시절, 같은 동북 아시아 몽골리안인 일본인의 지배를 견뎌 내어야 했고, 따라서 인종을 넘어서 민족의 구분까지 분명히 해야 하는 '분리주의'가 강화될 수밖에 없었다. 거기에 더하여, 같은 민족이 동족상잔이란 참사를 통해 나뉘어야 했던 한국전쟁에 대한 사회적 기억 속에서, 그리고 그 나뉨이 언제 끝날지 기약없이 지속되고 있는 휴전 상황 속에서 살아가야 하니, 한국인 모두는, '우리가 같은 한국인이다.' 하는 민족적 동질감에 대해선, 철없는 어린 세대나 산전수전 다 겪고 세상과 삶에 대해 생각하기 시작하는 장성한 세대나, 평소에는 그리 생각하지 않고, 생각하기도 싫고, 생각만 나면 짜증나는 신성 불가침의 영역이 ―
이제는 한국인이라는 정체성을 만들고 있는 정신적 외상이며, 집단 무
의식의 수준까지 깊이 파내려가 있는 상황이다 ― 각자들 가슴 속에 슬
그머니 자리잡은 꼴이 되어 버리고 말았다.

고대 역사 속의 한국인은 홍익인간弘益人間 재세이화在世理化[17]라는 생
각에 동감하는 사람들이다. 고구려, 백제, 신라, 가야의 건국 설화들을
해석해 보아도, 주로 북방에서 이주한 반유목 반농경 기마 세력과, 농
사짓거나 바다에서 고래잡이 하던 토착 세력과의 평화적 연합이 그려
진다. 주로 왕권은 기마 세력에서 나오고 신하는 토착 세력이 하는 나
눠 먹기식이었다. 이후에 전개된 각자의 역사들도 모두 왕만큼 신하들
도 만만치 않았음을 보여 주고 있다. 세계 곳곳에서, 약속된 땅, '가나
안'을 차지하고자 하는 이주 세력이, 군사 기술상 뒤떨어진 토착 세력
을 '청소'하려는 의지를 가지고 ― 결과상, 성공을 했느냐 못했느냐를
말하는 것은 아니다 ― 제노사이드[18]를 실행에 옮긴 경우와, 아니면 아

---

17 홍익인간(弘益人間) 재세이화(在世理化) 고조선의 건국 이념들 중 대표적인 두 가지이
다. 홍익인간弘益人間 : 널리 인간 세상을 이롭게 한다. 재세이화在世理化 : 세상에 있으면서
다스려 교화시킨다. 이도여치以道與治 : 도로써 세상을 다스린다. 광명이세光明理世 : 밝은
빛으로 세상을 다스린다.
18 제노사이드(Genocide) 특정 집단을 절멸시킬 목적과 의지를 가지고 학살 행위를 하는 것
을 의미한다. 제노사이드는 다양한 원인에 의해 발생하나 대체적으로 네 가지 동기를 생각
해 볼 수 있다. 첫 번째로, 군사적으로 좀 더 우세한 집단이 그보다 약한 집단의 토지를 점령
하려다가, 약한 집단의 저항을 받았을 때 발생하는 경우, 두 번째로, 다민족 사회 내부에서
장기적 권력 투쟁 끝에, 어떤 한 민족이 다른 민족을 살해함으로써, 최종적인 해결을 하려고
하는 경우, 이 경우는 같은 민족 간에두 정치적 견해가 나른 이유로 서로 정적政敵인 집단 사
이에 발생할 수 있다. 세 번째로, 무력한 소수가 살해 집단의 내적 갈등이나 욕구 불만에 의
해 희생양이 되는 경우, 네 번째로, 인종적ㆍ종교적 박해가 있다. 집단 학살은 한 가지 동기

주 드물긴 하지만 역으로 당한 경우가, 역사의 시원부터 최근까지 빈번하게 일어난 사건들임은 엄정한 사실이다. 그러나 2천 년 이상에서도 한참 위로 올라가, 고대 한반도-만주 지역의 한국사의 본류를 이루는 여러 국가들의 초기 형성 과정을 보면, 그런 의지를 보이는 일이 벌어진 적은 없다고, 감히 말할 수 있다. 이질적인, 서로 다른 세력 간 충돌에서 비교적 평화적인 방법을 모색한 사정들이, 역사적 면면을 만들어 간 한국 고대 국가들의 일관된 진면모이다. 다들 마음 한구석에, '굳이 서로 다 죽고, 죽일 필요까지야……. 적절한 선에서.'를 되뇌이면서, 같이 사는 방법을 궁리했던 것이다. 이들 모두가 합쳐져, 한국인이라는 사람들을 만들어 냈다. 수혁이 생각하기에 이런 특성은, '개방적'이라고 단순히 이름 붙일 일도 아니요, '폐쇄적'이라고 말할 수는 없는 노릇이고, 따라서 '합리적'이라고 긍정적인 의미로 불러 보는 모양새도 꽤나 어울리는 표현이 된다고 할 수 있었다. 이런 고대의 특성이 근대사의 굴절과 왜곡을 겪으며, 현대 한국인의 내면에 얼마나 그 명맥을 유지하고 있는지는 판단하기 어려운 문제이긴 하겠으나, 어딘가 그 '합리성'의 싹 정도는 다시 돋아나고 있을 것이 당연하고도 분명한 노릇이다. 시간이 흐르면, 또한 모든 드러나는 것들은 달라지는 법이다.

　이안이 받았을 마음의 상처는 충분히 친구로서 이해할 수 있었지만,

로 인해서 일어나는 경우보다 몇 가지 동기가 합쳐지는 경우가 많은 것으로 보인다. 예를 들어 네 번째의 인종 · 종교적 동기가, 첫 번째와 두 번째의 동기를 가지고 일어난 집단 학살의 합리화 원인으로 쓰여지는 경우를 들 수 있다. (『제3의 침팬지』 재레드 다이아몬드, 김정흠 옮김, 문학사상사, 1996, pp 405~407 내용 축약)

수혁이 보기에는 이런 경우는 이안의 고향 미국 LA에서도, 시카고, 애틀랜타에서도, 나아가 런던, 파리, 베를린, 로마, 프라하, 상페테스부르크, 베이징, 도쿄, 카이로, 자카르타, 테헤란, 울란바토르, 나이로비, 부에노스아이레스, 세상 어디에서도 충분히 벌어질 수 있는 상황이었다. 그리고 좀 더 구체적으로 범위를 좁히면, 이안이 겪은 이 상황이 벌어질 '확률'이 확실하게 올라가는 지역들도 따로 있을 수 있다고 생각하고 있는 수혁이었다.

　헤브라이-헬라스 문명의 기초 위에 산업 혁명을 타 문명권보다 앞서 전개할 수 있었던 서구 열강이었다. 이들이 대양 항해를 시작한 주요 원인을 꼽으라면, 주로 지독한 고생살 때문이라고 할 수 있었다. 14세기 중엽, 페스트의 창궐(17세기에도 다시 유럽에 페스트가 유행한다)로 인한 3분의 1에 달하는 인구의 감소와 그에 따른 기존 사회 구조의 와해, 신대륙 발견 이후 16세기, 금은의 막대한 유입에 따른 통화량 폭증, 연이은 화폐 가치의 급속한 하락, 그리고 물가의 폭등, 15세기 말부터 시작되어 17세기 말까지 맹위를 떨치는 소빙하기의 추위와 그 결과인 경작지의 감소 ― 페스트로 인구가 줄고 경작지가 감소하니, 대양 항해용 선박을 건조하기 위한 목재를 다량으로 공급할 수 있는 숲이 복원되어, 식민지를 찾아 나설 이율배반적인 훌륭한 여건이 되기는 했다 ― 당연한 귀착점인 극심한 빈곤층의 광범위한 확대, 1840년대부터 발생하는 감자마름병(굶주림에 허덕이던 농민들에게 기력을 회복시키고 삶에 대해 생각하게 만들어, 봉건 영주들로 하여금 '저것들이 살 만하다고 이제부턴 반항하지 않을까?'라는 불안감을 안겨다준 신통한 감자였지만, 이 병 때문에 일시에 악취가 나는 시커멓고 끈적끈적한 덩어리들로 변해 버렸다)과 대기근, 도시-공업화를 위한 농노제의 급격한 폐지 등등, 특수 계층을 제외한 평민들은 너무나 살기 힘들어지니까, 유럽 바깥으로 계속적으로 탈출할 수밖에 없었다. 결국, 4세기에 걸친 기존 질서의 와해와 재구축, 살아남으려는 탈출욕에 의한 급속한 이동-확장과 맞물린, 산업혁명과 제국주의였다.

자신들의 공업 제품을 손쉽게 팔고, 생산과 소비에 필요한 자원을 손쉽게 수탈하여, 막대한 이익을 편안하게 만들 수 있는 식민지 경제 체제는 열강들의 국가적 목표가 되었고, 또한 이들에겐 산업 혁명을 통해 이루어진 당대 타 문명권보다 훨씬 앞선 군사 기술의 보유가 있었으니, 이 목표는 곧바로 손쉽게 현실화하기 시작했다. 결국 이 식민지 경영은, 열강마다 각자 그악스럽게 소유하게 되는 전 세계에 걸친 배타적 경제 블록(이는 결국 1차, 2차 세계대전의 주요 발생 요인 중 하나가 된다)들을 만들었고, 이 각 열강의 경제 블록들은 전 지구상의 표면을 나란히 이웃하면서 모두 에워싼 꼴이었으니, 사실상 한숨 돌릴 빈 곳이란 존재치 않았다. 식민지 쟁탈 과정의 과열된 경쟁, 즉 전쟁으로 치고받아 생길 연속되는 자체 피해가 싫어서, 열강들 스스로가 협약 하에 정식 식민지를 만들지는 않고 정치-경제적 예속 상태로만 내버려 둔 지정학적 완충 지역과, 덩어리가 커서 조차지租借地로 나눠 먹은 경우, 그리고 과도한 식민지군群 경영이 어려워지자 고정비 지출 항목을 줄일 심산으로, 아웃소싱Outsourcing 형태의 '독립'이라는 팻말을 나중에 슬쩍 걸어 준 경우까지, 그 내면을 들여다보면 전 세계 중 **식민**

지화하지 않은 곳은 사실상 없다 할 수 있겠다.

이런 실정이었으니, 근대 제국주의 침공을 당했냐, 안 당했냐가 중요한 사정이 아니고, 이 침공에 얼마나 견디어 냈냐가 '확률'을 따져 볼 핵심일 것이다. 그중에서도 당시 지배 계급인 유럽어족의 언어로 공용어가 대체되지 않고, 자신들 본연의 고유 언어와 문자 체계(각기 상황들은 복잡하고 단순비교는 어렵지만, 수혁의 시각으론 그나마 확실한 표상이다)가 살아 있는 지역 또는 국가에서는, 지금 이안이 겪은 일이 빈번히 일어날 '확률'이 높다고 예상할 수 있었다. 피지배하에서도 굴복하지 않고 자신들의 정체성을 잃지 않으려 '안간힘'을 쓰고 버텨 낸 이들 국가군이다.

서구 열강은 이 '안간힘'들에 대해 자신들이 이미 경험해 본 민족주의(지배를 당하는 판인데, 민족주의가 안 일어날 곳이 어디 있겠는가. 기분들이 언짢아서라도 민족이란 개념이 희미하거나 아예 없던 곳도 새로 생겨날 판이다)일 뿐이라고 도매급으로 규정한 후—서구 스스로가 민주-민족국가 체제를 본격적으로 확립시켰고, 지금까지도 본질적으론 유지하고 있으면서도 말이다—민족주의 내에 당연히 존재할 것이며 열강들 스스로가 민족주의에서 제국주의로 진화하는 과정 속에 도입해서 이용했던 '배타성'을, 없어져야 할 '악'으로 부각시키는 데에 골몰한다. 하지만, '안간힘'의 실상은, 제국주의 지배 계급의 시간이 지나면 지날수록 고단수로 되어 가는 통치술과 동화 정책에 대항하여, 당시 피지배 계급인 원주原主 민족이 자기 파괴적인 자체 분열(어디에나 이해타산으로만 움직이는 반동적인 세력은 존재하기 마련이다)을 막아 내면서, 얼마나 '분리와 대립의 원칙'을 세월의 흐름 속에도 질기고 꿋꿋하게 견지할 수 있었냐 하는 과정과, 피지배 기간의 길고 짧음의 정도와, 그에 따라 나타난 정신적 독립의 수준일 것이다. 또한, 이 '안간힘'이 줄기찬 과정이 되고 비교적 성공적이라 할 수 있는 결과로 변해 가는 데는, 늦게 따라오긴 했지만 얼마간의 행운과 자리잡고 있는 지정학의 요인이 작용한다는 점을 무시할 수 없다.

지금에 와서 이 '안간힘' 쓰기에 성공한 국가군을 보자면, 안심과 좋은 부위의 등심을 스테이크용으로 가지지는 못하겠지만, 목심과 국거리용 사태 정도는 지급(국가 단위로 보는 것이지 국민 개개인의 의식주 수준을 말하는 것은 아니다)받고 있는 상황이다. 일종의 '부르주아'[19] 국가군이다. 노골적인 피지배 국가 신세는 벗어나니, 이 국가군의 국가적 목표는, 아이러니하게도, 자신들을 과거 식민지화했던 '귀족' 국가들에 어깨를 나란히 해보는 것이 강렬한 꿈이 되어, 스스로 모방자들이 되어 버렸다. 역사의 흐름이란, 실상 순수한 '프롤레타리아' 혁명(프롤레타리아의 싱싱한 야만성은 견고했던 사회 구조에 균열을 일으키는 일등 공신이기는 하다)은 한 번도 제대로 일어난 적도, 전개된 적도 없었고, 언제나 새로 일어나는 '부르주아'들의 '귀족'에 대한 도전과, '귀족'들의 이들 '뉴 머니New Money'들에 대한 응전으로 점철되

---

19 여기서 말하는 '부르주아'의 의미는 대자본가를 말하기보단, '쁘띠 부르주아Petit Bourgeois', 바로 '소규모 사업체의 소유자', '독립 기능공', '전문 직업인' 등의 의미가 더 강하다. '부르주아지Bourgeoisie'로서의 의식을 강하게 가진다. 또한 대자본가로서의 부르주아도, 때로 그들 자체의 전략적 목표에 의해, 스스로 이 안에 포함될 수 있다.

어 있으니, 향후 이 두 종류의 '귀족'과 '부르주아' 국가군의 각기 행로 가 흥미진진하기만 하다.

국가와 국가 사이의 관계, 한 국가 내부의 계급과 계급 사이의 관계, 또 한 번 들어가 한 조직 내부에서의 전세대와 후세대 사이의 관계에 서도, 미세한 축척으로 들어가면 들어갈수록 형상적 패턴은 무한 반 복되는 프랙탈Fractal적인 성질을 가진다. 이제, 이 '부르주아' 국가들의 내부를 좀 들여다볼 필요가 있겠다. 이들 국가 내에서도 좀 사는 집안 일수록, 특히 의식주는 너무나 풍족하면서 단순히 노는 것에도 진저리 나는 염증을 느끼며 대대로 누려 온 전통 속에 반복되는 안정감을 추 구하는 특수 계층, 즉 '귀족'이거나, 먹고 사는 데 지장 없긴 하지만 자 신들 스스로의 전통을 새로 만들어 내야 할 절박감이 있는, 즉 자신들 은 못 가진 고귀한 역사와 전통에 갈증을 느끼며 업그레이드에 안달이 나 있는 계급, 바로 '부르주아'[20]일수록, 타인종, 타민족, 타계급(자신들 이 생각하기에 너무 이질적이거나 아래에 존재하는 계층이다. 자신들 이 바라봐야 할 위로 향해서는, 결코 '타□□'이라 말하지 않는다. 동질 감 속에 자신들과 같은 부류일 것이라 확신하길 원한다)과의 '정식 결 합'에 관대한 경우는 거의 없다는 것이 수혁의 생각이었다. '정식 결합' 이란, 법률적으로 구속력이 발생하는 혼인 관계이자, 새로운 침입자의 능력을 검증해서 선별적으로 맞아들이고자 하는 자신들 무리 내부의 의지를 말하며, 그 외 다양한 방식의 이성異性 관계는 '귀족'과 '부르주

20 여기서 말하는 '부르주아'의 의미는, 앞 문단의 '부르주아 국가군'에 쓰인 '부르주아'하고는 다시 구별된다. 보편적인 '부르주아'이다.

아'들에 있어 '타□□'보다 자유로운 법이다. 이 점은 그 집단들이 속한 사회의 통념이나 도덕률하고도 상관이 없는 문제이다. 사실상 이들은 자신들이 속한 사회의 이념이나 통념에 대해선, '착하게 살기'를 실천해야 할 '타□□'의 도덕적 방어 기제로 작동하기만을 원하고 있고, 자신들은 어느 정도의 연민과 동정, 그리고 비웃음을 머금고 밖(진정으로 바깥에 서길 원하지만, 이들도 인간인지라 그리 잘되는 것 같진 않다)에서 바라보고자 하고 있을 뿐이다. '귀족'은 어느 정도 '밖에서 따로 놀기'가 되는 때도 있는 것 같은데, '부르주아'는 아직 어느 것이 '밖에서 따로 놀기'인지 자신도 잘 몰라서, 흉내는 내려 하나 헤매고 있는 중이니, 오히려 어떨 때는 '착하게 살기'에 더 얽매여 있거나, 아니면 반대로 극단적인 아노미로 빠지는 것처럼 보일 경우가 있다.

인간이란, 전지전능한 방식으로 자신과 세상을 통제한다는 것은 꿈도 꿀 수 없는 처지이고, 언제나 환경에 질질 끌려 다니며 생존해야 하는 동물이다. 다만, 질질 끌려 다니는 자신의 상황을 객관화시켜 인식해 보려 애는 쓰고, 애쓰다 잘 안 되니 따라서 분노하고, 그리고는 되든 안 되든 투쟁하려 할 때가 있기에 인간은 숭고하다. 혹자는, 전 세계 70억의 숫자를 자랑하는 인간을 가지고 '상어같이 먹어치우는 쥐떼'들로 비유했지만, 철저히 눈치만 살살 보는 기회주의적인 쥐보다, 인간이 확실히 비타협적이고 적대감이 많은 것 같다. 이안에게 행해진 하윤정 아버지의 '언어적 횡포'는, 비교적 소규모를 이루고 그렇저렁 살아가는 침팬지 무리의 나이 든 왕초 수컷이, 다른 지역에서 살던 '타집단' 수컷들의 도전에 대해 전쟁을 벌임으로써, 무리의 안정을 위해 해내야 하는 '영역 지키기'와도 닮아 있다 하겠다. 그 아버지 입장으로만 그 상황을 표현해 본다면, 상당히 사는 집안인 '부르주아'로서, '타인종', '타민족'과의 '정식 결합' 담론에 두드러기 반응이 일차적으로 내부에서 일어난 후, 자신이 판단컨대 자기 딸의 '위기'라 생각되니, 곧바로 딸에 대한 동물적인 보호 본능이 **직통배기 한 마디**로 튀어나온 것이다.

　이기적 모습이 표면에 쉽게 드러나고 지나치게 가혹하여, 결국은 치졸한 구조를 지녔던 식민-제국주의 시대가 지난 뒤, 지나간 오류에 대한 수정 작업을 거친 겉으로 나타난 표상일 뿐일지는 몰라도, 인권이 기본적인 가치라는 것을 얘기할 줄은 알고, 동물이 아닌 인간이 어떻게 살아야 하는가에 대해 고민 비슷한 생각이라도 하려 하는, 동시대의 소위 선진화되었다는 사회(그 사회 스스로가 '우린 선진화 되었어!'라고 생각한다는 뜻이다. 남이 하는 평가는 제외한다)들을 생각해 보자. 아무튼, '귀족' 국가군과 대강大綱의 '부르주아' 국가군의 사회들에서, 방금 전에 나온 소위 '선진 사회'의 예시를 찾아보기가 쉽겠다. 아름답게 포장되어야 하는 이유 때문에 ─ 몇 겹 포장을 벗겨 속알맹이를 까놓고 보면, 동시대 자본주의 사회에 있어선 주로 '경제성 따지기'이다 ─ 사실상 어떤 면에선 선전 문구에 가까운, 하나의 기준으로 만들어져 사회의 조류를 형성하는 데에 큰 부분을 차지하는 사회 이념들과, 가끔 가다 실제로 어떠한 '임계 상태'를 넘어가 터지듯이 분출되는 **직통배기 한 마디**는, 극과 극처럼 서로간의 상당한 차이를 두고 벌어지는 법이다.

그 **직통배기 한 마디**는, 인간 내면 깊숙이 처박혀 있는 이기적이고 배타적인, 좋게 말하면 시절 좋을 때엔 신인동형설神人同形說에 입각한 나르시소스Narcissus적 자기애自己愛에서, 팔자 사나울 땐 숙명론에 가득 찬 피조물적인 자기 보호 본능에서 출발하였다고 말해 볼 수 있다. 심리적 '왜곡'이 심하지 않고 '현대적 교육'을 어느 정도 받은, 비교적 '정상'이란 범주 내로 들어가는 인간이라면, 이런 **직통배기 한 마디**를 내뱉거나 행동에 옮긴 후에 기분 언짢은 떨떠름함을 느껴야 하는 것이 한편으론 사실이다. 여기서 선진 사회에 속한 '부르주아'는 계급 의식을 떨쳐 버리고 자기보호를 위해 인간이란 보편적 명제에 천착穿鑿하기 시작하며, 동시에 자기자신이 '우리'[21] 안에서 안전하기를 희구希求한다. 보다 광범위해진 대신, 심리적으로는 하강 운동을 하여 조금은 겸손해졌다고 볼 수도 있다. 이제 '부르주아'는 '우리' 안에 흡수되었으므로, 버팀목은 '우리'가 된 것이며, 이 '우리'에 대해서만 이 논의는 계속된다. 선진 사회에 속한 자의 '우리'로서의 내면엔, '우리하고 조금 다른 남'이란 인간에게 상처주면 마음 괴로워지는 도덕적 양심이 조금이라도 있기 마련 아니겠는가. 그 상황을 보다 정확히 묘사한다면, 인간으로서의 '명예'를 지킨다는 것과 '보편적 사랑'이란 것이 무얼까 불현듯이 생각은 나지만, 행동에 옮겨지는 법은 거의 없으며, 언제나 순

---

21 여기서 말하는 '우리'는, 앞에서 거론된 '부르주아'로 해석되기를 거부한다. 훨씬 폭이 넓어진 광의의 집단을 가리키는 것으로, 한 사회의 구성원으로 거의 대부분을 차지하는 가장 큰 무리를 이루며, 교집합적인 확실함과 분명함만 있으면, 역사성, 전통성, 사고방식의 동일성으로 계속 수렴되고 묶여져, 일관되게 소속감을 공유하는 집단이다.

간에 스치고 마는 상태이다. 따라서, 여기엔 양심을 뛰어넘는 본능적인 근심 걱정과 아니꼬움, 그리고 영악한 손익계산이 우선하게 된다.

한편으로, 선진 사회에서 상처받은 '우리하고 조금 다른 남'은, 비주류로서 '이곳'에서 가만히 당하고만 있다가, 자신의 고향(이안도 사실 따지고 보면 특수 케이스이고, 대부분 그들 고향의 특징으로 매우 가난하다는 점을 들 수 있다)으로 돌아가면 주류인 '우리'가 되어, '그곳'에서 주류에 끼지 못하는 '우리하고 조금 다른 남'을 얼마든지 차별할 수 있는 노릇이다. 게다가, '우리하고 조금 다른 남' 또한 '이곳'에서 무리를 지어 힘을 키워 가면서, 얼마든지 '우리'('우리' 중에서도 상대적인 사회적 약자는 또한 생겨나고, 사실상 이런 '우리'들은 '우리하고 조금 다른 남'하고 대동소이한 신세로 언제든지 전락할 수 있다)에게, 아니면 자기네들끼리 만들어 낸 '우리하고 조금 다른 남'에게, 음울한 방법을 동원하여 역으로 해코지 할 수도 있다. 여기엔, 양심을 뛰어넘는 본능적인 근심 걱정과 울화, 그리고 아직 세련되지 못한 분별 없음이 존재한다.

이로써 상호간 견제를 담보로 하는, 대칭성(Symmetry)과 자체 유사성(Self-Similarity)은, 모든 축척을 관통하며 끊임없이 반복된다.

결국 '우리'와 '우리하고 조금 다른 남' 사이에는, '인류애'를 섣불리 동원하다 뒤통수 맞을지도 모른다는 예상과, 종종 벌어지기도 하는 예상과 일치되는 실제 상황 때문에, 서로 간에 의심과 두려움으로 꽁꽁 매여, 현 상태의 모순들에 갈등하면서도 유지에만 골몰하는 관계가 되기 일쑤이다. 여기에는 '우리'인 가해자도 순간 피해자로 돌변하고,

'우리와 조금 다른 남'도 피해자 신세에서 가해자로 종종 돌출하기도 하는 변화무쌍함이 존재한다. 살펴보면, 서로가 서로를 쇠사슬로 연결하여 칭칭 동여매고는, 채찍을 휘두르는 쪽은 엎드려 기어가는 쪽에게 끊임없이 고함칠 권리를 획득한 것 같지만, 실상은 엎드려 기고 있는 쪽이 마지못해 기어다니는 경로를 쫓아, 채찍을 휘두르는 쪽은 '관리하기'라는 명목하에, 끌려 다니다시피 그 주위를 끊임없이 맴돌아야 하는 신세인 것이다. 즉 서로가 서로를 절대로 벗어나지 못한다. 마음의 자유란 요원한 실정이다. 서로가 계속적으로 맞부딪치는 현장에서 살다 보면, 나중에는 서로가 서로의 존재 이유가 될 지경으로 그 상황에 익숙해진다.

'선하다', '그거 괜찮다', 생각 드는 것을 실현시켜 보고 싶어도, 결국은 '내가 손해 보고 위험해질지도 모른다.'는 식의 규칙으로 회귀하는 — 또한 실제로 매우 힘들어질 수도 있기에 — 이 세상에 대한 무력감과 압박감만 남게 된다. '공평한 정의로움'이란 것에 관해서라면, 지구 표면에 들러붙어 살아가는 인간들 공통의, 눈을 감고 못 본 척 고개를 돌리며 논리적 일관성을 스스로 포기하려는 경향, 바로 이런 식의 모순에 차 있는 이중적 태도가 쉽게 개선될 수 있을까? '공평과 정의가 무엇일까?'는 대충 머릿속에 그려지는데, 막상 '현실화한다.' 하면 억울한 게 너무 많아, '우리'와 '우리와 조금 다른 남' 모두가 불협화음이 끊이지 않는다. 억울하다는 분노의 감정에 대해, 그 상황의 속사정을 파헤쳐 보고 나면, 어느 누군가가 잘난 척하며 '잘못된 것!'이라고 단정적으로 말하기를 대단히 어렵게 만드는 세부 사항들로, 모자이크처럼 이루어져 있다는 점을 깨닫는 일이 될 뿐더러, 억울하다는 분노의 감정 자체가, 사회 이념을 제조해 내는 '우리 중 소수'(이 자들 또한 이념을 만들어 내야 한다는 생존욕구에 강박적으로 시달리지만, '우리'가 보기엔 그들의 생각과 처신이 사치스럽다)를 제외한 모든 사람들, 즉 주류인 '우리'와 비주류인 '우리와 조금 다른 남'을 공통 분모로 묶어 주는 고결한 생존 욕구가 되기도 한다.

이런 형편이니, 단숨에, 한꺼번에, 모든 문제들이 해결될 때는 ― 외면에 나타난 인간의 행동 양태는, 속마음이야 어떻든 간에, 역사의 진행에 따라 보다 평화적인 쪽으로 발전해 온 것이 사실이다. 다만 시간이 너무나 오래 걸려, 모든 문제의 해결을 위해선 지질학적인 시간이 필요할 것이란 느낌이 들 정도이다―수십 개의 팔다리를 문어같이 휘저어 대는 외계인이, 절대로 그런 일이 일어나선 안 되겠지만, 지구를 침략해서 인간을 버러지 모양 멸종시키려 할 때가 아닐까 싶다. 그땐 아마도, 침팬지나 고릴라 같은 유인원까지 '우리 호모Homo 속屬'으로 같이 묶어, 외계인에 대한 성전聖戰에 동참시킬 것이라는 레지스탕스 투쟁 강령이, 전 지구상의 모든 거리마다 대자보로 나붙을 것이다.

하여간에, 이안은 모든 면에서 안정적으로는 보이지 않았다. 남편감으로서 말이다. 사는 모습이나, 그가 자란 환경이나, 하고 있는 일이나, 모든 면에서 안정보단 불안정의 요소가 많이 드러나곤 했다. 하윤정의 아버지가 보기엔, 이안은 이질적인 '타인종', '타민족'인 동시에, 자기 딸을 고생시킬 아래에 위치한 '타계급'이기도 했다. 어쩌면, 사실은 '타계급'이 가장 큰 반대 이유였는데, 이안의 자존심에 충격을 줘서 한 번에 떼어 버리느라고, 하윤정 아버지가 다른 이유들을 들먹였을 수도 있었다. 수혁은 '이것도 또 하나의 어쩔 수가 없는 인간 삶의 한 단면일 뿐이다.'라고 스스로 패배 의식에 차서 속으로 되뇌이며, 괴로움과 분노에 빠져 있는 이안을 쳐다보곤 했다.

그가 속으로 자주, 계속적으로 되뇌이게 되는 이유 중 하나는, 이안에게 향한 위로의 마음도 있었지만, 자신에게 향한 위안의 다독임으로, 시간이 흐르면 흐를수록 점점 내면의 소리가 커져만 가야 했던 당시의 상황이 있었다.

수혁도, 이안 못지않게 마음의 상처를 쌓아 가는 중이었다.

28

　제주테마파크의 정식 명칭은 '피어나기', 영문으로는 '프라미스 블러썸Promise Blossom'이었다. 영문 약자로는 TPB가, 테마파크-프라미스 블러썸Theme park-Promise Blossom에서 줄여져, 테마파크 문장紋章의 중심에 선명하게 자리 잡게 되었고, 앞으로의 모든 공식 문서에 사용될 예정이었다. 그런데, 정식 명칭 '피어나기'-'프라미스 블러썸Promise Blossom'이 정해졌건만, 어느 누구도 제주테마파크를 이야기할 때 정식 명칭을 즐겨 사용하지 않았다. 테마파크 개발 초기부터 모든 사람이 '제주테마파크'라고 불러온 사정도 이유가 될 것이고, SPC의 이름도 '주식회사 제주테마파크'에서 다른 것으로 변하지 않고 있는 점(수혁이 헨리유에게 물어보니, '(주)제주테마파크'라는 회사명을 계속 사용하는 쪽으로 그는 생각하고 있었다)도 한 원인으로 볼 수 있을 것이고……, 이런저런 이유들 때문인지 습관처럼 테마파크의 명칭은 '제주테마파크'가 유지되는 중이었다. 아마도 '피어나기'란 이름은, 개장하고 축하 불꽃놀이라도 한바탕 떠들썩히니 해야, 파크에 놀러 온 관람객들에게 처음 회자되기 시작할 모양이다. 소위 제주테마파크에 관계되어 일한다는 사람들 치고, '피어나기'를 다정하게 불러 주는 인간은 없었다. 이 상할 정도로 **피어나기**를 입에 올리지 않고, 항상 **제주테마파크**라고 계속 말하고 있었다. 수혁 자신도 제주테마파크가 인이 박혀서 그런지, 테마파크 '피어나기'는 입에서 잘 터지질 않았다.

테마파크의 이름에 대해 여러 의견들이 분분했고, 초기에는 소박하게 '제주랜드'로 하자는 서귀포시장과 제주도지사의 강력한 요구 때문에 — 아마도, 이왕 제주도에 만드는 테마파크이니 '제주'를 앞장세워 제주도 홍보에나 써먹자는 의도인 걸로 짐작할 수 있었다 — 거의 죽지 못해 '제주랜드' 이름 다는 분위기가 연출되었지만, 상모리 주민들과의 땅 문제 협의가 원만하게 흘러가기 시작하자, 웬일인지 그 이름도 슬그머니 자취를 감추고야 말았다.

정식 명칭에 대해 정식으로 생각을 해야 할 때가 마침내 다가오자, (주)제주테마파크와 탐모라디자인공작소에서 땀 흘리는 모든 임직원 일동에게, 강제로 하나씩 이름을 제출할 것을 헨리 유가 명령하다시피 했고, 그 결과 수십 가지의 이름들이 쏟아졌건만, 막상 쓸 만한 이름은 건지지 못했다. 그나마 눈에 띈다고 하는 게, '유스 랜드You's Land', '파크 파이브Park Five' 정도였다. '유스 랜드'는 (주)제주테마파크의 아무개 모某 부장이 지은 것으로, 결코 '유어 랜드Your Land'를 잘못 표기한 것이 아님을 극구 강조하는 명칭이었다. 제출 서류엔, '디즈니랜드'란 이름을 잘 생각해 볼 필요가 있다는 부가 설명이 첨부되어 있었다. 하지만, 첫눈에도 느껴지는 분위기랄까, 헨리 유에게 아부하는 성격이 너무 강해 결국 탈락되었고 — 진심이었는지는 본인이 아니면 아무도 모를 일

이지만, 헨리 유는 이 이름을 의식적으로라도 매우 싫어하고 있었다
―'파크 파이브'는 제주테마파크의 이벤트 존이 다섯 곳이라는 데서
착안한 것이긴 하지만, 서울에 있는 '가든 파이브'가 너무 연상된다는
의견 때문에 흐지부지되고 말았다.

　돌파구란, 언제나 뜻하지 않던 곳에서 나타나는 법이다. 수혁이 디
자인 작업을 하다가 머리도 쉴 겸 모형실에 들어가, 테마파크 대지 모
형에 파크 건축물 모형들을 앉히고 있느라 정신없는 대학생들을 쳐다
볼 때였다. 그들 중 여학생 하나가 웃으면서, "이 대지 모형을 들여다
보고 있으면, 예쁜 꽃이 생각나요!"란 농담 반 진담 반의 말을 했고,
그 소리를 듣자 수혁은, 개념도를 자신이 그릴 때 '그러고 보니 꽃 모양
같기도 하고……'라고 생각하다가 넘겨 버린 일이 기억났다.

　자리에 돌아와, 처음에 그렸던 테마파크 개념도를 수혁은 새삼 찾
아 서 들여다보았다. 그는 그 개념도를 가지고 마크 페린에게 다가가,
"개념도를 보면 뭐 생각나는 게 없냐?"고 물어보았다. 마크 페린은 '펜
타곤Pentagon', '오렌지Orange', '파머그레네트Pomegranate', '플라워Flower',
'블러썸Blossom'이란 단어들을 주어 섬기다가, 제주테마파크의 영문 이
름 '프라미스 블러썸Promise Blossom'을 결국 며칠 후에 생각해 냈고 ―
그는 의외로 센티멘탈한 데가 많은 인물이었다. 쉬고 싶을 때면 종종
혼자서 해변으로 나가 소나무 숲길을 걸으며, 키츠Keats의 시집을 읽는
습관이 있었다―수혁은 그런 마크 페린 옆에서, '피어나기'란 말을 또
한 중얼거리고 있었던 것이다.

　'피어나기'란 명칭 자체의 숨은 뜻은, '벗어나 있는 것'으로 요약될

수 있었다. 모든 것이 신선하고 새로운 것들로 가득 차 있는 상태가 아니고, 단지 벗어나고 싶어하는 중이었다. 새로움이란 지금까지 많이 써먹었던 광고 카피와도 같은 것이다. 새로운 것이라고 목청을 드높인다고 정말 새롭게 해결되는 것도 아니고, 테마파크에 들어올 때, '이건, 도대체 뭐지? 어떻게 이런 생각을 해낼 수가 있지?' 하는 정도의 정말 새로운 이미지들로 가득 채워, 완전 새로운 충격을 관객들 이마에 땅 때린다는 것도 구시대적인 사고방식에 불과했다. 새로움으로 가득 무장한다 해도, 어차피 지금까지 인간이 만들어 낸 방식으로 확대 재생산될 뿐이니, 최고 수준의 숭고미 전형들로부터, 최저 수준의 날고기에 이르기까지 일련의 이미지 종류를 쭉 나열한다고 했을 때, 그 사이 어디쯤엔가 유사물로 취급당해 그룹별로 분류당하기 십상이었다. 신기하게 만들기, 아니면 낯설게 하기, 생각할 수 있는 온갖 지저분함과 추악함을 보여 주기, 끔찍한 걸 구체적으로 시각화하기, 꿈속에서 노닐 듯이 몽환적으로 하기, 진기하게 보여 주기, 귀엽고 예쁘게 하기, 스케일 크고 듬직하게 표현하기, 여유 있고 당당하게 만들어 놓기, 아주 도전적으로 솟아 오르게 보이기 등등, 이런 식의 언어로 표현될 수 있는 이미지들은 이미 이 세상 어느 한 곳에 디자인되어 세워져 있거나 그려져 있거나 할 것을 예상할 수 있었다. 방법은 벗어나 있는 수밖에 없었다. '벗어난다는 것'은 디자이너의 의식적인 노력이란 영역 바깥에서 자연 발생적으로 이루어질 수밖에 없는 문제였다. 수혁과 디자이너들은 익숙해져 버린 인간적인 디자인 버릇들에서 벗어나기를 간절히 염원하며 작업들을 진행해 나갔다. 그 노력이 얼마나 실효성이 있을지는 또한 알 수 없는 일이긴 했지만 — 마음 자세만이라도 그렇게 유지하고 있자는 뜻일 수 있다 — 제주테마파크 '피어나기'는, 개장 후에 찾아온 관객들에 의해 서서히 피어나면서, 결국은 모든 주어진 틀로부터 벗어나게 될 운명일지도 모를 일이었다.

 제주테마파크 설계와 시공에 대한 성격, 그리고 완성도는, 최신 과학 기술의 집합체라 부를 만했다. 수혁의 눈엔 각 분야별로 명칭을 구별해 붙이기가 어려울 정도의 혼잡 상황이었다. 조경, 환경, 조명, 특수 효과, 미술이니 하는, 영화와 연극 무대에서 흘러 들어왔으리라 짐작되는 전문 분야 명칭들이 이젠 시대에 뒤떨어진 유물로 되어 가고, 통합된 하나의 그 무엇이 새롭게 만들어지는 과정이라 보여지고 있었다. 젤리를 만들 때, 온갖 종류의 과일과 설탕을 같이 넣고 끓여도 따로 놀지 하나로 합쳐지진 않지만, 한천을 넣는 순간 묵같이 하나로 뭉쳐지는, 그런 꼴이랄까? 이제는 파크 설계의 모든 일이 첨단 과학 기술의 토대 위에 이루어져서, 테크놀로지를 다루는 쪽이 실시 설계에서는 모든 부분을 총지휘할 수밖에 없는 경우로 되어 가곤 했다. 워낙 파크 계획 자체가 첨단 설비를 요구하는 쪽으로 만들어진 이유도 있겠지만, 디자이너도 테크놀로지를 모르면 실시 설계에선 아무 힘을 쓰질 못했다. 자신이 상상해 낸 것인데도 말이다. 이제 테마파크 실시 설계와 시공에 있어서만큼은 최신 기술이 모든 파트를 융합시켜 나가는 동시에, 각 파트에 적절한 희생을 요구하는 가장 강력한 권력으로 떠올랐음을 수혁은 깨닫고 있었다. 시간이 흐르면 흐를수록, 이런 경향은 점점 강해질 것이라 예상되었다. 그 광경을 보고 있노라면 미래는, 자본이 아니라, 테크놀로지가 세상을 좌지우지하는 힘이 될 것이란 예측을 절로 하게 만들었다. 충분히 발달한 과학은 마술과 구분할 수 없다는 말이 있다. 테마파크도 결국은 흔히 보는 현실이 아닌, 꿈에서나 나올 만한 마법의 세계를 만드는 일이었다. 아마도, 기술 과학이 보다 충분히 발달하여 완전한 마술을 구현할 때, 인간을 둘러싼 세상은 테마파크가 될 운명일지도 모른다. 물론, 좋은 건지, 나쁜 건지는 가봐야 알겠지만 말이다.

드림밸리Dream Valley사의 테크니컬 엔지니어들과 현세건설, 현세중공업 측의 엔지니어들(여기에는 협력 회사인 정우正友건축, 선진先進엔지니어링의 설계 기사들도 포함되어 있었다)이 실시 설계 과정에서 회의 테이블의 주역이었으며, 동시에 가장 목청 높여 언쟁을 주고받는 싸움꾼들이었다. 서로 멱살 붙들고 주먹이 오고 가지 않는 것이 신기할 정도였다. 이제 이미지Image 제공자의 신세로 전락해 가고 있는 디자이너들은, '나에게로 화살이 돌아오지 않고 저 싸움이 무사히 끝나려면, 내가 어느 부분을 접으면 될까?'를 공포에 떨면서 머릿속으로 궁리하는 과정이, 바로 실시 설계 협의 과정이라 할 수 있었다.

지금의 '탐모라디자인공작소'는, 그동안 줄곧 작업해 왔던 설계 담당 엔지니어들 중 핵심 인원 소수가 주축이 되어 계속 실시 설계 수정을 하고 있었고 ─ 토목과 건축상의 전체적인 완공 날짜가 대략 넉 달 앞으로 다가오는 실정인데도, 끊임없이 설계는 공기에 맞추어 부분 수정되고 있었다 ─ 거기에 드림밸리사의 테크니컬 엔지니어들이 가세

하여, 자신들이 설계했거나 발주를 주었던 각종 기계 장치들이 미국과 유럽에서, 아니면 한국에서 제작이 완료되는 대로 넘어오면, 현장에서 맞추어 보느라 모두 다 같이, 신경들이 항상 곤두서 있었다.

그리고, 한국과 미국, 유럽의 각종 하청 업체들과 인터넷상으로만은 협의가 마무리 되질 않아, 도면을 보며 말을 정확하게 맞추어야 할 경우, 모든 일이 맞아떨어질 때까지 아예 일정 기간, 그 회사 파견 직원들이 제주에 와서 사무실에 한자리를 차지해야 하는 경우도 발생했다. 그 자리들 사이를, 기본 설계(Design Development, Preliminary Design) 과정을 지휘했던 마크 페린과, 테마파크 각 구역(Area)과 세부 존(Zone)들을 쪼개 가진 디자인 중간 왕초 다섯 명이 눈치를 보면서 쏘다니는 형국이었다. 어쨌든 이들 모두가 한 회사 사무실에서 얼굴을 맞대고 의논하지 않으면, 도대체가 결론이 나질 않는 일이 장마 지난 뒤 올라오는 쭉정이 모양 너무나 많았다. 출장비도 아낄 겸, 모니터를 보면서 화상 회의란 것으로 해결한다? 요원한 얘기였다. 출력한 도면을 보면서 그 자리에서 여러 사람이 직접 연필로 그렸다, 지웠다, 해가며 수정해야 될 일투성이였다. 새로운 첨단을 지향하니, 역설적으로 협의 방식은 그야말로 아날로그를 표방하고 있었다. 그런 바람에 자주 벌어지는, 걸핏하면 회의 테이블에 앉아 설전을 벌이는 그들의 모습 또한 상당한 볼거리였다. 그 설전이 한번 폭풍이 휘몰아치듯 지나가야, 현장에서 일이 맞아떨어질 수 있었다. 이 테마파크란 것이, 고층 빌딩 올리는 식으로 시공 순서가 딱딱 맞아떨어지는 것이 도대체가 되질 못하니, 현세건설이나 현세중공업 측의 엔지니어들은 얼굴들이 항상 똥 씹은 표정인 것은 사실이었다. 그들 입장에선, '이거 뭐 일 같지도 않은 게, 뭐가 이렇게 맨날 안 맞아! 아! 차라리 어디 사막에다가, 녹지 만들고, 강줄기 파 주고, 도시 하나 만들라면 신나겠다!' 하고 앉아 있는 꼴이 직설적으로 느껴질 때도 있었건만, 화통火筒 삶아 먹은 것처럼 터지지는 않고 다들 프로들인지라 점잖게 꾹꾹 눌러 참고 있는 눈치들이었다.

실시 설계 작업을 옆에서 보면 신기한 생각이 드는 수혁이었다. 기본 설계 디자인 단계에서는, 평면과 입면의 전체적인 매스와 윤곽을 완성할 때 캐드를 사용한 것 외에, 타블렛 펜으로 모니터 화면에 그리건 종이에 직접 그리건 어쨌든 손으로 작업이 이루어져, 방송국 시절하고도 크게 위화감을 못 느끼고 살았다. 하지만 실시 설계로 넘어오니, 최신의 설계 작업 공정을 옆에서 구경하는 맛이 쏠쏠했다. 이제는 컴퓨터상의 2차원 설계 프로그램은 종적을 감추고, 모든 일이 3차원 모델링의 개념으로 공정이 진행되었다. BIM이라는 약자를 쓰는, 빌딩 정보 모델링(Building Information Modeling)이라는 것인데, 한 마디로 말해, 컴퓨터 내에 실제와 완전히 똑같은 건물이며 환경을 구축해 주면, 컴퓨터가 각 필요한 부분들을 칼로 감자 썰 듯이 면들을 잘라 내며, 각종 설계도(평면, 입면, 단면, 투시, 상세 할 거 없이, 모두 다!)들을 뽑아 내기 시작했다. 그것으로 끝나는가? 그게 아니었다. 각종 정보들을 같이 입력하면, 공정 계획서가 100퍼센트 완전하진 않아도 대충이라도 만들어져 나오기 시작했고, 시공 순서를 컴퓨터가 계산하여, 모니터 화면에 '이러이러하게 시공을 하면 좋다!'라고, 순서대로 차분하게 입체적으로 표시해 주었다. 대형 크레인을 어디에다 놓아야 안전한

지, 자재 운반 시 어떠한 충돌 위험이 있는지 등등이, 수치적으로 분명한 이유를 설명하는 창이 열리며, 멋진 작업복을 입고 안전모까지 쓴 가상 현실 배우가 여러 명 나타나 여기저기 돌아다니면서, 스스로 위험 요소를 검사하고 있는 모습을 보고 있노라면, 수혁은 불안한 생각까지 들었다. 이제 조금만 더 발전하면, 사람은 "이러이러한 것이 필요하니, 니가 알아서 좀 그려라."라고 입만 살아서 명령하고, 컴퓨터는 지가 알아서 모든 해답을 찾아내고, 설계도를 뽑고, 작업자(그 단계가 되면, 작업도 아마 로봇이 할 것이다)들을 부려, 현장 감독까지 할 날이 멀지 않았다는 생각이 들곤 했다. 이 실시 설계 과정 덕분에, 그래도 제주테마파크는 많은 피드백을 줄일 수 있어, 같은 강도의 다른 테마파크 건설 과정에 비해서는 여러 소모적인 낭비가 줄어들게 되었다.

한편, 컴퓨터란 것하고는 너무나 동떨어진 작업 공정을 보여 주는 곳이 있었으니, 바로 한옥들이 세워지는 현장들이었다. 어떤 면에서는, '현장 박치기'라는—테마파크 건설 현장 자체가 다른 건설 현장보다 사람의 즉흥성에 의지하는 면이 강하다—테마파크의 건설 정신하고도 일맥상통하는 한옥들이다. 여기서는, 3차원 모델링으로 모니터 상에 펼쳐지는 가상 현실보단, 직접 인간이 만들어 가며 눈으로 확인하고 손으로 만져 보는, 바로 실존하는 감각 기관들에 의지한다는 특징이 더욱 뚜렷하게 강화되어 나타나고 있었다. 하나 더 붙여서 소개한다면, 건축 공간을 만든다고 볼 수는 없고 외장外裝에 한하는 일이긴 하지만, 록 워크Rock Work 작업이 벌어지는 곳들도 철저한 핸드 메이드였다.

제주테마파크, 진입-공유 구역(Entry-Public Area)의 이름은 '풀이'로 정해졌다. 알파벳으로 음을 표기하면 'Puree'가 돼 버려, 막상 사용하고 보니 '뿌리'라는 한국어를 음운 표기한 것 같은 느낌도 들었다. '풀이', 말 그대로 '풀어 낸다(Solve)'는 뜻이었다.

진입-공유 구역 '풀이'를 살펴보자면, 티타늄 판에 덮혀 여러 자유 곡선과 곡면과 뚫린 구멍들을 보여 주고 있는 쇼핑몰 '언덕'(자유 곡선들이 뒤를 험상궂게 꽉 막고 있는 것이 아니고 나지막해서, '우리들의 언덕'이라고 다들 애정 섞어 부르곤 했다)을 배경으로, 캐린 보네비가 디자인한 한옥(캐릭터 상품 판매점과 주얼리숍 등등의 고가 상품 판매점)들이 차곡차곡 들어서고 있는 상황이다. 뒤의 '언덕'은, 한옥들을 완전히 자신의 내부로 집어넣은 것도 아니고, 그렇다고 '언덕' 바깥으로 한옥들을 내몬 것도 아닌, 애매모호한 경계선상에서 상황을 조율하고 있었다. 이 '언덕'은, 한옥들이 이룬 길을 비바람에서 언제나 보호하면서, 테마파크 관람객들을 고급 쇼핑의 체험으로 인도하게 될 예정이었다. 수혁은, 이곳을 자신이 진두지휘한 '진입-공유 구역' 디자인의 핵심이라고 생각하고 있어서, 건설 현장에 올 때면 언제나 자세히 상황을 두들기고 훑어보고 다녔다.

한옥들이 들어서서 공간을 형성해 가는 가운데, 배경의 티타늄 은빛 물결과 한옥들에서 흘러나온 꽃담장의 발그레한 적벽돌색과 상아색들이 한곳에 접점을 이루며 합쳐지고, 다시 풀리어 가는 흐름을 보이는 나지막한 비탈을 이루고, 여기에 연녹색 잔디가 덮인 뒤, 얕은 지하로 살짝 들어가게 출입 램프를 내어, 그 안으로 각종 매장과 식음료점, 레스토랑들의 집합을 재형성하게 설계되어 있었다. 전체적인 평면을 보면, 한옥들로 이루어진 전문 판매점들이 플래그쉽 스토어Flagship Store의 역할을 자임하고 나서면, 고가高價 면세품 센터도 같이 자리 잡고 있는 쇼핑몰 '언덕'이 그 뒤의 카테고리 킬러Category Killer로서, 그리고 얕은 지하로 매입되어진 상업 공간들이, 몰Mall을 계속적으로 확대해 나가며 복합 상업 시설로서의 기능을 확대하였다. 이 모든 것들이, '진입-공유 구역'의 형태를 의식하며, 끊어지다가 이어지기도 하고, 다시 비틀림으로 동선을 확보해 주는, 겹쳐진 타원들과 곡면들을 연신 만들어 내면서 제주테마파크의 '메인 스트리트'를 이루었다.

쇼핑몰 '언덕'을 여기저기 구경하다가 얕은 지하를 통해 반대편 지상으로 나오면, 수혁이 설계한 한옥 궁중요리 레스토랑 '한라Halla'가 나타나며, '진입-공유 구역'에서 아주 특별한 한 장소를 만들고 있었다. 여기에서 '평화'라고 명명해 놓은 한·중·일 3개국 양식의 짬뽕 정원을 구경할 수 있고 — 정원은 공정이 70퍼센트 정도 진척되어 있는 상황이다. 돈만 밝히는 '진입-공유 구역'이 아니라는, 일종의 여유를 보여 주는 곳이다 — 여러 채의 근정전과 경회루가 결합되어 있는 듯한, 레스토랑 한옥의 장대하고 당당한 입면들을 살펴볼 수가 있었다. 이 한옥은 철근 콘크리트 구조체였다. 그러나 단청이 들어가게 될 이후에는, 손으로 두들겨보지 않는 이상, 전문가도 알아보기 어려울 정도의 징교한 이미테이션으로 완성될 예정이다. 심지어 천장의 서까래까지도 완만하고 미묘한 자유 곡선들을 보여 주는데, 뚫어져라 자세히

205

관찰하면, 그 자유 곡선들이 몇 가지 종류로 여러 차례 반복되고 있음을 알아차리게 된다.

진입-공유 구역 '풀이'의 랜드마크Land Mark는, 레스토랑 '한라'의 '평화' 정원에서도 눈에 잘 띄고 있었다. 이 랜드마크는 진입-공유 구역의 상징이자, 제주테마파크의 상징이었다. 진입-공유 구역의 쇼핑몰을 이루는 건축물들, 바로 은색 물결치는 듯한 '언덕'을 볼 때에, 그 '언덕'들의 물결침에서 각각의 전환점을 이루는 예리하게 휘어진 모서리들의 연장선으로서, 허공에 곤충의 더듬이 같기도 하고 뒤집힌 활 몸체 같기도 한 곡선들이, 창공을 사선 방향으로 찌를 듯이 뻗어나고 있었다. 이 또한 전체적으로 보면, 수많은 곡선들이 횡으로 상호 연결, 집합을 이루며 계속 이어져 나갔는데, 곡선 하나와 곡선 하나의 사이는 ETFE[22] 반투명막으로 덮여 있어, 밤이 되면 각종 조명과 영상을 때려 대며 장관을 연출할 계획이었다. 곡선들의 길이와 높이는 제각각이었고, 가장 높은 것들은 제주테마파크를 접근하는 도로 어디에서도 보일 만큼의 충분한 랜드마크적 요소를 가지고 있었다. 원래는 하늘을 찌를 듯한 별도의 랜드마크를 계획하고 있었는데, 막상 제시된 디자인 시안들이 제주테마파크의 전체 분위기와 영 맞아떨어지지 않는 바람에, 결국 쇼핑몰 '언덕'에 의지하는 스타일이 되고 말았다.

쇼핑몰 '언덕'을 이루는 건축물들이 들어섰고, 그에 따라 곡선들의

---

22 ETFE(Ethylene Tetra Fluoro Ethylene) ETFE는 유리의 한계를 뛰어넘는 신개념 소재이다. 유리보다 빛 투과율이 높고 무게는 100분의 1밖에 안 되며, 매우 유연해서 비눗방울 같은 비정형적이고 다양한 디자인 형태를 소화할 수 있다.

집합체인 랜드마크가 자연스레 나타난 뒤, 그 각각의 곤충 더듬이(또는 뒤집힌 활)들에 조명 기구들이 설치되었다. 그 조명들이 연속으로 켜졌다 꺼졌다 하면서, 공간을 달리는 느낌을 주는 러닝Running을 처음으로 해본 날 밤에, 그 장면을 쳐다보는 수혁의 등 뒤에서 어느 누군가가, "조명이 연속으로 들어왔다 나갔다 하니, 꼭 새가 날갯짓하는 것처럼 보이는군!"이라고 중얼거리며 혼잣말하고 있었다. 수혁은 그 말이 이상하게 잊혀지지가 않아, 곤충 더듬이들 모양의 랜드마크를 '날개짓'이라고 결국 이름 붙이고 말았다. 막상 이름 짓고 보니, '날개짓'이란 랜드마크의 명칭을 헨리 유가 수혁보다도 더 좋아했다.

지금, 수혁은 한옥 레스토랑 '한라'의 공사 현장에 들러서, 어떻게 돼 가나 돌아보고 있는 중이다. 이 한옥 레스토랑 현장은 아무래도 자신이 직접 골머리를 싸매고 설계한 때문인지 더욱 신경이 쓰이는 형편이다. 요즈음, 9월 예정인 완공이 촉박해서, 제주테마파크는 휴일 없이 공사가 진행되는 중이었다. 야간 작업을 지나 인건비 지출 폭이 몇 배로 뛰는 철야 작업이 필요하게 될까 봐 마음을 졸이는 수혁이었다. 그는 금요일 오후임에도 내일이 토요일인데 하면서 어디 놀러 갈 생각이란 것은 꿈도 꾸지 못한 채, 한창 돌아가고 있는 현장에서 서성이고 있었다. 그가 건설관리팀장을 맡은 이상—탐모라디자인에서 나와 (주)제주테마파크로 자리를 옮긴 지가 한참 되었다—언제나 현장에서 마음을 완전히 뺄 수가 없었다. 요새는 중요한 마무리 공사들이 많이 이루어져서 더한 지경이었다. 최근에는 일요일에도 현장에 나와 봐야 할 신세라서, 자신에게 언제 휴일이 주어졌있는지기 점점 기억에서 가물가물해지고 있었다. 수혁은 조금씩 피로가 더해지고 있다는 생각을 종종 하곤 했다. 그 피로는 육체적으로 힘들어서가 아니고, 마음의 긴장감이 이완될 기회를 제대로 가지지 못하는 점이 원인인 것 같았다. 그렇다고 일에 자신 없어서는 아니었고, 일 돌아가는 것에 대해 거의 꿰뚫고 있다는 느낌의 경지를 지나, 가끔 가다가는 일종의 반복되는 일상으로까지 여겨질 때가 있었다. 반면에 일이 만만하게 여겨지는 것도 결코 아니었다. 매일매일 격무를 소화해 내야 했고, 따라서 수혁은 하루하루 무언가에 대기하고 있는 듯한 느낌으로 살아가야 했다. 하지만 일에 대한 두려움이 상당히 사라진 건 사실이라, 그 긴장감이 마음속 어느 부분에서 비롯되는지를 수혁 자신도 잘 모르겠다고 체념하고, 그냥저냥 버티고 살아가는 실정이었다.

"안녕하십니까. 어떻게…… 잘 되세요?"

"예. 안녕하시오. 잘 되고 있어요. 한 팀장님."

수혁이 아는 척을 하자, 붉은 황토색 작업 점퍼를 입은 50대 초반의 남자가 뒤를 돌아보며 고개 숙여 인사했다. 언제나 점잖고 말 없는 김학수 대목장(도편수)이었다. 그는 지금도 넓고 얇다란 목판을 낮은 작업대 위에 올려놓고, 그 위에 엎드려 먹칼로 한옥의 공포栱包 부분 단면 상세를 그리는 중이었다. 현장에 올 때마다 느껴지는 문제였는데, 철근 콘크리트 구조체의 한옥도, 목구조 한옥 못지않게 수작업에 가깝게 지어 나가야 했다. 하나하나의 부재들을 현장에서 직접 만들어 낸 뒤, 현장에서 맞추어 조립하였다. 현장에서 제작 형틀을 만들고, 부재

모양에 따라 그 중심 부위에 힘이 될 철근들을 하나하나 조립 배근하고, 콘크리트를 부어 굳혀서 부재를 만들고, 구조체를 만들어 나가야 하는 장소에 일단 목구조로 이 부재들을 가설치 하고, 다시 부재들과 구조체를 전체적으로 연결하는 거푸집을 만들고, 콘크리트를 부어 굳히고, 한 마디로 쉽지 않은 공사 방식이었다. 요즘의 방식, 즉 공장에서 대부분 부재들이 프리 캐스트Pre-Cast 방식으로 완성되어 나와, 현장에서 조립 완성하는 건식乾式 공법과는 완전 반대 방향의 공법이었다.

그나마 다른 이미테이션 한옥들은, 어느 정도 융통성 있게 회사에서 미리 제작해 놓은 부자재들(예를 들어 공포 한 덩어리, 서까래, 부연 등등)을 쓸 수 있는 모양인데, 이 한옥 레스토랑은 수혁의 철저한 요구 덕분에, 모든 것이 김학수 대목장의 안목과 분별력 그대로 이루어져야 했으니, 공사를 맡은 한옥세계사韓屋世界社의 기술자들 원성이 현장에서 자자했다. 물론 평단가는 45퍼센트 정도가 더 늘긴 했지만.

김학수 대목장은 처음에 가져 온 한옥세계의 실시 설계 도면을 보더니, 한 마디로 쓸 수 없는 도면이라고 다 뒤집어 버렸다. 이는 김 대목장이 자신의 스승에게서 물려받은 고집이기도 했다. 원래 수혁은 김 대목장의 스승(부여 '삼충사'를 감리하신 분으로서, 고건축 부문 인간문화재이기도 했다)에게 공사를 부탁하려 했으나, 워낙 일이 밀려 있던 그 양반은 자신의 애제자를 내주었다. 애제자이니만큼 고집 하나는 대단했다. 수혁의 말을 십분 이해했다. 그의 얘기를 듣고 고개를 끄덕이던 김 대목장은, 수혁이 기획 설계한 한옥 레스토랑 각 가구架構 부재들의 대축척 모형(3분의 1, 6분의 1 스케일의 대형 모형)을 만들기 시작했다. 자신이 하나하나 나무를 깎아, 직접 끼워 맞추어 가며 가능성을 확인하였다. 철근 콘크리트조이기 때문에 역학적인 면에서는 구조 기술사의 진단이 끝난 상황이라, 전체적 구조체를 검토하는 것이 아니고, 하나하나의 가구架構 속 부속품들, 즉 서까래의 굵기, 기둥의 굵기와 높이, 각 인방引枋 들의 두께, 대량大樑, 도리의 굵기, 지붕 물매의 각도, 공포栱包의 모양과 형식 등의 구체적인 미묘한 모양과 치수를 검토하여, 한옥세계사가 만든 실시 설계도의 잘못된 점을 바로잡는 데 힘을 쏟았다.

고건축물을 지을 때, 안허리곡(후리기), 앙곡(추녀 올리기), 추녀곡 잘못 잡아 치목하여, 지붕곡이 세거나 여리고 물매가 싸거나 뜨게 되면, 그 꼴은 한마디로 못 봐 주는 법인 데다가 구조적인 변형까지 오게 되며, 서까래 굵기 삼 푼(3分, 약 0.9센티미터)의 차이가, 건축물의 전체적 중후함을 결정짓는 요소이고, 기둥 굵기에 있어서 한 치(1寸, 3.03센티미터)도 아니고 오 푼(5分, 약 1.5센티미터)의 차이가, 지붕을 굳건히 머리에 이고 있느냐, 아니면, 어딘가 지붕이 건축물을 주저앉힐 것 같은 분위기를 자아 내는 어설픔이냐, 하는 미묘한 조화미를 결정짓는 요소라고 김 대목장은 설명했다. 한옥세계사 실시 설계 담당자들을 앉혀 놓고, 대목장은 모든 치수들을 자기가 생각하는 대로 새로 지정하기 시작했고, 이때마다 설계 담당자들은 울상을 지어야만 했다. 회사가 평소에 보유하고 있는 모듈화된 부재들을 하나도 못 쓰게 되었으니 울음이 터질 만도 했다.

현장에서도, 계속 먹칼로 목판에 대축적과 일대일 스케일의 설계도를 그려 보고, 실제와 맞추어 보는 대목장이었다. 부분부분 완성될 때

마다, 철저한 확인 작업과 교정이 반복되었다. '수정'은 이미 다음 공정
으로 넘어가 있는 상황인데도 힘들게 뜯어 고쳐야 하는 형편이라면,
'교정'은 다음으로 넘어가기 전, 미리 알고 손을 보아 바로잡는 작업을
의미했다. 사실상, 이번 프로젝트는 한옥세계 측에도 큰 경험이었다.
그들은 시공에 따른 진행 사항과 결과들을 언제나 동영상과 사진으로
기록하고, 상세한 세부 도면들과 작업 목록을 만들고 있었으며, 회사
고위 관계자들은 현장에 자주 들르면서 김 대목장에게 질문을 하고,
의문 사항들을 토론하고 있었다. 콘크리트 이미테이션 한옥이, 목조
한옥과 비교해서 어느 정도까지 조화가 이루어지고, 자연스러워지고,
디테일이 가능할 것인가가, 그들도 솔직히 궁금한 모양이었다. 또한
철근 콘크리트 구조체가 가지는 뛰어난 강성 때문에, '자유로운 평면'
이라는, 목구조가 가지지 못한 장점도 이 한옥은 가지고 있으니, 이 제
주테마파크의 레스토랑 '한라'는, 고건축학계 관계자들의 새로운 연구
주제 대상으로 그 미래를 예약 받고 있었다. 물론, 이것을 우린 어떻게
해석해야 할 것인가 자기네들끼리 설왕설래하다가, 결국은 결론 나질
못하게 됨은 자명한 미래일 것이고⋯⋯.

처음에는 불만 섞인 표정들이더니, 차츰 한옥 구조체가 완성되어 가
며 그 자태를 드러내기 시작하자, 점점 호의적으로 변하는 한옥세계사
사람들이었다. 이런 고도의 완성미를 요구하는 철근 콘크리트 한옥이,
그들의 새로운 사업 분야가 될 모양이었다. 어쩌면, 김학수 대목장은
이번 일 때문에 한옥세계 쪽에서 모셔갈지도 모르는 상황이었고, 도편
수로서의 인생이 바뀌는 전환점이 될 수도 있었다. 다만, 그가 새로운

길을 얼마나 원할지는 모르겠지만……

 김학수 대목장은 언제나, 이 레스토랑 '한라'와 한옥 상품 판매점 거리 현장을 지키고 있었다. 그걸 아는 수혁은, 이 철근 콘크리트 한옥 건물들이 '작품'이 될 수 있을 거라는 생각에, 자신이 기획한 모든 것들을 바라보면서, 어떨 때는 눈에 눈물이 다 핑 돌 정도였다. 수혁은 공사 현장을 여기저기 왔다 갔다 하며 자세히 살피다가, 고개를 끄덕거리며 현장을 떠났다. 이곳은 수혁에게 가장 애착이 가는 동시에, 가장 걱정이 없는 곳이기도 했다.

 "한 팀장님. 오셨네."

 록 워크Rock Work 업체 박 사장이 한창 일이 벌어지고 있는 현장에 수혁이 나타나자, 아는 척을 하며 반갑게 맞이하여 주었다. 박 사장은 한국대 조소과 출신으로 나중에 알고 보니 수혁하고는 과는 다르지만 미술 대학 3년 선배였다. 같은 학교 출신이라는 것이 일로서 만나는 경우에는 도움이 될 때도 있지만, 수혁의 경험으론, 눈으로 보고 손으로 만져 보는 냉정한 평가를 필요로 할 일(실제로 만들어 내야 하는 현장 일)에도, 할 소리 다 못하게 만드는 '그 무엇'으로 작용하는 때가 있어 껄끄러워지기가 쉬운 법인데, 박 사장은 같은 학교 선배라는 점에 대해 전혀 내색을 보이질 않아 대하기가 편한 편이었다. 현장은 표면에 조각 작업이 많이 들어가 있는 상황이었고, 일부분은 이미 아트 페인팅Art Painting 단계로 접어들고 있었다.

 "드디어, 색깔이 들어가는 곳도 생겼네요." 수혁은 작업하는 모습들을 살피면서 한 마디 던졌다.

"예. 초벌칠 매기고 있습니다. 최선을 다하고 있어요." 박 사장은 자기 팀이 한 작업을 쳐다보며 감개무량한 목소리로 대답했다.

놀이 구역(Event Area) 내부의 여러 이벤트 존(Event Zone)들 중 하나인, '환상'의 중심 놀이 시설이었다. 명칭은 '전우치의 희망찬 나라'였는데, 고전소설 '전우치전'을 모티브로 쇼 체험형[23]이자 관객 참가형[24] 어트랙션을 새로 개발했다. 어트랙션 시설들의 다양한 특성을 통합하여, '전우치전'이 가지는 '도인들의 세계와 도술'이라는 테마의 환상적인 면을 극한의 개성으로 살려보고자 갖은 애를 다 썼다 할 수 있겠다. 이 놀이 시설은, 제주테마파크 안에서 나이 어린 관객이 까르르 웃으며 가장 좋아할 것이라고 자신 있게 예상될 만큼, 모든 면이 즐겁고 유머러스하였다.

'전우치의 희망찬 나라'의 커다란 돔 안에는, 바위들을 휘감아 중력의 법칙에 저항하여 공중에 밀어올리고, 뿌리가 땅껍질 속으로 파고들어 거북이 등짝처럼 균열을 일으키는 거대한 나무(넝쿨 식물이나 양치 식물같이 디자인되어 있다)들이, 하늘 끝까지 오를 기세로 숲을 이루어 무리짓고 솟구치는 중이었다. 나무 중간과 꼭대기에는 두둥실 하얀 구름들이 걸려 있었고, 테마파크가 가동하면 실연實演 프리쇼Pre-Show의 배우 여러 명이 몸에 와이어를 감고는, 도사 옷을 입고 구름을 발판

---

23 쇼 체험형(Show Expericnce Type) 관객이 이동하면서 여러 형태로 연이어 전개되는 쇼를 즐기는 어트랙션. 주로 다크 라이드Dark Ride형이 많다.
24 관객 참가형(Interactive Type) 관객이 움직이고 놀이에 참가하는 일이 주체가 되는 어트랙션.

삼아 일제히 휙휙 날라 다닐 예정이었다. 아래에서 쳐다보면 웅장한 느낌이 들어 배우 연기까지 합쳐져 장관을 이룰 것이다. 그러나 그 장관도, 도입부에 불과하다. 입장할 때, 도사의 명을 받은 관객들은 주어진 미로에서 재빨리 도망쳐서 다시 나와야 했다. (관객이 주어진 미로를 쉽사리 통과하지 못하게 시뮬레이션 되어 있다. 미로는 두 달마다 간편한 작업으로 리뉴얼Renewal이 가능하도록 설계되었고 따라서 계속적으로 바뀌고 변화한다) 안 그러면, 청룡, 백호, 주작, 현무의 네 방위 수호신들이 튀어나와 그들을 붙잡아 어디론가 끌고 가 버린다! 사실, 진짜 재미는 납치당한 이후에 벌어진다.

"색깔 말이에요. 칼라 칩하고 정확히 맞아야 합니다." 수혁은 초벌 칠하는 페인트 색깔이 조금 걱정스러웠다. 좀 약간 다른 색상인 것 같아 확인할 필요가 있었다.

"샘플하고 정확히 맞춘 건데요." 박 사장의 대답이다.

"아니에요. 톤이 다운되어 있어요. 좀 칙칙한데……." 말하면서 수혁의 인상이 조금 찌푸려지고 있었다. 박 사장은 그의 표정을 살폈다.

"그래요? 그럼 한 팀장님이 직접 확인해 보시지요." 약간 걱정스러운 얼굴로 변하는 박 사장이었다.

"그러지요. 페인트는 어디에 타 놓으셨어요?" 직접 확인해 보라는 박 사장의 말에 곧바로 허락하는 수혁이었다.

"절 쫓아오시지요. 이리로 오세요. 하지만 걱정 안 해도 돼요. 틀림없어. 우리도 이렇게까지 신경 쓰면서 일을 해본 적이 없어요. 이번 일은 우리들도 자랑이에요."

박 사장이 수혁의 소매를 잡아끌자 그는 뒤를 쫓아가기 시작했다. 그러면서도, 록 워크 작업을 하고 있는 여기저기를 끊임없이 살피는 수혁이었다. 가까이서 보는 록 워크 작업은, 디테일이 섬세하게 조각되어 느낌이 박력이 있었다. 박 사장과 같이 일하는 팀이, 이 정도의 섬세한 퀄리티로 작업을 한 경우가 몇 년 만에 처음인지 모를 지경이니 자랑스러울 만도 했다. 이런 볼 만한 록 워크 작업이 레스토랑 '한라'의 '평화' 정원 여기저기에도 섬세하게 펼쳐지고 있었다. 바로 '어마어마한 돌쌓기'가 이 록 워크 작업으로 만들어지는 중이다. 지금 완성되어 가는 것을 주커전이 직접 본다면 얼마나 좋아할까, 그런 생각을 하면서 수혁은 '평화' 정원의 '어마어마한 돌'들 표면을 손으로 쓰다듬곤 했다.

록 워크 작업은, 건축 구조체가 땅 위에 세워지면 그 위에 껍데기를 붙이는 일인데, 일반적인 건물들과는 달리 별도의 외장재나 내장재 없이, 시멘트 모르타르Mortar 조형과 색칠을 통해 돌이면 돌, 나무면 나무처럼 보이게 만드는 기술이다. 쉽게 말해, 건축물의 콘크리트 골조 위에 시멘트 덩어리를 붙여서 만드는 아주 견고한 세트이다. 가짜 재료로 만들어 진짜처럼 보이게 하는 마법 중 하나라 할까. 뼈대를 만들고, 그 위에 가는 금속망인 메탈 라스Metal Lath로 형태를 대충 만든 뒤, 유리섬유 강화시멘트, 바로 GRC(Glassfiber Reinforced Cement)를 스프레이 건으로 분사하여 덩어리를 만들고, 다시 그 위에 시멘트 모르타르를 입힌다. 모르타르가 작업이 용이할 정노까지 마른 뒤에는, 조각칼과 주걱(헤라)으로 섬세한 형태를 쪼고 붙여서 진짜처럼 만들어 내는 작업을 하는데, 이때가 작업팀의 실력이 드러나는 순간이기도 했다. 그 뒤 아트 페인팅이라 부르는 정교한 표면 색칠로, 진짜로 착각이 일어날 정도의 마지막 마감을 한다.

역사가 좀 된, 오래된 테마파크에 가서 초창기에 만들어진 건물이나 조형물을 관찰해 보면, 사람 손이 닿는 곳은 단단한 록 워크 작업이 많이 이루어졌지만, 사람 손이 닿기 어려운 높은 곳이나 시야에 직접적으로 들어오지 않는 부분은, 표면에 FRP나 우레탄 폼으로 마감이 되어 있는 경우를 많이 볼 수 있다. 이 경우, 손으로 두드려 보면 텅텅거리며 속이 빈 것을 알 수 있을 것이다. 가볍고, 다루기가 쉽고, 가격이 저렴하여 많이 사용했으나, 내구성이 약한 것이 흠이었다. 그래서 요즈음은, 록 워크 작업이 필요할 만한 테마파크 건축물에는, 다른 종류의 표면 마감법이 병행되어 쓰이지를 않고, 록 워크 작업 하나로 완전히 이루어지는 추세였다. 간단히 말해서, 새로 짓는 테마파크의 묘사적인 건물이나 조형물 표면은 모두 록 워크 작업 결과라 생각하면 된다.

다만 이 일은 사람이 전부 손으로 만들어 내는 핸드 메이드 수공업 작업이니, 그 비용과 시간의 투여가 만만치 않음이 문제였다. 애초에 제주테마파크는 디즈니랜드와는 방법론이 다른 테마파크가 되는 것이 목표였다. 디즈니랜드가 연상되는 테마파크를 거부한 결과, 개념은 혁신적인 건축 기술이 필요한 쪽으로 흘러가 건설사의 엔지니어링 역량이 중요시 되어 버렸고, 록 워크 작업과도 같은 핸드 메이드 스타일은 많이 사라진 결과를 낳았다. 그러나, 반드시 핸드 메이드로만 해결되는 몇몇 장소는 남았으니, 이 록 워크 작업을 위해 미국에서 전문

팀을 불러올 것인가, 아니면 한국 측 업체에게 맡길 것인가가 회의 석상의 논란거리가 되었고, 결론은 "한국 측 업체가 담당한다."였다. 이유는, 첫 번째로 비용(일단 미국에서 불러오면, 하루에 한 사람 일당이 60만 원이었다)을 줄이려는 것이었고, 두 번째로 놀이 기구 같은 어트랙션들의 기계 설비(이것도 시장이 항상 형성되어 있어야 산업이 정착되는 법인데, 한국에선 시장 자체가 확고하지 못한 결과로, 놀이 기구 제작 쪽은 그다지 발전하지 못한 상황이다)는 미국과 유럽계 회사들이 주로 맡고, 건설은 한국 측에서 완전히 소화하는 명확한 상호 분업 체계의 확립이었다. 시공 공정상 서로의 업무 플로우가 분명히 나뉘어야, 현장에서 가급적 서로 건드릴 일이 없다는 현실적인 문제 해결 방법이다. 하지만 일이 진행되다 보니까, 어트랙션 기계 쪽도, 한국에서 제작 가능한 것들은 한국 업체에 일을 맡기는 경우(비용 절감이 주목적이었다)가 계속 늘어만 갔다.

예를 들면, 외국계 회사처럼 '우리의 주종목이 롤러코스터다!' 하고 롤러코스터 승물乘物과 트랙을 전문적으로 만들어 온 것이 아니고, 본래는 경전철 교량과 레일을 만드는 회사인데 얘기가 들어가니까 '우리도 한번 해보자!'한, 그런 사정들이었는데, 이런 경우는 수혁과 디자이너들이 그들에게 어떤 건지 설명하면서 이해시키는 데에도 시간이 많이 걸리고, 설계 때에도 한 번에 해결이 나질 않았고, 현장에 세울 때도 신경을 곤두세워야 하는 애로점들이 있었다. 그런 일들을 겪다 보니 수혁 입장에선, "우리나라도 테마파크 관련 산업이 많이 발전했으면 좋겠다!"는 바람이 생기게 되었고, 무엇보다 아직 산업적으로 지지

부진한 형편이 제일 애석하기만 했다.

어쨌든, 수소문 끝에 록 워크 작업 업체로 박 사장의 회사가 선정되긴 했는데, 막상 탐모라디자인 회의실에서 박 사장과 팀을 만나 보니, 그들에게서 풍기는 맥이 빠진 듯한 인상이 문제였다. 지쳐 있다고 할까? 기운들이 없다고 할까? 이들은 포에버랜드가 '그림 형제의 언덕(Grimm Brother's Hill)'을 만들 때 록 워크 작업을 담당한 팀이었다. 당시 미국 록 워크 회사랑 조인트를 해서 작업한 결과 그들의 노하우를 거의 완전히 습득했고 ─ 잘 가르쳐 주질 않으니까, 민망한 짓도 해가며 갖은 고생을 다 한 모양이었다 ─ 나중에는 독자적으로 '그림 형제의 언덕'을 마무리 지었으니, 그 실력에 대해서는 의심의 여지가 없었다. 그런데 박 사장이 되뇌이는 말은 "언제까지 완료해 주면 되냐?"는 질문뿐이었다. 일정에 쫓기고만 살았는지, 도면을 보여 줘도 "이게 몇 달 짜리 일인데……." 하며 걱정스런 얼굴로 선처를 바란다는 표정만 지으니, 수혁은 분위기 이상하게 흘러간다는 생각이 들었다. 그때, 같이 회의에 참석해 협의 과정을 보고 있던 마크 페린이 수혁의 어깨를 가볍게 툭툭 치며 회의실 밖으로 데려 갔었다.

"한, 지금 필요한 건 말이야. 저 사람들은 어느 정도의 퀄리티를 생각하냐고 우리에게 물어야 하고, 우린 여기까지 표현이 되어야 한다고 강력하게 요구하면서 서로 줄다리기를 해야 하는데, 그 말이 없어. 언제까지 해야 하냐고, 일정에만 관심 있으니 어떻게 된 거야?"

"글쎄요, 마크. 저 사람들, 그동안 일정에만 쫓기고 살았나 봐요. 그 그림 형제의 언덕이 끝나곤 별다른 큰일이 없었을 거 아녜요. 그동안

이것저것 잡다한 일들, 클라이언트가 빨리빨리 해치워야 한다고……,
시간이 돈이라고 닦달해 대는 일들만 한 게 아닌가 싶은데……. 여긴
테마파크 쪽으론 일들이 계속 이어지질 못하니까 그동안 많이 힘들었
을 겁니다.”

　마크 페린은 고개를 뒤로 젖혀 복도 천장을 쳐다보며 뭔가 생각하더
니, 오른손 엄지와 중지 손가락을 딱 튕기며 휘파람을 불면서 사라졌
다. 잠시 후, 두 손에 기름이 잘잘 흐르는 전기구이 통닭 한 마리와, 듬
직하고 잘생긴 뼈에 기다랗게 살을 발라 펼쳐 놓은 먹음직스런 생갈비
한 덩어리를 조심스럽게 들고 왔다. 물론 진짜가 아니라 음식 모형이
었다. 플라스틱하고 실리콘으로 만들어진 것 말이다.

　마크 페린은 이 음식 모형에 관심이 굉장히 많았다. 가끔 점심 먹으
러 한 블록 떨어진 대형마트 푸드코트에 갈 때마다, 푸드코트 앞 너비
8미터는 충분히 될 음식 모형 전시대 앞에 서서, 하염없이 들여다보는
게 취미였다. 이 전시대에는 한식, 중식, 일식, 미국식, 프랑스식, 이태
리식, 베트남식, 태국식 등 각종 요리들의 음식 모형이 80여 점은 족히
넘게 전시되어 있었는데, 그것들을 싱글싱글 웃으며 쳐다보면서, “이
게 진정한 테마파크야! 얼마나 생동감 있어! 이 치솟는 욕망은 또 어떡
하고!”라는 감탄사를 늘어놓곤 했다. 나중에는 수혁에게 이 음식 모형
만든 업체를 알려 달라고 해서 인터넷 검색해서 가르쳐 주었더니, 그
쪽에 연락을 넣어 현장을 좀 가보자고 몇 번을 조르는 바람에, 비행기
타고 김포 공항에 내려 렌트카를 몰고는, 경기도 안양의 음식 모형 회
사에 같이 갔다 온 적(회사에는 업무라 말하고 하루 만에 다녀오느라,

일정에 쫓긴 걸 생각하면 지금도 치가 떨린다)이 있을 정도였다. 수혁이 통역을 했고, 마크 페린은 만드는 공정이랑 샘플들을 자세히 살핀 뒤, 가령 미국에서 오더를 넣으면 어느 정도 퀄리티로 뽑을 수 있는지, 기일은 얼마나 걸릴는지, 미국 진출이나 합작 같은 생각은 없는지 이것저것 캐묻더니, 돌아올 때는 모형 샘플들을 가방 가득 얻어 오기까지 했다. 수혁이 왜 그러냐고 물어봐도 싱긋 웃기만 할 뿐 딴전만 피워서, 속내를 알 수는 없었지만, 투잡으로 자신이 직접 음식 모형 회사를 차려 기술 협력을 할 궁리를 하는 것이거나, 아니면 레스토랑을 하나 크게 하고, 그 앞에 근사한 음식 모형 전시대를 놓고 싶은 게 아닌가 추측해 볼 따름이었다. 미국에서는 음식 모형들을 레스토랑 앞에 전시 안 하냐고 물어보니, LA 저팬타운에나 가면 볼까 그 외는 보기 힘들다고 하면서, 저렇게 반짝반짝 생명력 넘치는 음식 모형은 처음 본다고 좋아했다. 그러면서 한다는 소리가, "난 가짜는 다 즐거워! 진짜가 싫어!"였다.

마크 페린이 회의실 테이블 위에 통닭하고 생갈비를 펼쳐 놓자, 박 사장과 록 워크 작업팀은 왜 이러나 의아해서 눈치만 보고 있었다. 수혁도 페린 입에서 무슨 소리가 튀어나오려나 궁금해서, 흥미진진하기가 이루 말할 수 없는 상황이었다.

"일정은 난 몰라요, 싸장님. (페린은 '사장님'만큼은 '싸장님'이라고 한국어로 직접 말했다. 하도 한국인 사장들을 만나다 보니, 그 단어만큼은 아주 유창하게 발음했다) 퀄리티가 중요해. 퀄리티. 이 정도까지 록 워크 작업 디테일이 나와야 해요. 여기, 땀구멍 보이죠? 털구멍인가? 그리고 여기, 마블링 보이죠? 이거는 고기 힘줄이고, 결 따라 갈라진 곳이고. 알겠죠? 무슨 말인지."

마크 페린은 통닭의 한 부분, 닭털이 빠진 오돌도돌한 껍질이 열기에 눌어붙고, 일어나서, 알따랗게 조각이 남아 있는 것을 극사실주의로 표현한 부분을, 우선 박사장에게 보여 주더니, 그다음에는 생갈비의 여러 곳을 손가락으로 지적하며 간결하게 설명했다. 마크 페린이 설명하고 나니, 퀄리티에 대해서는 더 이상의 무슨 말을 할 필요가 없을 정도였다. 박 사장 일행은, 일시에 얼굴들이 어두침침해졌고, 동시에 맥 빠진 모습들은 사라지며, 갓 잡아 올린 생선마냥 팔딱거리기 시작했다.

"무슨 말인지 알겠지만……. 뭐, 우리가 못할 줄 아쇼? 시간만 줘봐! 시멘트로 된 나무에서 새싹이 돋게도 할 수 있으니까! 한다면 한다! 하지만 시간도 안 주면서, 하라고 하진 말아요! 이렇게 할 시간이 없어서, 안 하고 살아왔을 뿐이니까."

박 사장은 얼굴이 시뻘개지며 울화통을 터뜨리듯이 말을 했다. 보아하니 상당히 다혈질인 것 같았다.

마크 페린은 그 꼴을 보더니, 예의 그 싱글싱글 씩 웃는 미소를 보이며 간결하게 답변했다. "시간 줄게요. 작업 들어가서 나하고 이 미스터 한이 됐다고 할 때까지 계속하는 겁니다. 기간 안 정할게. 대신 전체적인 비용은 작업 시간이 아니라 프로젝트당 산정 금액으로 하는 게 좋겠어요. 일단 내 생각이에요. 한, 어때. 이게 좋겠지?"

수혁 생각도 마크 페린히고 같았다. 작업 결과에 대해 박 사장네가 책임지게 할 필요가 있었다. 아무래도 불안한 요소가 있었다. 상황을 지켜보며 달래면서 일을 시켜야 하니, 일정에 따른 일일 임금 계산이 아니고, 프로젝트 완성시의 일괄 지급이 필요했다.

"좋아요. 마크. 나도 그게 좋겠어요."

박 사장은 수혁과 페린의 얼굴을 차례로 보더니, '니들 속은 내가 다 알고 있지.'라는 얼굴 표정을 지으며 말을 했다. "좋은데, 다만 선수금은 주세요. 그러지 않으면 나도 일 못해. 완성이라고 오케이 사인 날 때까지, 마냥 뺑이 깔 텐데, 그거라도 있어야죠."

수혁은 간결이 답변했다.

"그러세요. 그럼 이제부터 돈 얘기 하자구요. 박 사장님."

수혁은 컬러 칩과 록 워크 작업에 쓸 페인트와의 색상 차이를 확인하고, 백색을 조금 더 타 넣어 색상을 좀 밝게 만들라고 박 사장에게 지시했다. 새로 만든 색상으로 페인팅해서 나온 결과를 자기 눈으로 확인까지 한 후에야, '전우치의 희망찬 나라'를 빠져나올 수 있었다.

이제 수혁은 '환상' 존(Zone) 옆으로 자리잡고 있는 또 다른 이벤트 존(Event Zone), '태풍의 눈을 벗어난 순간' 쪽으로 향했다. 얼핏 보면 뭔가 숨겨져 있을 것 같은 이 존의 명칭엔, 사실상 별다른 심오한 뜻은 없었다. 관객들 마음 편히 받아들이시라고, 뜻 그대로 연출한 이벤트 존이다. 태풍의 눈에 있을 때는 모든 것이 잠시 잠깐 조용하겠지만, 벗어나는 순간, 순식간에 주위의 모든 것들이 뒤흔들리기 마련이다. 그 기분을 오신 손님께 현실로 만끽하게 해 드릴 것이라는 친절한 설명을, 아예 제목으로 붙여 버렸다. 본래 존의 이름을 '위험'이라고 간단히 명명했었는데, 다른 이벤트 존들의 명칭이 다 '환상', '평화', '안식', '여행', 이런 식의 간결하고 어딘가 사색적인 느낌이 감도는 분위기만으로 줄줄이 붙여 놓았다는 헨리 유의 지적 때문에, 기다란 서술식으로 바뀌어졌다. 위험해 보이고, 불안정하고, 짜릿짜릿한 모든 놀이 기구(어트랙션)들을 한곳에 모아 놓았다. 이 이벤트 존은, 일부러 해안가에 바로 붙어서 조성되었다. 제주의 바닷바람도 위태위태함을 도와줄 것이고, 공중에 끌려 올라갔다가 바다 수면 위로 내려꽂히는 놀이 기구들은, 손님들의 심장을 더욱더 쫄깃쫄깃 졸아붙게 만들 수가 있었다. 다른 이벤트 존들에선, 어트랙션들의 특징으로 **관객을 생각하게 만드는 놀이**들이 만들어졌다. 관객과 끊임없는 대화를 나누면서, 모든 가능성을 끊임없이 부드럽게 열어 주는 어트랙션이라 한다면 — 그래서 개발하기가 더욱 골치 아팠다. 관객 수준을 너무 높이 상정한 게 아니냐는 회의적 의견들이 끊임없이 솟아 나왔지만, 수혁은 밀어 붙였다 — 이곳은 달랐다. 여기의 놀이 기구는 최첨단의 아찔아찔한 라이드 Ride[25] 시설 집합체라 할 수 있었다. 그래서 디자이너가 마음 편한 구석이 있었다. 최신, 그리고 아찔아찔함, 두 가지만을 고려하면 되었으니까! 그래서 존의 명칭도, 다른 곳들과는 다른 스타일의 작명이 되어 버렸는지 모를 노릇이다.

'쏟아지는 별똥별'이란 이름이 붙은 놀이 기구가 공중에서 뱅글뱅글

---

25 라이드(Ride) 라이드 승물乘物, 라이드물, 리이드 기구, 라이느 비히클Ride Vehicle, 다 같은 뜻으로 현장에서 혼재되어 쓰인다. 매력물(어트랙션 Attraction)을 경험하기 위해 관객이 타게 될 운송수단을 말한다. 여기선, 라이드 기구를 '탈것'이란 말로 주로 표현하겠다.

돌다가 거꾸로 뒤집혀졌다가 하는 것이 눈에 띄었다. 시계추가 좌우로 왔다 갔다 하는 진자 운동을 원리로 하는 '바이킹'에다가 복잡한 원운동을 결합한 라이드-탈것이었는데, 지금 계속 테스트 중이었다. 커다란 문제거리는 없었다. 순조롭게 진행되어 가는 놀이 기구여서 수혁은 흘낏 쳐다보고는 지나쳐 버렸다. 그가 가는 목적은 다른 곳에 있었다. '쏟아지는 별똥별' 옆을 지나 바다 쪽으로 향했다.

복잡한 나선형을 그리며 배배 꼬인 롤러코스터의 레일이 바다 위 공중에서 펼쳐지고 있었다. 물론 출발은 해변가 지상에서 하지만, '바다 위의 롤러코스터'를 생각하게 된 것은, 다름 아닌 F Zone과의 연육교 건설 얘기가 나오면서부터였다. 아무런 말도 없이 숨기기만 하다가, 갑자기 인공섬을 바다 위에 세운다 하고, 거기에 덧붙여 연육교까지 만드는 판인데, "우리도, 바다 위에다 뭐 좀 해보자!"라는 일종의 '복수심?' 같은 생각들이 디자이너 회의 시간을 지배한 적이 있었다. 누군가의 입에서 처음 제안이 나왔을 때, 헨리 유에게 삿대질하며 '당신 맘대로 바다에다 뭘 한다는데, 우리도 할 수 있지?'라고, 겉으로 말하진 못해도 속으로 욕하고 있다는 표정을 역력히 표시나게 지으며 프리젠테이션 할 것을 생각하니, 은근히 기분들이 좋아지는 모양이었다. 물론, 헨리 유는 뜬뜬한 표정 속에 겉으로 눈썹 하나 까딱 안 하겠지만.

무사 통과였다. 오히려 헨리 유는 좋아했다. 테마파크가 바다와 가까와 소금기에 대한 시설 방청 작업 때문에 돈만 더 들어가 골치만 아플 줄 알았다고 하면서, 좋은 생각을 해냈다고 남이 안 하는 것을 해야 된다고, 오히려 칭찬을 디자이너들에게 늘어놓았다. 헨리 유는 그런 사람이었다. 눈치는 빨라서 모든 상황을 단숨에 파악해 버렸고, 설명을 들으면서 머릿속으로 순식간에 손익 계산서를 작성하는 인물이었다. 바다 위에 롤러코스터 레일을 만들어 놓으면 건설비의 증가액(약 1.8배의 증액이 예상되었다)과 테마파크의 명물로서 유명세를 탈보이지 않을 수익(이건 수치상으로는 제대로 표현되지 않을 항목이니, 의사 결정자는 자신의 직관적 감각에 의존할 수밖에 없다)과의 비교를 속셈으로 재빨리 해본 뒤, 이익이라는 판단이 들자 얼굴에 기쁜 듯한 웃음을 함빡 머금고 디자이너들을 칭찬한 것이다. 그 일 때문에 헨리유의 인기가 디자이너들에게 조금은 회복되지 않았나, 나중에 생각해 보는 수혁이었다.

최대 수심 20미터 미만인 얕은 해수면 밑 암반에 7미터짜리 지중地中 파일을 박아서 세워졌거나, 아니면 부유체로 보이는 널찍한 플레이트 위에 세운 다수의 기둥들 위로, 복잡하게 얽혀서 꼬여 있는 레일이, 파란 배경을 뒤로 하고 선명한 아이보리 백색으로 도드라져 있었다. 멀리서 보면, 바다 위에 헝클어진 실타래가 허공에 둥둥 떠 있는 모양새였다. 롤러코스터는 세계 기록에 연연하지 않기로 작정하고 만들었다. 레일의 최대 높이가 2백 몇 미터가 넘는다는 둥, 최대 낙하각이 칠십 몇 도라는 둥, 최대 속도가 시속 2백 십 몇 킬로미터라는 둥, 순간 최대 중력가속도가 4점 몇G(4.*G) 세계 최고라, 전투기 조종사가 느끼는 6G와 얼마 차이 없으니 장래 공군사관학교 지망생은 자주 가서 자신의 몸을 테스트 해보라든지, 탑승 시간이 총 몇 분인데, 너무나 오랫동안 타게 된 꼴이라 끝물에 가서는 "아! 이게 언제 끝나나! 이젠 그만 좀 내렸으면 좋겠다!"는 진저리가 난다는 식의 진기명기 기록들은, 어차피 세월이 지나면 깨지기 마련이었다. 목표는 세계에서 유일한, 절대로 다른 데서는 흉내 낼 수 없는 롤러코스터였다.

첫째로, 바다 위에 건설되는 레일이라는 것이 세계적으로 유일무이唯一無二한 자랑거리가 될 것이라 여겨졌고 ─ 영원히 깨지지 않을 기록일 것이다. 바다 위에 롤러코스터를 만든다는 미친 짓을 어느 누가 또 하겠는가! ─ 둘째는, 레일의 교각들 중에 하부 받침대가 해수면 위로 둥둥 떠 있는 것(부유체)들이 상당 부분 만들어져 있어, 교각이 위치를 바꾸면서 레일 자체가 고무줄 모양 늘어났다, 줄어들었다 하는 운행 구간이 특별하게 구분되어 있다는 점이었다. 두 가지 모두, 바다라는 입지가 쥐어 준 특성이라 하겠다.

롤러코스터의 이름은 '회오리 바람'이었다. 명칭에 어울리게, 타고 있으면 태풍 속 회오리 바람에 말려든 느낌이 들게 해줄, 극단적인 짜릿짜릿함을 선물하는 게 목표였다. 탑승객은 프리쇼Pre-Show[26]로 주어지는 좁은 암굴 사이를 급경사로 튕겨져 올라가면서 ─ 낙하 지점까지 자연스레 끌어올리는 것이 아니고 자기장의 힘으로 튕겨지는데, 올라가면서도 꽈배기 모양 뒤틀리며 올라가게 되어 있다 ─ 연습 삼아 비명을 한 번 질러 본 뒤, 그다음부터는 정신줄을 놓게 되어 있었다. 탈 것의 탑승객 좌석만을 보면, 미국 캘리포니아 식스플랙스 매직마운틴

---

26 프리쇼(Pre-Show) 본편에 해당하는 매력물(어트랙션)이 전개되기에 앞서, 맛뵈기로 이야기를 전달하는 일.

Sixflags Magic Mountain에서 처음 소개되었던 '엑스(X)'와 동일하였다. 좌석 바닥이 레일에 고정적으로 붙어 있는 일반적인 형태가 아니고 — 탑승객 탈것이 레일 아래쪽에 매달려 있는, '독수리 요새' 같은 인버티드 Inverted형도 아니다 — 탑승객 좌석은 탈것 본체 양옆으로 허공에 삐져나와 있었다. 따라서 좌석 아래 발판이 없어 탑승객은 자신의 다리가 허공에 대롱거리는 꼴을 감수해야 했고, 코스터 운행 중에 원심력에 따라 좌석 자체가 독자적으로 뱅글뱅글 회전(때에 따라선 완전히 거꾸로 뒤집힌다)하게 되어 있었다.

 이 복잡한 탈것(Ride) 장치 때문에, 프리쇼 암굴暗窟을 만들 때부터 말썽이었다. 좁은 통로라는 느낌을 주어야 되는데, 좌석 또한 옆으로 길게 늘어서 있고, 이 또한 제멋대로 회전하고 있으니, 암굴 벽과의 간섭干涉 문제 해결이 우선 쉽지 않았다. 탑승객이 튕겨져 올라가면서 벽에 부딪칠 수는 없는 노릇 아닌가! 그래서, 꽈배기 모양 올라가지 말고 곱게 그냥 일직선 사선으로 올라가자는 의견이 대두되었지만 — 이는 드문 일이긴 했지만, 감독관(Supervisor)을 겸임하던 드림밸리사 테크니컬 엔지니어가 먼저 말을 꺼냈다. 얼마나 골치 아프면 그가 먼저 말을 꺼냈겠는가! — 컨셉을 만들어 낸 '태풍의 눈을 벗어난 순간' 존Zone의 로컬 디자이너인 하워드 잰슨Howard Janson이, 절대로 꺾이지 않을 때 고집을 부려 해보기로 된 사정이었다. 그는 두 번 꼴 것을 한번만 꼬기로 변경한 뒤, 큰 은덕이라도 베푼 표정이었다.

 열한 차례에 걸친 수도 없는 설계 변경과, 그에 따른 프리쇼 시설물의 부분적인 재시공이 잇달았다. 하워드 잰슨은 관리감독(Supervision)

하고 있는 감독관들(실질적인 감독관이 네 명이나 되었다)과 공사팀장, 작업반장, 그리고 설비업체 직원들의 분노에 찬 — 살해 욕구를 은연 중에 느낄 수 있는 — 눈빛들과 마주치며 현장을 누빌 수밖에 없었다.

꿋꿋하긴 한 친구였다. 40대 초반, 로컬 디자이너 중엔 제일 나이 어렸다. 그래서 용감한 모양(좋게 말하면 새로움에 대한 의욕도 있고)이었다. 롤러코스터의 출발 서두부터 속을 썩이더니, 회의 석상에서 마침내 수혁의 머릿속까지도, "땡!" 하며 종 치듯 한 방 때려 준 잰슨이었다. 궤도의 레일 자체가 탄력적으로 움직여 줬으면 한다는 의지를 표명하면서, 방법은 "F Zone!"이라고 한 마디 던졌다. 부유체식 해상 구조물에 답이 있을 거라고 하면서 수혁의 눈을 적극적으로 응시했다. 바다 위에 건설하는 판에, 끝까지 바다를 이용해 먹자는 논리였다. 교각 자체가 해수면 위에서 유동적으로 움직이면서 버텨 주고, 따라서 레일의 필요한 부위들 사이사이에 늘어났다 줄어들었다 하는 관절이랄까, 주름이랄까, 그런 부분들을 넣어서 연결해 놓으면, 탈것이 레일 위를 이동해 갈 때, 각 위치에 따라 변화하는 운동 에너지를 받아 내는 레일의 위치도, 계속적으로 고무줄 모양 늘어났다 줄어들었다 하면서 변화하는 움직임의 맛이 있을 것이라고 하워드 잰슨은 예측했다. 좌석 자체도 레일 위를 이동해 가면서, 원심력에 따라 앞뒤로 그네 모양 흔들어 대고 뱅글뱅글 뒤집히고 할 테니 — 진짜로 회오리바람에 휩쓸려 봐야지만 머릿속에 개념이라도 잡힐 만한 변화이긴 하다 — 지상 최대의 롤러코스터가 됨이 틀림없으리라 그는 꿈에 부풀어 있었다. 잰슨은 진정한 공포란 변덕스러워야 된다며, 극한의 스릴이란 게 어떤 건지를 타 본 사람은 잘 알게 될 것이다 자신했다. 수십 번을 연속으로 타도, 한 번도, 같은 궤도가 도돌이표 모양 반복된다는 느낌이 없을 테니, 탑승객은 어쩌면 중독될지도 모른다고 하면서 그는 혼자서 킬킬 웃어 댔다. 수혁은 그 기상천외한 생각에 놀라지 않을 수가 없었고, 부유체 구조물식 레일 교각의 해결은 자신의 몫이라는 것을 알고는 골치가 아플 수밖에 없었다. 결국, 한국해양연구원(KORDI) 해양시스템안전연구소의 서정진 박사를 잰슨과 같이 또 만나러 간, 한수혁 팀장이었다.

서 박사는 수혁 일행을 마주하면서, 처음에는 참 살다 살다 별일을 다 의뢰받아 본다는 표정이더니, 얘기를 마저 듣고는 흥미 있다는 기분을 솔직히 나타내었다. 롤러코스터를 바다 위에 세운다? 생각만 해도 재미는 있는 얘기라면서 부정적인 느낌을 표시하진 않았다. 하지만 자신이 지금 결정할 수는 없다면서 좀 기다려 보라고 하고는, 일주일 뒤에 연락을 주었다. 한 번 해보자고. 가능할 것 같다고 하면서 덧붙이는 말도 하나 있었는데, 제주테마파크에 관한 한은 적극 협력해 주라고 연구원 원장이 거들더라는 것이다.

레일과 탈것의 제작은 롤러코스터 쪽으로 많은 경험과 노하우를 가졌다고 정평이 나 있는 독일의 ZE(Zentrale Entwicklung)사가 맡았고, 레일을 놓을 궤도 및 교량 제작은 한국기업 세신世新엔지니어링이 서정진 교수 측과 협력하여 제작하였다. 해상 부유체식과 해저지반 고정식 교각 두 종류는 현세중공업에서 서 교수의 얘기를 들어가며 만들어 나갔고……. 새로운 개념으로 설계 기술을 개발한다는 것도 쉬운 일이 아닌 상황인데, 이렇게 제작을 맡은 회사가 3개 회사에, 서 교수로 대표되는 해양시스템안전연구소에, 그리고 드림밸리사의 테크니컬 엔지니어와 자신이 처음 아이디어를 냈다고 자랑스러워하고 있는 하워드 잰슨까지 합세한 바람에, 처음 보는 바다를 건너가는 중이라 해도海圖를 새로 그려가며 처녀 항해 중인 탐험선, '롤러코스터 회오리 바람'은 선장이 무려 다섯 명이 되었다.

궤도의 전체적인 모양 정하기부터가 진통이었다. 도대체가 설계부터 진도가 나가지를 않았다. 탐모라디자인공작소 회의실에 모여 앉아, 계속적으로 옥신각신 말싸움만 하지, 뭐 하나 제대로 정해지지를 않았다. ZE사는 그들만의 노하우를 내세우며, '너희들이 뭘 알어!'란 입장을 정중한 태도로 확고하게 표시하였고, 하워드 잰슨은 자신이 생각한 몽상에 가까운 개념들을 다 이루고야 말겠다는 투지에 불타오르고 있었고, 세신엔지니어링은 이거 우리가 잘못 끼어든 것 같다는 회의에 찬 표정(앞으론 경전철 사업만 열심히 해야겠다는 생각이 모락모락 솟는 모양이었다)이었으며, 마지막으로 현세중공업은 '우리가 이 테마파크 주요 투자자 중 하나니 할 수 없지!'라는 체념에 찬 분위기였다. 서정진 박사는 직접 참여하지는 않았고, 가능한 설계 기술을 확고하게 도면 개념으로 제시해 준 상황이었다. 굳이 회의까지 들어와 설득하고 자시고 할 것도 없었을 것이다. 간단히 말해, '하란 대로 하거나, 뭐, 싫음 말고……. 할 수 없지.'가 간결하고 명확한 그의 입장이었다.

상황은 수혁이 나서지 않아도 어쨌든 정리(일을 해야 하니 정리 안 할 수는 없었다)는 되고 있었다. 마크 페린은 걱정스러워 하는 수혁에게 "좀 두고 보자."고 기다릴 것을 충고하였다. 드림밸리사의 엔지니어가 결국은 각 회사 엔지니어들의 말을 듣는 입장이 되었고, 하워드 잰슨은 회의 석상에서 점차 자연 도태(솔직히 말해 왕따였다)되어 갔다. 현장에서 일처리도, ZE사와 세신엔지니어링, 그리고 현세중공업의 주장들(3자들 중요성의 경중을 따져 본다면, 세신이 좀 약한가? 한마디로 다 비슷하게 중요해서, 누가, 어느 누구의 말을 들을 상황이 아니었다)을 드림밸리사 엔지니어가 눈치껏 교통 정리하는 상황이었고, 결국 어느 누구도 자신이 감독관(Supervisor)이라 자신 있게 말할 입장(드림밸리사 엔지니어에게 "네가 감독관이냐?"고 물어보면 어깨를 으쓱거리며 "난 아니야!"라고 대답하는 형편이었다)이 못 되었고, 네 명의 현장 임명 감독관급들이 자연스레 생겨나고, 서로 간에 입씨름하면서, 어떻게 하든지 '울며 겨자먹기'로 진도는 나아가는 결과를 낳았다.

프리쇼용의 암벽 덩어리 속에서, 바다 쪽을 향해 궤도를 따라 커다란 지네 한 마리가 튀어 올라갔다. 양옆으로 길게 삐져 나와 직선으로 쭉 뻗은 지네 다리들엔, 좌우 각각 두 사람씩, 몸통마디(탈것 하나) 하나마다 총 네 사람이 앉을 수 있게 되어 있었다. 해변에 서서 수혁이 자세히 지켜보니, 몸통마디는 총 일곱 개인데, 앞에 세 마디에 사람 다리들이 매달려 대롱거리는 것이 보였다. 다리는 거꾸로 뒤집혔다, 좌우로 흔들렸다, 앞뒤로 요동쳤다, 난리도 아니었겠만 이상하게 비명소리는 나지 않았다. 모두 더미Dummy들이었다. 일반적으로, 사람 몸무게의 모래주머니들을 싣고 테스트를 하거나, 팔다리만 달려 있지 거의 마네킹에 가까운 단순한 더미 인형을 쓰는 경우가 많은데, 이번 롤러코스터는 새로이 개념이 개발된 것이라 자동차 충돌 테스트에 쓰이는 더미(한 개당 제품 가격이 2억짜리였다)를 현세자동차에서 가져와 정밀 테스트 중이었다. 현세자동차도 제주테마파크의 전략적 투자자라, 사정하니 상당한 사용료를 받고 빌려 주긴 했다. 롤러코스터 탈것이 궤도를 따라 이동 중일 때, 더미 인형 각 부위에 가해지는 압력이 자동적으로 수치화되어 컴퓨터에 기록되고 있었다. 롤러코스터를 목 디스크의 위험을 안고 탈 수는 없는 노릇 아닌가! 좌석에는 경추 디스크 환자들이 목에 차는 모양의 보호대까지 달려, 충격 보호 장치가 자동적으로 탑승객의 상반신 전체와 목을 지탱하게 되어 있었지만, 그래도 보다 면밀한 역학적 조사를 행하는 중이었다.

지네가 먼저 낙타 등[27] 모양의 험프 구간[28] 두 곳을 통과하였다. 아직은 해변가 지상이라 교각은 튼튼히 서 있기만 했다. 지네가 수직회전과 수평회전이 연이어 결합되어 있는 궤도로 돌진했다. 두 번째 수평회전에 돌입하자 궤도를 지탱하던 교각이 바다 수면水面에서 옆으로 이동하며 궤도의 레일 자체가 출렁였다. 레일의 출렁임과 합해져 지네발에 매달려 있던 더미 인형의 다리들도 하늘을 향했다, 땅을 향했다, 위 아래로 마구 요동쳐 댔다.

지네가 마지막으로, 옆으로 길게 용수철(레일이 이룬 궤도) 모양으로, 연이어 거대하게 꼬여 있는 '회오리바람' 지역으로 빨려 들어갔다.

---

27 낙타 등(Camel Back) 입면을 보면 낙타 등처럼 생겨서, 위 아래로 오르락 내리락 할 수 있게 만든 궤도.
28 험프(Hump) 구간 궤도의 가장 높은 꼭대기 부분.

들어가자마자 용수철들이 입구 첫머리부터 늘어났다 줄어들었다 하
며 요동치기 시작했다. 따라서 교각은 바다 위에서 좌-우 이동을 했
다, 앞-뒤 이동을 했다, 사선 이동을 했다 하며, 용수철의 진동에 대해
충격을 흡수하며 밸런스를 맞추는 것이 강렬한 인상을 남기고 있었다.
이 롤러코스터는 이 자체로 **그림**이었다. 다른 말이 필요없었다. 프
리쇼 부분 암벽 설치가 군더더기로 느껴질 정도였다. 헨리 유도 테스
트 하는 것을 처음 보고는, 수혁을 쳐다보며 의기양양하게 "바로 이거
야!"라고 짤막하니 소감을 말했을 뿐이었다.

　프리쇼 암벽들과 연결된 언덕 모양의 암벽 동산이 해변가 한편에 솟
아 있었다. 수혁은 눈에 뜨이지 않게 조그맣게 만들어진 출입문을 열
고, 내부로 널따랗게 공간이 마련된 기계 제어실에 들어갔다. 그곳에
는 엔지니어들이 제어판 앞에 줄지어 앉아 로직Logic을 깔고 있었다.
다들 인상들을 쓰고 앉아, 자신이 맡은 부분의 분석된 데이터 결과가
모니터에 뜨는 것을 바라보았다. 다들 본체만체, 수혁에게 별 관심이
없었다. 이곳은 수혁의 입김이 작용할 그 무엇이라고는 전혀 없었고,
수혁 자신도 이들에게 할 말도 없었다. 아는 게 있어야 입김이 세질
텐데, 이곳은 테마파크 중에서 수혁과는 가장 동떨어진 세계였다. 그
는 종종 들러, 잘 되어 가나, 서로 싸움질이라도 하지 않나, (주)제주테
마파크 건설관리팀장으로서 눈치나 살필 밖에 다른 수가 없었다.

　부유체식 교각 하부 받침대, 즉 바다 위에 떠 있는 속이 빈 넓적한 플
레이트 하나는, 각각 30개의 게다리 모양의 강철 닻들이 지탱(해수海水
의 부력 때문에 가능하지 담수淡水에서는 어림도 없다)하고 있었다. 궤

도에 전달되는 탈것의 운동 에너지에 따라 끊임없이 변화하는 교각의 위치에 대해, 수직·수평 상태를 잡아 주느라 자이로Gyroscope 센서 측정값에 의해 계속적으로 밑에서 움직이고 있는 게다리들이었다. 이 게다리들의 이동 위치를 제어-수치화(어차피, 데이터 수집하다 보면 패턴들이 결정될 상황이다)하여, 그 결과들을 분석하고 이동에 대한 저항값을 조정할 필요가 있었다. 그리고 파랑, 바람, 온도, 승차한 인원 수 등에 대한 동적해석動的解析 변수들의 오차값이 확립되어야 안정적인 롤러코스터 운영이 가능했기에, 앞으로 7개월 후, 테마파크 프리 오픈Pre-Open 바로 직전, 바로 올해의 11월 말(그랜드 오픈 4개월 전 예상 시점이다)까지, 계속적인 테스트만이 예정되어 있었다.

건설 현장은, 철로 된 빔이나 거푸집 서포트들이 트럭 적재함에서 한꺼번에 내려지면서, 서로 부딪치며 바닥에 떨어지는지 쨍쨍거리는 귀청 찢어지는 소리, 파일을 박거나 빼는 중인지 파일 머신Pile Machine이 작업하면서 나오는 것 같은 쾅쾅거리는 소리, 발전기·공기 압축기·드릴 머신·절단기·브레이커Breaker 등등에서 나는 우웅우웅, 쉭쉭, 칙칙, 찌잉찌잉, 퉁퉁거리는 소리, 레미콘과 덤프트럭이 요란하게 지축을 울리며 돌아다니는 쿵쿵거리는 진동음, 사람들의 고함소리 등등이 뒤섞여 언제나 시끄러웠다. 수혁은 시끄러운 데들만 계속 다니다가 좀 조용한 곳에 가서 쉬고 싶어, 임시 주차장 쪽으로 걸어갔다. 그곳이 건설 현장 중에선 제일 조용한 곳이었고, 또 따뜻한 커피라도 얻어먹을 수 있는 현장 사무실이 있는 곳이기도 했다. 현세건설 현장 사무실은 조립식 벽체의 대형 2층 건물로 되어 있었다. 수혁은 현장 사무실의 외부 계단으로 올라가 2층 출입문을 열었다. 이 건물은 각종 영상 자료를 영사막에 비춰 볼 수 있는 회의실 두 곳으로 시작하여, 두 파트로 나뉜 사무실, 현장소장실, 그리고 작업 인력들과 같이 협의할 수 있는 집합실, 탁구대랑 역기가 놓여 있는 조그만 체력 단련실 등등이 완비되어 있는 곳이었다.

"안녕하십니까!"

"안녕하십니까! 한 팀장님."

여기저기서 큰소리의 인사말들이 한꺼번에 터져 나왔다.

"예. 안녕들 하세요."

"오늘은 어쩐 일로 오셨습니까? 한 팀장님."

"하하하. 아! 예. 그냥 커피 한 잔 얻어먹으려고 들렀습니다."

"그래요? 안심입니다. 한 팀장님."

"하하하. 안심하셔도 됩니다. 하하하."

수혁이 들어가자 사무실에 있던 현장 엔지니어들이 일제히 "안녕하시냐!"고 인사를 하였고, 곧바로 나타난 이유를 궁금해했다. 자주 들르는 편인데도, 언제나 짓궂게 오늘의 왕림하신 이유를 묻는 그들이었다. 수혁은 그들에게서 일제히 나오는 인사의 합창이 듣기 좋았다. 디자이너 사무실에서는 없는 풍경이었다. 어딘가, 약간 군대 냄새가 난달까, 씩씩들 해서 좋았는데, 현장소장님의 의견은 정반대였다. 언젠가, 수혁이 현장소장하고 사무실에서 커피를 마시고 있는데, 불쑥 얘기가 나온 적이 있었다.

"현장이라서 그런지, 다들 씩씩하고 그러네요." 수혁이 말을 걸었다.

"씩씩하긴……, 무슨……, 천만에. 요즘 애들은 다, 지만 알고 그래. 단체가 뭔지 몰라. 그래서 이기적이고 소심하다니까."

현장소장 이두영은 못마땅하다는 어투로 대답했다. 그는 약간 배가 나온 큰 몸집과 희끗희끗한 새치머리를 가진 50대 중반, 그 유명한 58년 개띠의 사내였다. 굵은 갈색 금속테 안경을 쓴 골격이 억센 얼굴엔 대장다운 풍모가 있었다. 의지 굳은 불곰이 연상된달까? 평소에는 자비롭게 웃고 있어도, 한 번 화나면 굵은 두 팔로 휘저으며 한꺼번에 쓸어 버릴 수도 있는 인간일 것이란 두려움을, 주위 사람들에게 조용하게 전파시킬 줄 알았다.

"왜……, 이기……적입니까?"

"한 팀장도 같은 세대야, 내가 보기엔. 요즘 젊은 친구들은 말이야. 뭔 말을 못하게 해. 일 제대로 못했으면 욕도 먹고, 쪼인트도 까이고 그러면서 크는 거지, 안 그래? 당연한 건데도, 요즘 애들은 그걸 가지고 회사에다 진정서를 내요. 참 어이가 없어서. 사무실에서 폭언과 학대를 당했다나? 참 기가 막힌 노릇이지."

"ㅎㅎㅎㅎ. 종종 쪼인트 까시나 봐요."

"나도 인제 젊은 애들 눈치 보여서 안 해. 요즘 애들 내가 한 마디 하면 되레 대들어. '왜 그러십니까! 소장님! 왜 그러세요!!!' 그런다니까. 나도 무섭다, 쟤네들 보면. 세태에 나도 맞춰야지 별 수 있어?"

말은 저렇게 하지만, 얼굴은 아직도 충분히 '쪼인트' 까고 살 사람 같아 보이는 이 소장이었다.

"요즘 애들은 말이야! 술좌석에서도 고개를 쳐들고 이런다고……. '소장님. 전 술 안 먹습니다.' 그런다고. 알어? 한 팀장?"

이 소장은 눈을 위로 치뜨고는 희번득거리는 흉내를 내며, 소주잔을 쥔 듯이 손가락 말은 손을 수혁에게 내미는데, 그 모습이 하도 코믹해서 웃음이 터져 버렸다.

"하하하하하하. 소장님. 그만 좀 절 웃기세요. 핫하하하하하."

"나 땐 말이야. 선배가 술 주면 그냥 먹었다. 안 먹겠다고 하는 게 어딨어. 술 못하면 나중에 혼자서 토하는 거지. 한 팀장. 나 땐 말이야. 회식 시간 맨 나중엔 단합한다고, 진짜로 소장이 지가 신고 있던 구두를 벗어요! 거기에 맥주 따라서 돌려 먹게 했어! 지가 맨 먼저 다 마시고, 그다음은 그다음 짬밥이 다 마시고, 차례로 짬밥 순서로 돌리지. 맨 나중 쫄따구 때가 되면 될수록, 구두에 맥주가 계속 담겨 있으니까 가죽이 불어 멀렁멀렁해지는 거야. 하하. 그러면, 평소에 가죽에 배어 있던 소장 발 냄새가, 점점 맥주 먹는 놈 코를 진짜 징하게 괴롭혀 주기 시작하지. 크크크크. 나도 먹어 봤는데, 발 냄새 죽이더라. 그래도 먹으라니 먹었다. 나 땐 그랬어. 알어? 한 팀장?"

"하하하. 아! 예에……. 아니, 자주 그렇게 드셨어요?"

"뭐어……, 그렇진 않고……. 옛날에 너무 일이 안 풀릴 때 하던 거지. 그렇게라도 하면, 뭔가 좀 해결이 나려나 기원하는 의미로 의식 비슷하게 하던 건데, 나도 두 번인가 겪어 봤지. 우리 하는 일이 좀 거칠잖아? 얌전한 일은 아니지. 그러니까 술도 찐하게 먹었지. 그런데, 요즘 녀석들은 정신 상태가 약해 터졌어. 감투 정신이 없어."

"예에……."

하여튼, 소장하고 대화하면 정말 재미있는 얘기가 많았다. 공사판이 벌어지고 벌써 2년 가까이 세월이 지났다. 그동안 소장하고 술도 같이 먹고 하면서 정이 들었다. 술좌석에서 약간 거나해지면, 이두영 소장은 울화 섞인 마음도 시원하게 표현하는 사람이었다.

"한 팀장. 방송국에 있었다니까 내가 말하는 거야. 왜 영화니, 드라마니, 현장소장만 나오면 그런 식으로 그리는 거야?"

"예?"

"거 왜 있잖아. 맨날, 공사판 현장소장은 자재나 빼돌려 먹고, 해먹는 인간으로 그리대."

"예에……."

"현장은 깨끗하다. 현장은 깨끗해. 그 옛날이나 현장에서 뭘 빼돌렸는지 몰라도, 지금은 어림도 없는 얘기다. 생각해 봐라. 뭘 빼돌리려고 해도 위부터 아래까지 말을 다 맞추어야 하고, 사람이 뭐 한두 명이야? 게다가, 컴퓨터에 모든 현황이 실시간으로 뜨는데, 그걸 본사 모르게 조작해야 하고, 그게 말이 된다고 생각해? 어림도 없는 얘기다. 전문적인 건설 현장은 깨끗해. 엔지니어들이 땀 흘리고 뺑이 까는 데는 깨끗해."

"정말 그렇겠네요……."

"썩어빠져 해먹는 데는 여기 현장 오기 전에 일이 벌어지는 곳이야. 말만 앞세우는 놈들이 있는 곳, 펜대 굴리는 곳. 한 팀장 있는 곳 같은

데 말이야. 알아?"

"예? 아니요, 저희도 깨끗합니다. 이번 일만큼은 정말 부정이나 의혹이란 것은 없다고 생각합니다."

"그래……? (이 소장은 잠시 말을 끊더니 수혁의 두 눈을 살피듯이 노려보았다) 그럼, 저 바다 위에 둥둥 뜬 인공섬은 뭐야? 그게 도대체 뭐지? 제대로 아는 사람이 없잖아. 내가 현세조선 애들한테 물어봐도, 거기에 뭐가 들어올지 아는 애가 없어. 한 팀장은 알아?"

"아니요, 저도 잘 모릅니다."

F Zone의 얘기가 이 소장의 입에서 흘러나오니까, 수혁도 같이 기분이 언짢아지기 시작했다. 이 소장도 바다만 바라보면 의혹에 휩싸이는 모양이었다.

"한 팀장도 모른다……. 그게 도대체가 말이 되는 상황이라고 생각해? 진짜야?"

"예. 저도 정말 모릅니다."

"참, 기가 막힌 노릇이로구만, 정말." 이 소장은 어이가 없다는 듯이 실소를 입가에 머금더니, 소주잔을 들어 한 번에 털어넣었다. "뭐 그리 대단한 게 들어오는지 모르겠지만, 글쎄다……. 에휴. 나도 모르겠다."

고개를 갸웃거리는 이두영 소장이었다.

오전 06시, 새벽에 공사 현장을 찾아가야 되는 경우가 가끔 발생할 때가 있었다. 급히 상의해야 될 일들이 있었는데, 주로 중간에 벌어지는 설계 변경하고 관련된 사항들이었다. 가장 많이 일어난 건수가, 놀이 기구가 제작되다가 기능적으로 해결이 안 되는 경우였다. 그런 경우 부분적으로라도 다른 방식을 고려해야 했고, 따라서 그걸 담을 그릇이라 할 수 있는 건축물도 변경이 이루어져야 했다. 수혁은 새로운 놀이 시설의 개발 기간이 좀 짧지 않았나 하는 생각도 하곤 했지만, 할 수 없는 노릇이었다. 그리 자주 일어난 것도 아니고, 데미지가 굉장히 크다고도 볼 수는 없으니까……. 그 정도는 각오하고 일이란 것을 벌려야 한다고, 확신에 찬 어투로 언제나 씩씩하게 말하는 헨리 유를 쳐다보면서, '그런가 보지, 뭐.'라고 혼잣말을 삼킬 뿐이었다. 솔직히 말해, 하기 싫고 미안한 생각까지 드는 일들이긴 했지만, (주)제주테마파크에서 건설관리팀장 노릇을 하고 있는 이상은, 수혁 자신이 안 나설 수가 없는 일이기도 했다. '여기 변경할 테니, 변경된 설계도 받아 가시오.'란 식으로 현장 인력을 불러 제낄 수도 없는 노릇이고 —노가다 근성이라는 게 있다. 비위 건드리지 않으려고 항상 조심조심 살아가는 수혁이었다. 이런 삶의 철학은, 방송국 세트맨들을 상대하면서 철저히 몸에 밴 습관이 되었다 —그래서, 드림밸리사와 현세건설 측의 설계 담당 엔지니어들과 다 같이 새벽부터 직접 달려가, 상황을 살핀 후, 직접 얼굴들을 보면서 말이라도 조심스레 꺼내 보려는 수고를 아끼지 않았다.

말을 꺼내는 타이밍은 새벽이 좋았다. 족히 1천 명은 돼 보이는 인원이 현장 공터에 모여, 몸도 풀 겸, 머리도 맑게 할 겸, '추억의 국민 체조'를 단상에 오른 안전팀 젊은 대리의 조교 시범과 함께 한바탕씩 하고, 안전 수칙을 외친다. 모두 다 같이 안전 수칙을 되새긴 후, "안전 확인 좋아!!" 하고 안전팀 대리가 선창하면, "안전 확인 좋아!!!!! 좋아!!!!! 좋아!!!!! " "좋아!!!!! 좋아!!!!! 좋아!!!!!"라고 독특한 어투로 박자에 맞춰 외치면서, 오른손을 들고 삼세 번씩 손가락으로 허공에 새겨 넣는 동작을 하거나, 양 주먹을 불끈 쥐고 결의를 다지는 모습들을 일시에 볼 수 있었다. "오늘도 무사히!" 오늘도 모든 일이 안전하고, 잘 되고, 좋게 될 거라는 확신을 스스로에게 불러일으키는 중이다. 그런 후, 기분 좋아진 뿌듯한 얼굴로 각자가 맡게 된 일터로 향하기 마련이었다. 수혁은 그런 모습들을 보면서 마음이 즐거워지곤 했다. 기운이 새로 난다고 할까? 의욕도 더 생기고 해서, 같이 "좋아! 좋아! 좋아!"를 가슴 시원하게 소리 질렀다.

이윽고, 각 공구별 공사팀장들과 작업 반장들이 사무소 1층의 집합실에 모여, 현장소장과 오늘의 공정을 의논 겸 신고하고 현장으로 달려가면, 현장소장 이하 관리팀과 공무책임 엔지니어들이 커피 한 잔하는 시간이 이어진다. 이때가, 수혁 일행이 얼굴을 들이미는 타이밍이다. 얼굴에 뻔뻔하지 않음을 나타내는 미안함과, 그래도 사태가 결코 어둡지 않을 것임을 암시하는 환하게 느껴지는 밝음, 이 두 가지가 잘 조화된 미소를 띠는 것이 중요했다. 수혁 일행을 보면, '이 꼭두새벽에 찾아온 이유야 뻔한 것이고 그래도 성의를 봐서라도 밉게 보지는 말아달라!'는 무언의 제의인데, 대체적으로 호의적인 현장 분위기는 계속되었다.

이두영 현장소장의 진가는 이럴 때에 빛났다. 수혁 일행이 나타남으로서 공기가 안 맞고, 늦어지고, 재시공에 들어가야 하고, 그래서 다들 짜증나고, 걱정스러운 것을 말로 표현 안 하고 있을 뿐이지 모두의 얼굴에 역력하게 쓰여 있는 회의실 상황인데도, 현장소장만큼은 늠름했다. 혼자서 회의실 탁자 위에 펼쳐진 공정표를 들여다보면서, 연필로 여기저기 동그라미를 치며 궁리를 시작한다. 화살표를 그리면서, 이 부분을 저리로 옮기고, 저쪽의 장비와 인원을 이쪽으로 투입하고, 입속말로 중얼중얼거리며 장고를 거듭하다가, 마침내 결론을 내는 이두영 소장이었다. 자신의 결론을 엔지니어들에게 데이터 확인시키고, 즉시 시행토록 했다. 결정이 빠른 사람이었다. 안 되는 것은 안 되니 니들이 포기하라고, 수혁 들에게도 분명한 자기 의사를 표현했다.

나중에, 수혁에게 술좌석에서 개인적으로 하는 말이 걸작이었다. 수혁이 채집한 그의 어록은, "난 그렇게 살아왔어. 엔지니어들에겐 불가능은 없다. 또 그래야 한다. 하나하나 따지면서 차분히 생각하면, 다 해답이 있다."라는, 나폴레옹이 알프스를 넘을 때의 기분 같은 말들이었다.

29

"준모형, 어떻게 해야 될 것 같아요?"

"글쎄다. 나도 모르겠어."

"계속 시간만 가고 있는데, 회사에서는 기다리라고만 하고……, 난
답답해 미치겠습니다."

"참아. 별 수 없잖아."

"그래두……. 이제는 뭔가 해야 되지 않겠어요?"

"글쎄……."

창문도 없는 어두운 공간, 두꺼운 콘크리트로 밀폐되어 있는 이곳은,
철문이 한쪽에 달려 있고 맞은편에 아래쪽으로 내려가는 계단이 있는
것 외엔 별다른 특징이라고는 없었다. 계단으로 내려가면 좁은 통로
가 나오는데, 이 통로를 통하여 다시 동일한 계단을 올라가면, 이곳과
똑같은 장소가 나타나게 되어 있고, 동일하게 달려 있는 철문을 통과
하면, 연신 "쉬익, 쉬익!" 하는 진동음을 내뿜고 있는, 기다란 원통형의
지름 2미터짜리 두 개의 덕트Duct 관이 나란히 이웃하여 놓여 있는, 삭
막한 밀폐 공간이 또한 똑같이 나타나게 되어 있었다. 여기의 이러한

공간들은 연속적으로 동일하게 연결되며 전체를 이루어 나갔다. 지금은, 두 남자의 나지막한 목소리가, 혹시라도 밖에 새어 나갈까 봐 주의하는 기색이 역력한 채로, 그렇지 않아도 어두침침한 이 공간의 분위기 중에서도 가장 구석진 쪽, 컴컴한 곳에서 울려 퍼지는 중이었다. 바로, 성준모 중사와 정창길 하사였다. 이 두 사람이 국정원의 요청으로 제주테마파크에 잠입, 침투한 지가 벌써 2년을 채워 가고 있었다.

20개월 전, 현세중공업의 파력발전 기술자로 위장하여 — 실제로, 엔지니어로서의 역할도 가능하도록 기술 교육이 요원 적응 훈련과 같이 6개월 동안 이루어졌다 — F Zone의 파력발전 설비 시공에 현장 기술자로 참여했다. 뭐든지, 하고자 하는 의지만 있으면 빨리빨리 적응해 내는 두 사람이었다. 완전한 언더커버로서 살아온 지가 2년여……, 이제는, 일에도 익숙해지고 생활도 젖어 버려, 가끔 가다는 원래부터 자신들이 엔지니어의 인생을 살아온 것처럼 착각이 일어날 지경이었다.

F Zone의 파력波力발전기는 월류식이었는데, 암초형과 방파제형 두 가지가 모두 사용되었다. 타고 넘어간 파랑(파도) 에너지의 힘을 이용한다는 의미로 '월류식越流式'이라 하는데, F Zone처럼 해수면 위로 둥둥 띄운 부유체 구조물에 어울리는 파력발전 기술이다. 4.5킬로미터×3.5킬로미터에 달하는 수상水上 넓이를 자랑하는 F Zone은, 거대한 부유체식 상자-폰툰형(Pontoon Type) 해상구조물이 주-구조체를 이루었다. 이 장방형(직사각형) 폰툰식 부유체의 4변 중 3변에는, 바다의 거센 파랑波浪을 막기 위해 공기가 가득한 방-챔버Chamber가 내부를 형성하

는, 반-잠수(Semi-Submersible)식 부유체 구조물이 일체형으로 또한 붙어 있었다. 또한 반-잠수식 부유체 구조물의 갑판(Upper Deck) 일부가 바다 가까이에서 해상 30미터 높이까지 치솟아 생겨난, 장대한 성벽같이 완강하게 버티고 있는 방파제가 있었고, 그 방파제 성벽의 바다 쪽 바로 앞으로는 도랑(해자)이 또한 깊게 패여 있었다. 바닷물이 파도에 실려, 반-잠수식 구조물 최전선의 완만한 경사면을 타고 넘어가면, 바로 나타나는 방파제 앞 깊은 도랑(해자)에 바닷물은 고이게 되고, 일정 수위가 차오를 때까지 도랑(해자)에 바닷물이 계속적으로 모이다가, 커다란 하수구 같은 원통형 관을 통해 일시에 바닷물이 밑으로 빠져나감으로써 그 관 속에 있는 저낙차低落差 수류 터빈을 구동, 파력발전이 이루어졌다. 이는 총 120기(1기 안에는 5대의 수류 터빈이 한 무리를 이루고 있다)의 월류식 파력발전기를 간접적으로 돌리는 발전 방식이었다. 직접적으로 바다의 파랑 에너지를 맞받아쳐 터빈을 돌리는 직접 구동 방식은 파력 에너지 변환 효율이 뛰어났지만— 대략 85퍼센트 정도의 효율을 보인다 — 안전성이나 내구성에서 문제가 생기기 쉬웠고, 반면에 간접 구동 방식인 월류식 저낙차 수류 터빈은 효율면에선 81퍼센트로 조금 떨어지지만, 안정성과 내구성이 뛰어났다. 따라서 해안에서 4킬로미터나 떨어져 있는 F Zone 같은 경우에 알맞은 최적의 파력발전 설계라 할 수 있었다. 성 중사가 듣기론, 계획 초기부터 자주 고장 나지 않을 방식이 최우선 고려 조건이었던 것 같았다.

F Zone 방파제에 설치된 월류식 파력발전기들 이외에도, 방파제 앞 바다로 쭉 뻗어 나간 섬세한 부유체 구조물들에는—헬기를 타고 공중

에서 바라보면, 진화 과정을 설명하느라 유기적인 분열 형태의 가지들을 그려 놓은 계통수 모양으로 보일 것이다―가지 끝마다 열매같이 매달린 암초형 월류식 파력발전기 80기機가 또한 존재했다. 원리는 방파제에 설치된 파력발전기와 같았지만, 생긴 게 달랐다. 위에서 내려다보면 전체적으로 동그란 도넛Doughnut 모양으로 보였는데, 360도 모든 방향으로 돌아가며 경사면이 만들어져 있어, 옆에서 보면 분화구가 예쁘게 생긴 조그만 화산섬이 바다 위에 동동 떠 있는 것 같기도 했다. 파도가 경사면을 타고 넘어가면 일단 고이다가, 5개의 구멍 밑으로 일시에 바닷물이 빠지면서 구멍 속에 들어 있는 각 터빈들을 돌리게 만들어 놓은 동그란 물웅덩이가, 도넛의 중심부에 딱 자리 잡고 있었다. 이 암초형의 장점은 어느 방향의 파랑(파도)이나 자유로이 경사면을 타고 넘을 수 있어, 최대 월류량越流量 획득이 방파제에 설치된 것보다 유리하다는 점이었다.

바다 위에 길이가 6미터 이상 가는 블레이드Blade 3개짜리 바람개비를 줄줄이 세워 놓고, 풍력 발전을 하는 방식도 초기에 잠깐 말이 나왔으나, 별로 고려 대상에 오르지도 못하고 뜬소문은 사라지고 말았다. 이 인공섬의 방파제에 설치된 월류식 수류 터빈-발전기는 총용량이 180메가와트(MW) 규모에 달해―이런 대규모의 전력을 낭비할 F Zone이란 것이 뭐하는 곳인지 엔지니어마다 다들 궁금해했다―화력 발전소 1기 정도의 전력 생산을 할 수 있었다. 따라서 1킬로미터 간격(풍력 발전기 서로 간에 바람 에너지를 나눠 먹을 수 있는 최소한의 거리)을 유지하면서 세워야 한다는 제약 조건도 있고, 블레이드 날이 바람에 돌면서 생기는 저주파低周波 진동음이 상당히 먼 거리까지 전달되는 단점(그래서 풍력 발전 단지는 사람이 없는 외진 곳에다 하는 것이 일반적이다)이 있는 풍력 발전은, 계획 초창기부터 제외된 실정이었다. 이 점은 제주테마파크에도 적용되어 바다 쪽으로 파크 배후를 시원하게 장식해 줄 만한 새하얀 바람개비는 아쉽게도 볼 수 없었다. 놀러 온 사람들이 알게 모르게 귓속을 징징 울리는 진동음에 신경 쓰다가, 짜증이 나서 테마파크를 나가 버리는 것보다는 나으니까 말이다.

성 중사와 정 하사, 두 사람이 현세중공업 엔지니어로 위장 취업되어 스파이 활동을 벌인 지가, F Zone을 바다 위에 세우기 시작한 초창기부터 지금까지 내내라 할 수 있지만, F Zone의 비밀이라 할 수 있는 저 하얀색 '누에고치'에 대해서는, 아직까지 별다른 정보를 캐내지 못한 상황이었다. 생활하는 내내 일만 하고 별다른 첩보를 캐내지 못했으며, 뚜렷한 활동을 하질 못한 것이 사실이니, 두 사람이 이제는 초조해질 만도 했다. 그렇다고 회사(국정원)에서는 이렇다 할 재촉도 요구도 지금까지 없는 상태였다. 어떤 면에서는 팔자 편한 언더커버 신세라 자평할 만도 했지만, 성 중사나 정 하사의 마음은 날이 갈수록 불편해질 뿐이었다. 어떨 때는 비명이라도 지르고 싶은 기분이란 것이 솔직한 말이리라. 혈기 왕성하게 작전 지역을 뛰어다니며 임무를 수행하던 과거는 사라지고, 지금은 언제나 밤고양이 모양 눈치를 살살 살펴야 하는 신세가 자신들의 주 임무라는 느낌이었다. 발전설비기계공학에 필요한 기술 용어, 설계 도면 보는 법부터 달달 외우기부터 시작하여, 엔지니어로서 필요한 각종 제반 지식들을 6개월 동안 머릿속에 그야말로 쑤셔 넣다시피 하고 현장에 내려온 성 중사와 정 하사였다. 현장이라고 내려와 보니, 육지하고 동떨어진 제주도 바다 위에서—그래도 육지 쪽, 바로 제주테마파크 건설 현장은 쳐다보고 있으면 여기보단 좀 즐거워 보이기는 했다—일 년 반에 가까운 시간을 두 사람은 허송세월해야 했다.

처음부터 네 사람이 팀을 꾸려 위장 잠입한 것도 아니었다. 국정원 안 실장 말대로라면, 과학자 한 명, 국정원 요원 한 명, 총 두 사람이 더 붙었어야 했건만, 일단 먼저 공작 기반을 다지고 있으라는 짤막한 명령과 함께, 정 하사하고 둘이서만 제주로 내려와야 했던 성준모 중사였다. 도대체가, 처음부터 영 맘에 들지 않는 국정원 스타일이라 할 수 있었다. 뭐 하나 시원하게 진행되는 일도 없고, 속시원히 툭 까놓고 자신들을 상대해 주는 법도 없는, '회사'였다. 결국 성 중사 들은 바다 위에서 F Zone 만들기에 일로매진一路邁進하는 엔지니어로서 살아갈 수밖에 없었다. 얻은 것은 주위 엔지니어들, 현장 인력들과 인간적으로 매우 친해져서 이제는 거의 현세중공업 사람이 돼 버렸다는 것, 이를 두고 언더커버로서의 기반을 다지는 시기라고 자위하며 스스로를 위로해 보아도, 그 정도가 이제는 너무 넘치지 않나 생각이 드는 두 사람이었다.

부유체식 해상구조물이 바다 위에 인공적인 완전한 직선을 이루며, 직각으로 서로 교차되는 광활한 지평선들을 드러내던 10개월 전, 폭 1킬로미터에 길이 4.5킬로미터 안에 들어가는 비행장 시설들이 완성되자마자—활주로 자체는 길이 3,600미터에 폭이 60미터짜리 한 본촉이었다 — 새까맣게 하늘을 뒤덮은 항공기들로 물자가 공수되기 시작했다. 아니면, 비행장 지역 바깥 편으로 이어져서 마련된 접안 시설을 통해, 대형 컨테이너선에서 연신 컨테이너들이 내려지기 시작했고. 쳐다보자니 장관은 장관이었다. 컨테이너들을 직접 F Zone에 부려 버리겠다고 대형 운반선에 항만용 크레인을 싣고 온, 막강한 실력의 알 수 없는 미국 회사였다. 항공기니 선박이니, 그 장비들에 대한 동원 능력과 상상을 초월하는 물자들의 규모를 보고 있노라면, '대규모 상륙 작전 준비라도 하고 있는 낌새가 아닌가?' 하는 기분이 드는 것은 성 중사만이 아니었다. 그 광경을 보고 있던 누군가가 뒤에서, "화성인하고 우주 전쟁이라도 하려나 보다."라고 중얼거렸을 때, 그는 만인萬人이 자신과 같은 생각을 하고 있음을 깨달아야만 했다. 저 '더 스테이지 게이트The Stage Gate'란 미국회사 배후에 펜타곤이 있다는 것 정도는 사전에 알고 있던 성 중사이지만, 주위에서 쑥덕거리면서 하는 얘기를 들은 이후, 자신이 아는 것이 다른 엔지니어들보다 더 발전적으로 아는 면이 전혀 없다는 점을 홀연히 인식하고는, 스파이로서 자격지심이 들어 언짢은 기분에 한동안 시달릴 수밖에 없었다. 주변의 다른 사람들도, 지금 F Zone에서 벌어지는 사태가 국가 규모의 배후가 뒤를 받쳐 주어야지만 가능한 일이라는 점을 깨달을 줄 아는, 그런 정도의 눈치와 머리는 있는 엔지니어들이었으니 말이다.

멀리서 쳐다보아도 1.5킬로미터를 거침없이 가로지른다는 느낌의 현수교(나중에 알고 보니, 세울 건물의 골조를 이루며, 기둥 없이 내부를 한 번에 가로지르는 장 스판(長 Span)의 '대들보'들이었다)들이 F

Zone 위에 연이어 세워진다는 인상이 들 무렵—케이블이 지지하고 있는 캔틸레버Cantilever[29] 지붕 구조의 대공간大空間 건축물을 F Zone 위에 세우기 시작한 것이다—삼엄한 분위기가 인공섬 위에 또한 감돌기 시작했다. 아무리 보아도 군인의 분위기가 감도는 일단의 집단(군복만 안 입었을 뿐이지, 분위기나 태도나 성 중사가 보기엔 영락없는 미군이었다)이 현세중공업, 현세조선 엔지니어들에 대한 감시 태세를 노골적으로 분명히 하면서, 자신들이 건설 작업을 하는 지역에서 엔지니어와 작업 인력 숙소를 멀리 떨어뜨리라는 요구를 느닷없이 내놓았다.

이를 받아들인 현세중공업, 현세조선 측은, 'THE STAGE GATE'란 회사명을 가슴팍에 박아 넣은 점퍼를 걸친 인간들끼리만 한창 일을 벌이고 있는 지역의 반대편, 바로 비행장 쪽 자투리땅으로, 3층짜리 가설 숙소 건물을 옮길 수밖에 없었다. 한밤중에도 비행기가 이착륙을 거듭하는데, 그 소음과 진동에 잠을 제대로 이룰 수 없었던 엔지니어들의 고충이 이만저만이 아니었다. 모두들 귀에다 귀마개를 하고 잠을 청하다가, 한잠도 제대로 이루지 못한 며칠이 지난 뒤 결국 견딜 수가 없는 지경에 이르고야 말았다. 엔지니어들은 비행장 밑, 즉 부유체

---

29 캔틸레버(Cantilever) 외팔보. 즉 한쪽 끝은 고정되고 다른쪽 끝은 자유로운 들보이다. 외팔보는 교량, 탑등의 고정 구조물 외에도 항공기 날개 등의 구조적 지지체로 이용된다. 기둥 하나에 외팔보가 붙은 모습을 개념화해서 그려 보면 'ㄱ'자 형태이다. F Zone에 세워진 이 건축물은, 들보 하나가 외팔보 2개로 이루어져, 기둥 2개와 함께 단면이 'ㄷ ㄱ' 형태를 이루며 장 스판의 대공간을 만든 것이다.
　기둥 하나에 좌우 날개같이 외팔보 2개가 붙는—바로 'ㅜ'자 형태가 된다—대칭적인 이중 캔틸레버 구조에서는 고정 하중이 균형을 이루지만, 단일 캔틸레버의 경우는 그렇지 않다. 거대한 'ㄱ'자가 그냥 편안히 세워져 있겠는가? 이때는 'ㄱ'자를 자빠뜨리려는 전도顚倒 모멘트Moment를 고려해서, 큰 규모의 정착 시설이 특별히 필요하다.

구조물 갑판(Deck) 하부의 빈 공간에다 자신들의 숙소를 새로 마련하고―폰툰(Pontoon) 단위 유니트들은 내부가 빈 공간으로 되어 있어서, 칸막이 벽체를 치고 기계실, 창고, 화장실, 휴게실 등의 여러 용도로 분리하는 설비 공사가 당시에 막 들어가려는 참이었다―아직 불도 잘 들어오지 않는 인공섬 지하를 향해, 밤이 되면 잠을 자러 두더지 모양 랜턴을 켜고 기어 들어가는 수모를 감내해야 했다.

 F Zone을 건설한 현세중공업과 현세조선의 엔지니어들은, 자기네들을 비행장 지하로 내몬 정체불명의 외국계 회사를 향해, 집단 항의 겸 시위를 인공섬 위에서 대대적으로 벌이기 시작했다. 그들로서는 정당한 분노였다. "니들이 건물을 지을 수 있게 이 땅을 만들어 준 게 누군데, 우리들에게 이렇게 함부로 대할 수는 없는 것이다. 우리들에게 숨길 게 뭐가 있느냐. 뭐가 그리 대단한 거라고⋯⋯."라는 논리였는데, 대가 센 엔지니어들 입장에선 당연한 울화통의 분출이라 할 수 있었다. 피켓을 들고, 플래카드를 붙이고, 파업 비슷하게 사태를 진전시키면서, 육지에서 이 상황을 파악할 기자들을 데리고 오겠다고 여기저기에 엄포를 놓으니, 당장 유화책으로 반응이 달라지는 윗선들의 분위기가 감지되었다. 고생들 했다고 상당한 액수의 위로금이 본사에서 지급되고, '더 스테이지 게이트The Stage Gate'의 책임자가 나타나 모두를 모아 놓고 일장 연설을 하면서, "지금 짓고 있는 것이 너무나 중요한 것이라, 테마파크 개장 전까지 보안이 필요해서 마지못해 하는 조치이니 이해해 달라", "밤에 비행기가 이륙하거나 착륙하는 일은 우리도 가급적 하지 않을 것을 약속한다." 등등의 내용을 전달했다. 그 책임자가

연설 끝부분에 동북 아시아 스타일로 크게 허리 굽혀 머리 숙이는 유감 표명의 인사를 하니, 사태는 더 이상의 진전 없이 유야무야有耶無耶 흐지부지 되고 말았다.

'현수교'들이 육상 허들 경기의 장애물들처럼 인공섬 위에 줄줄이 늘어서 있고, 이 구조물들을 감싸는 경량 프리캐스트 콘크리트[30] 패널이 표면에 부착되면서, 지붕과 벽체를 한참 만들고 있는 중인 이 건축물. 현수교 케이블이 매달린 인장 말뚝들이—누에고치에 검정 가시들이 박혀 있다는 수혁의 느낌을 만들어 낸 것이 바로 이 인장 말뚝이다—지붕의 양 말단부 끝부분인 동시에 벽체의 꼭대기 부분, 바로 지붕과 벽체 사이를 이루며 단면을 자르면 부드러운 아치를 실제로 그리는 곳에서 튀어나와, 본체인 '누에고치'에서 점점 멀어져 가며 자신의 경사각을 벌리고 있었다. 납작하게 썰어 놓은 '깍두기'처럼 멋대가리 없는 건물이었을 것을, 지붕과 벽체 사이의 부분적인 부드러운 곡면 덕택으로, 또한 거기를 가시모양 연이어 찔러 대는 인장 말뚝 덕분으로, 그래도 상자갑을 간신히 면한 대공간大空間. 이 대공간의 외부를 하얗게 빛나는 자재로 한창 감싸는 공정을 지금 벌이고 있는 F Zone의 이 뜨거운 '누에고치'를, 성 중사와 정 하사는 더 이상 늦어지기 전에 한번 찔러나 보기로 작정하였다.

낮이나 밤이나 모두가 일하는 와중에도, F Zone의 반을 갈라서 건

---

30 프리캐스트 콘크리트(Precast Concrete) 공장에서 고정 시설을 가지고, 기둥, 보, 바닥판 등의 소요 자재를 철재 거푸집에 의하여 제작하고, 고온다습한 증기 보양실에서 단기 보양하여 기성 제품화한 것. 공사장에 운반한 후 조립 구조법으로 시공한다.

설 현장 쪽은 절대 접근 금지였고, 건물이 완공되면 감시는 더 심해질 것이 뻔했기에, 그들은 더 늦어지기 전에 무엇이라도 캐보아야겠다는 생각으로 초조하기만 했다. 밤에도 현장 인원들이 여기저기 왔다 갔다 하고, 각종 중장비들은 시끄러운 소음을 내고, 보안 요원들은 순찰을 계속 돌고 하는 가운데, 성 중사 들은 어찌했든 현장 가까이까지 갈 수는 있었다. 아직 마감이 완전히 끝나지 않아 틈이 벌어져 있는 내부로 몰래 들어가 보니, 내부 모습은 여러 대의 대형 여객기를 한꺼번에 조립하거나 보관하는 격납고가 연상된달까? 외부는 하얗게 칠이 되어 있고, 내부는 기둥 하나 없이 텅 빈 공허감을 자랑하며, 암회색 유리 섬유막으로 빈틈없이 마감이 되어 있는, 창고 같은 빈 공간 두 곳이 연이어 서 있을 뿐이었다. 하나가 대충 바닥 면적(직사각형을 이루는 바닥의 두 변이 1.5킬로미터와 2킬로미터의 길이였다)이 3백만 평방미터, 즉 90만 평이 넘어가고, 천정 높이가 150미터는 족히 넘어 보이는, 황량하게 느껴지는 두 군데의 대공간이었다.

이 두 '누에고치'-'격납고'의 건축 면적을 합해 보니, F Zone 자체, 바로 4.5킬로미터×3.5킬로미터에 달하는 총면적에서, 4킬로미터×1.5킬로미터라는 절반에 약간 못 미치는 거대 바닥 면적을 특권처럼 별도로 할당받고 있었다. 건축 면적이 워낙 넓으니, 천장 높이가 150미터라는 것이 전혀 높아 보이지 않고, 위에서 바닥을 내리누르고 있는 기분이 들 정도였다. 또한 F Zone의 부유체식 구조물이 처음 세워질 때부터 성 중사가 눈여겨보게 되던 대형 화물 엘리베이터가, 건물 바닥 여기저기에 물자 이동 수단으로 마련되어 있었고 — 초기 설계 때부터, 폰툰Pontoon식 부유체 구조물 단위 유니트 자체에 엘리베이터 시설은 마련되어 있었다 — 지금도 엘리베이터를 타고 '지하'로 물자를 내리는 '더 스테이지 게이트' 관계자의 모습들이 연신 보이면서, 바닥 갑판(Deck) 아래 빈 공간에, 무언가 알 수 없는 설비가 마련되어 가고 있음을 짐작하게 했다. 이 지역의 폰툰식 부유체 구조물 자체는, 8층에서 10층짜리 건물과 맞먹는, 지하 내부 공간의 자체 높이 25미터를 가지도록 설계되어 있었다. 어쨌든, 대공간 바닥 밑으로 들어가는 물자들에도 성 중사는 궁금증이 일었지만, '누에고치'의 내부 마감 재질인 암회색 유리 섬유막에 인쇄되어 있는 흰색 격자(그리드) 점들에 더욱더 시선을 뺏기고야 말았다. 가까이서 보니 2미터 정도 되는 간격마다 규칙적인 점들이 바둑판 모양으로 인쇄되어 있었는데, 이와 동일한 것을 어디서 본 적이 있다는 생각이 불현듯 그의 뇌리를 스쳤다. 바로 미군의 특수전과학화전투훈련장(USSOSTC)이었다. USSOSTC의 내부 벽체는 푸른색 바탕에 백색점이었지만, '누에고치'는 암회색 바탕에 백색점이라는 게 다를 뿐, 점들이 격자를 이루며 규칙적으로 박혀 있는 반복적 패턴은 동일했다.

　성 중사와 정 하사는 자신들이 본 것을 '회사'에 인터넷 통신으로 보고 하였다. 포털 사이트, 개인 블로그의 댓글 놀이를 통해서 암호화되어 연락이 갔건만, 돌아온 국정원의 대답은 특별한 반응 없는 무신경한 표현의 나열이라는 게 적절한 표현이리라. 사실상, 알아낸 별다른 특이 사항도 없으니까……. 그래도 이러고 살고 있다는 일종의 항위 시위로 여겨졌는지, 이틀이 지나고 '조만간 변화가 있을 것임.'이라는 뜻의 짤막한 두 번째 답변이 모니터 화면에 갑자기 날아왔다. 나흘 후, 느닷없이 성 중사와 정 하사는 바다 건너 맞은편, 제주테마파크 현장의 엔지니어로 발령받게 된다. F Zone을 떠나 육지로 가게 된 내막을 그들로서는 알 수가 없었다. 성 중사와 정 하사 둘뿐만이 아니고, F Zone에 파력발전 설비를 시공했던 엔지니어들 중 태반이 육지로의 이동 명령을 급작스럽게 받게 되었다. 표면적 이유는 제주테마파크에도 파력발전 시설이 필요했기 때문이었다. 이제 F Zone 현장에는, 파력발전기들의 유지관리보수 기술자 12명에, 통합 제어실에 남은 엔지니어 2명, 그리고 현세중공업 본사에서 새로 통제실로 보충되는 인원 3명 해서, 총 17명만이 인공섬의 전기를 책임지며 남게 되었다.

지난해 마지막 달 12월의 하순, 한 해는 또 저물어 가고 새해는 아직 시작되지 않았고, 제주도로서는 차가운 날씨에 매섭게 바람이 몰아치던 우울한 날씨의 아침, 성 중사와 정 하사는 다시 육지에 발을 내딛을 수 있었다. 좋은 일인지 나쁘게 된 일인지 도통 감을 잡을 수가 없는 성 중사였다. 자신들이 밤에 현장으로 잠입한 것이 들통이 나서, 뒤로 말이 들어가 멤버 교체가 느닷없이 이루어진 것인지, 아니면 예정에 있던 교체인지, 아무도 아는 사람이 없었다. 상황은 느닷없는 쪽에 가까운 것 같았다. 엔지니어들이 F Zone에서 철수하려면 본래의 예정 날짜는 한 달 반이 더 남아 있는 상황이었다.

한편, F Zone에서 4.2킬로미터 떨어진 제주테마파크 해변가 방파제에서도, 파력발전 설비공사가 한참 진행 중이었다. 방식은 F Zone의 월류식越流式과는 다른, 진동수주형振動水株形 파력발전이었다. 영문 약자로 OWC(Oscillating Water Column) 방식이란 것인데, 파랑 에너지에 의해 바닷물이 밑으로 들락날락거리면서, 공기로 채워진 방(Chamber)의 수면이 위아래로 압축 팽창하며 진동하게 되면 — 이래서, 물기둥(水柱)이 진동, 팽창-수축을 거듭한다 하여 진동수주형振動水柱形이라 한다 — 수면 상부의 공기가 공기방(Chamber) 한쪽 면에 뚫린 좁은 덕트 사이를 왕복 운동하게 되며, 이때 덕트 내에 설치된 임펄스 터빈Impulse Turbine을 돌려 발전을 하게 되는 원리였다. 월류형은 바닷물이 직접 터빈을 돌리는 반면, 진동수주형은 바닷물에 의해 움직이게 된 공기에 의해 터빈이 돌아가는 원리였다. 이 방식은, 물 위에 둥둥 띄우는 부유체 구조물이 아닌, 방파제와 같은 해저(Seabed) 지반에서부터 구조체를 쌓아 올린 콘크리트 케이슨[31] 구조물에 아주 어울리는 발전 시설이었다.

제주테마파크 해안가 바다에는, 만약의 경우(해일이나 폭풍)에 완벽히 대비하여 설계고조위設計高潮位를 설정한, 수면 위 부분최고 높이 9미터, 해저 지반에서부터 부분최고 높이 32미터(거의 방조제 급이었다)의 방파제 시설이 완공되어 가고 있었다. 이 방파제에는 항구와도 같은 선박의 접안 시설이 같이 붙어 있었고, 한편으로는 F Zone과연결되는 연육교도 이 방파제에서 뻗어 나가는 양상이었다. 제주테마파크 해변에서, 800미터 직선 거리로 떨어져서 총길이가 1.3킬로미터에

---

31 케이슨(Caisson) 지상에서 미리 제작한 철근 콘크리트제의 속이 빈 상자나 통 형태의 지하 구축물(기초, 하부 구조물)을 말한다. 지반이나 해저를 굴착한 뒤, 소정의 위치까지 케이슨 구조물을 침하시켜 구조체의 기반을 만들어 나가는 건설 공법을 케이슨 공법이라 한다.

이르는 이 방파제 콘크리트 케이슨 내부에는, 500킬로와트(kW)급 터빈-발전기, 총 120대가 숨겨질 예정이었다. 이들의 총 발전 용량은 60메가와트(MW), 제주테마파크의 총전력 필요량을 감당하고도 주변에 나눠 줄 만한 여력을 갖춘 설비였다. 이로써 제주테마파크는 에너지 문제에 관한 한, 외부에 대해 자주성을 획득하게 된 것이다.

성 중사와 정 하사는 육지에 돌아온 이후, 파력발전기 설비기사로서의 책무에만 전념하였다. 본인들 입장에서 별다르게 할 수 있는 특별한 공작 활동도 없었고 — 이젠 반대로, 바다 건너 F Zone을 쳐다보게 된 상황 아닌가! — 그냥 시간만 죽이기도 뭐해 '일이나 열심히 하자!'였는데, 엔지니어로서의 삶이 그다지 나쁘지 않다는 생각까지 종종 들곤 하는 일상이었다. 원래부터 야외 단체 생활에는 익숙한 터였고, 제주테마파크 건설 현장은 F Zone에 있을 때보다도 여러 모로 훨씬 여건이 좋아서, 삶의 질 문제에 있어선 두 사람은 만족하고 있었다. 하지만 자신들의 국정원 임무를 떠올릴 때면, '벌써 2년이 꽉 차 가는데, 이거 어떻게 되어 가는 거지? 언제까지 언더커버 노릇을 해야 하나.'라는 불안감을 종종 느껴야만 하는 성 중사와 정 하사였다. 1년이 훨씬 넘게 전혀 몸을 만들지 못했던 그들은, 육지로 돌아오자 다시 남의 눈을 피해 서서히 단련을 시작했다. 새벽 4시에 일어나 두 시간 동안, 구보 한 시간, 특공 무술 한 시간씩, 둘이서 서로를 격려해 가며 건설 현장을 벗어나 송악산을 오르내리고, 상모리 해안을 뛰어다니고, 상대방을 언습 상대로 몸과 몸이 부딪치는 대결을 벌였다. 이로써, 둘은 다시 생기를 찾아갔다. F Zone에서의 1년 4개월은 그들로서는 정신적으로

나 육체적으로나, 한 마디로 피폐해진 기간이었다. 다시금 특수부대원으로 돌아오게 되었다. 생활도 방파제 내부에 마련된 2인용 거실과 방에서—방파제 내부에는 제어실과 회의실, 그리고 엔지니어들의 장기 숙박을 위한 2인 1조 기숙사 방이 각각 따로 마련되어 있었다—타엔지니어들과는 분리된 별도의 취침과 생활을 할 수 있어 둘만의 독자적인 활동이 가능했다. 성 중사와 정 하사는 F Zone을 벗어나 제주테마파크 건설 현장에서 다시 희망을 찾아가고 있었다.

　은색으로 빛나는 원통형 덕트Duct와 덕트 사이에 개스킷들을 올리고, 동일한 구경(지름 2미터)의 원통형 터빈 발전기를 크레인에 매달아 밀어넣은 후, 볼트 체결을 하니, 두 개로 잘려져 있던 덕트가 하나의 혈관처럼 연결된 모습을 가지게 되었다. 덕트 관과 터빈 사이마다 반원통형 커버 2개를 하나의 원통(파이프) 모양이 되도록 서로 붙여 감싸고는, 다시 볼트 체결을 한 후, 충전재로 완전 밀폐하는 작업이 끝났다. 성 중사와 정 하사는 수평기(Level Scope)와 토탈 스테이션Total Station 같은 측량 기기들을 사용하여 터빈의 정확한 설치 위치를 설정한 뒤, 터빈 설치가 마무리 되어 가자 설치위치 허용오차와 플랜지Flange 결합면의 봉합 균일성을 점검하느라 정신없이 살펴보아야만 했다. 두 사람은 설치 기사로서 다른 일꾼 5명을 부리고 있었다. 작업을 마친 뒤, 무전기로 제어실에 상황 완료를 알렸다.

　"컨트롤 룸. 나오세요. 102번 터빈, 설치 완료 알립니다. 컨트롤 룸. 설치 완료 알립니다."

성 중사의 말에 제어실에서는 즉각 반응이 떨어졌다.

"끝났어? 신 기사? 왜 이렇게 오래 걸려? 매번 하는 건데……."

성준모 중사를 여기서는 신동명 기사로 알고 있었다.

"늦긴요……. 꼼꼼히 작업하느라고 그랬어요. 밸브 채킹 하셔야죠."

"그래. 오늘은 밸브 채킹만 하고 내일 시운전 하자. 배고프다. 저녁 먹으러 가자고."

"그러세요. 실장님."

잠시 후에, 다시 성 중사의 무전기에서 호출 신호가 떨어졌다.

"신 기사. 게이트 밸브Gate Valve, 비상 밸브Emergency Valve, 바이패스 밸브Bypass Valve, 다 이상 없다. 현장은 어때?"

"여기도 이상 없다고 나옵니다."

"헤드카버Head Cover 센터링 체크! 임펄스 터빈 센터링 체크!"

"이상 없습니다."

"베어링 간격은!"

"이상 없습니다. 정상입니다."

"됐어. 오늘은 여기까지. 이상."

제어실의 박 실장은 언제나처럼 저녁 식사 시간을 챙기며, 하루 일과를 명쾌하게 끝내주었다. 다들 건설현장 임시 주차장 한 켠에 마련된 함바집에서 저녁을 먹어야 하니, 이 방파제 내부에서 기어나와 밥집까지 걸어가려면 30분은 넘게 걸리곤 했다. 점심은 함바집에서 방파제까지 배달을 해주었지만 아침, 저녁은 배달 서비스가 없어서, 다들 밥 먹을 시간이 되면 아우성이었다. 성 중사는 박 실장의 상황 완료

메시지를 들으며, 옆에 서 있는 정 하사에게 미소를 시었다. 오늘 일과를 마친 두 사람은 이제 홀가분히 방파제 위를 걸어 해변가로 나서면 되는 것이다.

"신 기사님. 오늘 날씨 정말 좋네요. 바람도 산들산들 불고, 파도도 잔잔하고……."

정 하사는 방파제 위를 걸으며 성 중사에게 신 기사라고 호칭했다. 정 하사가 성 중사를 '준모형'이라고 부를 때는 둘이서만 밀담을 할 수 있는 경우였다. 어중간한 상황인데, 친밀감을 표시하고 싶을 때면 '준모'는 빼고 '형'만 있는 호칭이 정 하사 입에서 나왔다. 저녁노을이 바다를 발갛게 물들이며, 방파제 위를 걸어가는 두 사람의 얼굴에도 오렌지 빛깔의 느릿한 햇살을 드리웠다.

"그렇지? 최 기사. 오늘 날씨 죽인다. 아! 어디 놀러나 가고 싶다."

정창길 하사는 최영수 기사로 개명되어 있었다.

"우리가 저 인공섬 위에 있을 때는 하루하루가 끔찍했는데, 여기 나오니까 꽤 살 만해요. 그렇죠?"

"꽤 살 만하다면서, 아깐 갑자기 왜 그렇게 초조해했어?"

터빈 설치 작업 중간에 휴식 시간이 되자, 작업자들은 담배 한 대 피우겠다고 방파제 바깥으로 나섰고, 그 사이 성 중사들은 터빈실 바로 바깥 대기 공간에서 잠시 얘기를 나누었는데, 이때 정 하사가 언더커버 신세 답답해 죽겠다고 푸념을 늘어놓았다. 요새 들어 정 하사는 부쩍 초조해하는 눈치가 늘어 갔다. 정 하사 나이도 이제 스물아홉 살,

'밤의 유령 작전'이 끝나고 국정원에서 성 중사와 다시 만났을 때가 스물일곱이었으니, 벌써 두 살을 이 제주도 상모리 바닷가란 곳에서 더 먹은 셈이다. 성 중사의 나이도 서른두 살. 정 하사의 젊음은 초조함을 더욱 부채질하고 있었다.

"가끔 머릿속에서 쥐가 날 때가 있어요. 형." 정 하사는 계면쩍은 듯이 쳐다보며, 조그만 목소리로 성 중사를 '형'이라고 불렀다.

"그래⋯⋯?"

성 중사는 그 속을 뻔히 알기에 더 말을 잇지 않았다. 그도 요새는 머릿속에서 아우성을 칠 때가 있는 것을 꾹 내리 참고 있는 경우가 많았다. 자신마저 초조해하거나 불안해하는 모습을 보이면, 정 하사가 더 힘들어 할 것 같아서 참을 수밖에 없었다.

"형, 제주테마파크의 한수혁 팀장이란 사람 압니까?" 정 하사가 분위기를 바꾸고 싶은지 다른 말을 갑자기 꺼냈다.

"얼굴만 알지, 잘은 몰라. 얘기해 본 적도 없고. 높으신 양반이잖아."

"그 사람 말이에요. 재밌는 인간인 것 같던데⋯⋯."

"왜?"

"나이가 어떻게 되죠?"

"글쎄⋯⋯. 삼십 중반은 넘었을걸."

"쌩쌩하던데요. 어제, 점심 먹고 일 때문에 서귀포시에 나갔다가 돌아오는 데 말이죠. 그 한 팀장이란 사람이 방파제 위에 혼자 서 있는 겁니다. 사람도 없는 데서 말이죠."

"그 사람, 원래 그렇게 현장 누비고 다녀. 하는 일이 건설관리라나?

그러니까 그럴 수밖에 없지."

"일 때문에 서 있는 게 아니고, 바다를 가만히 쳐다보다가 갑자기 자세를 잡더라구요."

"자세를 잡아?"

"예. 기마 자세 취하더니 단전 호흡을 하는지 정지 자세로 있다가, 갑자기 발차기로 들어가데요."

"뭐? 발차기를 해?"

"예. 기분 좀 풀려고 하는지 양복 윗도리 벗어젖히고 한참 하데요. 흐흐흐흐. 내가 숨어서 보고 있다는 걸 몰랐을 거예요. 거기 원래 사람 없으니까……."

"하하하하. 혼자서 달밤에 체조하는 꼴이네."

"흐흐흐. 그렇죠. 몸이 근질근질했나 보죠. 근데, 자세들이 아주 깨끗하고 좋던데요. 군더더기가 없고 간결한 게……, 훈련이 되어 있는 몸이었어요. 어렸을 때 좀 했다가 아니었어요. 상당히 고수의 냄새가 났습니다. 묘하데요, 그 사람. 타격 때 발 모양이 좀 달라요. 실전에 대한 응용을 배운 사람의 발차기 있죠. 경기용으로만 익숙해진 경우는 아니에요. 어쨌든, 발차기 자세를 보면 합기도 유파입니다. 찍어차기 자세에서 무릎 전체를 돌리면서 허리를 많이 쓰는 게 태권도 앞돌려차기[32]하곤 달라요. 태권도 앞돌려차기도 허리를 쓰지만 합기도보단 덜 해요. 스피드 위주로 단번에 올라가죠. 태권도는 굉장히 빨라요. 합기

---

32 합기도 '찍어차기'와 태권도 '앞돌려차기'는 같은 형태의 발차기라 볼 수 있다. 흔히 '돌려차기'라고 생각하는 태권도 발차기는 '뒤후려차기'이다.

도 찍어차기는 마무리가 허리를 돌리면서, 차는 방향 쪽으로 몸 전체 무게 중심이 이동해 간다는 맛이 있거든요. 스피드를 희생하고 한방에 더 주안점을 두죠. 발차기 동작을 보니 합기도 쪽이에요. 찍어차기 발 모양도 정강이나 발등만 쓰는 게 아니고, 앞꿈치(앞축)로 진짜 찍어버리는 형태도 가끔 나오더라구요. 실전용이에요. 자세들도 순수해서 합기도만 계속 판 것 같아요. 이것저것 하지 않고 말이죠."

　정 하사는 어릴 때부터 태권도, 택견, 합기도, 십팔기, 태극권, 유도, 검도, 복싱, 레슬링, 무에타이, 브라질 유술, 러시아 삼보, 이스라엘 크라브마가, 미국의 매크맵(MCMAP), 안 해본 무술이 없을 정도로 운동에 골몰했던 친구였다. 다 깊이 들어간 것은 아니고, 심도 있게 탐구한 것 몇몇에 맛만 본 게 상당수이긴 하지만, 어쨌든 조금씩이라도 다 손대 본 것은 사실이었다. 초등학교 들어가기 전부터 태권도 도장에 다녔고, 10대에는 각종 무술 연마로 치밀어 오르는 분노를 달랬으며―운동이 자기를 살렸다고 가끔 가다 하얀 이빨을 드러내며 씩 웃는 정하사였다―특전대원이 되어선 대테러전 및 특수전에 필요한 실전 격투술(무도武道나 무예武藝로 불러 보기엔 승화되는 과정이 좀 더 필요한 무술들이라고 할까? 대신 가혹한 상황에서 살아남고자 하는 의지 하나는 뚜렷한 것들이다)들을 익히는 좋은 기회를 군대에서 하나도 놓치지 않고 모두 챙겨온 동시에, 평소에 흥미가 생기던 무술은 외부 도장에서 시간 날 때마다 취미삼아 따로 익혀 온 인생 역정이었다. 나이 들어 현역에서 물러나면 특전사 무술 훈련 교관이 되는 것이 미래의 희망이었다. 무도武道에 대한 안목도 상당한 깊이가 있어서, '어떤 게 더

싸움을 잘하냐.' 같은, 어떻게 생각하면 가장 근본적이라고도 할 수 있고 참으로 유치하다고도 할 수 있는 명제에 마음이 얽매여 있지도 않았고, 속마음은 은근히 여러 무예武藝들이 가지는 특징 있는 '형形' 자체의 미학에 심취해 있기도 했고, 자기 말로 종합 무술 20단은 된다고 하니, 한수혁에 대한 그의 비평은 진실성이 있었다. 새벽에 둘이서 몰래 일어나 하는 특공무술 훈련도, 곧잘 성 중사가 정 하사에게 한 수 배우는 시간이 되곤 했다.

"하하하. 그래? 운동 좀 했나 보지? 그래. 맞아! 몇 번 스쳐 지나갈 때마다 민간인들하곤 다른 분위기가 있긴 했어. 서늘하다고 할까? 그쪽도 날 유심히 보는 것 같아서, '묘한 놈이다.'라고 생각한 적이 있어."

"그렇죠? 그 인간, 나도 느꼈어요. 스쳐 지나간 적이 몇 번 있었는데, 그때마다 날 은근히 주시하더라구요. 나도 그 인간 눈을 째려 줬죠."

"운동 많이 한 게 틀림 없어. 걷는 자세도 좀 달라. 재밌는 놈인 것 같아."

"눈여겨봐야 될 종류예요. 그렇죠?"

"맞아."

"혹시 그 한 팀장이라는 사람, 요원 아닌가 모르겠어요. 그 제주테마파크라는 회사도 한미 합작 형태라면서요?" 정 하사는 눈살을 찌푸리며 의구심을 나타냈다.

"국제적으로 논다 그거지, 뭐. 주요 투자처가 한국과 미국이라고 하더군. 제주테마파크의 부사장이 재미교포 헨리 유란 사람이고, 실질적인 권한은 그 사람이 휘두른다고 하데. 내가 듣기론 이 테마파크에 들어온 건설 관련 회사만도 국적을 따지면 열 군데가 넘는다고 하고……." 성 중사는 가볍게 받아 주었다. 한수혁이가 요원은 아닐 것이란 생각을 하면서.

"그러니까 더 살펴봐야겠어요. 여기저기서 별놈들이 다 몰려올 수도 있다 말이죠. 우리도 사실 요원이잖아요. 한수혁이가 CIA 요원일 수도 있어요. 아니면 러시아 SVR이든지……." 정 하사는 목소리를 작게 하며 속삭이듯이 말꼬리를 흐렸다.

"아니면 중국 국가안전부일 수도 있고, 일본 내각정보국일 수도 있고 말이야." 성 중사는 미소를 지으며 정 하사의 상상력에 응대했다.

"그렇죠."

"그건 아닐 거야. 그 한수혁이는 요원은 아니야. 요원이라면 그 방파제에 서서 발차기를 하진 않아. 더 음습하게, 남 모르게 숨어 다니지."

"하긴 그래요. 우리도 얼마나 음습해졌어요. 고함 한 번 못 지르고 사는데."

"그렇지? 남 눈치나 보면서 말이야."

"아니 신 기사, 최 기사, 뭘 또 둘이서만 쏙닥거리고 있어? 밥이나 빨리 먹으러 가지 않고. 어?"

뒤편에서 느닷없이 나는 고함에 가까운 큰 목소리에 깜짝 놀란 두 사람이었다. 급히 뒤를 돌아보니, 제어실 박 실장이 다른 한 사람과 같이 오면서 가까이 붙어 있었다.

"어휴. 깜짝이야. 아니 인기척도 없이, 왜 그렇게 뒤에 붙으신 거예요?" 분위기가 어색해지는 것도 막을 겸, 얼래덜래 농을 섞으며 박 실장의 말을 받아 넘긴 성 중사였다.

"가자. 빨리. 거 두 사람은 뭐가 그리 고민이 많아! 하루하루 사는 거야. 여기서는 생각을 많이 하면 못 견뎌. 그냥 살아! 알았어?"

"저 아무 생각 없습니다. 보시면 아시잖아요." 이번엔 정 하사가 받아 넘겼다.

"아무 생각 없긴……, 내가 보면 다 알아. 머릿속에 맨날 잡생각이 꽉 들어차 있으면서 말이야. 하긴 나도 니들 만할 땐 그랬다."

50대 후반인 박 실장은 성 중사나 정 하사를 보면 자신의 청춘 시절이 생각나는 모양이었다.

"실장님. 저흰 아직 젊잖아요. 아가씨 하나도 없이 이 삭막한 곳에서 일만 하니, 얼굴 표정이 고민스러울 수밖에 없죠." 성 중사의 말이다.

"임마. 여잔 있어도 고민거리여. 지금 상황에선 없는 게 나아."

박 실장은 여자 얘기만 나오면 언제나 여잔 없는 게 행복이라고 뇌까리는 것이, 아무래도 마나님하고 사이가 안 좋은 것 같았다.

"좀 소개나 시켜주시면서 그러세요. 에이, 참……." 성 중사는 계속 너스레를 떨었다.

"야, 니들 정도 되는 용모와 체격에 왜 여자가 없냐? 여자들이 졸졸 쫓아다닐 것 같은데……, 이상하네!"

"이상하긴요. 이런 데서 들어짜고 있으니, 여자가 생길 턱이 없죠."

정 하사가 불평스럽게 한마디 하자, 박 실장이 짓궂게 웃으며 정 하사의 머리에 꿀밤을 한 대 먹였다.

"뭐, 임마? 이런 데서 들어짜고 있다고? 임마, 이 일이 얼마나 좋은 일인데……,"

"아! 진짜! 왜 때리세요. 밑의 직원에게 왜 폭력을 행사하십니까!"

정 하사는 아파서 못 견디겠다는 표정을 지으며 머리를 만지면서 엄살을 떨자, 박 실장은 아들 같은지 지그시 쳐다보며 한마디 던졌다.

"다들, 이 일 잘 마무리되면, 내가 두 사람 여자 소개시켜 줄게. 우리 딸내미, 결혼 안 한 친구들 많아. 좀 기다려 봐. 알았지?"

잠을 자는 기숙사 방, 2층 침대 아래쪽에 누워, 성 중사는 임펄스 터빈Impulse Turbine 설비 지침을 뒤적이고 있었다. 그는 스파이 활동보다도 엔지니어 일에 더 흥미를 느끼며 이 제주테마파크에서의 하루하루를 견디고 있다고 해도 과언이 아니었다. 원래 뭘 만들고 붙이고 하는 일에 관심이 많았다. 공군 CCT 대원 시절에도, 뇌관 점화 장치들에 대한 각종 설계도들을 들여다보며 직접 만드는 게 취미이다시피 해서, 폭파 주특기 쪽으로 탁월한 능력이 있던 성 중사이다. 이곳에서 파력 발전 엔지니어로 살다 보니 건설이나 설비, 기계 쪽의 도면을 많이 접할 수밖에 없었고, 그 도면들을 읽어 내리면 새로운 분야에 대한 지식을 계속 익혀 나가야 했다. 언더커버로서 제대로 자신을 은닉하려면 지식이 필요했고, 그 지식에 꽤 재미를 느끼고 있는 중이다. 그런 성 중사를 두고, 정 하사는 이제야 본업을 찾은 것이 아니냐고 놀려 대곤 했지만, 그는 내심 본업이라고까지 생각하고 싶진 않았다. 다만 지금 흘러가는 시간이 아까워서, 뭐라도 익혀 놓자는 것이 솔직한 심정이었다. 정 하사는 책상에서 노트북을 들여다보며, 국정원으로부터 내려온 지령이 있나 확인하는 작업을 하고 있었다. 매일 비밀 지령이 내려오는 것도 아니고, 어쩌다 한 번 느닷없이 내용이 뜨긴 했지만, 성 중사들 입장에선 항상 신경을 곤두세울 수밖에 없었다.

"준모형. '다육이네 아침 햇살'에 떴어요."

정 하사의 외마디 외침이 들리자, 성 중사는 들적이던 지침서를 황급히 내려놓고는 침대에서 일어나 정 하사 뒤에 서서, 노트북의 모니터를 들여다보았다. 모니터에는 '다육이네 아침 햇살'이라는 개인 블로그Blog창이 떠 있었고, 창의 좌측면 '분양' 카테고리에는, 새로운 이벤트를 실시한다고 빨간색 네모 테두리가 쳐진 'New' 표시가 산뜻하게 점멸하는 중이었다. 이 '다육이네 아침 햇살'은 다육 식물과 선인장을 좋아하는 한 개인 블로거가 자신의 취미 생활 일지를 차곡차곡 모아 놓은 형식이었는데, 가끔 가다가 무료로 다육 식물을 분양한다고 공지를 하고 있었다. '다육이네'에서 이 공지 사항이 뜰 때마다, 성 중사 들에게 새로운 공작 명령이 떨어지는 순간(국정원에서는 갖은 종류의 블로그를 통해, 성 중사 들과 여러 스타일의 접선을 하고 있었다)이기도 했다. 산뜻하게 생긴 나이가 좀 지긋한 여성 공작원이 동글동글 예쁘장한 조그만 다육이들 화분을 비밀의 화원에 모아 놓고, 욕심 사나운 아줌마들에게 공짜로 나눠 주는 '쌩쇼'까지 벌이는 지는 성 중사 들로선 알 수 없는 노릇이었다. 그들에게 중요한 것은 어디까지나 명령의 내용이었으니까.

'안녕하세요. 다육이네예요. 우리 이쁜 다육이가 너무 많아져서 나뉘 드릴게요. 선착순으로 저에게 연락 주신 분, 15명까지 드릴 수 있어요. 가져가서 잘 키우실 자신이 있으신 분만 와 주셨으면 좋겠어요. 너무 이쁜 아가들이에요. 4월 20일 토요일 오후 2시까지 제 집에서 만나요. 추신 : 맛있는 것 해 가지고 오셔도 돼요. 우리 아줌마들끼리 같이 먹어요.'

짤막한 인사와 함께, 서울 성신여대 근처 돈암동 어디쯤의 약도와, 예쁘게 생긴 이층집 사진까지 나오는 사정을 보면, 실제로 나눠 주기도 하는 모양이었다. 스크롤 막대를 아래로 내리니 잎이 도타우면서 여러 개가 모여 전체적으로 꽃봉오리를 연상하게 하는 다육이 화분 사진들 여러 장이 쭉 펼쳐졌다. 그중에서도 다수의 꽃봉오리들(실제 꽃이 아니고 잎들이 모여 군집을 이룬 것이다)이 보이지 않고, 봉오리 하나만 강조되어 찍혀 있는 사진을 골랐다. '홍옥紅玉'이라는 이름의 다육이 화분이었는데, 잎들이 납작한 데라곤 없이 조금 기다란 포도알 모양으로 생겨서는, 한 무리를 이루어 끝부분이 발긋발긋한 꽃 한 송이를 만들고 있었다. 성 중사 들은 사진 밑의 설명(시 한 편을 써 놓은 것 같기도 했다)을 주의 깊게 읽어 보았다.

'싱그럽게 발갛게 되어 가는 우리 홍옥 아가. 밤에 침대 곁에 놓아두니, 아침에 눈을 뜨면 우리 아기가 날 반겨 주는 게 너무 좋았어요. 꿈을 꾸면, 호수에서 우리 아기들이 둥실둥실 떠 있었구요. 난 이 아가들을 건지려 물속에 들어갔지요. 이상하죠? 물 많은 곳은 싫어하는데, 왜 내 꿈에선 홍옥이 연꽃 모양 물 위에 떠 있을까? 홍옥이 주위에 소용돌이가 조그맣게 생기며 우리 아가들이 맴돌고 있었어요. 딱 맞아서 뱅뱅 도는 게 너무 귀여웠어요. 벌써 같은 꿈을 열두 번도 더 꾼 것 같아요. 어떨 때는 3일 밤을 똑같은 꿈을 꿨어요. 이상하죠? 그럴 때마다 난 우리 홍옥 아가들 둘을 건져 꼭 하얀 모래 위에 다시 심었는데, 그러자마자 잎이 떨어지며 또 다른 아가들이 피어났어요.'

정 하사는 홍옥 사진 밑의 문장을 복사한 후, 크립토그래피[33] 프로그램에 옮겨 돌리기 시작했다. 비밀 통신은 단어, 문구, 글자들을 변형해서 암호화되어 있었고, 이 '코드Code'들을 대체해서 단어와 문구를 해석해 주는 프로그램에 돌려야만 본 뜻을 알 수 있게 되어 있었다. 조금 기다리니 해석 내용이 모니터에 뜨게 되었다.

'F Zone에서 실험이 시작되었다. 우리 (홍옥?) 요원 둘이 그대들을 (눈을 뜨면?) F Zone의 밤에 맞이할 것이다. (꿈을 꾸면, 호수에서 우리 아기들이 둥실둥실?) 수중으로 침투할 것. (난 건지fj?) (이상하죠? fgrdhej 릿가어로ㄱfr2348물 위에 떠hg50jrskwephjy) 수중으로 침투하여 접근. (연꽃?fgaaqr5서7&wqqwerㅎ쇼ㄴ)바이패스 밸브 이외에는 방법 없음. (모양 물 위?) 36번째 발전기 (같아요? 어떨 아dfr리단deje때는 똑같은 꿈을 꿨어요. 이상하죠?) 그럴 때에 요원 둘이 그대들을 맞이할 것임. 그러자, 날과 시는 앞에서, 하던 대로. (떨어지며) 요원들의 건투를 빈다. (피어났어요)'

해석 내용을 다 읽은 성 중사와 정 하사는 서로의 얼굴을 쳐다보았다. '날과 시는 앞에서'란 말은 분양 공지 사항 글의 날짜와 시간을 가

---

33 크립토그래피(Cryptography) 암호 작성술, 암호 기법.

리키고 있었다. 즉, 4월 20일 토요일, 오후 2시였다. 오늘이 4월 12일, 금요일이니 준비 기간은 일주일 남짓 남은 셈이다. 대낮에 하는 작전이라……, 쉽지는 않은 상황이란 생각이 들었다. 아마도 지금 F Zone에 침입해 있는 요원들의 사전 정보에 따른 것 같았다. 성 중사는 정 하사에게 문장을 불러 주기 시작했다. 정 하사는 키보드를 두들기며 받아 적었다.

"알았다. 현재 F Zone의 요원 두 사람이란 누구인가? 사전에 약속된 대로? 36번째 발전기의 바이패스 밸브도 안에서 열어 주지 않으면 우리들은 열 수 없다. F Zone은 내부 협력 없이 외부 침입 불가능. 정확한 사전 약속 필요."

정 하사는 성 중사의 말에 고개를 끄덕거리며, 암호 프로그램에 문장을 집어넣어 암호문으로 변환시키기 시작했다. 조금 있다 창이 열리며 변환된 문장이 30여 가지 정도가 쏟아져 나왔다. 이 문장 중에서 가장 알맞은 것을 골라 세부적으로 다듬어 다시 암호 변환하는 작업을 몇 번 거듭한 후, '다육이네 아침 햇살' 분양 공지 사항에 댓글을 달면, 다육이네 주인 아줌마의 적절한 답변이 다시 달릴 것이다. 성 중사는 정 하사의 댓글 달기 작업을 지켜보며, '이제 때가 오려나?'라는 생각을 하고 있었다. 그에게 있어 때를 기다림이란, 이제는 F Zone을 정탐하고 공작 임무를 완수한다기보다는, 다시 군복을 입게 될 날을 확실히 알게 되어, 달력에 기분 좋게 동그라미 치게 될 것을 기대하는 일이었다.

30

　수혁의 지프 랭글러는 테마파크 건설 현장 임시 주차장에서 빠져나와 출입 차단봉 앞에 섰다. 어둑어둑해지는 저녁 햇살 속에 경광봉을 손에 든 남자 하나가 운전석 옆으로 다가왔다.

　"타신 차 뒤를 좀 봐야겠습니다."

　"예. 그러시죠."

　랭글러 해치백이 열리자, 남자는 내부 여기저기를 회중전등으로 비치며, 이모저모 손으로 들춰보면서 혹시라도 자재나 그 무엇이 불법 반출되는 것이 없는가, 눈살을 조금 찌푸리고 세심히 관찰했다.

　"됐습니다. 가도 되십니다."

　"예. 수고 하세요."

　남자가 경광봉을 흔들며 신호를 보내자, 랭글러 앞을 가로막던 출입 차단봉이 약간 건들거리며 위로 올라가기 시작했다. 수혁은 건설 현장에서 빠져나와 서귀포 신시가지로 차를 몰았다.

　수혁이 탐모라디자인 사무실에서 자리를 (주)제주테마파크로 옮긴

지는 시간이 꽤나 흘러간 상황이다. 1년하고 4개월 정도 되었나? 제주
에 오랜 세월을 내려와 있을 것이 유력해지던 그때, 서울에 있는 오피
스텔 전세를 처분하고, 서귀포 신시가지의 새로 지은 오피스텔에 월세
로 살게 되었고 — 친구 따라 강남 간다고 이안 파커와 배종삼도 같은
오피스텔 건물로 이사 왔다 — 동시에 지프 랭글러도 목포항에서 출발
하는 고속 훼리편에 싣고 와서 직접 몰고 다니니, 이제는 완전히 제주
도에 정착하는 기분으로 살게 되었다.

　(주)제주테마파크로 옮기게 된 것은 헨리 유의 느닷없는 명령 때문
이었다. 탐모라디자인에서 벌어지는 일도 책임지는 동시에, (주)제주
테마파크의 온갖 파트들, 경영관리, 기획조정, 대외협력 및 홍보, 엔터
테인먼트 기획 등등의 명칭이 붙어 있는 각 팀들의 회의 시간에 수혁
은 매번 들어가서 의견을 피력해야 했다. 헨리 유는 자신이 주재하는
각 회의 때마다 그를 꼭 불러 댔다. 보다 넓은 세계를 보여 주고자 하
는 선의의 의도가 있는 것은 분명했지만, 수혁으로서는 사실 피곤했
다. 그가 (주)제주테마파크에서 맡은 일은 조성계획 및 건설관리팀의
팀장이었고, 발령받자 처음에는 이 일만 하기에도 벅차서 맨날 간을
졸이고 사는 판이었는데 — 하루 종일, 현장과 탐모라디자인공작소와
(주)제주테마파크 사이를, 밑에 사람들 데리고 왕복했다. 그나마 서로
간의 거리가 가깝다는 게 정말 다행이었다 — 다른 부서 회의 때마다
얼굴을 꼬박꼬박 비춰야 하는 게 여간 고역이 아닐 수 없었다.

　헨리 유는 (주)제주테마파크에서 벌어지는 모든 상황들을 수혁이 머
릿속에 꿰고 있기를 바라는 것이 분명했다. 퇴근 후, 가끔가다 자신의

모하비를 수혁이 몰게 하고는 제주도 이곳저곳 누비면서 회사 돌아가는 상황을 탐지 겸 의논하는 헨리 유였다. 물어보니 어쩔 수 없기는 하지만—결코, 의도적인 밀고의 성격은 없었다—직원들끼리만 알고 있는 현장감 있는 정보들이 수혁의 입술에서 나와 헨리 유의 귀에 들어가는 시간이기도 했다. 지금의 헨리 유 부하 중에 수혁만큼 광범위하게 제주테마파크를 파악하고 있는 친구는 없었다. 그러니 그의 입에서 나오는 정보가 헨리 유에게는 얼마나 짭짤하겠는가! 헨리 유는 쓴소리를 많이 하라고, 자신이 듣기 싫은 소리일수록 더 많이 해달라고 수혁에게 요구하곤 했다. 물론, 그 요구에 넘어가 밑에서 돌아다니는 헨리 유에 대한 불만들을 순진하게 고해바칠 수혁도 아니었지만……. 또한, 그 시간이 수혁에게는 공부하는 시간이었다. 헨리 유는 그에게 전부를 내비치지는 않지만, 소위 사업이라는 것이 무엇인지 그 세계를 은근슬쩍 보여 주는 시간으로 만들곤 했다. 헨리 유의 말을 듣고 있노라면—헨리 유는 사업이란 '하는 것'이 아니고 '만드는 것'이라고 항상 강조했다—'지금까지의 디자이너로서의 삶보다, 사업을 만들어 보는 삶이 나한테 더 맞을 수도 있지 않을까?'라는 딴 생각으로 귀가 솔깃해지는 수혁이었다.

"…… 미스터 한. 그런데, 항상 문제는 너무 부족하거나 너무 과다하거나, 양 끝단에서 발생해. 중용中庸이 필요한 거지. 그런데 이 중용이란 게 쉬운 게 아니야. 개인이나 사회나 조직체나 항상 끝단으로 달려가려는 경향이 있어. (헨리 유는 고개를 절레절레 흔들며 말을 하고 있었다) 내 마음을 들여다보아도, 회사를 경영해 보아도, 너무 묶여 있다 싶어 풀어 주면, 또 방만한 쪽으로 달려가고, 이거 개판되겠다 싶어 쪼아 대면, 너무 경직되어 버리고 그러더라고. 중용이란 것이 그래. 중간에서 가만히 정지 상태로, 이게 중용이라고 계속될 수 있는 것이 아니야. 끊임없는 투쟁이야. 좌로나 우로나 치우치지 않으려고 심각한 노력을 계속해서 해보며, 상태를 점검해야 하는 것이 중용이야. '이게 바로 중용인 상태다!'라고 내놓을 수 있는 게 중용이 아니야. 투쟁의 과정, 그 자체가 중용이야. 변증법적인 발전이 요구되는 것도 아니네. 그 자체로 가치가 있고, 그것만으로도 인간에게는 벅찰 지경이야." 말을 잠깐 끊고는 숨을 고르는 헨리 유였다. 목소리가 조금 격앙되고 있었는데, 가라앉히려 애쓰는 듯했다. "사실 말이야. 중용인 상태란 게 뭔지, 인간이 판단할 수 있다고 생각하나? 그것조차도 인간은 잘 몰라, 그런 존재라고 인간은. 그냥 한 번 해보는 거라네. 이게 중용일 것이라고 생각하고 말이야. 그러면서 끊임없는 오류들을 만들어 낼 뿐이네. 결국 중용이란, 그 오류들을 두려워하지 않으려 애를 쓰면서, 끊임없는 변화를 모색하는 거야. 끊임없이 변화를 추구하면서, 중용이 뭘까 생각해 보는 것이 중용일세."

"예에……."

'어이구. 말하는 걸 듣고 있노라니, 이 양반도 참 쉽게 살지를 못하는 사람이로구만. 하긴 그러니 이런 일도 하지. 남들 같았으면 한몫 챙길 궁리만 했을 텐데…….' 수혁은 운전 하면서 옆에서 계속 들려오는 이런 말소리를 들으며, 헨리 유가 재미있는 사람이라는 생각을 은근히 하곤 했다.

　수업료를 따로 내는 것도 아니고 오랜 경험 속에 우러난 산지식을 거저 얻는다는 마음으로, 사장님을 모시고 운전하고 다녀야 하는 수고도 아끼지 않았다. 잘 나가다가 결국은 일에 대한 덤터기로 마무리되는 시간이긴 했지만, 이런 상황에 대해 마음이라도 편하게 가지려고, 수혁은 스스로 배우는 시간이다 생각하며 사장님을 모시고 다녔다. 어떻게 보면, 반드시 사업을 알고 싶어서라기보다는, 좁은 세계에 갇혀 살아야 했던 자신의 과거가 억울해서 헨리 유의 말을 경청한다는 것이 더 맞는 표현일 수도 있으리라.

　또한, 헨리 유 자체도, 회사일 의논 외에 수혁에게 무언가를 항상 가르치고자 하는 의도가 있었다. 같이 모하비를 타고 가노라면 그가 자주 혼자서 뇌까리는 말 중에 하나가, "사람이 필요해. 사람을 키워야 해."였다. 헨리 유는 제주테마파크가 이 상모리 땅에 세워져 계속적으로 확장되고 발전해 나가, 마침내 영원과 불멸의 면모들로 충만하기를 진심으로 바라는 사람이었다. 수없는 가면과 몇 겹 울타리로 이루어져 있는 헨리 유의 마음이지만 그 점만은 잡티가 섞이지 않은 거짓 없는 진심이었다. 그러기 위해서는 무엇보다 인재가 필요하다는 것이, 그의 입장에서는 당연한 첫 번째 조건이라 하겠다.

　헨리 유가 테마파크 건설 현장을 둘러볼 때의 얼굴 표정을 묘사해 본다면, "내가 이 모든 것들이, 한 치의 어긋남 없이, 완전히 이루어지는 걸 볼 수만 있다면, 일하는 사람들 앞에서 이 땅에 엎드리는 오체투지死體投地도 불사하겠다!"라는 결의가 두 눈에 가득 차 있었다. 간절함이랄까, 집념이랄까, 애틋해 보이기까지 하는 마음이 전해져 와, 가끔가다가는 헨리 유에게 사심 없는 존경까지 느끼는 수혁이지만, 이내 그의 마음을 얼어붙게 만드는 것이 있었으니, 바로 F Zone이었다.

차에서 내려, 오피스텔 1층 로비로 들어가 엘리베이터 앞에서 기다리고 있는데, 605호 우편함 구멍으로 살포시 모서리가 삐져나온 우편물에 시선이 갔다. 수혁은 얼른 꺼냈다. 해외에서 날아온 그림 엽서였다. 우편물로 오는 것들은 대부분 카드 내역서와 세금 고지서들뿐이고, 손수 손으로 글씨 쓴 편지 비스무리한 것을 받아 보는 일은, 그 갸륵한 정성 때문이라도 귀하게 여겨지는 게 요즘 세상이다. 수혁은 누구에게서 온 엽서인지 금방 알아채고는, 조금 눈살을 찌푸리며 뒷면의 사연을 읽으려 하다가, 호주머니에 그냥 집어넣은 채 엘리베이터에 올라타 버렸다.

수혁은 샤워하고 나와선 거실의 소파에 길게 드러누워 멍청하게 천장만 바라보았다. 그러다가 갑자기 몸을 일으켜 붙박이장 안에 걸려 있는 바지 호주머니를 뒤적였다. 속에 있는 엽서를 꺼내 들었다. 그는 다시 소파에 앉아서 엽서 그림만을 한동안 들여다보았다. 굵은 붓 터치로 쿡쿡 찍어서, 세부 묘사 신경 안 쓰고 크게, 크게, 들어가며 그린 유화가 전면에 인쇄되어 있었다. 파란 하늘에 멀리 보이는 눈 쌓인 산 꼭대기로 하얀 구름이 여기저기 휘감겨 있고, 화면 우측의 원경에는 부드러운 아치들로 이루어진 크림색 다리가, 파란 하늘보다 더 푸른색을 전체적으로 강조한 잔잔한 강물 위에 걸려 있어, 아이보리색과 연두색, 하늘색의 아련한 물그림자를 만들었다. 덕분에, 자칫 시퍼렇게 획일화될 뻔한 강과 하늘의 색채가 다양해졌고, 작은 엽서이긴 하지만 꽤나 뚜렷하게 느껴지는 붓질의 방향과 힘의 변화들이, '난 이발소 그림이 아니다!'라고 항변하고 있었다. 화면 좌측 편으론, 유럽 중세풍의 오래된 3, 4층 가옥들이 위트릴로의 백색 시대를 흉내내어, 하얗거나 크림색으로 칠해진 벽에 밝은 주황색과 짙은 벽돌색 지붕들을 머리에 이고, 수변으로 연이은 파사드Façade들을 만들고 있었다. 유럽의 어디쯤임을 나타내고 싶을 때 써먹는 전형적인 그림 엽서의 소재라는 느낌이었다. 이 파사드들의 중첩은 강변에서 산등성이로 올라가며 오래된 산악 중소 도시의 경관을 사선 방향으로 확장해 나갔다. 그림만 뜯어 보다가, 뒤집어 뒷면의 보낸 사람 이름과 사연을 쓴 동글동글한 글씨체들을 자세히 들여다보기 시작했다. 내용은 간단했다.

'잘 있어요? 나도 잘 있어요. 너무 일만 하지 말아요. 몸 상해요. 요샌 공부도 잘 안 되고 이제르Isère 강변만 쏘다녀요. 바쁜 꿀벌은 슬퍼할 시간도 없다는데, 난 시간이 남아 도나 봐요.'

내용을 읽은 수혁은 엽서를 든 오른손을 떨어뜨리면서 고개를 뒤로 젖혀 소파에 머리를 파묻었다. 언제부턴가, 한 달에 한 번씩 꼬박꼬박 도착하는 이 그림 엽서를 볼 때마다, 그는 가슴 한 켠에 쌓아 두었던 잊어버리고 싶은 추억이 되살아나곤 했다. 수혁은 고개를 흔들며, 마음속에 떠오르는 1년 6개월 전의 시간들, 가을이 꽉 들어찬 10월 마지막 주, 금요일 밤의 영상들을 지우려 애를 썼다.

   대형 프로세니움 아치 무대[34]가, 앉아 있는 수혁의 눈앞에서 10미터 정도의 짧은 거리를 두고, 준비에 한참 골몰한 모습을 드러내고 있었다. 오케스트라 단원들은 악기들을 조율하느라고 정신 없었고, 미술팀과 기술팀으로 보이는 스태프들은 여기저기 뛰어 다니고 있었으며, 조명 감독은 뭐가 마음먹은 대로 되질 않는지, 무선 마이크로 일일이 지시하면서 무대에 내려 쬐이는 조명 효과들을 마지막으로 눈으로 확인 중이었고, 무대 감독(방송국 'FD'나 영화판 '진행'과는 달리 공연 무대에선 무대 감독 권한이 막강하다)은 여기저기 다니면서 스태프들과 마지막 말다툼을 벌이고 있었다. 아마도 연출자는, 이 관객 좌석 어디쯤에서 자신이 연출한 이 공연이 잘 진행되기를 기원하며, 무대를 조용히 바라보고 있을 것이다. 프로세니움 아치 양옆에는, 무대 전면에서 후면으로 후퇴해 들어가면서 막들이 위에서 아래로 여러 겹 좌우 쌍으로 내려져 있었다. 이를 두고 연출자들은 '윙 커튼Wing Curtain'[35]이라 간략하게 불러 버리고 큰 신경을 안 쓰는 경우가 많았지만, 무대 디자이너들은 기존의 '윙 커튼'들을 사용하지 않고, 자신이 디자인한 무

---

34 프로세니움 아치 무대(Proscenium Arch Stage) 무대와 객석 사이에 '프로세니움 아치'라 부르는 틀을 만들어서, 관객이 영화를 보듯 틀을 통하여 감상하도록 한 무대. 무대의 90% 이상이 이 형식을 가지며, 환영(Illusion)을 만들기에 유리하다. 관객은 무대의 뒤를 볼 수 없기에, 시각적 눈속임이 편리하다는 강점이 있다.

35 윙 커튼(Wing Curtain) 원래 사이드 커튼Side Curtain이 기계 제원상의 정식 명칭이지만, 윙 커튼Wing Curtain이라 많이 통칭한다.

대 세트에 어울리는 별도의 '렉스Legs'를 만들고 싶어 안달나는 경우가 대부분이었다. 이 '렉스'의 형태는, 일반적으로 연출자 입장에선 요란한 것이 되질 않기를 희망하는 경우가 많고 — 무대에 대한 관객의 시선 집중을 훼방할 수가 있다 — 디자이너들은 세트와 어울리는 모습의 형태로 별도의 제작 과정이 있기를 원하는 경우가 많아, 협의 과정에서 주요 입씨름 대상이 곧잘 되곤 했다.

지금 수혁이 바라보는 이 무대에는, 별도 제작되어 첫 번째 세트 배튼Batten에 붙들어 맨 프로세니움 아치(기존 건축물의 프로세니움 아치 바로 뒤로, 다시 아치를 만들어 붙인 무대 최전면 세트이다)가 무대 전면의 디자인적 통일감을 견고하게 확립시켰다. 그 프로세니움 아치 뒤 내부로 들어가면서, 무대 양옆으로는, 날카로운 직선의 세로 줄들이 표면에 일정한 그림자들을 만들고 있는 렉스들이, 미니멀한 감각으로 무대 천장에서부터 겹겹이 매달려 있었다.

수혁은 '저 렉스들을 어떻게 세트 배튼에 붙들어 맸을까?' 하는 의구심에 시달렸다. 커튼 천이 아니고 표면에 금속 재질 느낌이 은근히 도는 시트지를 점착시킨, 높이가 48자(尺), 즉 14.5미터에 이르는 합판이었다. 저런 높이의 렉스를, 가로 이음매가 전혀 눈에 띄지 않게 어떤 방법을 사용하여 배튼에 매단 것인지, 디자이너와 세트 담당자들의 기술적 처리가 놀라웠다. 화물차에 싣고 이동하기 위해 어차피 세트는 낱개로 쪼개어 제작되는 법이었고, 렉스 세트의 높이가 워낙 높아서, 전체적으로 완전히 연결된 렉스를 한 번에 들어 올려 무대에 세울 수가 없었다. 세트 배튼을 무대 바닥에서 위로 올리는 중에, 적절 크기로 나뉘어져 있던 낱개 합판 세트들을 계속 연결하며 매달아, 렉스의 전체 높이를 확보해야 하는데, 칠이 아닌 시트지 작업을 하면서, 그것도 각재를 표면에 박는 식의 가로선을 일부러 세트 표면에 노출시킴으로 카무플라주Camouflage를 시키는 디자인도 아닌, 철저히 세로선만 보이는 디자인으로 소화해 낸 것이 **절묘한 작업**이라 할 만했다. 대부분, 전문가가 뚫어지게 쳐다보면 아무리 감추려고 해도 미세한 자취는 남는 법이라서―사실 이 렉스에 아래나 위에서 조명이 다이렉트로 들어가는 경우가 많아, 가로 이음매는 보기 싫은 그림자를 만드는 경우가 많다―수혁은 담당 무대 디자이너를 만나 어떻게 처리한 거냐고 질문하고 싶은 생각이 들 정도였다.

무대 세트 자체는 단출했다. 기하학적인 단순함으로 처리했는데, 전환시에 기존의 극장 시설을 그다지 이용하지 않고 있었다. 세트 배튼에도 모슬린 천으로 된 반투명 배경막 하나와 합판 세트 한 개가 달랑 매달려 있었고, 두 개 정도의 세트 벽체에만 직접 이동 바퀴를 달아 뒤에서 사람이 끌고 다니게 한 것을 보면, 막마다 세트 전체가 완전히 바뀌는 풀Full 장면 전환은 없는 것 같았다. 합판에 아이보리색 천을 풀칠해서 발라 마감을 깔끔하게 했는데, 이런 경우는 패션쇼 무대에도 많이 쓰이는 기법이었다. 바로 철저하게, 등장인물만이 부각되기를 바란 경우이다. 비교적 평범한 무대 상수, 하수[36]측 출입과 램프로 연결된

---

36 상수, 하수(上手, 下手) 프로세니엄 무대 각 지역의 위치를 표시하는 현장 언어로서, 관객석에서 무대를 바라볼 때, 무대 오른쪽을 '상수', 무대 왼쪽을 '하수'라고 말한다. 서양은 표현이 반대이다. 무대에서 관객석을 바라볼 때, '상수' 쪽을 '스테이지 레프트Stage Left', '하수' 쪽을 '스테이지 라이트Stage Right'라고 한다.

중앙 출입이 있을 뿐이었고, 뚜렷한 세트의 동적 변화도 눈에 뜨이지 않아서 모든 상황 처리가 어떨까 궁금해졌다. 수혁으로선 무용에 필요한 무대 디자인은 해본 적이 없어서 호기심이 일었다. 상징적으로 처리된 무대일수록, 많은 설명을 압축해서 처리해야 되기에 연출자와의 대화가 특히 중요했다. 무대 디자이너가 연출자, 즉 안무가와 상당히 많은 협의를 나눈 세트란 생각이 들었다. 무용 쪽은, 연출자라고 이름 붙일 수 있는 직책이 분명히 있는 연극, 뮤지컬과는 달리, 공식적으로는 무용단 단장이 총예술감독, 즉 제작자와 연출자의 두 가지 역할을 동시에 했다. 하지만 실질적으로는, 그 무용극의 안무가나 그 안무가의 안무를 가르칠 수 있는 라이선스를 획득한 수제자가, 연출가의 역할을 수행하는 경우가 대부분이고, 아니면 조직 내에서 강한 발언권을 가진다 할 수 있었다.

상징적이고 모던하며 간결하게 처리된 무대 세트는, 제작비 절감이란 면에서도 아주 효과적이긴 하다. 그러나 수혁 입장에선 솔직히 말해, 이 극장이 가지고 있는 무대 기계 설비가 아깝다는 생각이 들었다. 무용에 쓰이는 무대는 간결이 원칙이라고 하면 할 말이 없긴 했으나, 한 번쯤이라도, 특히 대규모 군중 씬Scene이 있는 경우, 기계에 의해서 자동으로 움직여 전환되는 풀Full 세트 전환이 이루어지면 어떨까 하는 생각이 들었다. 상징적이고 모던한 재해석이라고, 굳이 있던 세트, 끝날 때까지 한자리에 계속 서 있을 필요는 없는 것이다. 모던하게 풀 세트 전환하면 된다. 등장인물들 다수가 무리를 지어 등퇴장登退場이 이루어지면서, 세트는 좌우로 움직이고, 위아래로 움직이며, 원형 무대는 뺑뺑이 돌기 시작하고, 승강 무대에선 먼저 세트는 아래로 사라지고 새로운 세트가 올라온다. 심지어 조금 더 응용하면 각이 벌어지고, 좁혀지면서, 세트는 뒤집혀지며, 새로운 장면을 만들어 낼 수 있다. 이런 스펙터클하고, 다이내믹하며, 호화로운 장관을 연출하는 것을, 이 극장식 무대 디자인의 백미白眉라 부를 수 있겠다. 요새는 기계 설비들의 동작 속도가 과거와 달리 대단히 빨라져, 세트 전환시의 극 흐름이 늦어지는 점을 우려할 필요도 없었고, 굳이 막 내려놓고 숨기듯이 장면 전환 할 필요는 더욱이 없었다. 세트 전환 자체를 노출시키는 것이 큰 볼거리이고 — 관객이 대단히 좋아한다 — 상징적이고 모던한 간결한 무대에서, 다시 다채롭고 예측 불허의, 변화무쌍한 무대 쪽으로 옮겨가는 동향動向이 지금의 전반적인 무대 디자인의 조류였다. 이번 공연의 출연자와 연출진, 교향악단 등은 최정상급의 진용으로 갖추어졌다는 소식이 인터넷에 기사로 뜬 적이 있었다. 그런 면에 비해 미술-세트는 좀 약하지 않나, 이미 정착되어 있는 전체 시스템 속의 하나라 하더라도, 이번 공연 이전에 좀 더 발전이 필요했던 부분이 아닐까, 하는 개인적인 생각들을 하며 수혁은 무대 뒤편을 어슬렁거리고 있었다.

　이 세종문화회관 대극장은, 그 규모와 크기, 무대 전환용 기계 설비의 종류들이, 무대 디자이너가 경험없이 노력만으로 소화하기에는 고생길이 훤한, 대규모 무대라 할 수 있다. 여기에 막을 올리는 연출자는 좋아서 탄성을 지를 만한 설비들이 총망라해서 갖춰져 있는 무대이지만, 이 복잡한 기계 장치들(고속으로 움직이는 102개의 배튼들, 원형 회전 무대가 하나, 수평 이동 무대가 네 개, 세 개의 승강 무대 등등)을 이용하여, **절묘한 무대 전환**이 이루어지는 세트를 구상해야 하는 작업은 무대 디자이너의 몫이었다.

게다가, 세종문화회관 대극장은 프로세니움 아치를 이루는 무대 개구부가 너비 87자×높이 40자, 즉 26미터×12미터, 전면의 오케스트라석을 제외한 무대의 맨 뒤편까지의 깊이가 130자, 40미터에 이른다. 세트를 세울 무대바닥 자체 공간은 너비 28미터×깊이 20미터 정도이며, 양 사이드 포켓Side Pocket 공간뿐만이 아니고, 무대 맨 후면에 항상 위치하는 배경막 뒤에도, 20미터 깊이의 또 다른 대기 공간, 바로 리어 포켓Rear Pocket이 아주 큼직하게 마련되어 있었다.

배경막 뒤로 있는 이 리어 포켓에 대형 수평 이동 세트를 숨겨 놓았다가, 결정적인 순간에 무대 앞쪽으로 튀어나오게 할 수 있는데, 예를 들어, 영화 《캐러비안의 해적》을 뮤지컬로 만든다고 상상해 보자. 한 척의 군함 세트(잠깐 나온다 하더라도 첫 인사이니만큼, 진짜처럼 근사하게 잘 만들어져야 한다)가 관객이 바라볼 때 무대 오른쪽(Stage Left, 상수)에서 왼쪽(Stage Right, 하수)으로 천천히 자태(군함의 전체 형태 모두가 관객에게 완전히 노출되지 않는다. 이동 시 관객에게 보이는 정도까지만 제작!)를 나타내며 항해하고 있다. 그때 난데없이, 해적선 '블랙 펄'(앞부분이 강조되어 디테일까지 정교하게 만들어져야 하며, 배 중간 정도까지만 세트로 제작되어 있다)이 있는 데로 함포 사격을 해 대며, 어둠에 가려져 있던 무대 뒤에서 앞으로 나타나, 군함의 측면을 해적선 앞대가리로 들이받는다. 지금, 두 함선의 위치를 평면도로 그려 보면 'ㄱ' 자 형태를 이룬 순간이다. 이때야말로, 관객에

게서 "악!" 소리가 튀어나올 정도로 시청각의 공감각적 임팩트를 보여
주는 것이 핵심이다. 두 동강이 난 군함 사이로 '블랙 펄'은 해골이 그
려진 해적기를 날리며, 위풍도 당당하니 관객들에게 첫 선을 보인다.
이때, 우리의 잭 스패로우Jack Sparrow 선장이 특유의 미소를 날리며 배
위에 나타나, 관객들을 내려다보며 노래라도 한 곡 뽑아 준다면 금상
첨화일 것이다.

　사실상 이런 식의 대규모 극장식 무대 시설은, 관객석에서 바라다볼
때 자칫하면 휑하거나, 어느 한 곳이 왜곡된 느낌의 무대 디자인이 나
오기 쉬운, 골치 아픈 위험성도 도사린다고 할 수 있다. 무대가 엄청
크니, 모든 종류의 공연물을 거침없이 해치울 수 있는 막강한 장점이
있었지만—별도로 기계 설비들을 맞춤 제작한 전용 무대를 만들지 못
할 바엔, 이만한 범용성을 가진 극장 무대도 찾기 힘들다—디자이너
입장에선, 계속적으로 변화하는 각각의 무대 세트들을 시각적으로 짜
임새 있게 만들어야 하기에, 무대 자체에 대해 잘 이해하고 소화할 수
있는 경험이 요구되었다. 오페라나 뮤지컬 같은 대규모 공연물의 담
당 무대 디자이너는, 초대권이 아니라 성실하게 자기 돈 내고 들어온,
공연 자체를 좋아해서 자신도 참가하고자 소박한 희망을 품고 온 관객
들의 시선을 잘 고려하여, 무대를 만들어야 할 의무가 있다. 관객석에
서 무대를 바라볼 때, 특히 관객석의 양 사이드 끝에 앉은 관객의 시선
과, 최상층에 앉은 관객들, 예를 들어 3층 이상의 높이에서 무대를 바
라볼 때의 관객 시선 등이 문제였다. 이 구석진 자리의 관객들은, 자칫
하면 무대에서 지금 벌어지고 있는 공연 내용의 파악이 힘들 정도로,

왜곡된 각으로만 보여지는 시선을 가질 수 있는데—무대 디자인 이론
서에 보통 쓰여 있는 내용인, 관객의 시각선(Sight Line)을 계산, 조명 기
구, 출연진, 소도구, 무대장치의 '바래' 막기 정도를 말하는 것이 아니
다. 수혁도 이 정도는 알고 있었다—이는 무대 위 배우들의 위치와 동
작과 동선의 강조, 무대 바닥의 높낮이와 형태, 무대 세트의 전환 위치
등을 책임감 있게 컨트롤하지 못한 결과로 빚어지게 된다. 이런 문제
점은 연출자뿐만이 아니고, 디자이너가 책임질 몫도 있는 법이었다.

　무대를 바라보던 수혁은, 5년 전에 자신이 디자인해서 이 세종문화
회관 대극장에 올렸던 뮤지컬 공연이 생각났다. 1980년대 히트 친 영
화가 창작 뮤지컬로 재탄생된 공연물이었는데, 문제는 영화가 너무 잘
만들어져 있다는 것이었다. "이미 줄거리는 완성되어 있고, 까짓것, 음
악에다 좀 공을 들이면 나머지는 알아서 잘 해결되겠지. 영화나 뮤지
컬이나 비슷하잖아? 영화 설정같이 무대도 만들면 되겠지. 돈이 되려
면 무엇보다 개막 날짜가 중요해."라는 안이한 생각이 제작자의 마음
속에 생겨 버린 바람에, 연출자나 무대 디자이너 같은 실무 담당자들
이 이것저것 따져보고 생각할 수 있는 기간이 짧다는 것이 큰 흠이었
다. NBS 방송국 사업국이 기획과 제작을 담당한 이유로 미술을 NBS
아트코어가 담당했었는데, 디자인 담당자가 수혁이었다. 평소라면 이
만한 좋은 일은 물 먹고 앉아 있는 그에게 결코 주어지질 않았겠지만,
그때 더 크고 괜찮은 일들이 한꺼번에 많이 벌어지는 바람에, 마침내
수혁에게까지 차례가 오고 만 것이다. 그로선 그 뮤지컬이 NBS 아트
코어에서 처음이자 마지막으로 해본, 쓸 만한 외부 일이 되고 말았다.

어쨌든 공연 무대 쪽에는 경험 부족이었다. 극장식 무대를 다뤄 보지 않은 것은 아니었으나, 세종문화회관 대극장 무대를 디자인하기 전 현장 파악하면서 느낀 감정은, 그 다양하고 풍부한 전환의 가능성을 열어 주는 시설들이 "전혀 기쁘고 반갑지가 않다!"였다. 대본에 맞춰 수없이 많은 등장인물들의 등퇴장과 그에 맞춘 무대 전환이 있어야 하고, 극의 전개 과정에 따라 무대와 관객과의 감정적인 고양과 소통을 이루기 위해, 무대 장치의 극적인 변화들이 보여져야 하는 그런 공연이란 것이, 사실상 부담으로 다가왔다는 것이 솔직한 표현이리라. 옆에서 말로 코치해 주는 가장 나이 드신 선배 디자이너가 있긴 했지만, 현장에서 뛰는 것은 결국 수혁 혼자였다. 아르바이트 학생들에게 무대 모형을 만들게 하여 연출자에게 무대 전환 방법을 보여 주고, 이것저것 협의하고, 열심히 하느라고 했는데, 막상 막이 오르니 구석 자리에 앉은 — 반드시, 완전 구석자리도 아니었다. 그래서 더욱 문제였다 — 관객들에게서 항의가 들어오기 시작했다. 말소리는 들리는데, 누가 대사를 때리는지 배우들 중에서 찾아내기가 어렵다든지, 주인공은 어디가 있는지 모르겠고 무대 후면 높이 솟은 곳에 몰려 있는 군중만 눈에 들어온다는 불평, 심지어는 뭔 얘긴지 헷갈리고 무대만 보인다는 묶음으로 다그치는 듯한 원색적 비난 등등, 한 마디로 무대에서 벌어지는 일들이 완전히 이해되지 않는 경우가 많다는 것이었다.

무대 디자인에만 열중해서, 뮤지컬 내용과의 밸런스랄까, 너무 지나치게 과도한 세트도 문제였고, 무대 장치의 절묘한 자동 전환을 너무 좋아한 나머지, 상당히 육중한 기계 장치가 매입된 덩어리진 세트 덕분으로—무대 자체 설비뿐 아니라 별도의 기계 장치들도 필요했으니 돈은 돈대로 깨져 나갔다—관객 위치에 따라선 출연진의 연기 내용이 쉽사리 눈에 들어오질 않는 경우가 있었던 것이다. 연출자는 수혁의 노력을 이해했지만, 동시에 관객에 대한 예의가 무엇인지를 말해 주면서 수정을 요구했고, 공연 내내 벌어진 세트의 부분 철거와 대체 작업은 미술 책임자인 수혁에게는 악몽 같은 상황이 되고 말았다.

막 올리기 전 리허설 중에, 연출자는 속으로 어느 정도 눈치 채고 있었고 우려하기도 했지만, 수혁의 노력하는 모습이라는 것 때문에 '어떨지 모르겠다.' 하면서 자신도 눈감고 넘어간 부분이 있었다. 그리고 개봉하기도 전에, 관객의 반응이 어떨 것이라고 연출자 맘대로 미리 말하며, 디자이너의 영역이라는 것이 있는데 이래라저래라 할 수는 없는 노릇이었다. 과도함이란, 초보자가 저지르기 쉬운 실수였다. 수혁은 자신이 저지른 실수를 나중에 곰곰이 복기하면서, 처음 해보는 일에 대한 공포심 때문에 그걸 감추느라 과도해졌다는 것을 깨닫고는, "어디 매이지 않는 합리적인 생각이란, 결국 두려움과의 전쟁이로구나!" 하며 한숨을 내쉬어야 했다.

두려움과 공포심만 효과적으로 처리할 수 있다면, 경험이 없더라도 가능성은 아주 풍부해지는 법이다. 그러나 이 두려움을 잘 처리하기 위해서는 쓰라림을 아주 많이, 그것도 여러 가지 종류로 견뎌 내야 하니 대가 지불이 참으로 크긴 하다. 이때 수혁이 경험한 쓰라림이, 제주 테마파크 디자인 작업 때에도 경험 없음을 극복해 주고 공포심에 휘둘리지 않게 하여, 위태로워질 수도 있는 수혁 자신을 억제할 심리적 주

츳돌이 되어 주었다. 수혁이 느끼기엔, 그 경험이란 그에게 주어진 주 춧돌 여러 개 중 하나일 뿐이었으니, 인생의 쓰디쓴 실패와 좌절들이 훗날을 기약하는 밑거름이란 말은 괜한 소리가 아닌가 보다.

저녁 7시 반에 시작되는《로미오와 줄리엣》발레 공연을 보러, 수혁은 제주도에서 서울로 비행기 타고 날아온 참이었다. 미란이의 연락이 있었다. 발레 같이 보자고. 저녁을 공연 전에 같이 먹을까 했는데, 공항에 내리니 미란에게서 다시 날아온 연락이 회사일 때문에 공연 시간에만 간신히 맞출 것 같다는 말이었다. 덕분에, 시간이 남아 돈 수혁은 세종문화회관에 일찍 도착하여, 대극장 건물 뒤편으로 그 시각에 마침 외부에 반쯤 열려 있던, 무대와 곧바로 통하는 화물 출입구로 몰래 들어와서,《로미오와 줄리엣》무대 세트를 개인적으로 들여다볼 수 있었다. 건물 시설들에 대해서도 잘 알고 있으니 스태프인 척, 무대 뒤편으로 들어와 여기저기 얼씬거리는 것은, 수혁에겐 쉬운 일이었다. 쭈뼛거리지 않고, 당연한 권리인 것처럼 근엄한 표정을 짓고 다니면 건드리는 사람이 없었다. 뒤에서 바삐 움직이는 스태프들의 모습을 보니 미소가 나왔다. 그는 이런 분위기를 사랑했다. 모든 것들이 한순간의 보여 줌을 향해서만 줄기차게 달려온 것이다. 끝나고 나면 허무할지라도 말이다. 무대 하나를 만드는 여러 사람들의 눈물과 땀은, 출연자들만 볼 수 있는 관객들에겐 상상으로는 다 이해되지 않는 것이고, 음지에서 일해 본 자만이, 음지에서 일하는 사람의 마음을 아는 법이었다. 수혁은 뒤편의 무대 장치들을 유심히 관찰하면서, '이 프로세니움 무대야말로, 모든 일루젼Illusion들의 기원 아닌가! 테마파크 말고 이런 세트 디자인을 다시 해볼 날이 올까? 아니, 디자인이란 것을 다시 할 수 있는 날이 올까?'라는 생각을 했다. 자신도 이해하지 못할, 마치 고향에 온 것 같은 느낌이 자신의 마음을 가득 채우자, 수혁은 스스로에 대해 깜짝 놀랐다.

그는 무대 안에서 무대 전면으로 걸어 나와, 텅 빈 관객석에 앉아 시선을 앞으로만 고정한 채, 미란과의 만남을 기다렸다. 수혁은 무대를 바라보면서 시간가는 줄을 모르고 있었다.

수혁은 소파를 박차고 일어났다. 냉장고에서 얼음을 꺼내 큼지막한 플라스틱 물컵에 거칠게 쏟아 넣고는, 위스키 술병을 기울여 컵이 넘칠 정도로 들이부었다. 잠시 후, 목구멍에 타들어 가는 듯한 감각이 느껴지니, 숨 막히는 듯한 마음의 고통이 조금은 사라지는 듯했다. 수혁은 스마트폰 화면에서 카카오톡을 찾아, '엽서, 잘 받았어.'라고 간략한 문자 메세지를 보냈다. 수혁은 더 이상의 문장을 만들어 구구절절이 늘어놓기가 싫었다. 언제나 엽서 올 때만 '잘 받았어.'라고 한 마디 문자를 보내곤 했다. 이 문자 메시지에 대한 응답 메시지가 온 적은 한 번도 없었다. 오직 한 달에 한 번, 꼬박꼬박 그림 엽서만 날아올 뿐이었다.

"재미 있었어요?"

미란이 커피잔을 앞에 놓고는 수혁에게 미소 짓고 있었다. 세종문화회관 뒤, 로열빌딩 지하 아케이드에 있는 널찍한 카페에서였다. 수혁은 미란의 모습을 가만히 쳐다보기만 했다.

《로미오와 줄리엣》발레 공연 내내 말이 없던 그녀였다. 마에스트로 정명훈이 지휘하는 서울교향악단이 음악을 직접 연주하고, '마이요 스타일'로《로미오와 줄리엣》을 표현적으로 재해석한 덕분에 유명해진 장 크리스토프 마이요Jean Christophe Maillot가, 이번에 직접 내한해서 안무를 맡았다, 서울시티발레단(Seoul City Ballet)에 내로라 하는 수석, 솔리스트들이 총출연한다, 이 정도로 짤막하게 설명해 준 뒤, 무대만 주시하는 그녀였다. 발레 공연이 끝나자 출연자 대기실과 분장실을 찾은 미란은, 오늘의 주역들을 맡았던 발레리나들과 반가운 인사를 나누었다. 특히 줄리엣 역을 한 수석 발레리나하고는 막역한 사이인지, 서로 반가운 포옹을 하고 꽃다발을 건네고 하는 모습을 뒤에서 지켜보기만한 수혁이었다. 미란의 세계였다. 자신이 끼어들기가 어렵다는 느낌이 공기 중에 떠돌고 있었다. 한 달 전, 바로 수혁이 결혼하자고 프로포즈했고, 그 말을 들은 미란은 좋아서 고개를 끄떡거렸을 때까지가 둘 사이 행복의 절정이었다. 그다음부터는 꼬여들어 가기만 했다.

거실에서 한강변을 바로 내려다볼 수 있는 압구정동 구舊현대아파트 65평짜리에 찾아가 미란의 부모에게 인사했을 때, 수혁은 장차 장모가 될 분의 싸늘한 냉대를 견뎌야 했다. 아주 묘하게 경멸하듯이 할끔거리면서, 사람을 기분 나쁘게 만드는 데는 소질이 있는 여자였다. 미란의 아버지는 수혁을 처음 본 순간 결투라도 벌이고 싶은 얼굴 표정이었다. 자신의 영지에 불법 침입해서 소유물을 약탈하려 하는 놈에 대한 전투적인 대응 말이다. 하지만, 이런 자리가 아니고 서로를 모른 체

일로서 밖에서 만났다면, 호의를 가질 만한 사람인 것 또한 사실이었고, 남자로서의 투쟁적인 문제에 관해선 한수혁도 마음속에 그리 상처가 되지 않는 법이었다. 미란의 아버지는 끊임없이 평가하면서도 속으로는 수혁이가 싫지 않은 눈치였고, 자기 딸이 아주 노처녀가 되기 전에 얼른 치워야 한다는 압박감도 큰 것 같았다. 다만 딸만 둘이라—홍미진진한 얼굴로, 대각선 방향에서 수혁을 말끄러미 쳐다보고 있던 처제가 될 아가씨가 하나 있었다—주위에 여자들만 우글거리는 집안에서 타인이 찾아왔을 때는 혼자서 남자를 내세우며 겉으로 큰소리는 치지만, 실질적으로는 실속이 없을 것이 은연 중에 풍겨 나오는 점이 대세의 큰 영향을 주지는 못할 것 같았다.

가령 미란이의 집이 딸만 셋 이상인 집이었다면, 그녀 집안 사람들의 겉으로 나타난 행동 양식을 분석한 결과들이, 장모는 평생 죄인이라고 정말로 기가 죽어 있는 것이고, 장인이 될 양반은 진정으로 굉장히 센 분이시며 그 양반의 뜻이 일사천리로 진행되리라 얼마간 희망적인 정세 파악을 해볼 수도 있었겠지만, 6·25 직후 세대로서 60대 초반과 50대 후반인 미란의 부모가 딸 둘에서 멈췄다는 사정을 감안해 보면, 오히려 장모가 뒤에서 실속 있게 권력을 휘두르는 집인 점을 말해 준다고 수혁은 느끼고 있었다.

뭐, 전체적으로 성공적인 첫인사라 할 수는 없을 것이다. 수혁은 불쾌한 기분을 꾹 누르면서 제주도로 돌아와야 했다. 그러나, 그는 미란하고 잘될 것이라 예상하고 싶었고, 그 바람 때문에, '처음엔 힘들게 시작하는 게, 지금까지 살아 본 인생 경험으로 보아 오히려 정상이다.'

를 뇌까리며, 억지로 두 주먹 불끈 쥐고 불쾌감을 털어 내고자 애를 썼다. 그리고 단양의 어머니에게로 미란을 데려갔다.

수혁은 물컵에 남은 위스키를 마저 들이키고는 오피스텔 창가에 서서 밖을 바라보았다. 독한 술의 뜨거운 기운이 식도와 위의 생김새를 분명히 느끼게 해주고 있었다. 서귀포 신시가지의 아파트랑 빌딩들 불빛이 드문드문 보였지만, 서울의 밤이 보여 주는 번잡스러운 소동 같은 느낌은 보이질 않았다. 여기의 밤은, 들여다보면 조용함과 위로가 어딘가 흐르고 있는 듯했다. 수혁은 가만히 서서 창밖만 바라보다가 고개를 떨어뜨렸다. 술기운으로 뜨거워진 얼굴을 두 손으로 문질렀다. 어머니와 미란의 만남은, 언뜻 기억이 떠오르기만 하면 둔기에 맞은 것 같은 뜬뜬한 통증이 지긋이 계속되어, 고개를 흔들며 뇌리에서 지우려 애를 써야 하는 모양새가 되어 있었다.

미란과 만나는 자리에서 수혁의 어머니는 결코 채신머리 없이도, 품위 없이 굴지도 않았다. 아침 드라마에 이제는 거의 스테레오 타입화되어 약방의 감초 모양 곧잘 묘사되곤 하는 장면, 즉 혼자 사는 시골 아낙네가 자기 외아들이 너무 자랑스러워, 서울 태생 며느리 될 여자에게 세상 물정 모르고 속 들여다보이는 큰소리를 팡팡 쳤다면야, 수혁이 그렇게 마음 괴로울 일도 없었을 것이다. 오히려 말을 아끼면서, 수혁과 미란의 사이를 관찰하는 어머니였다. 눈치를 본다고 할까, '저 여자가 들어오면 나는 어떻게 자신을 지켜나갈 수 있을까?'를 근심하는 듯했다. 경계와 근심, 이 두 가지가 어머니에게서 흘러나왔다. 수혁은 그런 어머니를 쳐다보며 안쓰러움을 느끼면서도, 한편으로 나이 들어가는 아들한테 결혼 얘기가 나왔는데 전혀 기뻐하는 모습이 없는 것에 대한 분노가 속에서 치밀었다. 미란은 어머니에게 뭔가 말을 시켜 보느라고 애를 쓰고 있었지만, 결과는 미란의 말이나 어머니의 말이나 보이지 않는 벽이 가로막아, 서로의 말이 건너편으로 넘어가질 못하고 각자 자신의 자리에서만 맴돌고 있었다. 시어머니와 며느리가 만나는 곳엔, 느닷없이 폭풍우가 치고 하늘에서 우박이 마구 쏟아진다는 말이 있다. 어머니의 절제된 태도라는 지각 밑에는, 향후 어떤 방향으로 터져 나와 전개될지 예측 불허인, 꿈틀거리는 마그마가 숨어 있는 듯이 느껴졌다. 미란은, 휴화산의 용암 분출구일 경우, 일찌감치 무언가를 잔뜩 들이부으면 사화산으로 영원히 만들 수 있다고, 눈 가리고 믿고 싶은 눈치였다. 안으로 기를 갈무리하고 있는 예비 홀시어머니와, 오기로 뭉쳐서 지지 않으려 대항하고 있는 예비 며느리의, 한판 승부가 차차 벌어지는 중이었다.

"너희들끼리 알아서 준비하고, 알아서 잘살면 된다. 양가 부모 상견례도 내 생각엔 굳이 필요 없고, 너희들끼리 식 올리렴. 날 신경 쓸 필요 없다. 알았니?" 처연한 목소리로 냉정하게 말을 잇는 수혁의 어머니였다.

"어머님. 저희가 어떻게 어머님을 신경 안 쓸 수가 있겠어요. 그런 말씀 마세요." 미란은, 어머니의 신경 쓰지 말라는 소리에 어딘가 기쁨이 섞여 있는 듯한 말투를 의도적으로 만들어 냈다.

순간 수혁이 미란의 얼굴을 쳐다보니, '정말, 나 신경 안 써도 되지?'라고 되물어 확인하고 싶은 듯한 표정이라는 생각이 들었다.

"그러면, 니가 날 모시고 살 수 있겠니? 마음에도 없는 소리는 안 하는 게 좋다. 어차피 서로 얼굴 보기 힘들 텐데, 괜히 신경 쓰지 말라는 거야. 쓸데 없이. 알았니?"

"어머님. 저희가 어떻게 어머님을 당장 모실 수가 있겠어요. 오빠나 저나 직장 생활을 해야 하는데, 단양에서 살 수는 없지요."

어머니와 미란의 대화를 들으니, 점차 미래가 불안해지는 수혁이었다. 처음 만나고 말 몇 마디 나눈 뒤, 곧바로 서로 칼을 갈고 있는 사이가 되어 가고 있었다. 수혁은 어머니와 같이 있으니 마음이 완전히 헝클어져 버렸다. 잊어버린 줄 알고 있었는데, 미란이를 데리고 어머니를 대면하자, 파블로프의 강아지처럼 어린 시절이 다시 되살아나고 있었다. 어머니와 미란이 둘 사이의 대화를 끊고 싶었다. 이 자리를 빨리 없던 일로 만들고 떠나고 싶었다.

"어머니. 제가 당장은 어머니 모시기 힘들지만, 제주도에서 올라오게 되면……. 모르겠어요. 테마파크 일이 언제 마무리가 될는지……. 하지만, 우리 셋이서 행복하게 살 수 있을 때가 올 겁니다."

수혁은 마음에도 없는 말을 내뱉었다. '어머니와 같이 산다니…….' 본인이 말하고 있으면서도 있을 수가 없는 미래를 말하고 있는 자신의 입이 이상하게 여겨졌다. 자신에게, 마치 어린 시절의 의무와도 같은 강박감을 부추기는 그 무엇이, 갑자기 마음의 수면 위에서 괴물의 대가리처럼 튀어나오고 있음을 수혁은 느끼고 있었다.

그러자, 아들을 미심쩍은 눈으로 바라보며, 방금 아들이 한 말의 진의를 파악해 보려는 듯한 어머니의 의심에 찬 얼굴과, 해서는 안 되는 말을 방금 내뱉었다는 점을 즉시 지적하고 나선, 공포가 어린 눈빛에 분노와 항의, 그리고 배신감이 그득 배어 있는 미란의 얼굴이, 동시에 수혁에게로 향하였다. 두 여자의 표정이 수혁의 머릿속에 강렬한 이미지로 새겨진 뒤, 단양에서 서울로 올라가는 길이란, 아무 말 없이 넋 나간 표정으로 조수석에 앉은 미란의 옆얼굴을 흘깃흘깃 쳐다보며, 불안감과 불쾌한 중압감이 마음속에 밀려드는 것을 내리누르고 묵묵히 운전만 해야 하는 상황의 연속들이었다.

　수혁은 옷을 주섬주섬 챙겨 입고는 다시 오피스텔을 나왔다. 위스키 작은 병으로 반 정도를 먹은 셈인데 술기운이 계속 오르고 있었다. 술 잘하는 체질은 아닌데, 갑자기 들이부으니 온몸이 부대끼는 것 같았다. 지쳤다는 생각이 들었다. '버티는 게 지금 한계로구나!' 속으로 자신에게 말을 걸며 수혁은 터벅터벅 걸어갔다. 언제나 팽팽하게 당겨져 있던 활줄이 그만 풀려 버린 느낌이 들었다. 남이 보면 혼자서 중얼거리고 있는 게 약간 정신 나간 놈으로 보였으리라. 걷는 것도 귀찮아져 지나가던 택시를 집어타고 아무 데나 좋은 곳으로 데려다달라고 말을 뱉고는 뒷좌석에 기대어 눈을 감았다. 룸미러 너머로 수혁을 힐끗 쳐다보던 택시 기사는 아무 말도 하지 않고 차를 몰기 시작했다.

　수혁은 발레 공연이 재미있었냐고 물으면서 미소 짓는 미란의 얼굴이 어색하게만 느껴졌다. 단양의 어머니에게 다녀온 이후, 3주 만에 처음으로 얼굴을 대면할 수 있었다. 그동안 있었던 그녀와의 만남이 모두 자신과는 상관 없었던 딴 세상의 일로 느껴졌다. 그녀의 얼굴이 생소했다. 자신이 알던 미란과는 상관없는 여자가 앞에 앉아 있었다. 정치적인 책략을 준비하고 있다고 할까? 충실하게 머릿속에 점검해 온 대로, 회견 상황을 조율해 나가려는 여성 정치인이 수혁 앞에서 미소 짓고 있는 듯했다. 꿈에서 깨어나 정신을 차렸다고나 할까? 갑자기 열 살을 나이 먹어 서른두 살로 되돌아온 미란이었다.

"아주 재미있던데. 느낌이 '로미오와 줄리엣'이 아니고 '신부님과 줄리엣'으로 제목을 바꾸면 어떨까 그런 생각이 들더군."

"신부님과 줄리엣이요? 왜요?"

"로미오는 잘 눈에 안 띄고, 그 복사 두 명하고 신부님이 계속 보이던데. 로렌스 신부가 줄리엣을 너무 좋아하더군."

"그래요? 아마, 안무 해석도 원인이긴 하겠지만, 프로코피에프의 발레 음악 자체가 로렌스 신부 쪽을 강조해서 그럴 거예요."

발레에 대해서 상당히 해박한 지식을 보이는 미란이었다. 수혁은 좀 다른 의미로 '신부님과 줄리엣'이라고 말을 꺼낸 것이었지만, 미란은 음악 얘기로 알아듣고 있었다. 하지만 지금 분위기상 '로미오와 줄리엣'을 토론하며 시간을 보내기에는, 찝찝한 그 무언가가 두 사람 사이에 끼어들고 있었다.

"오빠. 나 할 말이 있어요……." 미란이 고개를 옆으로 갸웃하며 말하는데, 씁쓸한 서글픔 같은 것이 표정에서 배어 나왔다.

"어……. 그래. 무슨 말인데?"

'그래도 수혁 씨라 부르지 않고, 오빠라고 하기는 하는구나.'

'오빠'라고 울려 나오는 소리에는, 친밀한, 어딘가 어루만지며 애무하는 듯한 울림이 있어 수혁은 반가운 기분이 들었다.

"오늘, 줄리엣을 했던 발레리나가 어릴 적에 나랑 치열하게 경쟁했던 애예요. 걔는 서울시티발레단 수석 무용수가 되었고, 난 방송국에 다니는 월급쟁이가 됐어요."

"그래……, 그랬네."

하나도 놀랍지가 않았다. 수혁은 충분히 예상하고 있었고, 언제 저 얘기가 나오나 기다리고 있는 판이었다. 이야기를 듣고는 고개를 끄덕거릴 뿐인 수혁을 관찰하면서, 눈에서 광채가 다시 난다고 해야 하나, 뭔가 정열이 다시 타오르는 듯한 미란이었다. 눈꼬리가 순간 살짝 치켜 올라가며 반짝거리기 시작하는 그 눈을 보니 수혁은 반가운 기분이 들었다. 수혁이 가장 좋아하는 미란의 얼굴 표정이었다. 그녀의 얼굴이 또 변하고 있었다.

"알……았……어요?"

"응. 몸을 보면 나한테 말을 해주니까. 나도 몸을 사용한다는 게 어떤 것인지 알거든. 항상, 왜 이 얘긴 입에선 안 나오고, 몸에서만 새어 나오나 그랬지."

"나한테 결혼하자고 할 때까지 기다린 거예요. 다 공개하긴 싫었거든요. 신비 전략이라고 해야 하나? 궁금증 유발 작전? 유혹의 기술 중 하나죠. 하나쯤은 남겨 놓기."

테이블에 팔꿈치를 고인 후, 한 손으로 턱을 살짝 괴고는 고개를 약간 치켜들며 말을 하는 미란이었다. 얼굴이 조금 상기되면서 눈까풀을 내리까는데, 예의 익숙한 그 표정이 나왔다. 뭔가 먼 곳을 바라보는 듯한, 꿈꾸는 듯한 표정. 그 모습을 보니 수혁은 미소가 나왔다. 정치인을 준비하고 오늘 나타났는데, 수혁을 직접 보면서 말을 하다 보니 마음먹은 만큼 잘되지 않는 모양이었다. 미란은 기본적으로 수혁에게만은 모질게 굴 수 있는 여자가 못 되었다.

"내 몸을 보면 알 수 있어요? 이젠 많이 없어졌다고 가끔가다 자신 없어지기도 했는데……, 어때요?"

자신의 몸을 가지고 노골적으로 말하는 것에 대해, 약간 부끄러워하는 마음과 자랑스러운 기분이 복잡하게 얽힌 발그레한 표정으로, 수혁에게 물어보는 미란이었다.

"느낌이지. 오랜 단련이 있었다는 걸 말해 주니까. 몸 곳곳에 아주 유니크한 선들이 보이지. 지방이 과도하게 근육 표면을 덮지 않는 이상, 골격은 단련했던 시간만큼은 세월의 힘에도 견뎌 내지. 뭐어, 발가락 모양이나 발목에 가는 천으로 꽁꽁 동여맸던 것 같은 흉터 자국 가지고 말하는 건 아니야. 그건 다른 운동으로도 생길 수 있으니까. 내가 말하는 건, 어깨와 팔의 모양, 목과 턱선과 두부의 결합 형태, 갈비뼈의 모양, 척추를 이루는 등 근육들의 모양, 옆에서 볼 때, 목과 등이 만나는 접합선의 각도 등을 말하는 거지. 미란이가 호텔방에서 맨발로 서 있을 때도 나한테는 아주 재미있는 시간이지. 옆에서 보면 머리 정수리에서 꼬리뼈까지 거의 일직선을 보이거든. 일반인에게는 있을 수가 없는 라인이야. 모두 완만한 S자를 그리지. (수혁은 설명을 하면서 손과 팔을 써 세로로 '1' 자를 만들기도 하고 손으로 S자를 그리기도 하였다) 힙 라인의 조합도 쳐다보면 아주 즐겁지. 일반적인 몸이 아니야. 후천적인 노력으로 골격이 바뀐다는 것은, 성장기에 혹독한 훈련이 있어야 가능하거든. 나이 들어서 하면 그렇게까지 되진 않아. 또한 성장기 중간에 훈련을 그만둔 것도 아니고. 그러면 오히려 몸이 심각하게 불기가 쉬운데, 그 시기는 잘 통과한 것 같더군. 그 골격이 정착되었다는 것은 최소 10대 후반, 즉 성장이 정지할 시기까지 계속적으로 트레이닝이 있었다는 말이지. 지금, 미란이의 나이는 중력의 법칙에 저항하는 힘이 최고조에 이른 나이거든. 몸이 나한테 계속 말을 해주고 있지. 아직 쇠퇴할 때가 아니야. 적어도 나한테는 그래."

미란은 수혁의 말을 계속 들으면서 피식 실소를 입가에 머금었다. 정말 어이가 없는 남자란 생각을 하는 것 같았다. 이 남자가 자신의 발가벗은 몸을 그동안 냉정한 비평가의 눈으로 감식하고 있었거나, 아니면 탐닉하고 있었다고 생각하니 기가 딱 질리다가, 끝에 가서 붙은 말들 때문에 기분이 좀 좋아지는 눈치였다. 아니, "아직 쇠퇴할 때가 아니야. 적어도 나한테는 그래."라는 말을 들을 때는 고개를 옆으로 약간 돌리면서 눈빛이 흔들리는 것이 느껴졌다. '왜, 눈물을 글썽이는 걸까?'라는 생각을 하며, 수혁은 미란의 태도를 관찰하였다.

"오빠 언제나 날 어이가 없게 해줬어요. 그게 오빠 매력이야."

"그래? 하하하하."

수혁이 웃자 미란은 그의 얼굴을 지긋이 쳐다보더니, 고개를 조금 수그리며 말을 꺼냈다.

"난 열 살 때부터 언제나 '내 몸이 뜬다, 뜬다, 뜬다, 난다, 난다, 난다, 곧추선다, 곧추선다.' 하면서 자기 암시 속에 살았어요. 항상 무대에 서 있는 기분이었죠. 그러다 보면 정말 내 몸이 날 때가 있어요. 그런 기분 알아요?"

"나도 이해해. 그게 어떤 기분인지……. 도장에서 수련을 할 때, 아무리 해도 정말 안 되는 발차기가 있어. 하다 하다 안 돼서 포기하려고 할 때쯤 그런 경지가 찾아오지. 갑자기, 내가 자유로워지지. 허공에서 내 발이 아름다운 포물선을 그리는 것을 내가 알아. 완전한 균형과 힘을 유지하면서 말이야. 어디 일그러지는 순간 없이. 그러면, 공중에서 나는 듯한 기분을 느낄 때가 있어. 그러면 자유로워져."

"오빠 참 잘 아네……." 미란의 눈빛이 젖어 들면서, 입가엔 부드러운 미소가 번져 나왔다.

"그래? 내가 잘 맞췄나 보지? 하하. 오늘 발레 공연 보니까, 알겠어. 나 몸 쓰는 것 대단히 관심 많거든. 발레 공연 실제로 본 게 오늘이 처음이야. TV가 아니라 가까운 데서 보니까, 이해할 수 있더군. 모든 자세 이동들이 축이 흐트러지지 않고 연속 동작으로 결합되대. 무도武道하고 같아. 무예武藝도 모든 자세가 축이 흐트러지면 안 돼. 축이 흐트러진다는 건, 자신의 힘을 비효율적으로 쓰고 있는 상태를 말하는 거야. 중력에 대해 억지로 버티고 있는 거지. 그건 자세가 흐트러진 상태야. 아래로 잡아당기는 중력에 대해 가장 효과적으로, 중심을 유지하면서, 여러 방향들로 역으로 반발하여 가속된 충격을 가하는 것이 무술이야."

"발레는 어디에다 충격을 먹일 생각을 하진 않아요. 그런데 차암 비슷하다. 발레도 끊임없이 몸의 중심축을 의식하거든요. 내 몸의 중심을 항상 생각하면서 균형이 유지돼야 해요. 모든 자세와 이동에서 말이죠."

미란은 말을 하면서 손을 들어 손목과 팔을 이용해 안에서 바깥으로 부드러운 곡선을 만들었다. 수혁에게는 왠지 낯설지가 않고 언제나 미란이 그래왔던 것처럼 여겨졌다.

"그래? 발레도 축이나 중심이란 말을 쓰나?"

"그럼요. 항상 내 몸에 가운데로 중심선을 긋고 자세를 생각해요."

"야아. 참, 정말 똑같네. 아니야. 다른 게 하나 있어. 발레는 상대편을 쓰러뜨릴 궁리하진 않잖아."

"그렇죠. 왜 남을 때릴 궁리해요? 무지스럽게! 발레는 예술이에요!"

미란의 애교를 잃지 않으면서도 톡톡 쏘는 듯한 어투를 꽤 오랜만에 들으니, 수혁은 기분이 좋아지기 시작했다. 모든 게 제자리로 돌아오는 것이 아닌가 기대감을 갖게 하는 순간이었다.

"왜? 무예武藝라고 하잖아. 무술도 예술이라고. 흐흐흐흐. 그래. 무술이란 게 좀 원시적이지. 그래서 그런지 호흡법은 좀 다른 것 같더군, 보니까. 합기도는 언제나 가격 순간에 단전에 힘을 주거든. 단전이라 하니까 어려운 말처럼 들리겠지만, 호흡을 아래로 내려 허리 전체가 팽창되어 있는 상태라고 쉽게 생각하면 돼. 그리고 숨을 들이마시거나 내쉬지를 않는 거야. 즉, 호흡을 정지한 상태에서 가격하는 거지. 그러면 그 전달되는 충격이 가중되게 돼. 이 호흡이 제대로 먹히면 한방에 보낼 수 있지. 발차기라는 게 발로 차는 게 아니야, 허리로 차는 거야. 손기술들도 그래. 허리로 하는 거야. 그런데 대련하다 보면 호흡이 어딨어. 이론은 사라지고, 서로 한 방에 보낼 궁리만 하면서 까기 바쁘지. <u>흐흐흐흐</u>. 마구 헐떡거리게 되지, 뭐."

"어머나, 세상에. 뭘 한 방에 보내요. 맨날, 나쁜 생각만 하고 사는 것 같애. 호호호."

"그래. 난 맨날 나쁜 생각하고 산다, 씨이. 하하하하. 사실은 대련시엔 서로 호흡을 끊어 줘야 해. 호흡을 풀어 버린다고 표현하는 게 더 맞을라나? 힘 빼는 거지, 뭐. 그냥 힘 주고 깠단 큰일나지."

"호호호. 그래요. 그런데 발레는 호흡을 위로 올려요. 아래로 내리는 게 아니고. 합기도하고 반대예요. 아랫배는 끌어올리고, 갈비뼈 양 빗장을 닫고, 어깨는 **미칠 듯이 내리누르면서**, 호흡을 **모두** 위로 올리는 거예요. 그걸 풀 업Pull Up 한다고 말해요. 하나의 솔로 베리에이션Solo Variation 끝에는 꼭 점프와 턴이 기다리고 있어요. 마지막 연속 턴을 돌다가 '빰' 하고 멈출 때까지, 전력 질주 후 지친 걸 정신력과 풀업으로 잡아야 돼요. 호흡이 풀리면, 발끝으로 서서 우아한 동작을 수행할 수가 없거든요. 무대에선 관객을 향해 우아하고 편안한 마무리로 끝내고, 무대에서 내려오면 바로 땀범벅에 '핵핵'거리고 있어요."

미란은 자리에 앉아서 호흡하는 시범을 보이는데, 배를 약간 오므리는지, 어쨌든 어깨는 오히려 내려가면서, 편안한 그 상태를 유시하는 것이었다. '풀 업'을 한다니까, 정말 얼굴도 같이 '풀 업'이 되는 것이,

턱도 올라가고 눈썹, 입가, 이목구비 다 같이 위로 올라가면서 발레리나 특유의 이쁜 척하는 얼굴이 되었다. 그다음, 그 상태 그대로 가는 숨을 할딱거리는데, 보고 있노라니 계속 젖가슴 부위에 가는 진동이 생겨나면서, 얇은 블라우스를 통해 보이는 굴곡들의 섬세한 파동 같은 변화가 묘하게 관능을 일깨우는 면이 있었다. 수혁은 그 모습을 보니, 미란이하고 침대에서 뒹굴고 싶은 충동이 일어나, 자신도 모르게 군침을 꼴깍 삼켰다. 미란은 수혁의 욕망을 순간 눈치챈 것 같았다. 서로의 눈이 마주치자, 그녀의 내면에 불길이 이는 듯했다. 그러나 미란은 의식적으로 외면해 버렸다. 수혁은 계면쩍은 기분이 들었다. 그녀는 바디랭귀지 없이 조용하게 말만 하기를 원했다.

"난 꽤 소질이 있었어요. 엄만 그걸 일찍 알았죠. 어린애들 발레 학원 다니게 해보면, 선생들이 말해 주거든요. 앤 크게 될 애라고. 그래서 엄마가 날 싸고 길렀어요. 내가 세계적인 발레리나가 되는 게 엄마 꿈이었어요. 성공한 발레리나 뒤엔 엄청 극성인 엄마가 있어요."

수혁은 장모될 분의 얼굴이 생각나며 순간 불쾌한 기분에 휩싸였다. 미란은 수혁의 얼굴 표정 변화를 읽으며, 장모 얘긴 더 이상 안 하기로 했는지 엄마 타령은 사라져 갔다.

"어렵지 않게 예중에 들어갔고, 예고 진학도 별 탈 없이 잘 되었어요. 내가 수석 입학이었거든요. 발레는 조기 교육이 중요해요. 예중 들어가기가 하늘에 별따기예요. 그 많은 초등학교 발레 지망생 중에서 열대여섯 명만 뽑으니 난리도 아니에요. 예중에서 예고 올라갈 때도 반만 들어갈 수 있어요. 다른 인문계에서 온 애들도 몸이 좋고 실력

있는 애들이 있거든요. 예고에서 큰 탈만 나지 않으면 발레 명문 무용과가 있는 대학들이 미리 데려갈려고 손을 써요. 요새는 대학 안 가고, 고 1, 2 때 로잔Lausanne 콩쿠르에 나가 발레단이나 발레단 산하 스쿨로 가는 경우도 많아졌더군요."

"그래. 그랬겠지……."

"예고 다닐 때, 같은 학년 발레 전공자 열여덟 명 중에서 나하고 오늘 줄리엣이었던 애가 투 톱이었어요. 둘이서 맨날 경쟁했지요. 걔는 선천적으로 몸이 타고난 애예요. 예중에서부터 같이 학교를 다녔는데, 걜 처음 보았을 때 질투심에 죽는 줄 알았어요. 어떤 동작을 해도 턴 아웃Turn Out이 그냥 되더라구요. 별 연습도 없이 완벽하게 말이죠. 나도 유연하긴 했지만 그 정도는 아니었거든요. 몸의 관절들은 보통 안쪽으로 움직이잖아요? 발레는 가혹한 무용이에요. 몸의 본성을 거부하지요. 전부 반대 방향, 바깥으로 동작을 만들어야 해요. 쉽게 얘기해서 다 뒤집어 까는 거예요. 아무 동작 없이 그냥 서 있을 때도 발레리나는 무릎이 앞을 보고 있으면 안 돼요. 완전히 옆을 보고 있어야 해요. 그게 턴 아웃이에요. 나중에는 습관이 돼서 그냥 걸을 때도 턴 아웃 상태로 팔자 걸음을 하고 걷게 돼요. 웃기죠?"

미란은 설명을 하면서 손짓을 열심히 하는데, 몸 전체에서 풍기는 게 지금은 방송국 직원이 아니라 현업 발레리나 같았다.

'이제야 완전히 본질이 나오는구만. 그동안 궁금했는데……. 에휴. 무대에 서고 싶어 어떻게 참고 사나. 왜, 발레를 그만뒀을까?'

"발레는 타고난 신체 조건이 중요해요! 무엇보다도! 그래도 누구나

305

하나씩은 몸의 약점이 있기 마련인데, 걔는 그게 없어요. 아킬레스건도 길어서 걔 데미-쁠리에Demi-Plié가 왠만한 애들 쁠리에Plié예요. 따라서 점프도 굉장히 높구요. 어깨선도 그렇고, 다리를 펴면 무릎도 쏙 들어가는 게 발등의 고高는 또 얼마나 높고 이쁜지, 그 왕고王高는 쳐다만 봐도 신경질이 나더라구요. 그냥 걸을 때도 완벽하게 턴 아웃이 되서, 1번 거쳐 4번을 만들고 편안하게 진행돼요. 토Toe 끝으로 서면, 발목도 완전 턴 아웃이 되면서 볼록하니 나오는 발등 고 때문에 너무 이뻐요. 걘 뼛속까지 턴 아웃이 되는 애예요. 날 너무 힘들게 했던 애예요. 난 걜 볼 때마다 화가 치밀었어요." 잠시 말을 끊으면서 미란은 슬픈 미소를 지었다. 줄리엣 얘기 말고 조금은 다른 말을 하려 애썼지만 잘 안되는 모양이었다. "무대에서 발레 동작이 없거나 정지 자세 때 보면 발끝을 푸는 애들이 있어요. 그럼 안 돼요. 그런 거 관찰하는 재미도 쏠쏠해요."

표현이 참 솔직한 미란이었다. 수혁은 이해가 갔다. 오늘 본 줄리엣은 다른 발레리나들 하곤 차원이 다른 신체 조건이었다. 단순히 몸만 아름다운 것이 아니고, 동작 하나하나가 너무나 힘 안 들고 쉽게 이루어지면서, 요점들을 포인트로 꼭꼭 찍고 넘어가는 맛이 있어, 보는 사람에게 편안함과 쾌감을 안겨 주는 면이 있었다. 가장 기초적인 발레 동작 하나도, 일반인이 하려면 몸 어디가 뒤틀리는 고통 속에 흉내도 못 낸다는 것을, 수혁은 잘 이해하고 있었다. 몸을 사용한다는 것이 어떤 것인지는, 자신의 몸을 써 봤던 사람이 제대로 이해할 수가 있다. 머리로만 '그럴 거다' 하고 상상하는 구경꾼과, 동작 하나를 완성한다는 게 얼마나 각고의 노력을 필요로 하는지를 몸으로 체득한 경험이 있는 참여자와는, 이해의 차원이 달랐다. 그래서 수혁은 미란을 알 수 있었다.

"난 걔보다 음악성이 뛰어나단 평을 들었어요. 발레리나에겐 곡을 듣고 해석하는 능력, 감수성, 무대 체질, 이런 것이 몸만큼 굉장히 중요해요. 난 그게 최고였어요. 평소엔 잘하다가도 무대에만 서면 가슴이 쫄아 못하는 애들이 있거든요. 난 무대에만 서면 훨훨 날았어요. 난 무대에 서는 것이 너무 좋았고, 서기 위해 연습하는 것도 너무 좋았어요. 난 정말 죽어라고 연습했어요. 매일 아홉 시간이 기본이었어요. 그걸 안 하면 불안해서 잠을 잘 수가 없었어요."

"매일 아홉 시간이라고?"

"그래요. 아홉 시간은 기본적으로 하는 것이고 어떨 때는 열두 시간 정도, 아침 열 시부터 밤 열두 시까지 줄곧 하는 거죠. 난 그렇게 했어요. 그렇게 해야 성공하고 인정받을 수 있어요. 내가 최고 연습 벌레였어요. 또 하나하나 동작들을 하다 보면 시간 가는 줄도 몰라요. 조금씩 조금씩 계속 자세가 좋아지는 걸 자신도 느끼죠. 난 그러고 살았어요. 몸이 만들어지는 게 대학에 가기 직전, 그때가 제일 좋아요. 하도 예고에서 연습을 시키니까 애들 몸이 정말 좋죠. 연습을 견뎌 내야 해요. 너무 힘드니까 중도에 포기하는 애들도 생겨요. 먹고 싶은 거 다 참아야 하고, 놀러 다니는 것도 참아야 하고, 연습하고 자고, 다음날 일어나서 연습하고 자고, 머릿속이 아주 단순해져요. 집에 오면 또 공부도 해야 해요. 국어, 영어, 수학 해야죠. 그러구 살아요. 그러다 대학 가면 어떤 애는 처음에 좀 놀기도 하죠. 몸 막 흘러내려요, 그러면."

"그래? 흘러내려? 흐흐흐."

"그럼요. 흘러내리는 거 순식간이에요. 아이스크림처럼 녹았다고
서로 놀려요. 하지만 발레단에 입단할 꿈이 있는 애들은 노는 게 어딨
어요. 계속 해야죠. 프로 무용수가 될려면, 계속 레슨, 연습, 레슨, 연
습, 레슨, 연습이죠. 그러다 프로가 된 뒤에는 더 말할 필요도 없겠죠.
사실 프로가 되면, 다시 시작하는 거예요."

"그렇겠네. 야아, 정말 고생들 하네. 어휴, 그거 어떻게 그러구 살
아? 햐아아. 대단들 하네, 정말. 그런데……, 어떻게 된 거지? 미란인
발레를 중간에 그만둔 거 아니야? 대학은 불문과에 간 걸로 알고 있는
데……."

수혁의 질문에 미란의 얼굴이 어두워졌다. 신나게 떠들다가 우울해
지니 수혁은 마음이 안쓰러웠다.

"아니, 그러니까……. 그게 말이야. 내 얘긴……."

"아니에요. 난 발레리나가 아니에요. 맞아요. 그렇게 됐어요."

"……." 수혁은 미란의 눈치만 보며 아무 말 없이 앉아 있었다.

미란은 심호흡을 하면서 안정적이지 못한 자신의 감정을 조절하는
듯 하더니 말을 이어나갔다.

"손님! 그만 내리시죠!!! 손님!"

택시 기사가 운전석 뒤로 팔을 내밀어 수혁의 어깨를 흔들면서 내릴
것을 재촉했다. 잠깐 잠이 들었다. 계산을 끝낸 수혁이 내리는 것을 확

인하자마자, 택시는 급발진을 하며 뺑소니치듯이 도망가 버렸다. 내리고 보니 낮에는 그렇게 맑던 날씨가 밤이 되자 돌변해서 바람도 심히 불고 보슬비까지 추적추적 내리는데, 기분만 더 처량하게 만들었다. 주위를 살펴보니 서귀포 구시가지 한복판이었다. 바로 눈앞에는, 대형 네온사인 간판이 좌에서 우로, 다시 우에서 좌로, 차례로 네온 불빛을 번쩍거리면서 '항공모함 나이트'란 이름으로 요란을 떨고 있었다. 서귀포시 소박한 유흥가의 최고 물 좋은 곳인 것 같았다. 좋은 곳으로 데려다달라니, 택시 기사가 신경을 쓰긴 쓴 모양이다. 들어가야 하나 말아야 하나, 거의 의무감에 가까운 기분을 느끼면서 망설이던 수혁은, 마음을 접고는 '이중섭 거리'라고 입구에다가 둥그런 아치를 세운 후 글자들을 붙여 놓은, 좁다란 도로 쪽으로 걷기 시작했다. 밤 11시의 거리는, 금요일인데도 한산하고, 어둡고, 사람도 많지 않았다. 이중섭이라는 묵직한 이름값의 화가하고는 별 상관이 없어 보이는 평범한 풍경이었다. 입구의 아치엔, 이중섭 그림에 자주 나오는, 발가벗고 꼬추 내놓은 꼬마 녀석들이 황소 등에 올라타고 신나게 노는 모습이 저부조 평면 그림으로 붙어 있었다. 그게 좀 볼 만하게 느껴졌다. 그 외에 거리의 전체적 풍경은 별 다른 특징이 없었다. 4월 중순의 제주도 밤은, 춥게 느껴질 정도의 한기는 없지만, 비가 내려서인지 을씨년스런 느낌만 가득했다.

"고2 끝나고 겨울 방학 시작할 때였어요. 난 무용 분야 예술 영재로 한예종(한국예술종합학교) 무용원에 진학이 이미 결정되어 있었어요.

고3 올라가지 않고 대학에 다니기로 말이에요."

"예술 영재?"

"그래요. 난 초등에서 예고 때까지, 수많은 콩쿠르에서 대상을 탔어요. 그 수순으로 한예종에 예술 영재로 들어간 거죠. 오늘 줄리엣 한 애, 걔 그때 나 뒤에서 2등만 했어요. 부모님도 너무 좋아하시고, 난 정말 너무 행복했어요. 나라에서 책임지는 예술 영재가 되면 대학에 일찍 가죠, 가더라도 놀지 못하고 더 죽어라 하고 연습만 하죠, 행복한 거죠."

"아아……. 그랬구나."

"그래요."

수혁은 이 촉망받던 발레 지망생이 왜 발레를 그만두었는지를 점점 더 이해할 수 없게 되어 가고 있었다.

"그런데, 몸이 이상해지기 시작하는 거예요. 평소에도 항상 몸은 아프거든요. 하도 연습들을 하니까 골반에 고관절 통증 정도는 누구나 조금씩은 다 있어요. 고관절이 아프면 엉덩이가 아프질 않고, 앞쪽이 아파요. 허벅지 위나 두 다리 사이 같은데 말이죠. 며칠 전부터 계속 이상했는데 그냥 좀 아픈가 보다 하고 넘기고 있었어요. 그날도 학교에서 바아Barre한 뒤, 센터를 하고 있는데, 허리 속이 이상하게 간질간질하기도 하고 골반 라인 따라 앞쪽으로 저리기 시작하는 거예요. 그래도, 맨날 아픈 거니까 하면서 그냥 연습했어요. 그러다가, 갑자기 통증이 밀려 왔어요. 허리 밑에 전부가 너무 아파서 주저앉아 울었어요. 걷지를 못하겠더라구요."

"그래서……."

"앰뷸런스에 실려 병원 응급실로 들어갔는데, 정형외과에서는 아예 원인을 모르고, 신경외과로 가서 CT, MRI 찍고 했는데, 그쪽에서도 잘 모르더라구요. 골반 속 신경이 눌린 것 같단 소리만 하면서 말이죠. 우리나라 최고 권위의 신경외과 전문의가 못 찾아 내더라구요. 그 MRI란 것도 아직 완전하게 원인을 찾질 못한대요. 미묘한 게 힘들다고 하면서, 아직도 해상도가 낮은 거래요. 더 정교하게 볼 수 있는 날이 오면 찾을 수 있을 거라 했어요. 그렇다고 무턱대고 예측으로 수술할 수는 없고, 신경 차단술을 권해 줬어요. 걸을 수 있다고 하면서 말이지요."

"신경 차단술이 뭐야?"

"그냥 허리하고 골반 여기저기에 주삿바늘로 약물을 주입해요. 그러면 통증이 사라져요. 그때, 신기하게도 하루 지나 휠체어에서 일어날 수 있었어요."

"그래?"

"난 의사 선생님에게 다시 발레를 할 수 있냐고 물어봤더니, 운동으로서 가능하다고 말하더군요. 직업은 어렵다고 말이지요. 신경 차단술이란 게 효과가 계속 가는 게 아니에요. 처음에는 한 달 지나니까 다시 통증이 생겨서 맞아야 했구요. 지금은 4개월에 한 번 정도 맞아요."

"지금도 그 차단술이란 걸 해?"

"지금도 해요. 10년 넘게 계속 맞고 있어요. 아마 평생 맞을지도 몰라요. 모르죠. 원인을 찾을 날이 올 수도 있어요. 그래도 난 운이 좋은 거래요. 시간이 지나면 지날수록 약발이 떨어지는 사람도 있다고 하더라구요. 나처럼 점점 기간이 늘어나는 사람도 있구요."

"그랬구나……."

'평생 맞을지도 모른다고? 이건 무슨 말도 안 되는 소리야. 그런데 애는 왜 나한테 그동안 말을 안 한 거지?' 수혁은 미란이 자신에게 전혀 말을 안 한 것이 화가 몹시 났지만, 꾹 참고 얘기나 다 듣기로 했다.

수혁의 고개가 화가 나서 조금 돌아갔던 모양이다. 그런 모습을 지켜보던 미란은, 올라가 있던 톤이 내려가며 목소리가 주눅이 들기 시작했다.

"미안해요. 얘기하려고 했는데……. 진작 했어야 했는데, 미안해요. 이젠 내가 싫죠? 그렇죠?"

"그게 싫은 거 하고 무슨 상관이야! 그냥 얘기나 계속 해봐." 수혁은 미란이 겪었을 절망적 상황을 생각하니 그녀 앞에서 겉으로 화를 낼 수가 없었지만, 결혼 얘기까지 나왔으면서도 지금까지 한 마디 말이 없었다는 게 몹시 서운했다.

"오빠. 나, 애기 낳고 하는 데 아무 이상 없어요. 생활에도 아무 지장 없고, 지금도 일주일에 두 번은 발레 연습실에 가서 몸을 풀어요. 저녁 내내 몸 만들고 와요. 내 몸 보면 알잖아요."

"어. 그래……. 알았어. 알았다고……."

나중 얘길 들으니 조금은 안심이 되는 수혁이었다. 이제, 그동안 미란의 몸을 볼 때마다 느끼던 의문점이 다 풀린 셈이다. 훈련된 상태에 비해선, 유연성이 떨어져 보이는 골반의 고관절이나 허리의 각 부위, 그러면서도 발레리나로서의 특징과 탄력, 그리고 균형이 유지된 몸.

수혁은 자신이 무의식적이라도 알고 있었고 예상해 오던 궤도 그대로
인 상황일 뿐이라고, 스스로에게 말을 걸었다. '니가 이미 알고 있지
않았었냐!'라고 말이다. 그래야지 화가 가라앉을 것 같아서였다. 수혁
의 얼굴을 살피던 미란은, 그의 표정에 점차 진정의 기미가 나타남을
보고는 다시 말하기 시작했다.

　이중섭 거리를 터벅터벅 걷던 수혁은, 비도 자꾸 오고 해서 어디 들
어갈 곳이 없나, 근처를 둘러보았다. 50미터 정도 떨어진 곳에 노란 네
온 간판이 밝혀 있는 게 눈에 띄었다. 술은 깼지만 마음이 무거우니 몸
도 무거웠다. 하늘로 고개를 들으니, 아직은 차디찬 느낌의 빗방울이
얼굴을 때릴 때마다, 등골에서 섬찟한 기운이 느껴지며 모공마다 털들
이 일어서는 듯했다. 우울했다. 갑자기, '왜 이러고 사나.' 하는 생각이
들었다. 노란 네온 간판 쪽으로 걸어갈수록 '클럽 노랑 잠수함'이라고
써붙인 글씨들이 눈에 점점 크게 들어왔다. 가까이 가니 '노랑 잠수함'
의 '랑'의 'ㅇ'이 어울리지 않을 정도로 과장되게 크기를 키워 놓았다는
느낌이었다. 타이포Typography의 기본이 안 되어 있었지만, 그래서 살
아나는 분위기였다. 결국 훌륭한 디자인인 셈이다. 'ㅇ' 혼자서만 다른
글자들 밑바닥에서 데구르르 구르고 있었다.
　지하로 들어가는 입구에선 요란한 밴드의 연주가 나오는데, 들어보
니 펑크록과 댄스 뮤직이 결합된 듯한 느낌이, 잘은 모르겠지만 얼터
너티브 쪽 어딘 것 같았다. 장르를 생각하기에는 연주의 질이 형편없
다는 단점이 있긴 했지만, 그렁저렁 들어 줄만 했다. 전체적인 클럽 입

구의 느낌이 수혁이 학교 다닐 때의 한국대 앞 클럽들을 연상하게 하는 면이 있었다. 현재의 한국대 앞은, 불빛만 보면 지 몸 타는 줄 모르고 날아드는 불나방들만 우글거리는 곳으로 바뀌었지만, 수혁이 학부를 다니던 10년 전까지는 진정한 생명력이 있는 곳이었다. 인디 밴드들이 지하에서 밤마다 지표면 위로 에너지를 뿜어 댔고, 소위 예술가라 자처하는 친구들은 예술 지상주의의 불손한 냄새를 사방에 뿌리면서 지상을 활보하곤 했다. 그래도, 미술 대학으로 유명한 캠퍼스의 앞마당다운 면이 있었다.

수혁은 학창 시절의 바로 그 느낌을 기대하며 입구에 들어섰다. 지하 계단으로 내려가니, 시금털털한 맥주 냄새와 퀴퀴한 곰팡내가 코를 찌르며 요란한 밴드 음악 소리가 점점 커져 오다, 지랄 같은 함성 소리들과 함께 갑자기 조용해져 버렸다.

"난 그래도 발레를 하고 싶었어요. 병원에서 나와서 3, 4일 집에 있으니까 불안해서 못 견디겠더라구요. 의사 말이 차라리, 뼈를 다친 거라면 붙으면 되고 그래서 제일 쉽고, 심지어 인대가 끊어져서 발레는 고사하고 일상 생활에 지장이 올 정도라도, 워낙 단련된 근육이 있다면 그 힘으로 결국 무대에까지 다시 오르는 무용수들도 적지 아니 많이 봐 왔지만, 신경의 경우는 힘들다고 했어요. 하지만, 절망적인 말을 듣고 있으면서도 처음에는 남의 얘기 같고 연습으로 극복할 수 있을 거라고…… '그까짓것, 더 연습하면 되지.'라는 생각을 했어요. 발레하는 사람들은 원래 자잘한 부상을 달고 살아요." 미란은 잠시 말을 끊고 먼 곳을 아련히 바라다보는 자신 만의 표정을 만들고 있었다.

"발레는 상상력을 최고로 필요로 해요. 자기 몸에 대해서도 항상 상상하고 있어야 하죠. 내 몸 모든 부위의 근육들이 가장 밑에서부터 힘을 끌어당겨서 위로, 위로, 사방으로 솟구치고 펴지고 있다고 상상하면, 정말로 몸의 모든 근육들이 뻗어 나가요. 몸 자체의 모양이 아예 달라져요. 반대로 힘을 위로 끌어올려서 쓰질 못하고 어느 한 부위에 뭉쳐 있다는 식으로 생각이 막히면, 근육이 실제로 짧아지고 뭉툭해져요. 그건 발레 하는 사람들은 다 알고 있어요. 그래서 난 이번 경우도 마음먹은 대로 될 줄 알았어요. '마음먹기 나름이니까!' 하면서 학교 연습실에 나갔죠. 동작들이 되더라구요. 그런데 내 몸에 대해서 예민하게 느낄 수가 없었어요. 둔감했어요. 그래도 연습을 계속 했어요. 바퀴가 굴러가야 하는 것처럼, 연습은 계속 하는 거라고 난 알고 있었거든요. 신경 차단술을 했지만, 심하게 연습을 하니까 집에 와서 잠을 잘 때면 통증이 오더라구요. 아침에 정말 괴롭구요. 엄마는 내 눈치만 보고 있고, 뭐라고 말을 하질 않았어요. 연습실에 가면, 선생님도 날 지켜만 보고 있고 별 다른 말씀을 하질 않으셨어요. 그러면서도 날 계속 몰래몰래 눈여겨보고 있는 게 느껴졌어요."

"발레를 계속 하려고 했어? 그때?"

"그래요."

미란이가 고개를 까닥거리는데 수혁은 그녀가 불쌍해지기 시작했다.

"이 악물고 연습하면서 일주일이 넘어가는데, 선생님이 날 부르는 거예요. 자기 방에 가서 얘기나 하자구요. 방에 가니까 웃으면서, '미란인 발레 없이는 살 수 없지?'라고 말을 꺼냈어요. 난 '예. 선생님' 그랬죠. 그랬더니, '선생으로서 제자에게 넌 앞으로 어떨 거야, 라고 말을 한 적도 없고, 해서도 안 된다고 알고 살아왔다.' 하시면서, '하지만, 이번은 그냥 넘어갈 수가 없어서 말을 하는 거야. 니 어머니도 말을 못하고 나한테만 부탁하니 어떡하니. 나라도 다 얘기 해야지.' 그러시는 거예요. 그러면서 자기 경험을 얘기하는데, 선생님도 예고 시절에 허리가 꺾인 적이 있어서 후유증이 심각했다고 하시고, 그래서 발레단에 입단해서도 꼬르 드 발레Corps de Ballet로 만족하며 지내셨다고 하셨어요. 재능을 굉장히 인정받았었는데, 몸 상태 때문에 연습이 부족하게 되니까 캐스팅에서 밀렸다, 결국은 그렇게 됐다고. 하지만 '난 발레가 너무 좋아서, 나름대로 행복하게 발레를 했단다. 지금 이렇게 너희들을 가르치니 더 만족하고.'라고 말씀을 마치셨어요. 뻔한 얘기 아니에요? 그래서 앞으로 난, 발레단에 가서 크게 되긴 어렵냐고 여쭤 보니, 상황을 말씀하시더군요. '미란아. 이제부터는 몸을 다스리면서 연습해야 돼. 옛날처럼 혹독하게 연습할 수 있는 게 아니야. 발레를 그만두라는 게 아니야. 하지만 니가 더 중요하잖니. 내년 되면 대학에 다니게 됐잖아. 이젠 휴식이 필요해. 일단 좀 쉬어.' 그 말에, 난 쉬면 몸이 다 녹을 텐데요, 그랬죠. 그랬더니 '미란아. 발레를 하지 말라는 말이 아니야. 이젠 대학에 가서도, 발레단에 가서도, 니 의지대로만 할 수 없는 부분이 많아. 넌 평생을 니 몸과 싸워야 해. 무대에 서서 독무 하나를 추려면, 그 스무 배에 해당하는 길이를 무대에서만큼 풀Full로, 쉬지 않고 할 수 있어야, 무대에서 한번 제대로 나오거든. 내 말이 무슨 말인지 알겠니? 난 미란이가 군무만을 뛴다고 아예 작정하고도, 행복하게 발레를 할 수 있는 사람이 되길 원해. 발레 자체가 좋아야 돼. 그게 진짜 행복이야. 그게 발레리나야. 난 미란이가 행복한 사람이 됐으면 좋겠어.' 그러면서 날 끌어안고 눈물을 흘리시는 거예요……. 나도……, 선생님을 부등켜 안고 엉엉 울었어요……. 하지만, ……."

미란은 말을 더 잇지 못하고 울음을 터뜨렸다. 자신의 표현 그대로 엉엉 울고 있었다. 카페에 앉은 사람들이 수혁과 미란을 흘깃거리며 쳐다보았다. 수혁은 그들을 신경 쓰지 않고 앞에 앉은 미란 옆으로 다가가 그녀를 끌어안아 주었다. 미란은 수혁에게 안겨 "이젠 어떡하면 좋지? 어떡하면 좋지?"라고 혼잣말인지 그에게 하는 말인지, 중얼거리며 계속 울고 있었다. 한동안 폭풍이 치다 잦아들자, 미란은 손수건으로 눈물을 훔치며 말을 계속 이어 갔다. 한 번 쏟아지니, 연속으로 나오는 모양이었다.

'클럽 노랑 잠수함' 안에 들어가니, 수혁보다 딱 열 살은 어릴 친구들이 스무 명 정도 진을 치고 있었다. 모두 이십 대 초반에서 중반 정도? 선반에 술병을 대충 늘어놓은 바Bar가 하나 있고, 어두침침한 불빛 너머 저쪽에 나지막한 무대가 하나 있는데, 거기에는 머리칼을 형광색으로 물들인 4인조 밴드가 제 멋에 겨워 발광을 하다가, 지금은 좀 지쳤는지 소강 상태로 히히덕거리며 잡담을 하는 중이었다. 출연 밴드들 프로그램도 없었고 되는 대로 공연하는 모양새였다. 길게 통나무를 살라 이어 놓았을 뿐 아무 뒤처리가 없어 거칠게 마감이 된, 서거나 스탠

드 의자에 앉아 맥주병을 기울이게 되어 있는 테이블들이, 동선 신경 안 쓰고 거의 아무렇게나 여기저기 놓여 있었고, 그 곳엔 삼삼오오, 띄엄띄엄, 인생 초년병들이 떠들고 있었다. 기다란 테이블 수는 많지가 않아서 무대 앞으로는 공간이 꽤 널찍했다. 아마도, 연주가 시작되면 그 앞에서 모두 캥거루처럼 길길이 뛸 것이다. 클럽 전체 벽과 천장은 우레탄인지, FRP인지, 용암 동굴 모양 울룩불룩 불규칙 조형으로 표면을 덮어 버려, 산뜻한 기분은 찾을 수 없고 괴상망측한 분위기가 감돌았다. 노랗거나 붉은 색조명들이 천장에서 늘어진 종유석들의 입체감을 살린답시고 옆 각도에서 쳐주고는 있는데, 가까이 들여다보니 청소는 언제 했는지 패인 곳마다 새까맣게 먼지가 앉아 있었다. 벽엔 동그란 창 모양의 원반이 옆으로 쭉 붙어 있고, 원반 하나하나마다, '여기는 잠수함 안이다. 바깥은 바다고. 알지?'라고 들어오는 사람에게 간접적으로 명령하고 있는 푸른색 네온 빛이, 뒤에서 도넛 형태로 배어 나왔다. 동굴이자 잠수함 안이고 바깥은 바다이니, 기기묘묘한 분위기가 목표라면, 네온 간판 못지않게 인테리어도 성공적이라고 칭찬해 줄 만 했다.

수혁이 들어서자 홀 안에 있던 모두가 고개를 돌려 쳐다보는데, 눈치가 딱, '저 자식은 어디서 굴러온 개뼉다귀야!'였다. 수혁은 시선들을 무시하면서 바 쪽으로 건너가, 학교 때 기억을 되살려 테킬라 한 잔을 부탁했다. 테킬라 술잔 모서리에 레몬즙 칠을 한 뒤 열심히 굵은 소금을 바르고 있으려니, 여자애 목소리가 들렸다.

"혼자 마셔요? 오빠?"

뒤를 돌아보았다. 눈 주위에 검은 칠을 짙게 한 여자애가 서 있었다. 첫 번째의 강렬한 시각적 느낌이, 입고 있는 검정 탱크톱 바깥으로 아차하면 그만 삐져 나올 만한 크기의 젖가슴이었다. 겁도 없고 당돌하기가 이를 때 없는 얼굴 표정은, 두 번째 인상으로 뽑아 줄 만했다. 그 뒤로 바로 보이는 통나무 테이블에, 비슷한 또래의 짙게 화장한 두 명의 여자애들이 수혁에게 왠지 눈을 흘기면서 상황을 관찰하고 있었고, 그 옆으로 불량해 보이는 빡빡 민대머리 녀석은 수혁을 째려보고 있었다. 민대머리는 수혁을 뚫어져라 노골적으로 관찰하다가, 시선을 조용하게 받아 넘길 뿐인 그에게 맥주병을 들며 아는 척했다. 자긴 별 흥미 없으니 평화롭게 지내자는 뜻 같았다.

"일행이니?"

"쟤네들, 오빠 신경 안 써도 돼. 나하고 놀자."

옆에 앉으며 말을 거는데, 수혁의 지금 기분으로는 이 시원시원하게 말 걸어 주는 여자애가 고마울 지경이었다. 여자애는 수혁 옆에 앉으며 은연 중에 젖가슴을 출렁이는 것이, 자기 매력이 어디 있는지를 잘 아는 눈치였다. 우울보단 흥분이 나은 상황이라 여자애가 귀찮게 느껴질 하등의 이유가 없었다.

"오빠. 가까이서 보니까 잘생겼다. 여기 사람 아닌 것 같은데…….어디서 왔어?"

"서울에서. 일 때문에 내려왔지."

"무슨 일?"

"건설 사업 있어. 얘기 하자면 길고……. 한 잔 시켜 줄까?"

"응. 같은 걸로."

여자애는 테킬라 한 잔을 홀짝거리면서, 귀에다 이어폰을 끼고 연신 무슨 노래인지를 흥얼거려 댔다. 옆에 앉아서는 별로 말 거는 법도 없고 혼자서 노는데, 수혁도 방해할 이유가 없어서 내버려 두었다. 술병들이 놓인 벽장에는 밀러 아크릴이 배경에 붙어 있었다. 술잔을 입에 가져다 대면서 정면을 바라보고 있는 자신의 모습과, 어깨를 조금 흔들며 고개를 약간 숙인 여자애의 상반신이, 밀러 아크릴에 일그러져서 나란히 비춰지는 것을 수혁은 우두커니 쳐다보았다.

"난 내가 최고가 못 될 것을 뻔히 알면서 발레를 계속할 수 없었어요. 그게 뭐가 행복해요? 억지로 참고 사는 거지……. 난 원래 최고가 될 수 있는데 운이 없어서 그런 거잖아요. 원래부터 중간만 가는 경우라면 억울할 것도 없겠지만 난 안 그랬거든요. 난 수많은 콩쿠르에서 대상을 탔고 모두가 내 이름을 알았는데……, 앞으로는 내 앞에서 다른 애들이 무대로 달려 나가는 모습을 보고만 살아야 한다니, 그건 나한테 너무 가혹하잖아요. 애진작에 접을 건 접어야 한다고 생각했어요. 아닌 건 아닌 거예요……. 한예종을 포기하고 눈 딱 감고, 그다음에는 공부만 했어요. 고3 다니면서 1년을 책만 판 거죠. 아예 발레하고 인연이 없는 불문과로 갔어요. 내가 연습하던 식으로 공부만 한 거예요. 후회는 없어요."

미란은 수혁의 품에 안겨 계속 얘기를 하면서, 손짓을 크게 하고 있었다. 눈에는 여전히 눈물이 흐르고 있었다. 마음이 안정적이지 못하니 태도도 부자연스러웠다. 이런 모습을 보는 것은 수혁에겐 처음이었다.

"오빠. 난 오빠하고 만나면서 발레를 다시 볼 수가 있었어요. 그 전에는 TV에서나 나오면 가끔 꾹 참으면서 보기나 했지, 절대로 공연 쫓아다니지 않았어요. 발레 연습실에 나가 아마추어들하고 섞여서 내 몸 단련만 했지, 쟤네들 발레하는 모습, 못 보겠더라구. 그런데 오빠하고 만나면서 발레를 보아도 마음이 아프지 않았어요. 오빠가 있으니까……, 나한테는 오빠가 있으니까 위로가 됐어요. 그런데, 그 마음이 사라질까 봐 두려워……. 다시 자신이 없어졌어. 내 마음 알아? 내 마음이 어떤지 알겠어요?"

수혁은 미란을 끌어안고는, 알았다고, 알았다고, 가만히 고개를 끄덕거렸다.

"미안해요. 오빠. 나 프랑스에 가요." 느닷없는 미란의 한 마디가 튀어나왔다.

"뭐? 프랑스에?"

수혁은 이게 무슨 소린가 싶어 잠시 당황했다. 생각을 집중하며 상황을 깨닫는 데까지 약간의 시간이 걸렸다. 미란은 얼굴이 닿을 정도의 거리에서 수혁의 얼굴을 지켜보며, 초기 상태의 혼란에서 그가 벗어나기를 기다리고 있었다.

"회사 다니면서 경영 대학원 다닐 때, 그때 지도해 주신 교수님을 찾아 갔었어요. 미안해요. 미안해요."

품에 안겨 두 주먹을 꼭 쥐면서 말을 하는데, 미란의 그 꼴을 보니 여기까지 말을 하기가 무지하게 힘들었구나 하는 생각이 들었다. 수혁은 괜찮다고, "괜찮아. 괜찮아." 하면서 미란을 안고, 아기 어르듯이 가볍게 토닥였다.

"대학원 전공 살리는 거야? 경영학?"

"그래요. 교수님 찾아갔었어요. 그래도 날 보시더니 반가워하시더라구요. 말씀 드리니까 생각을 하시더니, 마케팅 분야는 영미 쪽은 이미 너무 많고, 유럽 대륙 쪽은 또 사람이 없고, 그러셨어요. 이왕 할 거라면, 사람 많지 않은 걸 해야 되지 않겠냐고…… 프랑스 그르노블 Grenoble이란 곳이에요. 알프스 산자락에 있는 유서 깊고 아름다운 도시래요. 지도교수님이 거기 그르노블 대학에서 국가박사학위(Doctorat d'État)를 받으신 분이에요. 추천서 써 주셨어요. 박사 과정으로 들어가요. 불어가 되니까 언어 걱정도 없고 잘됐다고 하셨어요. 그러지 않아도 제자 중에 한 사람 보내고 싶었다고 하시면서 꽤 좋아하셨어요. 유럽의 소매기업전략을 연구하기로 되었어요. 앞으로 우리 쪽에 적용될 면이 많을 거라고 그러시더군요."

"돌아오면, 경영학과 교수가 될 수 있는 거야?"

"그건 모르겠어요. 그때 가 봐야지 알겠죠."

"아니, 멀쩡히 다니던 회사도 관두고 가는 거잖아. 너무 쉽게 결정해 버린 것 아니야?"

"……일단, 회사엔 2년 휴직계를 냈어요. 연장은 상황 봐서 하려고……"

2년 휴직계를 냈다? NBS 방송국 본사는 휴직 처리만큼은 얘기만 잘되면 상당히 관대한 직장이었다. 자회사에 있던 수혁 자신도 논문 쓴다고 1년 휴직한 적이 있으니까. 2년 이상 장기가 되면 어떨지 모르겠지만. 미란은 일단 자기 손에 쥐어졌던 떡 덩어리일 경우, 처리가 곤란하다고 한 번에 던져 버리는 미련을 떨지는 않는 여자인 것이다. 버려야 될 경우에도, 상황을 봐 가면서 필요한 부분만큼은 따로 떼어서 챙겨 놓고 살아 왔다. 그런 쪽으로는 현실적이고, 영악하고, 현명하다할 수 있었다. 발레를 그만두더라도 몸 관리를 위해서라면 아마추어 발레 연습실에서 서글픔을 감내할 줄 알았고, 유학을 가더라도 회사에 휴직 처리는 하고 갈 줄 아는 것이고. 그러면, 결혼은? '나와의 결혼 따위는 그냥 던져 버리면 된다는 것인가?' 그러나, 수혁은 우리의 결혼은 어떻게 되는 거냐고 물을 수가 없었다. 자존심이 너무나도 상해서, 그래서 자신이 매달리는 꼴을 보이기도 싫었고, 한편으론 계속 새로 터져 나오는 여러 얘기들 때문에 충격을 받은 건지, 머리가 멍한 게 왠지 속이 시원하기도 했다.

'이젠 헤어지는 거지, 뭐. 꼭 헤어지자 말을 해야 하나! 상관 없어! 그냥 끝내자. 미란이가 헤어지자고 하는 건데 구차해질 필요 없다!'

수혁은 입을 굳게 다물어 버렸다. 미란은 휴직계 얘기 다음으론 말을 멈추고 가만히 있었다. 수혁이 내려다보니, 그녀는 눈까풀을 내리깔고 그의 눈길을 외면하고 있었다.

"그래도……, 박사과정으로 곧바로 들어가기가 쉽지 않은데, 지도교수님 덕분이죠. 그르노블 대학에서 날 맡아 줄 교수님하고 워낙 잘 아시니까요. 나보고 공부 엄청나게 해야 될 거라고 하셨어요. 고생 굉장히 할 거라고……. 외국인 학생한테 쉬운 분위기가 아니라고 하더군요. 상당히 까탈스럽다고."

"도망……, 가는 거야?"

"아니에요. 도망가는 거 아니에요. 나중을 기약하면서 가는 거예요.
난 도망 안 가요. 도망가는 사람 아니에요, 난."

말을 길게 하는 데, 왠지 자기 마음도 잘 모르고 앉아 있는 것 같았다.

수혁은 자리에서 일어나 고개를 푹 숙이고 침대 가에 앉았다. 옆에
는 '클럽 노랑 잠수함'에서 만난 여자애가 잠이 들어 있었다. 천방지축
아가씨였다. 둘은 '노랑 잠수함'에서 나란히 앉아 테킬라를 한 잔, 한
잔, 계속 마시다가, 밴드 공연이 시작되자마자 같이 소리 지르고 길길
이 뛰었고, 길길이 뛰다가 술기운이 올라 둘은 끌어안았고, 여자앨 안
다 보니 수혁은 그 풍만한 젖가슴에 정신을 차릴 수가 없었고, 여자애
도 수혁이 꽤나 좋은 눈치였고, 행복한 '노랑 잠수함' 안에서 서로 만족
하며 굳세게 끌어안다가, 클럽 밖으로 뛰쳐나가 서로를 부여잡고는 이
모텔까지 오게 된 사정이었다.

강한 바람에 불길이 번지는 것같이 충동이 일었다. 그 충동에는 분
노가 섞여 있었다. 미란의 엽서에 써 있는 내용이 원인이었다. 떠날 땐
언제고, 슬프다고 엽서 보내는 건 뭐하자는 짓이냐고 따져 묻고 싶었
다. 내가 그렇게 우습게 보이냐고 욕을 퍼부어 주고 싶은 것이 솔직한
마음이었다. 테킬라에 취하면 취할수록, 자기와 관계되어 있는 세상의
모든 것들이 어디론가 사라져 버리고, 자신은 완전히 다른 우주에 다
시 태어나고 싶은 욕망이 치밀어 올랐다. 한 번도 물질적인 여유나 풍

족이란 것을 경험해 보지 못한 이 삶이 싫었고, 어머니만 생각하면 목이 졸리는 것 같은 느낌이 드는 이 삶이 싫었고, 애를 쓰느라고 쓴 것같은데, 뭐하나 변변하게 인정받은 것이 없는 이 삶이 싫었고, 주위의 인간들에게 눈을 부라리며 얕잡아 보이지 않으려고 어깨에 힘을 줘야하는 이 삶이 싫었다. 끊임없이, 모든 것들이 자신의 몸에 무례하게 파고들면서, 결박하고, 다시 잡아당기고 있는 듯이 느껴졌다. 이런 미칠것 같은 시간이, 고등학교 2학년 때 말고 또 언제 있었는지, 수혁으로선 기억이 없는 상황이었다. 모텔 방에 들어오자마자 둘은 침대에 뒹굴었는데, 여자애는 어떤지 모르겠지만 그다음부터 수혁으로서는 개운하지 않았다. '노랑 잠수함' 안에서까지가 좋았다. 노는 걸로, 만사잊어버리고 스트레스 푸는 걸로, 그 이상은 진도 나가지 않는 것이 수혁 입장에서 시원할 일이었다.

　여자애의 몸을 끌어안으면서, 처음에는 '오랜만에 살 것 같다!'고 속으로 외친 수혁이었다. '살 것 같다!'고 외치고 싶었고, 외쳐야 했다는것이 더 정확한 표현이리라. '노랑 잠수함' 안에서 느꼈던 그 터질 것같은 젖가슴 이외에도, 당장은 뭐라 말할 수 없이 압도하던 여자애의그 풍만한 몸이 수혁을 기분 좋게 했다. 미란과는 정반대의 몸이었다.수혁의 마음 어느 한 구석엔, '이건 의도된 선택이야!'라고 뇌까리는계속되는 속삭임이 있었다. 미란을 만나기 이전에는, 여자의 몸에 대한 자신의 호불호好不好에 대해, 스스로가 파묻힐 만한 풍만한 여체를좋아하는 쪽이라고 진단하고 살았었다. 그런데, 미란과 만나고 난 이후론, 자신의 기호嗜好라는 것이 도대체가 어떤 쪽인지 잘 모르게 된 수혁이었다. '미란에게 완전히 빠진 내 꼴을 보니, 평소에 좋아한다고 생각하던 모든 것들에 대해서, 아니 나 자신의 진실한 모습과 상태란 것에 대해서, 다시 생각하고 재점검해 봐야겠다.'는 것이 솔직한 심정이었다. 다만 여자의 젖가슴에 대한 유별난 집착은 남아 있었고, 미란의 젖가슴은 크기 면에서 좀 불만이었다. 이래저래 이번 기회를 전환점 삼아, 원래 자신이 좋아하는 것들을 되찾고, 그리하여 '원래의 나'로 돌아가자는 의욕이 마구 솟구쳤다. '원래의 나'란 것이 정말 있었는지조차가 애매하긴 하지만 말이다. '미란이 때문에 내가 날 못 찾고 엉망이 돼 버렸었다.'라는 억울한 감정이 뭉게구름모양 피어오르더니, '이제 다시는 억울하게 될 일은 없을 것'이라고 자기 암시에 가깝게 마음으로 외쳐 버렸다. 여자애를 끌어안고 있으려니, 미란과는 반대 방향 스타일의 몸이란 것이, 미란을 뇌리에서 완전히 지울 수 있을 것이란 일종의 기대감까지 불러일으키면서, 오랜만에 속이 다 시원하다는 느낌이 들었다. 벗어나고 싶었다. 탈출하고 싶었다. 그런데 거기까지가 끝이었다. 욕망의 정점이 갑자기 지나가 버리자 남은 것이 없었다.

갑자기 모든 것이 돌변했다. 여자애의 입에서 나는 술내가 갑자기 견딜 수 없는 악취로 느껴졌고, 여자애의 목소리와 말투는 듣고 있으려니 왜 이렇게 시끄럽고 신경을 곤두서게 하는지, 옆에 누워 있는 것이 괴롭기 시작했고, 여자애의 몸 자체도, 욕망의 해소가 끝나자 물기 없이 뻣뻣하고 거칠거칠한 껍질로만 느껴지면서, 갑자기 딱딱한 나무 둥치를 끌어안고 있는 상황이 되어 버렸다. 여자애한테는 미안한 일이었지만 이상할 정도로 기분이 좋지 않았다. 어쩌면, 수혁의 몸이 갑자기 경직돼 버려서 그렇게 느껴지는 것일 수도 있었다. 여자애도 그 부분을 알았는지 몇 마디 말을 시켜 보면서 반응을 보다가, 모욕감에 젖어 언짢은 표정으로 아무 말 없이 고개를 돌리고 잠이 들었다. 침대에는, 두 사람 사이를 가로지르는 보이지 않은 벽이 생겨났다.

수혁은 침대에 앉아서 미란을 떠올렸다. 자신이 느낀 죄의식에 가까운 경직과 불쾌감이 미란 때문에 비롯되는 것 같았다. 헤어진 지 꽤 시간이 흘렀는데도, 그녀의 몸에 대한 기억이 수혁의 몸 전체로 떠오르기 시작했다. 수혁이 알고 있는 미란의 마음이란 것조차도, 그에게는 그녀를 이루는 몸 전체의 일부분 조각에 불과한 것으로 느껴졌다. 수혁에게서 떠나 도망가 버린, 그러면서도 한편으로는 정신적으로 한 귀퉁이를 붙들고 늘어지는 미란의 마음 씀씀이보다, 언제나 그를 끌어안고, 어루만져 주고, 입을 맞추어 주고, 부드럽게 속삭여 주던 그녀의 몸이, 오히려 그에게는 미란의 본질이고 마음이라 여겨졌다. 한동안 잊어버리고 있던 것들이었다. 미란이란 존재는, 그에게 너무나 감미롭고, 미묘하고, 향기가 느껴지는 몸이었다. 그녀의 섬세한 굴곡들에 대한 머릿속의 집착들이, 수혁을 불행하게 하고 있었다. 미란의 목소리, 말투, 자신을 쳐다보던 그녀의 눈빛, 풍기는 분위기, 곳곳의 달라지는 살내음들, 그 모든 것들이 수혁이란 껍데기 안에 내용물로 다시 떠오르며, 그의 가슴을 먹먹하게 했다. 자신의 삶에, 앞으로 그녀를 느낄 기회가 다시는 없을 것이란 예상이, 짓눌리는 고통과 두려움으로 변하고 있었다. 가만히 누워 있는 스스로의 몸 상태를 견뎌 내기가 힘들 지경이었다. 답답하고 갑갑했다.

수혁은 고개를 돌려 잠들어 있는 여자애를 바라보았다. 잠이 확실히 들어있는지가 불명확했지만, 여자애가 잠들어 있다고 믿고 싶었다. 미안했다. 스물두 살이란 나이 때문이랄까, 아직 철이 없어서 겁이라곤 없는 이 여자애에게 상처가 되지 않았으면 싶었다. 차라리 몸 파는 여자라면 좋았을 뻔했다. 모든 것이 엉망으로 꼬여 있었다. 이 자리에서 도망가고 싶은 생각이 굴뚝 같았다. 하룻밤 사랑을 나눈 이 아가씨를 위해서라도, 자신이 얼른 사라져 주는 게 예의라고 느껴졌다. 그래야지, 여자애도 아침에 일어나면 혼란했던 하룻밤을 얼른 정리할 수 있을 것 아닌가. 수혁은 침대에서 일어나 옷을 챙겨 입고는, 여자애가 잠이 깰라, 아니면 갑자기 무슨 자극이라도 받아 소리라도 지를 것 같아서, 조심조심 모텔방을 나섰다. 모텔 복도에서 방문을 닫는 순간, '난 또 도망치는 구나', '내가 참 치사한 걸 수도 있다.'라는 말들이 순간적으로 머릿속을 스치고 지나갔다. 왜 그런 말들이 생각나는지 자신을 파헤치기가 싫었다. 마음은 억눌려 있고, 갈피를 잡을 수가 없었다. 모텔을 나서니 새벽 3시가 지나갔으며, 아직 밤은 캄캄하게 어둠을 지키고 있었다. 서귀포시는 적막했고, 외로웠다. 수혁은 택시가 돌아다닐 만한 곳을 찾아, 다시 헤매기 시작했다.

안간힘을 썼는지, 얼굴이 다 해쓱해져 핏기라곤 없이 새하얗게 질린 미란이었다. 걷는 것도 힘들어 보였다. 지하철 타고 가겠다고 고집 피우는 걸, 지하철역까지는 바래다주어야 할 그 상황을 '내가 견뎌 낼 수 있을까?'라는 생각에, 카페에서 나오자마자 택시에 미란을 태워 버렸다. 택시는 떠나가는 데, 수혁을 쳐다보느라 차창 유리에 얼굴을 가까이 대고 있어, 어두운 밤인데도 거리의 불빛에 미란의 얼굴이 선명하게 드러났다.

수혁은 기분을 진정하기 위해서라도 걸어야겠다는 생각이 들었다. 세종문화회관 옆 골목, '종로빈대떡'이 있는 쪽으로 걸어서 세종로로 나가 시청 쪽으로 빠질까 하다가, 세종문화회관 대극장과 M시어터 사이의 '아트피아' 중앙 통로로 빠져, 광화문 광장으로 직접 나가기로 마음먹었다. '아트피아' 통로는 세종문화회관에서 인상적인 공간을 만드는 장소인데도, 의외로 항상 사람이 없었다. 세종문화회관을 잘 아는 사람들이나 즐겨 이용하지, 지나가는 행인은 높은 계단 때문인지 잘 접근하지 않는 곳이었다. 그러나, 수혁은 길거리에 지나가는 사람들 얼굴, 꼴도 보기 싫었다.

계단을 올라가면서, 미란에 대한 생각을 안 할 수가 없는 수혁이었다. 생각해 보니, 몸은 무대에서 춤 출 것을 막아 버렸으나, '나는 발레리나'라고 마음은 계속 미란을 마음대로 휘저어 대고 있었다. 이 세상이 자기 중심으로 돌지 않으면 미란은 그걸 못 견뎌하고, 안심이 안 돼서 겁을 집어먹고 두려워하고, 인정하지 못한다는 걸 수혁은 깨달았다. 그래서 발레도 그만둔 것이고, 이제 나와의 관계도 정리하려 한다는 생각이 들었다. 자기 마음먹은 대로 되지 않는 부분이 있으면, 그냥 속 편히 받아들이지 못하고 억울해서 넋이 나가 버리는 여자였다. 산다는 것과 무대에 선다는 것, 두 가지가 머릿속에서 혼선이 되어 분리되지 못하고 헝클어져 있었다. 지금도 결혼이란 무대에 나서 보니, 조

329

명이건, 뒤의 세트건, 조연 배우들이건, 맘에 안 들어 그냥 퇴장해 버린 꼴이었다. 이 무대에서, 특히 예고 시절의 발레 동창들에게, 자신이 최고로 빛나게 보일 수 있는 기회가 없는 운명이라면, 모질게 다른 길을 생각하는 여자였다. 하긴, 모진 데가 있으니 예고 때 유망한 예술 영재 소리도 들을 수 있었을 것이다. 끊임없이, 매일같이, 쉬지 않고, 지 맘에 들 때까지 자신의 몸을 밀어 붙이는 일을 어린애가 해냈다는 점은, 모질지 못하면 어림도 없으니 적당한 타협은 기대하지 않는 편이 좋았다. 또한, 모질다고 철난 것도 아니요, 철 없어도 얼마든지 모질게 굴 수 있으니, 극히 희박한 가능성으로, 아직 나이가 너무 어려서 타협이란 것을 못하고 있다 할 수는 있겠으나, 십중팔구는 철딱서니가 없어서 타협을 못한다는 것이 옳은 말일 게다. 그런데, 그 철이란 것은, 늙어 죽을 때까지도 안 나는 사람은 안 나는 법이다. 정말로, 영원한 젊음을 누릴 만한 나의 미란이다. 이런 생각들에 수혁은 고개를 절래절래 흔들었다.

그러나, 그렇게도 하고 싶었던 발레리나의 꿈을, 포기하게 만든 육체의 고통이란 미란에게 또한 무엇인가라는 생각에, 한편으론 불쌍하다는 마음을 완전히 버릴 수가 없었다. 그녀를 모질게 만들어 놓은 마음속이란, 과거에는 쓰디쓴 절망만이 가득 담겨 있었고, 지금은 또 한 번의 예상되는 절망에 혼란이 일고 있는 상태였다. 바로, 결혼을 한 이후에 벌어질지도 모르는 여러 상황들이, 마치 먼저 담겨 있는 절망에 더하여 다시 절망을 부어 넣는 일이 될 것이란 예상으로 변하여 — 기대가 컸던 만큼, 그녀가 미리부터 겁 집어먹은 부분도 크다 할 수 있다

— 결국엔 그녀를 얼어붙게 만든 셈이다. 마음이란 용기容器에 절망이 가득 차다 못해 용량 초과로 터져 버리기 전에, 미리 덜어 내어 자신을 지키려고 하는 중이었다. 그런 지독한 자기 보호벽에 대해선, 뭔가 해 보려는 의욕이라고 말하기보단, 도망가기 위한 몸부림이라고 표현해 주는 것이 더 어울렸다.

계단 끝에 통로가 있고, 통로를 나서니, 대극장 2층과 M시어터 사이에 광장이라 이름 붙여도 좋을 드넓은 테라스가 나타났다. 테라스에는 인조 잔디가 깔려 있고, 드문드문 테이블과 의자가 놓여 있었다. 수혁은 의자에 앉아, 밑으로 한참 내려다보이는 광화문 거리 쪽으로 시선을 향했다. 사람들이 바삐 걸어갔고, 수많은 차들은 라이트를 번쩍이며 지나가고 있었고, 도로 가운데로 광장이 보였다. 10월 말, 서울의 밤은 바람이 쌀쌀했다. 수혁은 코트 깃을 세우며 상체를 앞으로 숙이고, 광화문 거리의 모습을 한동안 쳐다보았다.

자리에서 일어나 광장 쪽으로 난 중앙 계단을 내려간 뒤, 다시 횡단보도를 건너 광화문 광장으로 나아갔다. 광장 중간에 서서 광화문을 바라보았다. 광화문은 야간 조명을 받아 환하게 처마선을 드러내고 있었다. 광화문을 향해 앞으로 걸어갔다.

화강암 포석이 끝나고 잔디밭으로 들어가니, 풀 냄새가 짙게 느껴졌다. 주위에 사람은 없었고, 멀리 떨어진 양옆 도로에서 차들이 바닥을 울리는 굉음을 내며 질주하는 중이었다. 가까워 오는 광화문을 바라보며 계속 걷다가, 수혁은 갑자기 울음이 터졌다. 고개를 숙이고 울다가, 바닥에 털썩 주저앉아 오열을 터뜨렸다. 손으로 잔디를 쥐어뜯으면서 통곡을 하였다. 울다가 잔디밭에 누워 버렸다. 누워 있으려니, 두 눈가에서 관자놀이로 눈물이 줄줄 흘러내렸다. 대도시의 밤하늘인데도 별은 몇 개인가 반짝거리고 있었고, 이 때문인지, 주변부로 희뿌옇게 도시의 불빛이 반사되고 있는 어두운 하늘이, 수혁에게만 주어지는 것으로 되어 갔다. 여기가 서울임을 알려 주는 것은, 끊임없이 잔디밭에서 진동으로 올라오고 있는 자동차들의 소음뿐이었다. 밤하늘을 쳐다보면서, 여기가 지구상에서 가장 시끄러울 잔디밭이로구나 생각을 하며, 수혁은 누워 있었다.

하얀 로맨틱 튀튀[37]를 입고, 조용하게 미란이 서 있었다. 미동조차 하지 않은 채 수혁을 물끄러미 바라보더니, 아주 느리게 아다지오[38] 동작으로 끊임이 없는 우아함 안에서 물 흐르듯이 다가왔다. 수혁의 목에 두 팔을 감고는 흘낏 그의 눈을 쳐다본 후, 상체를 뒤로 젖힌 다음 다시 몸을 세운 미란은, 수혁을 계속 쳐다보면서 아라베스크[39] 포즈로 조화로운 정지 상태에 머물렀다. 그리곤 천천히 애티튜드 턴[40]을 하였

---

37 튀튀(Tutu) 여자 무용수가 입는 치마를 말하는데, '로맨틱 튀튀'는 그중에서도, '지젤'에서 지젤역의 무용수가 입고 나오는 식의 무릎까지 내려오는 치마 의상이고, '클래식 튀튀'는, '백조의 호수'에서 백조역의 무용수가 입고 나오는 식의 쟁반같이 퍼진 짧은 치마를 말한다.
38 아다지오(Adagio) 음악에서 '조용하고 느리게'의 뜻을 가진 이태리어인데, 무용에서는 완만한 음악에 맞추어 추는 조용한 춤을 말하고, 특히 발레에서는, 느리게 지속되는 속도로 몸을 찬찬히 움직이면서 끊임없이 계속 동작을 이어가야 하는 완만한 춤을 말한다. 또는 그랑 빠 드 되Grand Pas de Deus의 제일 앞에 추어지는 느린 남녀의 춤을 말하기도 한다.
39 아라베스크(Arabesque) 지지하는 다리로 서고, 움직이는 다리는 몸 뒤로 올리고 충분히 뻗치는 고정 자세.

다. 그는 그런 미란을 긴장하면서 쳐다보아야만 했다. '왜 저러지?'하
는 생각이 뇌리에 스쳤다. 미란은 부레부레[41] 스텝으로 수혁을 계속 주
시하며 다가올 때와 반대로 멀어져 갔다. 그러면서 입술을 움직이면서
뭐라고 말을 하는데, '이리 와요!'라고 한 것이 수혁의 귀에 메아리쳤
다. 수혁은 미란에게 다가가야만 했다. 그래야지 옳다는 생각이 들었
다. 춤추는 미란을 가까이서 보고 싶은 욕망이 갑자기 가슴을 가득 채
웠다. 자신도 미란과 같이 춤을 추고 싶었다. '그러면 얼마나 좋겠나!'
라는 생각이 머릿속을 채웠다. 거기에는 설렘과 의무감과 욕망이 뒤범
벅이 되어 있었다. 동작이 선을 만들고 연결되면서, 자신이 창조해 낸
정숙한 공간에다 끊임없이 리듬을 더하고 있을 그 몸을 느끼고 싶었
다. 음악이 바뀌었다. 춤을 추는 미란을 보느라 음악이 흐르고 있음을
몰랐던 것인지, 아니면 어디선가 갑자기 음악이 튀어나온 것인지 확실
치 않았다. 다만 현악기의 투명하고 맑은, 마치 가늘게 떨리는 듯한 음
색이 갑자기 변화하고 있다는 확신이 들었다. 점차 날카롭고 신랄해
지더니, 관악기의 낮고 둔탁한 음색과 합쳐지면서 기괴하게 꼬인 듯

---

40 애티튜드 턴(Attitude Turn) 아라베스크 자세에서 들어올린 다리의 무릎을 몸 쪽으로 굽
  힌 후, 지지하는 다리로 회전하는 것. 회전할 때 그 중심축이 지면과 정확히 90도를 이루는
  수직선이 되어야, 훌륭한 턴 동작이라 할 수 있다. 연속 턴을 하면서 몸이 흔들리거나 뒤로
  누워지면, '베개를 가져다 대 주어야 할 것 같다.'는 비아냥을 듣게 된다.
41 부레부레(Bourrée Bourrée) 바늘땀처럼 촘촘히 걷는 스텝. 5번 자세에서 발 끝으로 서는
  뽀앵Point을 한 뒤, 앞의 다리의 무릎을 살짝 굽혀 주면서, 뒷다리가 앞다리를 연속으로 잔잔
  하게 치면서 이동하는 동작.
  ※5번 자세 : 두 다리가 딱 붙고 무릎은 밖으로 향한 상태에서 앞의 발 뒤꿈치와 뒷발 엄지
  발 끝이 서로 맞부딪치게 한다. 두 발끝의 각도는 180도 밖으로 향한다.

한 느낌마저 들기 시작했다. 수혁은 생각했다. '어디서 들은 건데…….'
머릿속에 정해진 궤도를 달려가듯이 곧바로 떠오른 해답은, 세종문화
회관 대극장에서 들었던 《로미오와 줄리엣》이었다. 미란이 갑자기 나
타났다. 몸에 걸친 의상이 바뀌어 있었다. 언뜻 보니, 황금 빛깔이 도
는, 그저 몸에 얇은 천 하나가 덮여 있는 느낌의 간결한 튜닉이라고 생
각되었다. 춤도 바뀌었다. 그녀의 몸이 만들고 있던 정숙한 공간이 아
니고, 이번에는 뒤틀리고, 왜곡되어 있고, 격렬한 공간이었다. 미란
의 두 다리는 뛰다가 곧바로 대지에 꼿꼿이 서서, 대적하는 모든 것들
에게 적의를 불태웠으며, 다시 뛰기를 반복하곤 하였다. 이번에 미란
은, 두 눈으로 수혁을 원망하듯이 노려보았다. 그곳엔, 분노가 활활 타
고 있었다. 두 팔을 허공에 분노를 표출하듯이 치켜들더니, 두 손과
두 팔은 수혁의 몸이 마치 커다란 북이라도 되는 양, 치고, 때리고 싶
어하며, 그를 향해 허공을 두들겨 댔다. 두들기던 두 팔은 점점 하늘
로 치켜 올라가면서 공중에서 분해되었다가, 다시 재정비되어 대지에
서부터 두들기며 하늘로 올라가곤 하였다. 두 손을 가끔 깍지 낄 때 보
면, 어딘가 간절하게 애원하는 것 같기도 했다. 그녀는 수혁에게로 계
속 다가왔지만, 그는 뒤로 뒷걸음치고 있어 몸과 몸이 닿는 일이 생기
지는 않았다. 그러고 있는 그녀가 두렵다는 생각이 문득 들었다. 어디
서 갑자기 생긴 생각인지 자신도 희한하여, 자기 속을 재점검하고 있
는 수혁이었다. 해답을 내놓아야만 했다. 수혁은 미란에게 '이걸 마시
면 돼. 이게 해결 방법이야. 그런데, 용기가 있어?'라고 말하며 무언가
를 건네었는데, 그게 무엇인지 눈에 보이질 않았다. 그녀의 눈동자를

들여다보니, 건네 준 것을 미란이 받아 든 걸 알 수 있었다. '미란인 내가 준 걸 마셨나? 먹었나? 그런데 그게 뭐였지?'라는 짧은 생각이 스치면서, 그녀의 입술이 천천히 다가오자, 수혁은 그 빨갛고 도톰한, 오무라져 있는 꽃봉오리 같은 입술에 입을 맞추었다. 머릿속 한쪽이 묶여서 짓눌리는 듯한 둔중함과, 마치 쇠붙이에 혀를 댄 듯한 시릿한 자극을 동시에 받으며, 독배라도 들이킨 듯이 느껴졌다.

수혁은 잠에서 깼다, 오전 7시 반이었다. 머리가 깨질듯이 아팠다. 자리에서 일어나자 주방으로 달려가선, 냉장고에서 꺼낸 통에 담긴 찬물을 연거푸 컵에 따르며 마셔 댔다. 지난밤, 모텔에서 나와 택시를 집어타고, 숙소가 있는 서귀포 신시가지로 돌아온 것이 기억났다. 오피스텔에 들어와 침대에 몸을 던졌는데, 깊은 잠을 이룰 수가 없었다. 너무 피곤한 데도, '노랑 잠수함'에서 들었던 밴드의 소음이 계속 귓가에 징징거리며 들리는 듯했고, 머릿속은 돌덩어리라도 들어가 있는지 무거웠고, 마음은 혼란스럽기만 했다. 불쾌감이 계속 수혁의 주위를 맴돌며, 쿡쿡 쉬지 않고 찔러 대고 있었다. 그러다 선잠이 언뜻 들었는데, 미란의 꿈을 꾼 것이다. 꿈은 생생하여, 지금도 그녀가 손에 닿을 거리에 있는 듯이 느껴졌다. 수혁은 어이가 없어서 피식 웃었다. 미란이가 줄리엣이었던 것은 확실했는데, 자신은 꿈속에서 로미오도 아니고, 아무래도 모양새가 로렌스 신부인 것같이 느껴져서가 이유였다. 그녀가 생각나서 꾼 꿈이라고 단순히 말해 버리기엔 이해도 잘 안 되고, 미래를 보여 주는 예지몽이라고 해도 기분만 언짢은 찝찝한 꿈이었다. 멀거니 서서 고개를 숙이고 한동안 생각에 잠겨 있던 수혁은, 매일 아침 하던 대로, 남들은 느긋해지기 시작하는 토요일 아침에 마음의 여유라곤 없이 출근할 준비를 서둘기 시작했다. 건설 현장으로 달려갈 필요가 있어서였다.

〈4권에서 계속〉